El Libro de los Baltimore

Joël Dicker nació en Suiza en 1985. En 2010 obtuvo el Premio de los Escritores Ginebrinos con su primera novela, *Los últimos días de nuestros padres* (vertida a nuestra lengua en 2014). *La verdad sobre el caso Harry Quebert* (2013) fue galardonada con el Premio Goncourt des Lycéens, el Gran Premio de Novela de la Academia Francesa, el Premio Lire a la mejor novela en lengua francesa y, en España, fue elegida Mejor Libro del Año por los lectores de *El País* y mereció el Premio Qué Leer al mejor libro traducido y el XX Premio San Clemente otorgado por los alumnos de bachillerato de varios institutos de Galicia. Traducida con gran éxito a cuarenta y dos idiomas, se ha convertido en un fenómeno literario global. En castellano también se han publicado su relato *El Tigre* (2017) y sus novelas *El Libro de los Baltimore* (2016), en la que recuperaba el personaje de Marcus Goldman como protagonista, *La desaparición de Stephanie Mailer* (2018) y *El enigma de la habitación 622* (2020), ganadora del Premio Internacional de Alicante Noir. Su nueva novela es *El caso Alaska Sanders*, la esperada secuela de *El caso Harry Quebert* y *El libro de los Baltimore*.

Para más información, visita la página web del autor:
www.joeldicker.com

También puedes seguir a Joël Dicker en Facebook, Twitter e Instagram:

- Joël Dicker
- @JoelDicker
- @joeldicker

Biblioteca
JOËL DICKER

El Libro de los Baltimore

Traducción de
María Teresa Gallego Urrutia
y **Amaya García Gallego**

DEBOLS!LLO

Papel certificado por el Forest Stewardship Council®

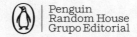

Título original: *Le Livre des Baltimore*

Primera edición en esta presentación: marzo de 2018
Decimosexta reimpresión: febrero de 2024

© 2015, Éditions de Fallois
© 2016, 2018, Penguin Random House Grupo Editorial, S. A. U.
Travessera de Gràcia, 47-49. 08021 Barcelona
© 2016, María Teresa Gallego Urrutia y Amaya García Gallego, por la traducción

Penguin Random House Grupo Editorial apoya la protección del *copyright*.
El *copyright* estimula la creatividad, defiende la diversidad en el ámbito de las ideas
y el conocimiento, promueve la libre expresión y favorece una cultura viva.
Gracias por comprar una edición autorizada de este libro y por respetar las leyes del *copyright*
al no reproducir, escanear ni distribuir ninguna parte de esta obra por ningún medio sin permiso.
Al hacerlo está respaldando a los autores y permitiendo que PRHGE continúe publicando libros
para todos los lectores. Diríjase a CEDRO (Centro Español de Derechos Reprográficos,
http://www.cedro.org) si necesita fotocopiar o escanear algún fragmento de esta obra.

Printed in Spain – Impreso en España

ISBN: 978-84-663-4311-4
Depósito legal: B-261-2018

Impreso en Novoprint
Sant Andreu de la Barca (Barcelona)

P 3 4 3 1 1 E

A su memoria

Prólogo

Domingo 24 de octubre de 2004
UN MES ANTES DEL DRAMA

Mañana ingresa en la cárcel mi primo Woody. Va a pasar allí los próximos cinco años de su vida.

Por la carretera que lleva del aeropuerto de Baltimore a Oak Park, el barrio de su infancia, adonde voy para acompañarlo en su último día de libertad, me lo imagino ya presentándose ante las verjas del impresionante penal de Cheshire, en Connecticut.

Pasamos el día con él en casa de mi tío Saul, donde fuimos tan felices. Están Hillel y Alexandra, y juntos volvemos a formar, durante unas pocas horas, aquel cuarteto maravilloso que fuimos. Ahora mismo no tengo ni idea de la incidencia que tendrá este día en nuestras vidas.

Dos días después, recibo una llamada de mi tío Saul.
—¿Marcus? Soy Tío Saul.
—Hola, Tío Saul, ¿cómo es...?
No me deja hablar.
—Atiende, Marcus: necesito que vengas ahora mismo a Baltimore. Sin hacer preguntas. Ha pasado algo grave.

Cuelga. Primero pienso que se ha cortado la comunicación y vuelvo a llamar acto seguido: no lo coge. Insisto y acaba por descolgar y me dice de un tirón:
—Ven a Baltimore.
Y vuelve a colgar.

Si encontráis este libro, por favor, leedlo.
Querría que alguien supiera la historia de los Goldman-de-Baltimore.

Primera parte

EL LIBRO DE LA JUVENTUD PERDIDA
(1989-1997)

1.

Soy el escritor.

Así es como me llama todo el mundo. Mis amigos, mis padres, mi familia e incluso aquellos a quienes no conozco pero que sí me reconocen a mí en un lugar público y me dicen: «¿No será usted el escritor...?». Soy el escritor, es mi identidad.

La gente piensa que, en nuestra calidad de escritores, llevamos una vida más bien sosegada. Hace poco, uno de mis amigos, que se estaba quejando de lo largos que eran los trayectos cotidianos entre su casa y la oficina, acabó por decirme, una vez más:

—En el fondo, tú te levantas por las mañanas, te sientas detrás de la mesa y escribes. Y ya está.

No le contesté nada, demasiado deprimido desde luego al darme cuenta de hasta qué punto consistía mi trabajo, en la imaginería colectiva, en no hacer nada. La gente piensa que uno no pega palo al agua, pero resulta que es precisamente cuando no haces nada cuando más trabajas.

Escribir un libro es como montar un campamento de vacaciones. La vida de uno, que suele ser solitaria y tranquila, te la dejan manga por hombro un montón de personajes que llegan un día sin avisar y te ponen patas arriba la existencia. Llegan una mañana, subidos a un autocar del que se bajan metiendo bulla, entusiasmados con el papel que les ha correspondido. Y tienes que apañarte con lo que hay, tienes que ocuparte de ellos, tienes que darles de comer, tienes que alojarlos. Eres responsable de todo. Porque eres el escritor.

Esta historia empezó en el mes de febrero de 2012, cuando me marché de Nueva York para irme a escribir mi nueva novela en la casa que acababa de comprar en Boca Ratón, en Florida. La había adquirido tres meses antes con el dinero de la cesión de los derechos cinematográficos de mi último libro y, sin contar unos cuantos viajes rápidos de ida y vuelta para amueblarla en diciembre y enero, era la primera vez que iba a pasar una temporada en ella. Era una casa espaciosa, llena de ventanales, que tenía delante un lago muy del agrado de los paseantes. Estaba en un barrio muy tranquilo y con mucha vegetación en el que vivían sobre todo jubilados acomodados entre los que yo desentonaba. Tenía la mitad de años que ellos, pero si había escogido ese lugar era precisamente por su absoluta quietud. Era el sitio que necesitaba para escribir.

A diferencia de mis anteriores estancias, que habían sido muy breves, en esta ocasión tenía mucho tiempo por delante y me fui a Florida en coche. Las mil doscientas millas del viaje no me asustaban en absoluto: en los años anteriores había hecho incontables veces ese trayecto desde Nueva York para ir a ver a mi tío, Saul Goldman, que se había afincado en los arrabales de Miami después del Drama que le había sucedido a su familia. Me sabía el camino de memoria.

Salí de Nueva York, con una fina capa de nieve y el termómetro marcando diez grados bajo cero, y llegué a Boca Ratón dos días después en plena tibieza del invierno tropical. Al volver a encontrarme con ese escenario familiar de sol y palmeras, no podía por menos de acordarme de Tío Saul. Lo echaba muchísimo de menos. Caí en la cuenta de cuánto lo añoraba en el momento de salir de la autopista para ir a Boca Ratón: habría querido seguir para llegar hasta Miami y volver a verlo. Tanto fue así que llegué a preguntarme si mis anteriores estancias en la zona habían sido realmente por el asunto de los muebles o más bien una manera de restablecer las relaciones con Florida. Sin mi tío, nada era lo mismo.

Mi vecino más próximo en Boca Ratón era un septuagenario simpático, Leonard Horowitz, una antigua eminencia de Harvard en Derecho Constitucional, que pasaba los inviernos en Florida y se dedicaba, desde el fallecimiento de su mujer, a escribir un libro que no conseguía empezar. La primera vez que coincidí con él fue el día en que compré la casa. Llamó a mi puerta con un lote de cervezas para darme la bienvenida y enseguida congeniamos. Desde aquel día tomó la costumbre de entrar a saludarme cada vez que pasaba yo por allí. No tardamos en entablar amistad.

Le gustaba mi compañía y creo que se alegraba cuando me veía llegar para quedarme cierto tiempo. Cuando le dije que había ido a escribir mi siguiente novela, me habló en el acto de la suya. Ponía mucho empeño en ello, pero le costaba avanzar con la historia. Llevaba siempre consigo un cuaderno grande de espiral en el que había puesto con rotulador *Cuaderno n.º 1,* dando a entender que iba a haber más. Lo veía siempre con las narices metidas en él: desde por la mañana en la terraza de su casa o sentado a la mesa de la cocina; lo vi varias veces en una mesa de un café céntrico, concentrado en su texto. Él, en cambio, me veía pasearme, nadar en el lago, ir a la playa, salir a correr. Por la noche llamaba a mi puerta con unas cervezas frías. Nos las tomábamos en mi terraza, jugando al ajedrez y oyendo música. A nuestra espalda, el paisaje sublime del lago y de las palmeras, sonrosadas por el sol poniente. Entre dos movimientos, me preguntaba siempre, sin apartar la vista del tablero:

—¿Qué tal va su libro, Marcus?

—Va avanzando, Leo. Va avanzando.

Llevaba allí dos semanas cuando una noche, en el instante en que me iba a comer la torre, se paró en seco y me dijo con tono repentinamente irritado:

—¿No había venido para escribir su nueva novela?

—Sí. ¿Por qué?

—Porque no da usted palo al agua y me pone de los nervios.

—¿Y qué le hace pensar que no hago nada?

—¡Si es que lo veo! Se pasa el día pensando en las musarañas, haciendo deporte, mirando pasar las nubes. Tengo setenta y ocho años: debería ser yo quien anduviera vegetando como hace usted, mientras que usted, que apenas si pasa de los treinta, debería estar matándose a trabajar.

—¿Qué es lo que lo pone de verdad de los nervios, Leo? ¿Mi libro o el suyo?

Había dado en el clavo. Se apaciguó:

—Solo quería saber cómo se organiza. Mi novela no avanza. Tengo curiosidad por saber cómo trabaja usted.

—Me siento en esta terraza y pienso. Y, créame, no es poco trabajo. Usted escribe para tener la cabeza en algo. Es diferente.

Adelantó el caballo y me amenazó el rey.

—¿No podría darme una buena idea para ambientar una novela?

—Es imposible.

—¿Por qué?

—Porque tiene que salir de usted.

—En cualquier caso, evite mencionar Boca Ratón en su libro, se lo ruego. Lo que me faltaba: tener aquí a todos sus lectores de plantón para ver dónde vive.

Con una sonrisa, añadí:

—La idea no hay que buscarla, Leo. La idea acude a uno. La idea es un acontecimiento que puede ocurrir en cualquier segundo.

¿Cómo iba a imaginarme que eso era exactamente lo que iba a suceder en el mismo instante en que estaba diciendo esas palabras? Vi, a la orilla del lago, la silueta de un perro que andaba vagabundeando. Cuerpo musculoso pero delgado, orejas puntiagudas y el hocico metido en la hierba. No había ningún paseante por las inmediaciones.

—Parece que ese perro está solo —dije.

Horowitz alzó la cabeza y miró al animal vagabundo.

—Por aquí no hay perros que anden errantes —declaró.

—No he dicho que anduviera errante. He dicho que iba de paseo solo.

Me gustan muchísimo los perros. Me levanté de la silla, hice altavoz con las manos y silbé para que viniera. El perro enderezó las orejas. Volví a silbar y vino.

—Está usted loco —refunfuñó Leo—. ¿Cómo sabe que ese perro no tiene la rabia? Le toca mover.

—No lo sé —repuse, adelantando distraídamente la torre.

Horowitz me comió la reina para castigar mi insolencia.

El perro llegó a la altura de la terraza. Me acuclillé a su lado. Era un macho bastante grande, con el pelo oscuro, un antifaz negro en los ojos y bigotes largos, de foca. Me arrimó la cabeza y lo acaricié. Parecía muy manso. Noté de inmediato que nacía un vínculo entre ambos, como un flechazo, y los que entienden de perros saben a qué me refiero. No llevaba collar, nada que pudiera identificarlo.

—¿Había visto antes a este perro? —le pregunté a Leo.
—Nunca.

El perro, tras pasarle revista a la terraza, se marchó otra vez, sin que consiguiera retenerlo, y desapareció entre unas palmeras y unos matorrales.

—Parece que sabe dónde va —me dijo Horowitz—. Seguramente es el perro de algún vecino.

Hacía mucho bochorno esa noche. Cuando se fue Leo, se intuía, pese a la oscuridad, un cielo amenazador. No tardó en estallar una fuerte tormenta que proyectó relámpagos impresionantes en la otra orilla del lago antes de que las nubes se rasgasen y soltaran una lluvia torrencial. Alrededor de la medianoche, cuando estaba leyendo en el salón, oí unos ladridos que venían de la terraza. Fui a ver lo que sucedía y por la puerta acristalada vi al perro, con el pelo chorreando y aspecto muy infeliz. Le abrí y se coló en el acto en casa. Me miró con una expresión de lo más suplicante.

—Está bien, puedes quedarte —le dije.

Le di de beber y de comer en dos escudillas que improvisé con unas cazuelas, me senté a su lado para secarlo con una toalla y miramos chorrear la lluvia por los cristales.

Pasó la noche en casa. Cuando me desperté por la mañana me lo encontré tranquilamente dormido en las baldosas de la cocina. Le fabriqué una correa con un cordel, lo que no pasaba de ser una precaución, porque me seguía, muy formal, y nos fuimos a buscar a su amo.

Leo estaba tomándose el café en el porche de su casa, con el *Cuaderno n.º 1* abierto ante sí por una página desesperadamente en blanco.

—¿Qué está haciendo con ese perro, Marcus? —me preguntó cuando me vio subiendo al perro al maletero del coche.

—Estaba en mi terraza esta noche. Con la tormenta que había, lo metí en casa. Creo que se ha perdido.

—¿Y dónde va?

—A poner un anuncio en el supermercado.
—En realidad, no trabaja nunca.
—Ahora mismo estoy trabajando.
—Bueno, pues no se pase, muchacho.
—Se lo prometo.

Tras poner un anuncio en los dos supermercados más cercanos, fui a dar una vuelta con el perro por la calle principal de Boca Ratón con la esperanza de que alguien lo reconociera. Todo inútil. Acabé por ir a la comisaría, donde me encaminaron a una consulta veterinaria. Los perros llevan a veces un chip identificativo que permite localizar al dueño. No era tal el caso y el veterinario fue incapaz de ayudarme. Me propuso enviar el perro a la perrera, cosa a la que me negué, y volví a casa junto a mi nuevo compañero, que era, debo decir, pese a su tamaño imponente, particularmente manso y dócil.

Leo estaba acechando mi regreso en el porche de su casa. Cuando me vio llegar, se abalanzó a mi encuentro enarbolando unas páginas que acababa de imprimir. Había descubierto hacía poco la magia del motor de búsqueda de Google y tecleaba a mansalva las preguntas que le pasaban por la cabeza. La magia de los algoritmos le causaba un efecto particular a ese profesor de universidad que se había pasado buena parte de su vida en las bibliotecas buscando referencias.

—He hecho una somera investigación —me dijo como si acabase de resolver el caso Kennedy, alargándome las decenas de páginas que iban a costarme, a no mucho tardar, el tener que ayudarle a cambiar el cartucho de tinta de la impresora.

—¿Y qué ha descubierto, profesor Horowitz?
—Los perros siempre encuentran su casa. Los hay que recorren miles de millas para volver al hogar.

Leo puso cara de anciano sabio:

—Siga al perro, en vez de obligarlo a seguirle a usted. Él sabe dónde va y usted, no.

Mi vecino no andaba equivocado. Decidí soltar la cuerda que le servía de correa al perro y dejarlo andar a su aire. Se fue al trote primero por las inmediaciones del lago y, después, por un camino peatonal. Cruzamos un campo de golf y llegamos a otro barrio residencial que no conocía, a la orilla de un brazo de mar. El perro fue por la carretera, torció dos veces a la derecha y por fin se detuvo ante una verja de entrada tras la cual vi una casa espléndida. Se sentó y ladró. Llamé al interfono. Me contestó una voz de mujer y le comuniqué que había encontrado a su perro. Se abrió la verja y el perro echó a correr hacia la casa, visiblemente feliz de volver al hogar.

Fui detrás de él. Apareció una mujer en las escaleras de la fachada y el perro se abalanzó en el acto hacia ella en un arrebato de alegría. Oí a la mujer llamarlo por su nombre. «Duke.» Los dos se hicieron la mar de arrumacos y yo me acerqué más. Luego, ella levantó la cabeza y me quedé estupefacto.

—¿Alexandra? —articulé por fin.
—¿Marcus?
Ella tampoco se lo podía creer.
Poco más de siete años después del Drama que nos había separado, volvía a encontrarla. Abrió los ojos como platos y repitió, dando voces de pronto:
—Marcus, ¿eres tú?
Me quedé quieto, aturdido.
Se me acercó corriendo.
—¡Marcus!
En un impulso de cariño espontáneo, me cogió la cara con las manos. Como si ella tampoco se lo creyera y quisiera asegurarse de que todo aquello era real. Yo no conseguía decir ni palabra.
—Marcus —dijo ella—, no puedo creer que seas tú.

*

Tendría que haber vivido en una cueva para no haber oído hablar, inevitablemente, de Alexandra Neville, la cantante y música más conocida de los últimos años. Era el ídolo que la nación llevaba mucho tiempo esperando, la que había enderezado la industria discográfica. De sus tres álbumes se habían vendido veinte millones de discos; por segundo año consecutivo estaba entre las personalidades más influyentes elegidas por la revista *Time* y se le calculaba una fortuna personal de ciento cincuenta millones de dólares. El público la adoraba y la crítica la adulaba. Les gustaba a los más jóvenes y les gustaba a los más viejos. A todo el mundo le gustaba, hasta tal punto que me parecía que Estados Unidos solo sabía ya esas cuatro sílabas, que repetía rítmicamente con cariño y fervor. *¡A-lex-an-dra!*

Vivía en pareja con un jugador de hockey oriundo de Canadá, Kevin Legendre, que precisamente salió detrás de ella.

—¡Ha encontrado usted a Duke! ¡Llevábamos buscándolo desde ayer! Alex estaba fuera de sí. ¡Gracias!

Me tendió la mano para saludarme. Vi cómo se le contraía el bíceps mientras me trituraba las falanges. Solo había visto a Kevin en los tabloides, que no se cansaban de comentar su relación con Alexandra. Era insolentemente guapo. Más aun que en las fotos. Estuvo mirándome un ratito con cara de curiosidad y me dijo:

—Lo conozco, ¿verdad?

—Me llamo Marcus. Marcus Goldman.

—El escritor, ¿no?

—Eso mismo.

—He leído su último libro. Me recomendó Alexandra que lo leyera, le gusta mucho lo que escribe usted.

Yo no podía creerme aquella situación. Acababa de reencontrarme con Alexandra, en casa de su novio. Kevin, que no se había dado cuenta de lo que sucedía, me propuso que me quedase a cenar y acepté muy gustoso.

Hicimos a la parrilla unos filetes enormes en una barbacoa gigantesca que había en la terraza. Yo no estaba al tanto de los últimos avances de la carrera de Kevin: creía que seguía siendo defensa en los Depredadores de Nashville, pero lo había fichado el equipo de los Panteras de Florida en los traspasos estivales. Aquella casa era suya. Ahora vivía en Boca Ratón y Alexandra había aprovechado una pausa en la grabación de su último disco para ir a verlo.

Hasta el final de la cena no cayó Kevin en la cuenta de que Alexandra y yo nos conocíamos muy bien.

—¿Eres de Nueva York? —me preguntó.

—Sí. Vivo allí.

—¿Qué te trae por Florida?

—Me he acostumbrado a venir por aquí desde hace unos años. Mi tío vivía en Coconut Grove y yo iba mucho a verlo. Acabo de comprar una casa en Boca Ratón, cerca de aquí. Quería un sitio tranquilo para escribir.

—¿Qué tal tu tío? —preguntó Alexandra—. No sabía que se había ido de Baltimore.

Eludí la pregunta y me limité a responder:

—Se fue de Baltimore después del Drama.

Kevin nos apuntó con el tenedor sin darse cuenta siquiera.

—¿Son imaginaciones mías o vosotros ya os conocéis? —preguntó.

—Viví unos cuantos años en Baltimore —explicó Alexandra.

—Y parte de mi familia vivía en Baltimore —proseguí yo—. Mi tío, precisamente, con su mujer y mis primos. Vivían en el mismo barrio que Alexandra y su familia.

A Alexandra le pareció oportuno no entrar en más detalles y cambiamos de tema. Después de cenar, como había ido a pie, me propuso llevarme a casa.

A solas con ella en el coche, noté perfectamente que estábamos incómodos. Al final solté:

—Hay que ver qué cosas. Tenía que presentarse tu perro en mi casa...

—Se escapa muchas veces —me contestó.

Tuve el mal gusto de querer bromear.

—A lo mejor no le gusta Kevin.

—No empieces, Marcus.

Tenía un tono cortante.

—No seas así, Alex...

—¿Que no sea cómo?

—Sabes muy bien a qué me refiero.

Se paró en seco en plena carretera y clavó los ojos en los míos.

—¿Por qué me hiciste eso, Marcus?

Me costó sostenerle la mirada. Exclamó:

—¡Me abandonaste!

—Lo siento mucho. Tenía mis razones.

—¿Tus razones? ¡No tenías ninguna razón para mandarlo todo a la mierda!

—Alexandra... ¡Se murieron!
—¿Y qué? ¿Tengo yo la culpa?
—No —contesté—. Lo lamento. Lo lamento todo.

Hubo un silencio denso. Las únicas palabras que dije fueron para guiarla hasta mi casa. Cuando la tuvimos delante, me dijo:

—Gracias por lo de Duke.
—Me gustaría volver a verte.
—Creo que es mejor que se quede aquí la cosa. No vuelvas, Marcus.
—¿A casa de Kevin?
—A mi vida. No vuelvas a mi vida, por favor.
Se fue.

No me sentía con ánimos para entrar en casa. Tenía las llaves del coche en el bolsillo y decidí ir a dar una vuelta. Fui hasta Miami y, sin pensarlo, crucé la ciudad hasta el barrio tranquilo de Coconut Grove y aparqué delante de la casa de mi tío. Fuera hacía bueno y salí del coche. Apoyé la espalda en la carrocería y me quedé mucho rato mirando la casa. Me daba la impresión de que mi tío Saul estaba allí, de que podía sentir su presencia. Me apetecía volver a verlo y solo había una forma de conseguirlo. Escribirle.

*

Saul Goldman era el hermano de mi padre. Antes del Drama, antes de los acontecimientos que me dispongo a narraros, era, por usar las palabras de mis abuelos, «un hombre muy importante». Un abogado que dirigía uno de los bufetes con mejor reputación de Baltimore, y su experiencia lo había llevado a intervenir en causas famosas en todo Maryland. El caso Dominic Pernell, fue él. El caso Ciudad de Baltimore contra Morris, fue él. El caso de las ventas ilegales de Sunridge, fue él. En Baltimore lo conocía todo el mundo. Salía en los periódicos y en la televisión y me acuerdo de cómo, hace tiempo, todo eso me parecía muy impresionante. Se había casado con su amor de juventud, la que se había convertido para mí en Tía Anita. Era para mis ojos infantiles la más hermosa de las mujeres y la más dulce de las madres. Era médica y una de las eminencias del Servicio de Oncología del hospital Johns

Hopkins, uno de los más conocidos del país. Habían tenido un hijo maravilloso, Hillel, un muchacho bondadoso y dotado de una inteligencia tremendamente superior que tenía mi misma edad, con una diferencia de pocos meses, y con quien tenía yo una relación fraternal.

Los mejores momentos de mi juventud fueron los que pasé con ellos y, durante mucho tiempo, solo con recordar su nombre me volvía loco de orgullo y de alegría. Me habían parecido superiores a todas las familias a las que había podido conocer hasta entonces, a todas las personas con quienes había podido coincidir: más felices, más logrados, más ambiciosos, más respetados. Durante mucho tiempo la vida me dio la razón. Eran seres de una dimensión diferente. Me fascinaba la facilidad con la que iban por la vida, me deslumbraba su resplandor, me subyugaba su soltura. Admiraba su porte, sus bienes, su posición social. Su casa inmensa, sus coches de lujo, su residencia de verano en los Hamptons, su piso en Miami, sus tradicionales vacaciones para esquiar en marzo en Whistler, en la Columbia Británica. Su sencillez, su felicidad. Lo cariñosos que eran conmigo. Esa superioridad suya tan magnífica por la que se los admiraba espontáneamente. No causaban envidia; eran demasiado inigualables para que nadie los envidiase. Los habían bendecido los dioses. Durante mucho tiempo, creí que nunca les pasaría nada. Durante mucho tiempo, creí que serían eternos.

2.

El día siguiente del encuentro fortuito con Alexandra lo pasé encerrado en el despacho. Solo salí al alba, con la fresca, para hacer *jogging* a la orilla del lago.

Sin saber aún qué iba a hacer con ello, se me había metido en la cabeza describir en forma de notas los elementos relevantes de la historia de los Goldman-de-Baltimore. Para empezar, dibujé un árbol genealógico de nuestra familia, antes de darme cuenta de que había que añadir algunas explicaciones, concretamente sobre los orígenes de Woody. El árbol no tardó en adoptar el aspecto de un bosque de comentarios al margen y pensé que, en aras de la claridad, valía más pasarlos a fichas. Tenía delante aquella foto que mi tío Saul había encontrado dos años antes. Era una foto mía, con diecisiete años menos, rodeado de los tres seres a los que más he querido: Hillel y Woody, mis primos del alma, y Alexandra. Esta nos había enviado una copia a cada uno y había escrito detrás:

OS QUIERO, CHICOS GOLDMAN.

En aquella época, Alexandra tenía diecisiete años y mis primos y yo, quince recién cumplidos. Contaba ya con todas las cualidades por las que iban a quererla millones de personas, pero no teníamos que compartirla con nadie. Esa foto me sumergía de nuevo en los meandros de nuestra juventud, mucho antes de que me quedase sin mis primos, mucho antes de que me convirtiera en la figura ascendente de la literatura estadounidense y, sobre todo, mucho antes de que Alexandra Neville se convirtiera en la estrella inmensa que es hoy. Mucho antes de que todo Estados Unidos se enamorase de su personalidad, de sus canciones, mucho antes de que trastornara, con un álbum tras otro, a millones de fans. Mucho antes de las giras, mucho antes de convertirse en el icono que la nación llevaba tanto tiempo esperando.

A última hora de la tarde, Leo, fiel a sus costumbres, llamó a mi puerta.
—¿Va todo bien, Marcus? No he sabido nada de usted desde ayer. ¿Encontró al dueño del perro?
—Sí. Es el último noviete de una chica de la que estuve enamorado varios años.
Se quedó muy sorprendido.
—El mundo es un pañuelo —me dijo—. ¿Cómo se llama?
—No se lo va a creer. Alexandra Neville.
—¿La cantante?
—La misma.
—¿La conoce usted?
Fui a buscar la foto y se la alargué.
—¿Es Alexandra? —preguntó Leo señalándola con el dedo.
—Sí. En la época en que éramos unos adolescentes felices.
—¿Y quiénes son los otros chicos?
—Mis primos de Baltimore y yo.
—¿Qué ha sido de ellos?
—Es una larga historia...
Leo y yo estuvimos jugando al ajedrez esa noche hasta las tantas. Me alegraba de que hubiese venido a distraerme: así pude pensar en algo que no fuese Alexandra durante varias horas. Me había alterado volver a verla. Durante todos estos años, no había podido olvidarla jamás.

Al día siguiente, no pude resistirme a regresar por los alrededores de la casa de Kevin Legendre. No sé qué me esperaba que pasase. Sin duda, cruzarme con ella. Volver a hablarle. Pero se pondría furiosa al verme allí de nuevo. Estaba aparcado en un camino paralelo a la finca de la pareja cuando vi que el seto se movía. Miré con atención, intrigado, y vi al bueno de Duke salir de entre los arbustos. Me bajé del coche y lo llamé bajito. Se acordaba muy bien de mí y acudió corriendo para que lo acariciara. Se me vino a la cabeza una idea absurda que no pude refrenar. ¿Y si Duke fuera el medio para reconciliarme con Alexandra? Abrí el maletero del coche y el perro accedió dócilmente a subir. Estaba confiado. Me fui a toda prisa y volví a casa. Duke ya la conocía. Me acomodé en el despacho y él se tumbó a mi lado y me hizo compañía mientras me sumergía de nuevo en la historia de los Goldman-de-Baltimore.

*

La denominación «Goldman-de-Baltimore» hacía juego con la que nos correspondía a mis padres y a mí por lugar de residencia: los Goldman-de-Montclair, Nueva Jersey. El tiempo y las abreviaturas los habían convertido a ellos en los Baltimore y a nosotros, en los Montclair. Los que inventaron estas apelaciones fueron los abuelos Goldman, quienes, para aclararse cuando hablaban, dividieron a la familia con toda naturalidad en dos entidades geográficas. De ese modo, cuando, por ejemplo, nos reuníamos en su casa, en Florida, al llegar las fiestas de fin de año, podían decir: «Los Baltimore llegan el sábado y los Montclair, el domingo». Pero lo que al principio solo había sido una manera cariñosa de identificarnos se acabó convirtiendo en una forma de expresar la superioridad de los Goldman-de-Baltimore incluso dentro de su propio clan. Los hechos hablaban por sí solos: los Baltimore eran un abogado casado con una médica, y su hijo estaba en el mejor colegio privado de la ciudad. Por parte de los Montclair, mi padre era ingeniero; mi madre, dependienta en la sucursal de Nueva Jersey de una marca neoyorquina de ropa elegante, y yo, un buen alumno en un centro público.

Al pronunciar el léxico familiar, mis abuelos habían terminado asociando la entonación con la preferencia que sentían por la tribu de los Baltimore: cuando salía de su boca, la palabra *Baltimore* parecía fundida en oro puro, mientras que *Montclair* lo dibujaban con rastros de babosa. Los elogios eran para los Baltimore; los reproches, para los Montclair. Si el televisor ya no funcionaba, era porque lo había estropeado yo, y si el pan estaba correoso, era porque lo había comprado mi padre. Las hogazas que traía Tío Saul, en cambio, eran de una calidad excepcional, y si el televisor volvía a funcionar, era seguramente porque Hillel lo había arreglado. Incluso en situaciones idénticas, la forma de tratarnos no lo era: cuando una de las familias llegaba tarde a cenar, mis abuelos, si eran los Baltimore, sentenciaban que a los pobres los habían pillado los embotellamientos; pero como fueran los Montclair, les faltaba tiempo para quejarse de los plantones que supuestamente les dábamos de forma sistemática. En todas las situaciones, Baltimore era el no va más de lo bueno y Montclair del podría-estar-mejor. El caviar más exquisito de Montclair nunca estaría a la altura de un bocado de repollo podrido de Baltimore. Y en los restaurantes y los centros comerciales por los que íbamos todos juntos, cuando nos cruzábamos con algún conocido suyo, la abuela hacía las presentaciones:

—Este es mi hijo Saul, es un gran abogado. Su mujer, Anita, es una médica muy importante del Johns Hopkins, y su hijo Hillel, nuestro joven portento.

Cada uno de los Baltimore recibía entonces un apretón de manos y una inclinación. Tras lo cual, la abuela seguía con el recital, señalándonos a mis padres y a mí vagamente con el dedo:

—Y estos son mi hijo pequeño y su familia.

Y a nosotros nos dedicaban un ademán con la cabeza bastante parecido a los que se usan para darles las gracias al aparcacoches o a la asistenta.

La única igualdad perfecta entre los Goldman-de-Baltimore y los Goldman-de-Montclair consistía, durante los años de mi primera juventud, en el número de miembros: tres en ambas familias. Pero aunque en el registro civil los Goldman-de-Baltimore estaban censados oficialmente como tres, quienes llegaron a conocerlos bien os dirán que eran cuatro. Porque rápidamente, mi primo Hillel, con el que yo compartía hasta entonces la tara de ser hijo único, tuvo el privilegio de que la vida le concediera un hermano. Tras los acontecimientos que voy a narrar más adelante, pronto se lo vio, en cualesquiera circunstancias, en compañía de un amigo que podría haber pasado por imaginario si no fuera porque lo conocíamos: Woodrow Finn —al que llamábamos Woody—, más guapo, más alto, más fuerte, capaz de cualquier cosa, muy considerado y siempre dispuesto a ayudar cuando se lo necesitaba.

Woody pronto consiguió entre los Goldman-de-Baltimore el estatus de parte integrante y se convirtió a la vez en uno de los suyos y en uno de los nuestros, un sobrino, un primo, un hijo y un hermano. Su existencia en el seno de esa parte de la familia se hizo evidente de inmediato, hasta el punto de que —símbolo definitivo de su integración— si no aparecía en una reunión familiar, enseguida todo el mundo preguntaba por él. Nos preocupábamos por que no hubiera venido, convirtiendo su presencia, más que en un derecho legítimo, en una necesidad para que la unidad familiar fuera perfecta. Pedidle a cualquiera que haya conocido esa época que nombre a los Goldman-de-Baltimore y mencionará a Woody sin planteárselo siquiera. También en eso ganaban ellos: en el partido de Montclair contra Baltimore, que hasta entonces siempre había ido 3 a 3, en adelante el marcador iba a ser 4 a 3.

Woody, Hillel y yo fuimos los amigos más fieles que darse pueda. En presencia de Woody pasé mis mejores años con los Baltimore, los que vivimos entre 1990 y 1998, época dorada al tiempo que telón de fondo de todo cuanto precedió al Drama. De los diez a los dieciocho años, los tres fuimos absolutamente inseparables. Juntos constituíamos una entidad fraterna de tres caras, una tríada o trinidad a la que nos referíamos muy ufanos como «la Banda de los Goldman». Nos quisimos como pocos hermanos llegan a quererse: nos hicimos unos a otros los juramentos más solemnes, mezclamos nuestra sangre, nos juramos fidelidad y nos prometimos un amor mutuo y eterno. A pesar de todo lo que pasó luego, recordaré siempre esos años como un período excepcional: la epopeya de tres adolescentes felices en un Estados Unidos bendecido por los dioses.

Ir a Baltimore, estar con ellos, eso era todo lo que me importaba. Solo me sentía completo estando ellos presentes. Benditos sean mis padres por haberme concedido, a una edad en la que pocos niños viajan solos, permiso para ir a Baltimore y reunirme con ellos durante largos fines de semana, para ir yo solo a Baltimore y encontrarme con aquellos a quienes tanto quería. Para mí fue el comienzo de una nueva vida, que pautaba el calendario perpetuo de las vacaciones escolares, las jornadas pedagógicas y las conmemoraciones de los héroes americanos. La proximidad de fechas como el Veterans Day, el Martin Luther King Day o el Presidents' Day me causaba una sensación de alegría inaudita. La emoción de volver a verlos no me dejaba parar. ¡Alabados sean los soldados caídos por la patria, alabado sea el doctor Martin Luther King Jr. por haber sido un hombre tan bueno, alabados sean nuestros presidentes, honrados y valientes, que nos daban vacaciones el tercer lunes de febrero, año tras año!

Para ganar un día, había conseguido que mis padres me dejaran marcharme directamente al salir del colegio. En cuanto acababan las clases, regresaba a casa a la velocidad del rayo para recoger mis cosas. Con la bolsa preparada, esperaba a que mi madre volviese de trabajar para que me llevara a la estación de Newark. Me sentaba en el sillón de la entrada, ya calzado y con la cazadora echada por los hombros, dando patadillas de pura impaciencia. Yo iba adelantado y ella llegaba tarde. Para matar el tiempo, me dedicaba a mirar las fotos de las dos familias dispuestas en el mueble que tenía al lado. Cuanto más sosos nos veía a nosotros, más maravillosos me parecían ellos. Sin embargo, yo tenía una vida privilegiada en Montclair, un bonito barrio periférico de Nueva Jersey, una vida apacible y feliz, a salvo de cualquier necesidad. Pero nuestros coches me parecían menos rutilantes; nuestras conversaciones, menos divertidas; nuestro sol, menos resplandeciente, y nuestro aire, menos puro.

Entonces sonaba la bocina de mi madre. Salía corriendo y me subía al viejo Honda Civic. Ella estaba retocándose la laca de uñas, bebiéndose un café en taza de cartón, comiéndose un sándwich o rellenando un impreso promocional. A veces, todo al mismo tiempo. Estaba elegante, siempre muy bien arreglada. Guapa, maquillada con esmero. Pero cuando volvía de trabajar, todavía llevaba en la chaqueta la chapa con su nombre y, debajo, la indicación que rezaba «a su servicio» y que me parecía tremendamente humillante. Los Baltimore eran los servidos y nosotros, los sirvientes.

Le echaba en cara a mi madre el retraso y ella me pedía disculpas. Yo no la perdonaba y ella me acariciaba el pelo cariñosamente. Me daba un beso, dejándome en la mejilla la marca de la barra de labios que enseguida me limpiaba con un gesto rebosante de amor. Luego me llevaba a la estación donde yo cogía un tren para Baltimore a última hora de la tarde. Por el camino, mi madre me decía que me quería y que ya me estaba echando de menos. Antes de dejarme subir al vagón, me alargaba un cucurucho de papel con unos sándwiches que había comprado en el mismo sitio que el café y me obligaba a prometerle que iba a «portarme bien y ser educado». Me daba un abrazo y aprovechaba para meterme un billete de veinte dólares en el bolsillo, luego me decía:

—Te quiero, cariño.

Entonces me plantaba dos besos en la mejilla, aunque a veces eran tres o cuatro. Decía que con uno no bastaba, aunque a mí me parecía que había más que de sobra. Cuando lo pienso ahora, me guardo rencor por no haberle dejado darme diez besos cada vez que me iba. Me guardo rencor incluso por haberme marchado, dejándola, tantas veces. Me guardo rencor por no haberme acordado lo suficiente de lo efímeras que son las madres y de no haberme repetido más a menudo: quiere a tu madre.

Apenas dos horas de tren y llegaba a la estación central de Baltimore. Por fin podía comenzar la transferencia de familia. Me deshacía del traje de los Montclair, que me venía estrecho, y me envolvía en el tejido opulento de los Baltimore. En el andén, en medio de la noche incipiente, me esperaba ella. La belleza de una reina, el resplandor y la elegancia de una diosa, aquella cuyo recuerdo llenaba a veces, avergonzándome, mis jóvenes noches: mi tía Anita. Corría hasta ella, la abrazaba. Aún siento su mano en el pelo, siento su cuerpo contra mí. Oigo su voz diciéndome:

—Markie, cariño, cuánto me alegro de verte.

No sé por qué, pero la que casi siempre venía a buscarme era ella, sola. Seguramente el motivo sería que Tío Saul solía salir tarde del bufete y que no quería que Hillel y Woody la estorbaran. Yo aprovechaba para volver a verla como si fuera mi novia: unos minutos antes de que llegara el tren, me arreglaba la ropa, me peinaba en el reflejo de la ventanilla y cuando el tren por fin se detenía, me bajaba con el corazón palpitante. Engañaba a mi madre con otra.

Tía Anita conducía un BMW negro que probablemente costaría lo que mis padres ganaban en un año entre los dos. Subir en él era la primera etapa de mi transformación. Renegaba del Civic hecho un caos y me consagraba a la adoración de ese coche enorme, de un lujo y una modernidad escandalosos, en el que dejábamos atrás el centro urbano para dirigirnos a Oak Park, el barrio de postín en el que vivían. Oak Park era un mundo aparte: las aceras eran más anchas, bordeaban las calles árboles inmensos. Las casas eran a cual más grande, las verjas de entrada rivalizaban en arabescos y el tamaño de las vallas era desmesurado. Los transeúntes me parecían más guapos; sus perros, más elegantes; los corredores domingueros, más atléticos. Mientras que en nuestro barrio, en Montclair, yo solo conocía casas acogedoras sin barrera alguna en torno al jardín, en Oak Park, a la inmensa mayoría las protegían setos y tapias. En las calles tranquilas, el servicio de seguridad privado transitaba en coches con luces giratorias naranja y el rótulo *Patrulla de Oak Park* en la carrocería, velando por la paz de sus habitantes.

Mientras cruzaba Oak Park con Tía Anita, experimentaba la segunda fase de mi transformación: empezar a sentirme superior. Todo me parecía obvio: el coche, el barrio, mi presencia. Los agentes de la patrulla de Oak Park acostumbraban a saludar a los vecinos haciendo un rápido ademán con la mano al cruzarse con ellos, y los vecinos les correspondían. Un ademán para confirmar que todo iba bien y que la tribu de los ricos podía salir a pasear confiadamente. Al cruzarnos con la primera patrulla, el agente hacía un ademán. Anita se lo devolvía y yo me apresuraba a hacer otro tanto. Ahora, yo era uno de los suyos. Al llegar a su casa, Tía Anita anunciaba nuestra llegada con dos bocinazos antes de pulsar un mando a distancia que abría las dos mandíbulas metálicas de la verja de entrada. Se adentraba en la avenida y se metía en el garaje de cuatro plazas. Apenas me bajaba del coche, la puerta de entrada de la casa se abría con un estrépito alegre y ahí estaban ellos, corriendo hacia mí escaleras abajo, Woody y Hillel, esos hermanos que la vida nunca había querido darme. En todas las ocasiones entraba en la casa con mirada embelesada: todo era bonito, lujoso, colosal. Su garaje era tan grande como nuestro salón. Su cocina era tan grande como nuestra casa. Sus cuartos de baño eran tan grandes como nuestros dormitorios y tenían dormitorios suficientes para albergar a varias generaciones nuestras.

Cada estancia allí era mejor que la anterior y no hacía sino aumentar aún más la admiración que sentía por mis tíos, y sobre todo la química perfecta de la Banda que formábamos Hillel, Woody y yo. Eran como sangre de mi sangre y carne de mi carne. Nos gustaban los mismos deportes, los mismos actores, las mismas películas, las mismas chicas, y no porque nos hubiésemos puesto de acuerdo o lo hubiésemos consensuado, sino porque cada uno era la prolongación del otro. Desafiábamos a la naturaleza y la ciencia: los árboles de nuestros ancestros no compartían el mismo tronco pero nuestras secuencias genéticas seguían, sin embargo, las mismas vueltas y revueltas. A veces íbamos a visitar al padre de Tía Anita, que vivía en una residencia de ancianos —la «Casa de los muertos», así la llamábamos— y me acuerdo de que sus amigos un poco seniles o con la memoria deshilachada hacían constantemente preguntas sobre la identidad de Woody, confundiéndonos a unos con otros. Lo señalaban con sus dedos retorcidos y hacían sin reparos la eterna pregunta: «¿Este es un Goldman-de-Baltimore o un Goldman-de-Montclair?». Si la que respondía era Tía Anita, les explicaba: «Es Woodrow, el amigo de Hill. Es ese crío que acogimos. Es tan encantador». Antes de decir eso, siempre comprobaba que Woody no estaba en la misma habitación para no violentarlo, aunque por el sonido de su voz se comprendía inmediatamente que estaba dispuesta a quererlo como a su propio hijo. Para esa misma pregunta, Woody, Hillel y yo teníamos una respuesta que nos parecía la que más se aproximaba a la realidad. Y cuando, durante esos inviernos, en los pasillos donde flotaban los extraños olores de la vejez, esas manos arrugadas nos retenían agarrándonos por la ropa y nos obligaban a dar nuestros nombres para colmar la inevitable erosión de su cerebro enfermo, respondíamos: «Soy uno de los tres primos Goldman».

*

Me interrumpió a media tarde mi vecino Leo Horowitz. Le preocupaba no haberme visto en todo el día y venía a asegurarse de que todo iba bien.
—Todo va bien, Leo —lo tranquilicé desde el umbral.
Le debió de parecer raro que no le dejases pasar y sospechó que le ocultaba algo.

—¿Está usted seguro? —preguntó una vez más con tono curioso.

—Por completo. No pasa nada especial. Estoy trabajando.

De repente, vio que detrás de mí aparecía Duke, que se había despertado y quería ver qué sucedía. Se le pusieron unos ojos como platos.

—Marcus, ¿qué hace ese perro en su casa?

Agaché la cabeza, avergonzado.

—Lo he cogido prestado.

—¿Que lo ha qué?

Le indiqué por señas que entrara rápidamente y volví a cerrar la puerta a su espalda. Nadie podía ver a ese perro en mi casa.

—Quería ir a ver a Alexandra —le expliqué— y vi que el perro salía de la finca. Me dije que podría traérmelo aquí, quedarme con él durante el día y devolverlo por la noche haciéndole creer que había vuelto a mi casa por propia voluntad.

—Está usted mal de la cabeza, hombre de Dios. Eso es robar en el sentido más estricto de la palabra.

—Es un préstamo, no tengo intención de quedarme con él. Solo lo necesito durante unas horas.

Mientras me escuchaba, Leo se dirigió a la cocina, se sirvió agua, sin preguntarme nada, de una botella de la nevera y se sentó delante de la barra. Estaba encantado del giro excepcionalmente entretenido que estaba tomando el día. Me sugirió con expresión radiante:

—¿Y si empezáramos echando una partidita de ajedrez? Así se relaja.

—No, Leo, la verdad es que ahora no tengo tiempo para eso.

Se puso serio y se volvió hacia el perro, que lamía ruidosamente el agua de una cazuela puesta en el suelo.

—Entonces, explíquemelo, Marcus: ¿por qué necesita a este perro?

—Para tener un buen motivo para volver a ver a Alexandra.

—Eso ya lo había entendido. Pero ¿por qué necesita una razón para ir a verla? ¿No puede, sencillamente, ir a saludarla como una persona civilizada, en lugar de secuestrarle al perro?

—Me ha pedido que no intente volver a verla.

—¿Y por qué ha hecho eso?

—Porque corté con ella. Hace ocho años.
—Demonios. En efecto, no se portó usted muy bien que digamos. ¿Ya no la quería?
—Todo lo contrario.
—Pero cortó con ella.
—Sí.
—¿Por qué?
—Por culpa del Drama.
—¿Qué Drama?
—Es una larga historia.

*

Baltimore
Década de 1990

Los momentos de felicidad con los Goldman-de-Baltimore los contrarrestaban dos ocasiones al año, cuando las dos familias se reunían: en Acción de Gracias, en casa de los Baltimore, y durante las vacaciones de invierno en Miami, en Florida, en casa de los abuelos. Desde mi punto de vista, aquellas citas familiares tenían más de partido de fútbol que de reencuentro. En un lado del campo, los Montclair; en otro, los Baltimore, y en el centro, los abuelos Goldman, que ejercían de árbitros y contaban los goles.

Acción de Gracias era la fecha de la coronación anual de los Baltimore. La familia se reunía en su casa inmensa y lujosa de Oak Park donde todo era perfecto, de principio a fin. Yo dormía, en el colmo de la dicha, en el cuarto de Hillel, y Woody, que ocupaba el dormitorio contiguo, arrastraba el colchón hasta nuestro cuarto para no estar separados y compartir incluso el mismo sueño. Mis padres ocupaban una de las habitaciones de invitados con baño y mis abuelos, la otra.

Era Tío Saul quien iba a buscar a los abuelos al aeropuerto, y durante la primera hora posterior a su llegada a casa de los Baltimore la conversación giraba en torno a lo cómodo que era el coche.

—¡Tenéis que verlo! —exclamaba la abuela—, ¡de verdad que es apabullante! ¡Espacio para las piernas como en ningún otro sitio! Me acuerdo de haber subido en tu coche, Nathan [mi padre], pensando: ¡una y no más! ¡Y qué sucio, por Dios! ¿Tanto cuesta pasarle la aspiradora? El de Saul está como nuevo. El cuero de los asientos está perfecto, se nota que lo cuidan con mucho mimo.

Y cuando ya no le quedaba nada que decir del coche, se hacía lenguas de la casa. Exploraba todos los pasillos, como si fuera la primera vez que la visitaba, y se maravillaba del buen gusto de la decoración, de la calidad de los muebles, del suelo con calefacción radiante, de la limpieza, de las flores y de las velas que perfumaban las estancias.

Durante la comida de Acción de Gracias no dejaba de celebrar la perfección de los platos. A cada bocado emitía sonidos entusiastas. Cierto es que la comida era suntuosa: sopa de calabaza castaña, un pavo tiernísimo asado con jarabe de arce y salsa a la pimienta, macarrones con queso, pastel de calabaza, puré de patata cremoso, tallos de acelga suculentos y judías finísimas. Los postres no se quedaban atrás: *mousse* de chocolate, tarta de queso, tarta de pacanas y tarta de manzana con una masa fina y crujiente. Después de la comida y el café, Tío Saul sacaba a la mesa botellas de licores fuertes cuyos nombres, a la sazón, no me decían nada, pero recuerdo que el abuelo cogía las botellas como si fueran de una poción mágica y se extasiaba con el nombre, la añada o el color, mientras que la abuela le daba un último repaso a la calidad de la comida y, por extensión, a la de la casa y la vida de sus dueños, antes de alcanzar la apoteosis final (que siempre era la misma): «Saul, Anita, Hillel y Woody, queridos míos: gracias, ha sido extraordinario».

Me hubiese gustado que vinieran ella y el abuelo a pasar una temporada a Montclair para poder demostrarles de lo que éramos capaces nosotros. Se lo pedí una vez, con la suficiencia de los diez años de edad.

—Abuela, ¿por qué no venís alguna vez el abuelo y tú a dormir a casa, a Montclair?

Pero me contestó:

—Ya no podemos ir a tu casa, ¿sabes, cariño? No es lo bastante grande ni lo bastante cómoda.

La segunda gran reunión anual de los Goldman acontecía en Miami, con motivo de las fiestas de fin de año. Hasta que cumplimos los trece, los abuelos Goldman vivían en un piso lo bastante grande para alojar a las dos familias y pasábamos una semana todos juntos, sin separarnos ni un momento. Aquellas temporadas en Florida eran para mí la ocasión de comprobar cuantísimo admiraban los abuelos a los Baltimore, aquellos marcianos formidables que, en el fondo, no tenían nada en común con el resto de la familia. Podía ver los rasgos de parentesco evidentes entre mi abuelo y mi padre. Se parecían físicamente, tenían las mismas manías y padecían ambos del síndrome del colon irritable, sobre el que se podían tirar horas hablando. El colon irritable era uno de los temas de conversación favoritos del abuelo. Recuerdo a mi abuelo como un hombre amable, distraído, cariñoso y, sobre todo, estreñido. Se iba a evacuar como quien se va a la estación. Con el periódico debajo del brazo, nos anunciaba:

—Voy al retrete.

Le daba a la abuela un besito de despedida en los labios y ella le decía:

—Hasta ahora, cariño mío.

Al abuelo le preocupaba que algún día a mí también me afectara ese mal de los Goldman-de-fuera-de-Baltimore: el famoso colon irritable. Tenía que prometerle que comería muchas verduras fibrosas y que nunca me iba a contener si tenía necesidad de «hacer aguas mayores». Por la mañana, mientras Woody y Hillel se atiborraban de cereales azucarados, el abuelo me obligaba a atiborrarme de All-Bran. Era el único al que obligaban a comer eso, lo que demostraba que los Baltimore debían de tener enzimas adicionales de las que los demás carecíamos. El abuelo me hablaba de los problemas digestivos que me esperaban por ser hijo de mi padre:

—Pobrecito Marcus, tu padre tiene el colon como yo. Ya verás como tú tampoco te libras. Come mucha fibra, hijo, eso es lo más importante. Tienes que empezar ya a cuidarte el sistema.

Se quedaba detrás de mí mientras me zampaba los All-Bran y me ponía en el hombro una mano llena de empatía. Obviamente, a base de comer tanta fibra, me pasaba la vida en el baño y cuando salía, el abuelo cruzaba una mirada conmigo, como diciéndome: «Tú también lo tienes, muchacho. Estás jodido». Aquella historia del colon me tenía obsesionado. Consultaba regularmente los diccionarios médicos de la biblioteca municipal, acechando con aprensión los primeros síntomas de la enfermedad. Me decía que si no la padecía, era porque quizá fuera diferente, diferente como un Baltimore. Porque en el fondo, los abuelos se identificaban con mi padre, pero a quien reverenciaban era a Tío Saul. Y yo era el hijo de uno, pero lamentaba a menudo no haber sido hijo del otro.

Esa mezcla de Montclair y Baltimore era lo que me hacía darme cuenta realmente del profundo abismo que escindía mi vida en dos: una vida oficial, un Goldman-de-Montclair, y una vida confidencial, un Goldman-de-Baltimore. De mi segundo nombre, Philip, conservaba la inicial y en los cuadernos y deberes escolares escribía «Marcus P. Goldman». Luego le añadía una curva a la P que se tranformaba en Marcus B. Goldman. Yo era la P que a veces se transformaba en B. Y la vida, como si quisiera darme la razón, a veces me hacía curiosas jugarretas: cuando estaba en Baltimore sin mis padres, me sentía como uno de ellos. Si Hillel, Woody y yo íbamos por el barrio, los agentes de la patrulla nos saludaban y nos llamaban por nuestro nombre. Pero cuando iba a Baltimore con mis padres para celebrar Acción de Gracias, recuerdo la vergüenza que me embargaba al enfilar las primeras calles de Oak Park a bordo de nuestro coche viejo, en cuyo parachoques estaba escrito que no pertenecíamos a la dinastía de los Goldman de allí. Si nos cruzábamos con una patrulla de seguridad, le hacía la seña secreta de los iniciados y mi madre, que no entendía nada, me regañaba:

—Pero bueno, Markie, ¿quieres parar de hacer el imbécil y no hacerle más señales estúpidas a ese agente?

El colmo de lo horrible era cuando nos perdíamos por Oak Park, cuyas calles circulares solían inducir a error. Mi madre se ponía nerviosa y mi padre se paraba en medio de algún cruce y empezaban a discutir sobre qué dirección era la correcta hasta que se presentaba una patrulla para ver qué se tramaba en ese coche abollado y, por tanto, sospechoso. Mi padre explicaba por qué estábamos allí mientras yo hacía la seña de la cofradía secreta para que el agente no pensase que podía existir algún vínculo familiar entre aquellos dos forasteros y yo. Podía ocurrir que el agente se limitase a indicarnos el camino, pero, a veces, se ponía suspicaz y nos escoltaba hasta la casa de los Goldman para asegurarse de que llevábamos buenas intenciones. Tío Saul, al vernos llegar, salía enseguida.

—Buenas, señor Goldman —decía al agente—, siento molestarlo pero solo quería asegurarme de que está usted en efecto esperando a estas personas.

—Gracias, Matt (o cualquier otro nombre, según el que figurase en la chapa, mi tío siempre llamaba a la gente por el nombre que figuraba en la chapa en los restaurantes, los cines o el peaje de la autopista). Sí, está todo en orden, gracias, todo va bien.

Decía: todo va bien. No decía: Matt, so patán, ¿cómo has podido desconfiar de mi propia sangre, de la carne de mi carne, de mi hermano del alma? El zar habría mandado que empalasen al guardia que hubiese tratado así a los miembros de su familia. Pero en Oak Park, Tío Saul felicitaba a Matt como quien recompensa a un buen perro guardián por haber ladrado, para tener la seguridad de que ladrará siempre. Y cuando el agente se estaba yendo, mi madre decía: «Eso, venga, lárguese, ya ha visto que no somos unos bandidos», mientras mi padre le rogaba que se callase y que no nos pusiera en evidencia. Solo éramos unos invitados.

En el patrimonio de los Baltimore, solo había un lugar a salvo de la contaminación de los Montclair: la casa de vacaciones de los Hamptons, donde mis padres tenían el buen gusto de no haber ido jamás —al menos estando yo delante—. Para quien no sepa en qué se han convertido los Hamptons desde la década de 1980, se trataba de un lugar pequeño y tranquilo de la costa oceánica a las puertas de la ciudad de Nueva York que acabó siendo uno de los destinos de vacaciones de mayor postín de la Costa Este. Así pues, la casa de los Hamptons había conocido varias vidas sucesivas y Tío Saul nunca dejaba de contar que cuando compró aquella casucha de madera en East Hampton por una miseria, todo el mundo se burló de él asegurándole que había hecho la peor inversión de su vida. No contaban con el *boom* de Wall Street de la década de 1980, que anunciaba el inicio de la edad de oro de una generación de operadores financieros: las fortunas recientes tomaron por asalto los Hamptons, la región se aburguesó de la noche a la mañana y su valor inmobiliario se disparó.

Yo era muy pequeño para acordarme, pero me han contado que a medida que Tío Saul ganaba casos, la casa iba mejorando poco a poco hasta el día en que la tiraron abajo para construir en su lugar una casa nueva, magnífica, rebosante de encanto y comodidades. Amplia, luminosa, sabiamente cubierta de hiedra y con una terraza en la parte de atrás rodeada de matas de hortensias azules y blancas, además de la piscina y el cenador cubierto de aristoloquia en el que comíamos.

Después de Baltimore y Miami, los Hamptons eran la conclusión del tríptico geográfico anual de la Banda de los Goldman. Todos los años, mis padres me daban permiso para pasar allí el mes de julio. Fue allí, en la casa de vacaciones de mis tíos, donde pasé los veranos más felices de mi juventud en compañía de Woody y Hillel. También fue allí donde se plantaron las semillas del Drama que iba a sacudirlos. Aun así, conservo de aquellas estancias un recuerdo de felicidad plena. De aquellos veranos bienaventurados recuerdo días idénticos en los que flotaba el aroma de la inmortalidad. ¿Que qué hacíamos allí? Vivíamos nuestra juventud triunfal. Nos dedicábamos a domar el océano. A cazar chicas como si fueran mariposas. A pescar. A buscar rocas desde las que zambullirnos en el océano y medirnos con la vida.

El lugar que más nos gustaba de todos era la finca de un matrimonio adorable, Seth y Jane Clark, de edad relativamente avanzada y sin hijos, muy ricos —creo que él tenía fondos de inversión en Nueva York—, con los que Tío Saul y Tía Anita se habían encariñado a lo largo de los años. Su finca, llamada El Paraíso en la Tierra, se encontraba a una milla de la casa de los Baltimore. Era un lugar fabuloso: recuerdo el parque frondoso, los árboles de Judas, los macizos de rosales y la fuente con cascada. Detrás de la casa había una piscina a cuyo pie se extendía una playa privada de arena blanca. Los Clark nos dejaban disfrutar de la finca cuanto queríamos y siempre estábamos metidos en su casa, zambulléndonos en la piscina o nadando en el océano. Tenían incluso un bote amarrado a un embarcadero de madera que utilizábamos de vez en cuando para recorrer la bahía. Para agradecerles a los Clark que fueran tan amables, solíamos hacerles favorcillos, sobre todo tareas de jardinería, que se nos daban especialmente bien por motivos que explicaré más adelante.

En los Hamptons perdíamos la cuenta de la fecha y los días. Quizá fue eso lo que me engañó: aquella sensación de que todo duraría para siempre. De que duraríamos para siempre. Como si en ese lugar mágico, en las calles y en las casas, la gente pudiera zafarse del tiempo y sus estragos.

Me acuerdo de la mesa que había en la terraza de la casa, donde Tío Saul había montado lo que llamaba su «despacho». Justo al lado de la piscina. Después de desayunar, disponía allí sus expedientes, se llevaba el teléfono y trabajaba por lo menos hasta mediodía. Sin romper el secreto profesional, nos hablaba de los casos que llevaba. Me fascinaban sus explicaciones. Le preguntábamos cómo tenía previsto ganar y contestaba:

—Voy a ganar porque es lo que debo hacer. Los Goldman no pierden nunca.

Nos preguntaba lo que haríamos si estuviésemos en su lugar. Nosotros nos imaginábamos entonces que éramos tres ilustres letrados y berreábamos todas las ideas que se nos pasaban por la cabeza. Él sonreía y nos decía que íbamos a ser unos abogados estupendos y que algún día podríamos trabajar en su bufete. Y, según lo decía, yo me ponía a fantasear.

Meses después, al pasar por Baltimore, encontraba los recortes de prensa referidos a los casos que había preparado en los Hamptons y que Tía Anita conservaba como oro en paño. Tío Saul había ganado. Toda la prensa hablaba de él. Todavía me acuerdo de algunos titulares:

El invencible Goldman
Saul Goldman, el abogado que nunca pierde
Goldman ataca de nuevo

Podía decirse que nunca había perdido un caso. Y enterarme de aquellas victorias reafirmaba aún más la pasión que sentía por él. Era el mejor tío y el mejor abogado que darse pueda.

*

Ya estaba atardeciendo cuando desperté a Duke en plena siesta para llevarlo de vuelta a su casa. Se encontraba bien en la mía y me dejó claro que no le apetecía demasiado moverse. Tuve que arrastrarlo hasta el coche, que estaba delante de la casa, y cogerlo en brazos para meterlo en el maletero. Leo me observaba, regocijado, desde el porche de su casa.

—Buena suerte, Marcus. Estoy convencido de que si no quiere volver a verlo, eso significa que lo quiere mucho.

Conduje hasta casa de Kevin Legendre y llamé al telefonillo.

3.

Coconut Grove, Florida
Junio de 2010. Seis años después del Drama

Amanecía. Me había acomodado en la terraza de la casa en la que ahora vivía mi tío, en Coconut Grove. Hacía cuatro años que se había mudado aquí.

Llegó sin hacer ruido y me sobresalté cuando me dijo:
—¿Ya estás levantado?
—Buenos días, Tío Saul.

Llevaba dos tazas de café y me puso una delante. Se fijó en las líneas de las cuartillas. Yo estaba escribiendo.
—¿De qué trata tu próxima novela, Markie?
—No puedo decírtelo, Tío Saul. Ya me lo preguntaste ayer.

Sonrió. Estuvo un rato mirando cómo escribía. Luego, antes de marcharse, mientras se remetía la camisa en el pantalón y se apretaba el cinturón, me dijo con tono solemne:
—Algún día saldré en un libro tuyo, ¿eh?
—Por supuesto —le contesté.

Mi tío se había ido de Baltimore en 2006, dos años después del Drama, para venirse a vivir a esta casa pequeña pero acomodada del barrio Coconut Grove, al sur de Miami. Tenía una terracita en la parte delantera, rodeada de mangos y aguacates, cuyos frutos eran cada año más abundantes y que cuando apretaba el calor aportaban un alivio refrescante.

El éxito de mis novelas me brindaba la libertad de venir a ver a mi tío cada vez que me apetecía. Casi siempre iba en coche. Me daba la ventolera y me marchaba de Nueva York: lo decidía incluso la mañana del mismo día. Metía a puñados unas cuantas cosas en una bolsa, la tiraba en el asiento de atrás y me iba. Cogía la autovía I-95, conducía hasta Baltimore y seguía bajando en dirección sur, hasta Florida. A veces tardaba dos días enteros en llegar, con una parada a mitad de camino a la altura de Beaufort, en Carolina del Sur, en un hotel donde ya tenía mis rutinas. En invierno, dejaba atrás los vientos polares que barrían Nueva York, en el coche que la nieve azotaba, con un jersey grueso y un café quemando en una mano y el volante en la otra. En lo que tardaba en bajar a la costa ya había llegado a un Miami achicharrado, a treinta grados, donde los transeúntes, en camiseta, se relajaban al sol resplandeciente del invierno tropical.

A veces iba en avión y alquilaba un coche en el aeropuerto de Miami. El viaje duraba diez veces menos, pero la intensidad del sentimiento que me embargaba al llegar a casa de mi tío era menor. El avión mermaba mi libertad con la carga de los horarios de vuelos, del reglamento de las compañías aéreas, de las colas interminables y las esperas vacías por culpa de los protocolos de seguridad que padecían los aeropuertos desde los atentados del 11-S. En cambio, la sensación de libertad que notaba cuando, el día antes por la mañana, había decidido sencillamente subirme al coche y conducir hacia el sur sin detenerme era casi absoluta. Salía cuando me daba la gana, me paraba cuando me daba la gana. Era el amo del ritmo y del tiempo. A lo largo de los miles de millas de autovía que ahora ya me sabía de memoria, nunca dejaba de maravillarme el tamaño de este país, que parecía no acabarse nunca. Y, por fin, Florida, y luego Miami y luego Coconut Grove, y su calle. Cuando llegaba delante de su casa me lo encontraba instalado debajo del porche. Me estaba esperando. Sin que yo lo hubiera avisado de que iba, me estaba esperando. Fielmente.

Llevaba en Coconut Grove dos días. Había ido, como siempre, de improviso y cuando me vio aparecer por allí, mi tío Saul, loco de alegría de que fuera a interrumpir su soledad, se me echó en los brazos. Yo estreché muy fuerte contra el pecho a aquel hombre derrotado por la vida. Le acaricié con la yema de los dedos la tela de la camisa barata y, cerrando los ojos, olí aquel agradable aroma suyo, que era lo único que no había cambiado. Y al recuperar aquel olor, me imaginé que estaba en la terraza de su mansión de Baltimore o en el porche de la casa de verano de los Hamptons, en la época dorada. Me imaginé que mi magnífica Tía Anita estaba a su lado, y Woody y Hillel, mis dos primos maravillosos. Mediante una sola bocanada de aquel olor, había regresado a lo más hondo de mis recuerdos, al barrio de Oak Park, y había revivido, en el lapso de un instante, la felicidad de haber convivido con ellos.

En Coconut Grove pasaba los días escribiendo. Era el lugar donde encontraba la tranquilidad suficiente para trabajar. Caí en la cuenta de que, a pesar de vivir en Nueva York, allí nunca había escrito realmente. Siempre sentía la necesidad de ir a otra parte, de aislarme. Trabajaba en la terraza cuando hacía bueno y, cuando apretaba el calor, en el frescor del aire acondicionado del despacho que mi tío había montado especialmente para mí en el cuarto de invitados.

Por lo general solía tomarme un descanso al final de la mañana y me acercaba a saludarlo al supermercado. Le gustaba que fuera a verlo al supermercado. Al principio no me fue fácil: me violentaba. Pero sabía cuánta ilusión le hacía que fuese a la tienda. Siempre que llegaba al supermercado, sentía que se me encogía un poco el corazón. Las puertas automáticas se abrían al llegar yo delante y lo veía, en la caja, afanándose en repartir la compra de los clientes en bolsas, según lo que pesara cada artículo y si era o no perecedero. Lucía el delantal verde de los empleados en el que estaba prendida una chapa donde ponía su nombre, «Saul». Yo oía a los clientes decirle: «Muchas gracias, Saul. Que tenga un buen día». Siempre estaba alegre, sin cambios de humor. Yo esperaba a que no estuviera ocupado para hacer notar mi presencia y veía cómo se le iluminaba la cara. «¡Markie!», exclamaba jovialmente cada vez, como si fuera la primera que iba a verlo.

Le decía a la cajera que estaba a su lado:

—Mira, Lindsay, es mi sobrino Marcus.

La cajera me miraba como un animal curioso y me decía:

—¿Tú eres ese escritor tan famoso?

—¡Sí que lo es! —contestaba mi tío en mi lugar, como si yo fuera el presidente de los Estados Unidos.

Me hacía algo así como una reverencia y prometía que se leería mi libro.

A los empleados del supermercado les caía bien mi tío y, cuando llegaba yo, siempre encontraba a alguien que lo sustituyese. Entonces me llevaba por los pasillos para hacer la ronda entre sus colegas. «Todo el mundo quiere saludarte, Markie. Algunos se han traído su ejemplar del libro para que se lo firmes. No te importa, ¿verdad?» Yo siempre accedía de buena gana y luego terminábamos la visita en el mostrador de café y zumos, que atendía un muchacho con el que mi tío se había encariñado, un negro del tamaño de una montaña y con la dulzura de una mujer, que se llamaba Sycomorus.

Sycomorus tenía más o menos mi edad. Soñaba con ser cantante y mientras le llegaba la gloria, hacía zumos de verdura revitalizadores a la carta. En cuanto tenía ocasión, se encerraba en la sala de descanso y se filmaba con el teléfono móvil tarareando alguna canción de moda y chasqueando los dedos, para luego difundir los vídeos por las redes sociales con la esperanza de que el mundo se fijara en su talento. Soñaba con participar en un concurso de televisión titulado *¡Canta!* que emitía una cadena nacional y en el que se enfrentaban cantantes que aspiraban a sobresalir y hacerse famosos.

A comienzos de aquel mes de junio de 2010, Tío Saul le estaba ayudando a rellenar los impresos para presentar al programa su candidatura en formato de vídeo. Había una parte de descargas y de derechos de imagen que Sycomorus no entendía. Sus padres tenían muchísimo interés en que se hiciera famoso. Como claramente no tenían nada mejor que hacer, se pasaban el día yendo a ver a su chico al trabajo para preocuparse por su porvenir. Se apalancaban en el mostrador de zumos y, entre cliente y cliente, el padre se metía con el hijo y la madre hacía las veces de mediadora.

El padre era un tenista fracasado. La madre había soñado con ser actriz. El padre se había empeñado en que Sycomorus fuera campeón de tenis. A la madre le habría gustado que fuese un gran actor. A la edad de seis años, cumplía trabajos forzados en las canchas de tenis y había rodado un anuncio de yogures. A los ocho años, aborrecía el tenis y juraba que no volvería a tocar una raqueta en toda su vida. Se dedicó a ir de *casting* en *casting* con su madre, buscando el papel que pusiera en órbita su carrera de niño prodigio. Pero aquel papel nunca llegó y hoy, sin ningún título ni formación alguna, hacía zumos.

—Cuantas más vueltas le doy a este asunto tuyo del programa de televisión, más me convenzo de que es una soberana tontería —repetía el padre.

—No lo entiendes, papá. Ese programa lanzará mi carrera.

—¡Pfff! ¡Un ridículo espantoso, eso es lo que vas a hacer! ¿De qué te va a servir montar un espectáculo en televisión? Nunca te ha gustado cantar. Tendrías que haberte hecho tenista. Tenías todas las dotes. Qué lástima que tu madre te convirtiese en un vago.

—Pero, papá —le suplicaba Sycomorus, que anhelaba desesperadamente la aprobación de su padre—, todo el mundo habla de ese programa.

—Déjalo en paz, George, si es con lo que sueña —intervenía la madre quedamente.

—Sí, papá, cantar es mi vida.

—Tu vida es meter verdura en una licuadora, eso es lo que es. Tendrías que haber sido un campeón de tenis. Lo echaste todo a perder.

Normalmente, Sycomorus acababa llorando. Para serenarse, cogía del mostrador el cuaderno de anillas que todos los días se llevaba al supermercado desde casa y donde guardaba la colección de artículos sobre Alexandra Neville que había espigado y seleccionado primorosamente, que recogían todo cuanto tuviera que ver con ella y a él le pareciera digno de interés. Alexandra era el modelo de Sycomorus: su obsesión. En cuestión de música, ella era su única referencia. Su carrera, sus canciones, su forma de reinterpretarlas en los conciertos: desde su punto de vista, ella era la perfección. La había seguido en todas sus giras, de las que volvía con camisetas de recuerdo para adolescentes que se ponía con regularidad. «Si lo sé todo sobre ella, puede que consiga hacer una carrera como la suya», decía. El grueso de ese material lo sacaba de los tabloides que leía con avidez y cuyos artículos recortaba cuidadosamente en sus ratos libres.

Sycomorus se consolaba pasando las páginas del cuaderno de anillas y se imaginaba que también él se convertiría algún día en una gran estrella. Su madre, con el corazón roto, le daba ánimos:

—Mira el cuaderno, cariño, te sentará bien.

Sycomorus contemplaba las páginas plastificadas, rozándolas con las manos.

—Mamá, algún día seré como ella... —decía.

—Es rubia y blanca —se impacientaba su padre—. ¿Quieres ser una chica blanca?

—No, papá, lo que quiero es ser famoso.

—Ahí está el problema, tú no quieres ser cantante, lo que quieres es ser famoso.

En eso, el padre de Sycomorus tenía razón. Hubo una época en que las estrellas de Estados Unidos eran cosmonautas y científicos. Hoy en día, consideramos estrellas a personas que no hacen nada y que solo se dedican a hacerse fotos a sí mismas o al plato que tienen enfrente. Mientras el padre argumentaba delante del hijo, la cola de clientes que esperaban el zumo revitalizador se impacientaba. La madre acababa tirándole de la manga al marido.

—Que te calles ya, George —le regañaba—. Lo van a despedir por culpa de tus numeritos. ¿Quieres que echen a tu hijo del trabajo por tu culpa?

El padre se aferraba al mostrador con gesto desesperado y le murmuraba a su hijo una última petición, como si no se hubiera percatado de lo que saltaba a la vista.

—Prométeme solo una cosa. Pase lo que pase, por favor te lo pido, no te hagas nunca marica.

—Te lo prometo, papá.

Y los padres se iban a pasear entre los pasillos de la tienda.

Justo por esa época, Alexandra Neville estaba en plena gira de conciertos. Concretamente actuaba en el American Airlines Arena de Miami, de lo cual estaba enterado todo el supermercado porque Sycomorus, que había conseguido hacerse con una entrada para el concierto, había colgado un panel de cuenta atrás en la sala de descanso y había bautizado el día del concierto como el *Alexandra Day*.

Unos días antes del concierto, mientras disfrutábamos de la caída de la tarde en la terraza de la casa de Coconut Grove, Tío Saul me preguntó:

—Marcus, ¿no podrías apañártelas para que Sycomorus conociera a Alexandra?

—Imposible.

—¿Seguís enfadados?

—Hace años que no nos hablamos. Aunque quisiera, no sabría ni cómo ponerme en contacto con ella.

—Tengo que enseñarte una cosa que encontré cuando estaba ordenando —dijo Tío Saul levantándose de la silla.

Se ausentó un instante y volvió con una foto en la mano.

—Estaba entre las páginas de un libro que fue de Hillel —me dijo.

Era aquella famosa foto de Woody, Hillel, Alexandra y yo, de adolescentes, en Oak Park.

—¿Qué pasó entre Alexandra y tú? —preguntó Tío Saul.

—Qué más da —le contesté.

—Markie, sabes lo mucho que me gusta que estés aquí. Pero a veces me preocupas. Deberías salir más, divertirte más. Echarte novia...

—No te preocupes, Tío Saul.

Le alargué la foto para devolvérsela.

—No, quédate con ella —me dijo—. Tiene una nota detrás.

Le di la vuelta a la foto y reconocí la letra de Alexandra. Había escrito:

OS QUIERO, CHICOS GOLDMAN.

4.

En Boca Ratón, durante aquel mes de marzo de 2012 en el que volví a encontrar a Alexandra, empecé a robarle todas las mañanas a su perro Duke. Me lo llevaba a casa, donde pasaba el día conmigo, y a última hora de la tarde lo llevaba de nuevo a casa de Kevin Legendre.

El perro se lo pasaba tan bien conmigo que decidió esperarme delante de la verja de la finca de Kevin. Yo llegaba por la mañana temprano y allí estaba, sentado, acechando mi aparición. Me bajaba del coche y se abalanzaba sobre mí, manifestando su alegría e intentando lamerme la cara mientras yo me agachaba para acariciarlo. Le abría el maletero, se metía dentro de un salto tan contento y nos íbamos de inmediato para pasar el día en mi casa. Hasta que Duke ya no aguantó más y decidió venirse solo. Todas las mañanas, a las seis, se ponía a gañir delante de mi puerta para anunciar su presencia con una precisión que los humanos nunca podrán alcanzar.

Nos lo pasábamos bien juntos. Le compré todos los pertrechos de los perros felices: pelotas de goma, juguetes para morder, comida, escudillas, golosinas, mantas para que estuviera cómodo... Al final del día lo volvía a llevar a su casa y, juntos e igualmente dichosos, nos reuníamos con Alexandra.

Los reencuentros al principio fueron breves. Alexandra me daba las gracias, se disculpaba por las molestias y me despachaba a mi casa, sin siquiera ofrecerme que entrase un ratito.

Luego vino aquella vez en que no estaba en casa. Fue el cachas aguafiestas de Kevin el que me abrió y acusó recibo de Duke. «Alex no está», me dijo con tono cordial. Le pedí que le diese recuerdos de mi parte y cuando estaba a punto de irme, me ofreció quedarme a cenar con él. Acepté. Y debo decir que pasamos una velada muy agradable. Había en él algo predominantemente simpático. Una faceta de padre de familia bonachón a punto de jubilarse ¡a los treinta y siete años y con unos cuantos millones en la cuenta bancaria! Llevaría a los niños al colegio, entrenaría al equipo de fútbol y organizaría barbacoas para celebrar los cumpleaños. El tío que no daba palo al agua, ese era él.

Precisamente, esa noche Kevin me contó que se había lesionado el hombro y que el equipo lo tenía en reposo. Hacía rehabilitación de día y por la noche preparaba filetes, veía la televisión y dormía. Le pareció oportuno contarme que Alexandra le daba unos masajes divinos que lo aliviaban mucho. Luego me contó con detalle el inventario de los movimientos que solía hacerle y además me explicó los ejercicios de fisioterapia. Era un hombre sencillo en el sentido literal de la palabra y yo me preguntaba qué había visto Alexandra en él.

Mientras se hacían los filetes, me sugirió que le pasáramos revista a la valla para ver cómo se escapaba Duke. Él revisó una mitad del seto y yo me encargué de la otra. Enseguida encontré el agujero enorme que Duke había cavado en el césped para pasar al otro lado de la valla y, obviamente, no se lo indiqué a Kevin. Le aseguré que mi mitad del seto estaba intacta (y no era mentira), él me confirmó que la suya también y nos fuimos a comernos los filetes. Las fugas de Duke lo tenían trastornado.

—No entiendo por qué lo hace. Es la primera vez. Para Alex, este perro es toda su vida. Me da miedo que lo atropelle un coche.

—¿Qué edad tiene?

—Siete años. Para un perro de ese tamaño, ya está viejo.

Hice rápidamente un cálculo mental. Siete años, eso significaba que había comprado a Duke justo después del Drama.

Nos tomamos unas cuantas cervezas. Sobre todo él. Yo aprovechaba para vaciarlas discretamente en el césped, animándole a que bebiera más. Necesitaba ganármelo. Al cabo, saqué el tema de Alexandra y, alcohol mediante, me abrió su corazón.

Me contó que ya llevaban cuatro años juntos. El inicio de la relación databa del fin de año de 2007.

—Por entonces jugaba con los Depredadores de Nashville, donde vivía ella. Teníamos una amiga común y yo llevaba queriendo seducirla desde hacía bastante tiempo. Hasta que coincidimos en la misma fiesta de Nochevieja, precisamente en casa de esa amiga, y ahí empezó todo.

Me dieron ganas de vomitar solo de imaginarme sus escarceos amorosos celebrando el año nuevo con varias copas de más.

—Un flechazo en toda regla, vamos —dije para hacer el ganso.

—Qué va, al principio fue muy duro —contestó Kevin con enternecedora sinceridad.

—¡Qué me dices!

—Lo que oyes. Por lo visto, yo era su primera relación desde que rompió con su novio anterior. Nunca ha querido contarme nada de él. Pasó algo serio. Pero no sé qué fue. Un día, cuando esté preparada, me lo contará.

—¿Lo quería?

—¿Al de antes? Más que a nada, creo. Creí que no iba a lograr que se olvidara de él. Nunca toco el tema. Ahora estamos estupendamente y prefiero no andar abriendo viejas heridas.

—Haces bien. Seguro que el tío ese era un pringado.

—No tengo ni idea. No me gusta opinar sobre las personas a las que no conozco.

Kevin era irritantemente considerado. Se embuchó un trago de cerveza y por fin le hice la pregunta que más me atormentaba.

—¿Alexandra y tú nunca os habéis planteado casaros?

—Se lo propuse una vez. Hace dos años. Se puso a llorar. Pero no de alegría, ya me entiendes. Interpreté que quería decir «por ahora, no».

—Siento mucho oírte decir eso, Kevin.

Me puso la manaza en el hombro, amistosamente.

—Es que a esa chica, la quiero de verdad.

—Se te nota —contesté.

De pronto, sentí mucha vergüenza por estar inmiscuyéndome de esa forma en la vida de Alexandra. Me había pedido que me mantuviese alejado y a mí me faltaba tiempo para simpatizar con su perro y meterme en el bolsillo a su novio.

Volví a casa antes de que ella regresara.

En el momento en que giraba la llave en la cerradura de mi puerta de entrada, oí la voz de Leo, que estaba sentado en el porche, al amparo de la oscuridad.

—Se ha saltado la partida de ajedrez, Marcus —me dijo.

Recordé que le había prometido que jugaríamos cuando volviese de casa de Kevin y no se me había pasado por la imaginación que me quedaría allí a cenar.

—Discúlpeme, Leo, se me fue el santo al cielo.
—Tampoco importa tanto.
—¿Le apetece una copa?
—Con mucho gusto.

Se acercó y nos acomodamos en la terraza, donde serví whisky para los dos. Fuera, la temperatura era estupenda y la noche cantaba con las ranas del lago.

—No consigue quitarse de la cabeza a esa muchachita, ¿eh? —me dijo Leo.

Asentí:

—¿Tanto se me nota? —pregunté.
—Sí. He estado investigando.
—¿Sobre qué?
—Sobre usted y Alexandra. Resulta que he encontrado algo muy interesante: no hay nada. Y créame, que me paso día tras día metido en Google: precisamente cuando no hay nada es cuando hay que indagar. ¿Qué está pasando, Marcus?
—Ni siquiera yo estoy muy seguro.
—No sabía que había estado saliendo con esa actriz de cine, Cassandra Pollock. Está en internet.
—Brevemente.
—¿No es esa que trabaja en la adaptación de su primera novela?
—Sí.
—¿Fue antes o después de Alexandra?
—Después.

Leo puso cara circunspecta.

—La engañó usted con esa actriz, ¿es eso? Alexandra y usted eran felices y comían perdices. Pero a usted se le subió el éxito a la cabeza, vio a aquella actriz postrada a sus pies y se dejó llevar, lo que dura una tórrida noche. ¿Tengo razón o no?

Sonreí, regocijado por su imaginación.

—No, Leo.

—Venga, Marcus, no me tenga más en ascuas, por favor. ¿Qué pasó entre Alexandra y usted? ¿Y qué pasó con sus primos?

Al hacerme esas preguntas, Leo no era consciente de que estaban relacionadas. Yo no sabía por dónde empezar. ¿De quién debía hablar primero? ¿De Alexandra o de la Banda de los Goldman?

Decidí empezar por mis primos, porque para hablar de Alexandra, primero tenía que hablar de ellos.

*

Empezaré contando quién era Hillel, ya que él fue el primero. Nacimos el mismo año y para mí era como un hermano, cuya genialidad consistía en una mezcla de inteligencia fulgurante y un sentido innato de la provocación. Era un chico flaquísimo, pero compensaba la apariencia física con una elocuencia temible reforzada por un aplomo excepcional. Aquel cuerpo enclenque albergaba un alma noble y, sobre todo, un sentido de la justicia a toda prueba. Todavía me acuerdo de cómo me defendió, cuando apenas teníamos ocho años —por entonces Woody aún no había aparecido en nuestra vida—, en un campamento deportivo al aire libre de Reading, en Pensilvania, donde Tío Saul y Tía Anita lo habían mandado durante las vacaciones de primavera para ayudarlo a desarrollarse físicamente y al que yo le había acompañado, porque fraternidad obliga. Además de para disfrutar de su compañía, creo que había ido a Reading para proteger a Hillel de los cafres que pudiera haber entre los participantes, pues en el colegio, eso de ser tan menudo lo había convertido en el chivo expiatorio habitual de los otros alumnos. Lo que no sabía era que el campamento de Reading lo organizaban para niños enclenques, poco desarrollados o convalecientes, y acabé en medio de un grupo de atrofiados y cegatos a cuyo lado parecía yo un dios griego, lo que me valió que los monitores me eligieran siempre de oficio para iniciar los ejercicios mientras todos los demás se miraban los pies.

El segundo día tocaba hacer ejercicios con los aparatos de gimnasia. El monitor nos reunió delante de las anillas, los potros, las barras paralelas y unos postes rectos inmensos.

—Vamos a empezar por un ejercicio básico: trepar por una pértiga —señaló la hilera de postes, que medían, por lo menos, ocho metros de altura—. Bueno, pues vais a subir uno por uno y cuando estéis arriba, si os atrevéis, os pasáis a la pértiga de al lado y resbaláis hasta abajo, como los bomberos. ¿Quién quiere empezar?

Seguramente esperaba que nos abalanzásemos hacia los postes, pero nos quedamos inmóviles.

—¿Alguien quiere preguntarme algo? —inquirió.
—Sí —dijo Hillel levantando la mano.
—Te escucho.
—¿De verdad quiere usted que nos subamos ahí arriba?
—Exactamente.
—¿Y si no queremos?
—Tenéis la obligación de hacerlo.
—¿Quién nos obliga?
—Yo.
—¿Y a santo de qué?
—Porque es así. Yo soy el monitor y yo decido.
—¿Sabe usted que nuestros padres pagan para que estemos aquí?
—Sí, ¿y qué?
—Pues que entonces, técnicamente, usted es empleado nuestro y debe obedecernos en todo. Hasta podríamos pedirle que nos cortara las uñas de los pies, si quisiéramos.

El monitor miró a Hillel con una expresión muy rara. Intentó recuperar el control de la clase y, esforzándose por que la voz le sonara autoritaria, ordenó:

—¡Venga, vamos allá! Que se decida alguno, estamos perdiendo el tiempo.

—Tiene pinta de estar altísimo —continuó Hillel—. ¿Qué serán? ¿Unos ocho o diez metros?

—Me imagino que sí —respondió el monitor.

—¿Cómo que «se imagina»? —se indignó Hillel—. ¿Ni siquiera sabe cómo es el material que usa?

—Cállate ya, por favor. Y, como nadie quiere empezar, elegiré yo a uno.

Evidentemente, el monitor me eligió a mí. Protesté alegando que siempre era yo el primero, pero el monitor no me hizo ni caso.

—Venga, súbete a la pértiga.

—¿Y por qué no se sube usted? —intervino de nuevo Hillel.

—¿Cómo?

—Que se suba usted primero.

—No pienso dejar que un niño me diga lo que tengo que hacer —se defendió el monitor.

—¿Le da miedo subirse? —preguntó Hillel—. A mí, en su lugar, me daría miedo. Las barras esas tienen una pinta peligrosísima. Yo no soy demasiado hipocondríaco, ¿sabe usted?, pero he leído en algún sitio que una caída desde tres metros de altura basta para que se te rompa la columna vertebral y te quedes paralítico el resto de tu vida. ¿Quién quiere quedarse paralítico de por vida? —le preguntó al público.

—¡Yo no! —contestamos todos.

—¡Que os calléis! —gritó el monitor.

—¿Seguro que tiene usted un título de monitor de gimnasia? —siguió inquiriendo Hillel.

—¡Por supuesto! ¡Y ahora, déjalo ya!

—Yo creo que todos nos quedaríamos más tranquilos si pudiéramos ver ese título —insistió Hillel.

—¡Pero es que no lo tengo aquí, hombre! —protestó el monitor, cuyo aplomo se estaba desinflando como un globo.

—¿No lo tiene aquí o no lo tiene en absoluto? —replicó Hillel.

—¡El título, el título! —exclamamos todos.

Lo estuvimos coreando hasta que el monitor no aguantó más, se subió al poste de un brinco, como si fuera un mono, y trepó por él para enseñarnos de lo que era capaz. Seguramente para impresionarnos, se puso a hacer un montón de movimientos inútiles y pasó lo que tenía que pasar: le resbalaron las manos y se cayó desde lo alto del poste, es decir, desde una altura de siete metros y medio para ser exactos. Se estampó contra el suelo y empezó a dar unos alaridos tremendos. Nosotros hicimos lo que pudimos para consolarlo, pero los médicos de la ambulancia nos explicaron que se había roto las dos piernas y que no lo volveríamos a ver antes de irnos. A Hillel lo expulsaron del campamento y, ya que estaban, a mí también. Tía Anita y Tío Saul vinieron a buscarnos y nos llevaron al hospital del condado para que nos disculpáramos con el pobre monitor.

Un año después de aquello, Hillel conoció a Woody. Para entonces ya tenía nueve años, seguía siendo un niño muy flaco y muy bajito y también seguía siendo el cabeza de turco de sus compañeros de colegio, que lo llamaban el Quisquilla. Los demás niños se metían tanto con él que en dos años lo cambiaron de colegio tres veces. Pero todas ellas acabó siendo tan desgraciado en el nuevo centro como en los anteriores. Hillel solo soñaba con una vida normal, con tener amigos en el barrio y una existencia similar a la de los demás niños de su edad. Sentía verdadera pasión por el baloncesto. Le encantaba. Los fines de semana, a veces llamaba por teléfono a sus compañeros de clase. «¿Oiga? Soy Hillel... Hillel. Hillel Goldman.» Repetía el nombre hasta que, para zanjar aquello, decía: «Soy el Quisquilla...». Y el otro, al otro lado del teléfono, a veces sin mala intención, por fin se daba por enterado. «Quería saber si vas a ir a la cancha esta tarde.» Desde el otro lado del teléfono le contestaban que no, que para nada. Pero Hillel sabía que le estaban mintiendo. Colgaba el teléfono educadamente y al cabo de una hora les decía a sus padres: «Me voy a jugar al baloncesto con los amigos». Se subía en la bici y se marchaba para todo el día. Iba a la cancha donde sus compañeros no deberían estar y, evidentemente, estaban. Hillel no les guardaba ningún rencor, se sentaba en el banco y esperaba a que le dejaran participar. Pero nadie quería nunca al Quisquilla en su equipo. Volvía a casa, triste, esforzándose, a pesar de todo, por poner buena cara. No quería que sus padres se preocuparan por él. Se sentaban a la mesa, llevaba puesta la camiseta de Michael Jordan, de la que salían aquellos dos brazos que parecían ramitas.

—¿Has jugado algo hoy? —le preguntaba Tío Saul.

Hillel se encogía de hombros.

—Bah. Los demás dicen que no es lo mío.

—Estoy convencido de que te las apañas como un campeón.

—Qué va, es cierto que soy un manta. Pero si nadie me da una oportunidad, ¿cómo quieren que mejore?

A mis tíos no les resultaba fácil encontrar un punto intermedio entre sobreprotegerlo y dejar que se curtiera en un mundo difícil. Al final, optaron por un colegio privado muy prestigioso, Oak Tree, que estaba muy cerca de su casa.

El colegio les gustó desde el primer momento. Los recibió el director, el señor Hennings, que les hizo de guía por todos los edificios explicándoles que su centro era excepcional:

—El colegio Oak Tree es uno de los mejores del país. Clases de primera calidad que imparten profesores contratados por toda la nación y programas adaptados.

El colegio alentaba la creatividad: tenía talleres de pintura, de música, de alfarería, y se enorgullecía de publicar un periódico semanal que escribían íntegramente los alumnos desde una sala de redacción a la última. Después, el director terminó de convencer a Tío Saul y Tía Anita entonando las primeras notas de su sinfonía milagrosa para padres desesperados:

—Niños felices, motivación, orientación, responsabilidades, reputación, calidad, cuerpo y mente, deportes de todo tipo, cantera de campeones de equitación.

Ignoro cómo logró Hillel la proeza de ponerse en contra a todos sus compañeros del colegio Oak Tree en tan solo unos días. Con esa hazaña en su haber, a continuación se las ingenió para caerle mal a buena parte del cuerpo docente señalando las erratas de los libros de ejercicios, corrigiéndole a un profesor la pronunciación de una palabra latina y, por último, haciendo preguntas que se consideraban inapropiadas para su edad.

—Eso lo aprenderás cuando estés en tercero —le dijo el profesor.

—¿Y por qué no ahora, ya que se lo he preguntado?

—Porque así son las cosas. No está en el programa, y el programa es el que es.

—Puede que ese programa suyo no esté adaptado a la clase.

—Puede que seas tú quien no está adaptado a esta clase, Hillel.

En los pasillos del colegio era imposible no fijarse en él. Se vestía con una camisa de cuadros abrochada hasta arriba para tapar la camiseta de baloncesto que siempre llevaba debajo con la esperanza de realizar algún día su sueño: desabrochársela, aparecer como un deportista invencible y anotar una canasta tras otra entre los vítores de los demás alumnos. Llevaba la mochila cargada de libros que sacaba de la biblioteca municipal y nunca se separaba de su balón de baloncesto.

No le hizo falta más que una semana en Oak Tree para que su vida cotidiana se convirtiera en un infierno. El matón de su clase, un gordo paticorto que se llamaba Vincent, pero a quien sus compañeros apodaban Cerdo, no tardó en cogerle manía.

Sería difícil aclarar quién inició las hostilidades. Porque cabe destacar que Cerdo, aunque solo fuera por su mote, era el primero con el que se metían los demás niños. En los soportales del patio de recreo, todos le gritaban tapándose la nariz: «¡Si huele a caca y meado, eso es que Cerdo ha llegado!». Cerdo se les echaba encima para arrearles, pero salían todos huyendo como una manada de cebúes asustados, a cuyo miembro más débil, Hillel, siempre acababa por alcanzar y hacerle pagar el pato. Normalmente Cerdo se conformaba con retorcerle el brazo por miedo a que lo pillara algún profesor, y le decía: «Hasta dentro de un rato, Quisquilla. ¡Que es tu santo y te voy a dar rosquillas!». Al acabar las clases, Cerdo se dirigía corriendo a la cancha de baloncesto que había cerca del colegio, a la que Hillel solía ir a hacer unos tiros, y allí le arreaba alegremente, mientras todos los alumnos de la clase acudían para presenciar el espectáculo. Cerdo lo agarraba por el cuello de la camisa, lo arrastraba por el suelo y lo abofeteaba, envalentonado por las salvas de aplausos.

Como siempre era a Hillel a quien pillaba, Cerdo acabó martirizándolo por sistema. En cuanto llegaba al colegio la tomaba con él y ya no lo soltaba. Y entonces, los demás alumnos empezaron a tratarlo como a un paria. Al cabo de tan solo tres semanas, Hillel le rogó a su madre que no lo obligara a seguir yendo a Oak Tree, pero Tía Anita le pidió que hiciera un esfuerzo:

—Hillel, cariño, no podemos estar cambiándote de colegio cada dos por tres. Si sigues así y no consigues adaptarte a ningún entorno escolar, tendremos que meterte en un colegio especializado...

Se lo decía con mucho cariño y una pizca de fatalismo. Hillel, que no quería entristecer a su madre ni, mucho menos, acabar en un colegio especializado, tuvo que resignarse a las palizas cotidianas después de clase.

Sé que Tía Anita se lo llevaba de tiendas e intentaba inspirarse en los chicos de su edad que conocía para animarlo a vestirse de una forma más convencional. Cuando lo dejaba en el colegio por la mañana, le pedía por favor: «No llames la atención, ¿vale?, y búscate algún amigo». Le ponía bollitos de más en la merienda para que los repartiera entre sus compañeros y les cayera bien. Hillel le decía: «Oye, mamá, a los amigos no se los compra con bollitos». Ella lo miraba con cierta impotencia. En el recreo, Cerdo le vaciaba la mochila en el suelo, recogía los bollitos y se los embutía todos en la boca a la fuerza. Por la noche, Tía Anita le preguntaba:

—¿Les han gustado los bollitos a tus amigos?
—Mucho, mami.

Al día siguiente, le ponía más aún sin saber que estaba condenando a su hijo a poner a prueba su elasticidad bucal. El espectáculo de los bollitos pronto gozó de un éxito fenomenal: los alumnos se reunían en el patio de recreo alrededor de Hillel para ver cómo Cerdo le metía media docena de bollos por el gaznate. Y todos gritaban: «¡Traga! ¡Traga! ¡Traga! ¡Traga!». El profesor, alarmado por el jaleo, acabó poniéndole una penalización a Hillel y escribió en el boletín de evaluación: «Se le da bien organizar espectáculos, pero no compartir».

Tía Anita le contó sus preocupaciones al pediatra de Hillel.
—Doctor, dice que no le gusta el colegio. Duerme mal por las noches, come poco. Le noto que no es feliz.

El médico miró a Hillel.
—¿Es cierto lo que dice tu mamá, Hillel?
—Sí, doctor.
—¿Por qué no te gusta el colegio?
—No es tanto el colegio como los otros niños.

Tía Anita suspiró:
—Siempre estamos igual, doctor. Dice que son los otros niños. Pero ya le hemos cambiado de colegio varias veces...

—¿Entiendes que si no haces un esfuerzo por integrarte irás a un colegio especializado, Hillel?

—A un «colegio especial», no... No quiero.

—¿Por qué no?

—Quiero ir a un colegio normal.

—Entonces, te toca a ti mover ficha.

—Ya lo sé, doctor, ya lo sé.

Cerdo le pegaba, le robaba y lo humillaba. Lo obligaba a beberse botellas llenas de un líquido amarillento, lo obligaba a lamer charcos de agua putrefacta y le untaba la cara de barro. Lo levantaba como si fuera una ramita, lo sacudía como a unas maracas, le gritaba: «¡No eres más que una quisquilla, una caca de perro, un caraculo!» y cuando se le acababa el vocabulario, le soltaba puñetazos en el estómago que le cortaban la respiración. Hillel estaba espantosamente flaco y Cerdo lo hacía volar por los aires como un avión de papel, le pegaba con la cartera, le aporreaba la cabeza, le retorcía el brazo para todos lados y por fin le decía: «Solo paro si me lames los zapatos». Y para que lo dejara en paz, Hillel obedecía. Se ponía a cuatro patas delante de todo el mundo y le lamía las suelas a Cerdo, que aprovechaba para largarle unas cuantas patadas en la cara. La mitad de los demás alumnos se reía y la otra mitad, dejándose llevar por el entusiasmo popular, se le echaba encima para arrearle también ellos. Le saltaban encima, le estrujaban las manos, le tiraban del pelo. Todos tenían el mismo y único objetivo: su propia salvación. Mientras Cerdo estuviera entretenido con Hillel, no la tomaría con ellos.

Cuando terminaba el espectáculo, todos se iban.

—¡Como te chives, estás muerto! —le eructaba Cerdo regalándole un último escupitajo en los ojos.

—¡Eso, estás muerto! —repetía el coro de seguidores.

Hillel se quedaba tirado en el suelo, como un escarabajo puesto patas arriba, y, cuando regresaba la calma, se levantaba, cogía su balón de baloncesto y podía por fin ir a la cancha desierta. Tiraba a canasta, jugaba partidos imaginarios y volvía a casa a la hora de cenar. Cuando Tía Anita se encontraba con aquella silueta descoyuntada y con los desgarrones en la ropa, exclamaba horrorizada:

—Hillel, por Dios, ¿qué te ha pasado?

Y él, con una sonrisa deslumbrante, ocultando la congoja que sentía para evitársela a su madre, contestaba:

—Bah, nada, que hemos jugado un partido bestial, mami.

A unas veinte millas de allí, en los barrios del este de Baltimore, Woody estaba interno en un hogar para niños difíciles cuyo director, Artie Crawford, era un viejo amigo de Tío Saul y Tía Anita. Ambos trabajaban allí como voluntarios: Tía Anita pasaba consulta gratuitamente y Tío Saul había montado un servicio permanente de asesoría jurídica para ayudar a los internos y a sus familias con los trámites administrativos y otras gestiones.

Woody tenía la misma edad que nosotros, pero era la antítesis de Hillel: con un físico mucho más maduro y desarrollado, aparentaba bastante más edad. Muy alejados del sosiego de Oak Park, los barrios del este de Baltimore estaban infestados por una delincuencia explosiva, el tráfico de drogas y la violencia. Al hogar le costaba garantizar la escolarización de los niños, que no podían evitar sucumbir a las malas compañías y rara vez lograban resistirse a la tentación de reproducir en torno al núcleo de una banda la unidad familiar de la que carecían. Woody era uno de ellos: peleón, pero con buen fondo, muy influenciable y a quien tenía dominado un chico mayor que él, Devon, tatuado, camello eventual e inseparable de una pistola que se guardaba en los calzoncillos y que le gustaba exhibir a escondidas en algún callejón.

Tío Saul conocía a Woody porque había tenido que asistirle varias veces. Era un niño adorable y cortés, pero como se pasaba la vida peleándose, las patrullas de policía lo detenían con regularidad. A Tío Saul le caía bien porque siempre se peleaba por una causa noble: una ancianita insultada, un amigo en apuros, un compañero más pequeño del hogar víctima de algún chantaje o abuso... y allí estaba él dispuesto a hacer justicia a puñetazo limpio. Todas y cada una de las veces que había tenido que intervenir a su favor, Tío Saul había conseguido convencer a los policías de que lo soltaran sin presentar denuncia. Hasta la noche en que Artie Crawford, el director del hogar, lo llamó por teléfono relativamente tarde para comunicarle que Woody volvía a tener problemas y que en esta ocasión era algo muy grave: había pegado a un policía.

Tío Saul se fue inmediatamente a la comisaría de Eastern Avenue, donde estaba detenido Woody. Por el camino, se tomó incluso la molestia de importunar al ayudante del jefe de policía, con quien tenía confianza, para preparar el terreno: quizá necesitara que le echaran una mano desde las altas instancias para impedir que algún juez concienzudo se pusiera a mirar el expediente. Cuando llegó a comisaría no se encontró a Woody en una celda o esposado a un banco, sino cómodamente instalado en la sala de interrogatorios, leyendo un cómic y tomándose un cacao.

—Woody, ¿va todo bien? —le preguntó Tío Saul al entrar en la sala.

—Buenas noches, señor Goldman —respondió el chico—. Siento que se haya tomado tantas molestias por mí. Todo va bien, los policías son de lo más amable.

No había cumplido ni diez años y sin embargo tenía ya la complexión de un chico de trece o catorce. Con los músculos ya marcados y hematomas viriles en la cara. Y, con todo, se había ganado el corazón de los polis del barrio, que hasta le preparaban cacao calentito.

—¿Así es como se lo agradeces? —replicó Tío Saul, levemente irritado—. ¿Dándoles puñetazos en la jeta? Woody, caramba, ¿qué mosca te ha picado? ¿Pegarle a un policía? ¿Sabes la factura que pasa eso?

—No sabía que era policía, señor Goldman. Se lo juro. Iba de paisano.

Woody le contó que se había metido en una pelea: mientras se zurraba con tres tíos que le doblaban la edad, un policía de paisano había intervenido para separarlos y, en medio de la trifulca, se había llevado un puñetazo que lo había tumbado en la lona.

En ese preciso momento, un inspector entró en la habitación; tenía un ojo morado e hinchadísimo.

Woody se levantó y lo abrazó cariñosamente.

—De verdad que lo siento, inspector Johns, me creí que era usted un tío chungo.

—Bah, le puede pasar a cualquiera. Vamos a olvidarlo. Toma, si algún día necesitas ayuda, no tienes más que llamarme.

El inspector le alargó su tarjeta.

—¿Eso significa que puedo irme, inspector?

—Sí. Pero la próxima vez que veas una pelea, llama a la policía, no quieras zanjarla tú solo.

—Se lo prometo.

—¿Quieres otro cacao? —le preguntó, además, el inspector.

—No, no quiere otro cacao —ladró Tío Saul—. Hombre, inspector, un poco de dignidad, que, al fin y al cabo, ¡le ha pegado!

Se llevó a Woody fuera de la sala y le leyó la cartilla:

—Woody, entérate, vas a terminar teniendo problemas de verdad. No siempre habrá polis buenos y abogados buenos para ayudarte cada vez que la cagues. Puedes acabar en la cárcel, ¿eso lo entiendes?

—Sí, señor Goldman, ya lo sé.

—Entonces, ¿por qué sigues haciendo lo mismo?

—Creo que es como un don. Tengo el don de las peleas.

—Bueno, pues búscate otro don, por favor. Y, además, un niño de tu edad no pinta nada por la calle en plena noche. Tú, por la noche, lo que tienes que hacer es dormir.

—Es que no puedo. No me gusta mucho ese hogar. Me apetecía ir a dar una vuelta.

Llegaron a la recepción de la comisaría, donde los estaba esperando Artie Crawford.

Woody le volvió a dar las gracias a Tío Saul:

—Es usted mi salvador, señor Goldman.

—Esta vez no te he servido de mucho.

—Pero siempre está ahí cuando lo necesito.

Woody se sacó siete dólares del bolsillo y se los ofreció.

—¿Qué es esto? —preguntó Tío Saul.

—Es todo el dinero que tengo. Para pagarle. Para darle las gracias por ayudarme cuando la cago.

—No se dice *cagarla*. Y no hace falta que me pagues.

—Usted dijo *cagarla* antes.

—Pues hice mal. Lo siento.

—El señor Crawford dice que siempre hay que pagar a la gente de una forma u otra los favores que nos hace.

—Woody, ¿tú quieres pagarme?

—Sí, señor Goldman, me gustaría mucho.

—Entonces haz todo lo posible para que no te detengan. Será el mayor pago que pueda recibir, mi mejor salario. Verte dentro de diez años y saber que estás en una buena universidad. Ver a un joven bien encarrilado y no a un delincuente que ya se ha pasado media vida en un reformatorio.

—Lo haré, señor Goldman. Estará usted orgulloso de mí.

—Y por todos los santos, deja de llamarme *señor Goldman*. Llámame Saul.

—Sí, señor Goldman.

—Hala, y ahora lárgate y conviértete en una buena persona.

Pero Woody era un niño con sentido del honor. Quería a toda costa agradecerle a mi tío su ayuda y, al día siguiente, se le plantó en el bufete.

—¿Por qué no estás en el colegio? —se exasperó Tío Saul al verlo aparecer en su despacho.

—Quería verlo. Tiene que haber algo que yo pueda hacer por usted, señor Goldman. Se ha portado tan bien conmigo...

—Tómatelo como un empujoncito que te da la vida.

—Si quiere, le puedo cortar el césped.

—No necesito que nadie me corte el césped.

Woody insistió. Estaba convencido de que la idea de cortar el césped era estupenda.

—Ya, pero es que yo se lo voy a cortar a la perfección. Va a tener un césped impecable.

—Mi césped está de maravilla. ¿Por qué no estás en el colegio?

—Es por su césped, señor Goldman. Me haría muchísima ilusión cortárselo para agradecerle lo bien que se porta conmigo.

—No merece la pena.

—Me gustaría mucho, señor Goldman.

—Woodrow, levanta la mano derecha, por favor, y repite lo que yo diga.

—Sí, señor Goldman.

Levantó la mano derecha y Tío Saul declamó:

—Yo, Woodrow Marshall Finn, juro no volver a cagarla.

—Yo, Woodrow Marshall Finn, juro no volver a... Usted dijo que no podía volver a decir *cagarla,* señor Goldman.

—Muy bien. Pues entonces: juro no volver a meterme en problemas.

—Juro no volver a meterme en problemas.

—Listo, ya me has pagado. Estamos en paz. Ahora puedes volver al colegio. Date prisa.

Woody refunfuñó, resignado. No le apetecía volver al colegio, quería cortarle el césped a Tío Saul. Se dirigió hacia la puerta arrastrando los pies y entonces se fijó en las fotos que había encima de un mueble.

—¿Son su familia? —preguntó.

—Sí. Esta es mi mujer, Anita, y este es mi hijo, Hillel.

Woody cogió un marco y observó los rostros de la foto.

—Parecen majos. Tiene usted suerte.

En ese preciso instante, se abrió la puerta del despacho y Tía Anita entró precipitadamente, demasiado alterada como para fijarse en él.

—¡Saul! —exclamó con los ojos enrojecidos por las lágrimas—. ¡Le han vuelto a dar una paliza en el colegio! Dice que no quiere volver. Ya no sé qué hacer.

—¿Qué ha pasado?

—Dice que todos los demás niños se burlan de él. Dice que no quiere volver a ir a ningún sitio.

—Lo cambiamos de colegio en mayo —suspiró Tío Saul—. Y otra vez en verano para meterlo en este. No podemos volver a cambiarlo. Esto es infernal.

—Ya lo sé... ¡Ay, Saul! Estoy desesperada...

5.

En Boca Ratón, a principios de aquel marzo de 2012, la cena con Kevin me acercó más a Alexandra.

Los días posteriores, cuando le llevaba a Duke cada vez que se escapaba, me permitió entrar en la casa e incluso me ofreció algo de beber. Solía ser una botella de agua o una lata de refresco, que me tomaba de pie en la cocina, pero menos es nada.

—Gracias por lo de la otra noche —me dijo a última hora de una tarde en la que estábamos solos—. No sé qué le harías a Kevin, pero le caes muy bien.

—Fui yo mismo.

Sonrió.

—Gracias por no haberle dicho nada sobre nosotros dos. Le tengo mucho apego a Kevin, no me gustaría que creyese que todavía sentimos algo el uno por el otro.

Aquellas palabras me dolieron en el alma.

—Kevin me dijo que no habías aceptado su petición de matrimonio.

—No es asunto tuyo, Marcus.

—Kevin es un buen tío, pero no te pega.

Enseguida me arrepentí de haber dicho aquello. ¿Por qué me metía? Ella se limitó a encogerse de hombros antes de replicar:

—Tú tienes a Cassandra.

—¿Y tú cómo sabes lo de Cassandra?

—Lo he leído en esas revistas estúpidas.

—Me estás hablando de algo que pasó hace cuatro años. Hace mucho tiempo que ya no estamos juntos... Fue algo pasajero.

Para cambiar de tema, decidí enseñarle a Alexandra la foto, que llevaba encima.

—¿Te acuerdas de esta foto?

Se le escapó una sonrisa nostálgica y acarició la imagen con las yemas de los dedos.

—Quién nos iba a decir entonces que te ibas a convertir en un escritor famoso... —dijo.

—Y tú en una estrella de la canción.

—No lo habría conseguido sin ti.

—No sigas.

Nos quedamos en silencio. De repente, me llamó igual que me llamaba antes: Markie.

—Markie —susurró—, llevo ocho años echándote de menos.

—Y yo a ti. He seguido toda tu carrera.

—Yo he leído todos tus libros.

—¿Te han gustado?

—Sí. Mucho. A menudo releo fragmentos de tu primera novela. En ellos me encuentro a tus primos. Vuelvo a ver a la Banda de los Goldman.

Sonreí. Volví a mirar la foto que tenía en las manos.

—Parece que esa foto te tiene fascinado —me dijo.

—No sé si me tiene fascinado u obsesionado.

Me la guardé en el bolsillo y me fui.

Al salir en coche de la finca de Kevin aquel día, no me fijé en el furgón negro que estaba aparcado en la calle ni en el hombre que me observaba sentado al volante.

Me adentré en la carretera y él me siguió.

*

Baltimore, Maryland
Noviembre de 1989

Desde que Woody se ofreció a cortarles el césped a los Goldman, a Tío Saul le rondaba la cabeza aquella petición. Y más aún la noche que Artie fue a cenar a su casa y contó que le costaba muchísimo mantenerlo a raya.

—Por lo menos, le gusta el colegio —dijo Artie—. Le gusta aprender y tiene buena cabeza. Pero, en cuanto terminan las clases, es capaz de hacer cualquier tontería, y no podemos estar vigilándolo constantemente.

—¿Y sus padres? —preguntó Tío Saul.

—La madre desapareció del mapa hace ya tiempo.

—¿Una yonqui?

—Ni siquiera eso. Simplemente se largó. Era joven. El padre también. Pensó que sería capaz de educar al crío, pero el día que se echó novia en serio, la situación en casa se descontroló. Al niño se le desbordaba la ira, quería pegar a todo el mundo. La asistenta social tuvo que tomar cartas en el asunto, y también un juez de menores. Lo ingresaron en el hogar, en principio provisionalmente, pero luego a la novia del padre la destinaron a Salt Lake City y el padre aprovechó para irse con ella a la otra punta del país, casarse y tener hijos. Woodrow se quedó en Baltimore, no quiere ni que le mencionen Salt Lake City. Hablan de vez en cuando por teléfono. El padre le escribe a veces. Lo que me preocupa de Woodrow es que siempre está con el tío ese, Devon, un delincuente de tres al cuarto que fuma crack y se cree que una pipa es un juguete.

Fue entonces cuando a Tío Saul se le ocurrió que, si Woody estuviera ocupado cortando el césped después del colegio, no tendría tiempo para andar rodando por la calle. Se lo comentó a Dennis Bunk, un jardinero ya mayor que prácticamente monopolizaba el cuidado de los jardines de Oak Park.

—No contrato a nadie, señor Goldman. Y menos aún a gilipollitas delincuentes.

—Es un chico muy capaz.

—Es un delincuente.

—Necesita usted ayuda, cada vez le cuesta más atender toda la carga de trabajo que tiene.

Tío Saul estaba en lo cierto: Bunk ya no daba abasto y era demasiado rácano para pagar a un empleado.

—¿Quién le pagaría el salario? —preguntó Bunk con tono derrotado.

—Yo —contestó Tío Saul—. Cinco dólares por hora para él y dos para usted, por darle formación.

Tras pensárselo por última vez, Bunk accedió apuntando a Tío Saul amenazadoramente con el dedo.

—Se lo advierto. Como el gilipollitas ese me rompa el material o me robe, le tocará pagarlo a usted.

Pero Woody no hizo nada de eso. Le encantó la propuesta de Tío Saul de trabajar para Bunk.

—¿Y también me ocuparé de su jardín, señor Goldman?

—Puede que alguna vez. Pero se trata sobre todo de que ayudes al señor Bunk. Y de que lo obedezcas.

—Le prometo que voy a trabajar mucho.

Después del colegio y los fines de semana, Woody se metía de un salto en el autobús municipal y se iba a Oak Park. Bunk lo esperaba subido en su camioneta en una calle cercana a la parada del autobús y juntos hacían la ronda de jardines.

Woody resultó ser un ayudante leal y aplicado. Transcurrieron varias semanas y el otoño sentó sus reales en Maryland. Los árboles centenarios de las calles de Oak Park se cubrieron de rojo y de amarillo antes de soltar una lluvia de hojas secas en las avenidas. Tocaba limpiar el césped de los jardines, preparar las plantas para el invierno y ponerles la cubierta a las piscinas.

Durante esas semanas, en el colegio de Oak Tree, Cerdo seguía atormentando a Hillel. Le tiraba piñas y piedras, lo ataba y lo obligaba a comer tierra y también los sándwiches que encontraba en la basura. «¡Come! ¡Come! ¡Come! ¡Come!», entonaban alegremente los otros niños mientras Cerdo le apretaba la nariz para que abriera la boca y engullera. Cuando le quedaban fuerzas para burlarse, Hillel se lo agradecía con vehemencia: «Muchas gracias por el almuerzo, me había quedado con hambre a mediodía». Y encajaba todavía más golpes. Cerdo le vaciaba la cartera en el suelo y tiraba los libros y los cuadernos a la papelera. En sus ratos libres, Hillel había empezado a escribir un cuaderno de poemas que acabó, inevitablemente, en las manos de Cerdo, que lo obligó a comerse algunas páginas a medida que leía los textos en voz alta y antes de quemar el resto. De ese auto de fe, Hillel pudo salvar una poesía, escrita para su amor secreto, Helena, una rubita muy mona que no se perdía ninguno de los espectáculos de Cerdo. Hillel lo interpretó como una señal y, armándose de valor, le regaló el poema a Helena. La niña lo fotocopió y empapeló con él todo el colegio. Cuando la señora Chariot, responsable del periódico, lo descubrió, la felicitó por sus dotes de poetisa, le dio una bonificación y publicó el texto en el periódico escolar con la firma de Helena.

La lista de visitas al médico de Hillel se prolongaba de forma alarmante —sobre todo por las reiteradas infecciones bucales— y Tía Anita acabó por ir a ver al señor Hennings.

—Señor director, me parece que a mi hijo lo están maltratando en el colegio —le dijo.

—No, en Oak Tree no se maltrata a nadie, tenemos vigilantes, normas, una carta de convivencia. Somos el colegio de la felicidad.

—Hillel vuelve todos los días con la ropa rota y con los cuadernos destrozados, eso cuando no desaparecen.

—Tiene que aprender a cuidar mejor del material. Si se descuida con los cuadernos, le pondremos una penalización en el boletín de notas.

—Señor Hennings, no es cuestión de descuido. Creo que está siendo acosado por alguien. Yo no sé lo que pasa en este colegio, pero pagamos veinte mil dólares al año para que nuestro hijo vuelva de clase con la boca infestada de bacterias. ¿No le parece que hay algún problema?

—¿Se lava bien las manos?

—Sí, señor director, se lava bien las manos.

—Porque ya sabe usted que a esa edad, los chicos suelen ser un poco guarretes...

Tía Anita, harta de ver que la conversación no avanzaba, acabó diciendo:

—Señor Hennings, mi hijo siempre tiene la cara llena de cardenales. Ya no sé qué hacer. ¿Lo obligo a integrarse o lo meto en una institución especializada? Porque, si he de serle sincera, algunas mañanas me pregunto qué va a pasarle cuando lo mando a su colegio...

Rompió a llorar y, como el señor Hennings lo que menos quería era que hubiera algún problema en Oak Tree, la consoló, le prometió que resolvería la situación y convocó a Hillel para intentar arreglarla.

—Hijo —le preguntó—, ¿tienes algún problema en el colegio?

—Digamos que se meten conmigo en la cancha de baloncesto que hay detrás del colegio, después de clase.

—Ya. ¿Y cómo lo describirías? ¿Dirías que se trata de alborotar un poco?

—Diría que se trata de agresiones.

—¿Agresiones? No, no. En Oak Tree no hay agresiones. Puede que haya algo de alboroto. Pero ya sabes que es normal que los chicos alboroten un poco. A los chicos les gusta la gresca.

Hillel se encogió de hombros.

—Yo de eso no sé nada, señor Hennings. A mí lo que me gustaría sería jugar tranquilamente al baloncesto.

El director se rascó la cabeza, escudriñó a aquel niño tan flaco pero con tanto aplomo y luego le propuso:

—Podrías formar parte del equipo de baloncesto del colegio, ¿qué te parece?

Hennings pensaba que de este modo el chico podría jugar a la pelota bajo la protección de un adulto. A Hillel le gustó la idea y el director se lo llevó enseguida a ver al responsable de educación física.

—Shawn —le preguntó el señor Hennings al profesor de educación física—, ¿podríamos meter a este aprendiz de campeón en el equipo de baloncesto?

Shawn miró de arriba abajo al esqueleto diminuto de mirada suplicante.

—Imposible —contestó.

—¿Y eso por qué?

Shawn se arrimó al oído del director y le susurró:

—Frank, somos un equipo de baloncesto, no un centro para discapacitados.

—¡Eh, que no soy un discapacitado! —se rebeló Hillel, que lo había oído.

—No, pero estás flaquísimo —replicó Shawn—, nos discapacitarías a nosotros.

—¿Y si le hiciéramos una prueba? —sugirió el director.

El profesor de gimnasia se inclinó de nuevo hacia él:

—Frank, el equipo está completo. Y hay una lista de espera de un brazo de largo. Si hacemos una excepción con el crío, los padres de los alumnos la liarán. Y a mí me horrorizan los líos. Y también le digo que, si lo saco a la cancha, perderemos. Y no hace falta que le diga también que este año no estamos muy allá. No solemos sacar muy buenos resultados en baloncesto, pero así ya...

Hennings asintió y se volvió hacia Hillel inventándose artículos del reglamento interno para explicar de manera pormenorizada por qué no se podía cambiar a los componentes del equipo de baloncesto en pleno curso. Una horda de niños irrumpió súbitamente en el local para un entrenamiento, y Hillel y el director se sentaron en un banco al pie de las gradas.

—Entonces, ¿qué tengo que hacer, señor Hennings? —acabó preguntando Hillel.

—Puedes decirme cómo se llaman los alborotadores. Los convocaré para que me den explicaciones. Y podríamos organizar un taller contra los alborotos.

—No, eso sería peor. Y usted también lo sabe.

—Y entonces, ¿por qué no evitas encontrarte con los payasos esos? —dijo, exasperado, Hennings—. Si no quieres gresca, no vayas a la cancha y listo.

—No pienso renunciar a jugar al baloncesto.

—La cabezonería es un defecto muy feo, hijo.

—No soy cabezota. Resisto contra los fascistas.

Hennings se quedó lívido.

—¿Dónde has oído semejante palabra? ¿Espero que no te enseñen ese tipo de palabras en clase? En el colegio de Oak Tree no se enseña esa clase de palabras.

—No, lo he leído en un libro.

—¿Qué libro?

Hillel abrió la mochila y sacó un libro de Historia.

—Pero ¿qué es ese espanto? —a Hennings le temblaba la voz.

—Un libro que he sacado de la biblioteca.

—¿De la biblioteca del colegio?

—No, de la biblioteca municipal.

—¡Ah, uf! Bueno, pues te pido por favor que no traigas ese libro tan horrible al colegio y que no vayas contando por ahí ese tipo de reflexiones. No estoy yo para líos. Pero veo que sabes un montón de cosas. Deberías utilizar esa fuerza para defenderte.

—¡Pero si no tengo fuerza! Ese es el problema.

—Tu fuerza es la inteligencia. Eres un muchachito muy inteligente... Y en las fábulas, el inteligente al final siempre le gana al fuerte...

La sugerencia del director no cayó en saco roto. Esa misma tarde, instalado en la sala de redacción del colegio, Hillel escribió un texto que le pasó luego a la señora Chariot para que se publicara en la siguiente edición del periódico. En él contaba la historia de un niño que era alumno de un colegio privado para ricos y cuyos compañeros, en todos los recreos, lo ataban a un árbol para infligirle todo tipo de suplicios, sobre todo ocurrencias tan retorcidas como asquerosas, que le provocaban al joven protagonista unas infecciones bucales terribles. Ningún adulto se daba cuenta del martirio y menos aún el director del colegio, que, junto con el profesor de gimnasia, estaba muy ocupado dándoles masajes en los pies a los padres de los alumnos. Al final de la historia, los alumnos acababan prendiéndoles fuego al árbol y al niño, y bailaban alrededor entonando una oda de agradecimiento al cuerpo docente que, sin mayor preocupación, les dejaba zurrar a los más débiles.

En cuanto leyó el texto, la señora Chariot avisó al señor Hennings, que prohibió la publicación y convocó a Hillel en su despacho.

—¿Te das cuenta de que tu texto está cuajado de palabras que aquí no se permiten? —vociferó Hennings—. ¡Por no hablar del fondo de esta historia ridícula y de la desfachatez que tienes al tomarla con el claustro de profesores!

—Eso que está haciendo se llama censura —protestó Hillel—, y eso también lo hacían los fascistas, lo he leído en mi libro.

—Déjate ya de zarandajas de fascistas, ¿quieres? ¡No es censura, sino sentido común! En Oak Tree tenemos un código ético ¡y tú lo has transgredido!

—¿Y mi carta para Helena, que se publicó en el último número?

—Ya te lo he explicado, la señora Chariot creyó que era un poema que había escrito ella.

—¡Pero en cuanto se publicó en el periódico, le dije que el autor de ese poema era yo!

—E hiciste muy bien en informarla.

—¡Pero no debería haber dejado que se distribuyera el periódico!

—¿Y por qué motivo?

—¡Porque la publicación de esa carta era espantosamente humillante para mí!

—¡Vamos, Hillel, déjate de caprichos! Ese poema era precioso, todo lo contrario de este texto que no es más que una sarta de groserías abominables.

A continuación, el señor Hennings mandó a Hillel al psicólogo del colegio.

—He leído tu texto —le dijo el psicólogo—, me ha parecido interesante.

—Pues es usted el único.

—El señor Hennings me ha contado que lees libros sobre el fascismo...

—He sacado uno de la biblioteca.

—¿Y es eso lo que te ha inspirado el texto?

—No, lo que me ha inspirado ha sido la ineptitud de este colegio.

—Quizá no deberías leer esos libros...

—Quizá son precisamente los demás quienes deberían leer esos libros.

Por su parte, Tío Saul y Tía Anita le suplicaron a su hijo que hiciese un esfuerzo:

—Hillel, no llevas ni tres meses en este colegio. En serio, tienes que aprender a vivir en armonía con los demás.

Al final sí que se organizó un amplio debate con todos los alumnos en el anfiteatro sobre el tema «Alborotos y palabrotas». Hennings habló mucho rato sobre los valores morales y éticos de Oak Tree y explicó por qué tanto el alboroto como las palabrotas estaban prohibidos en el código del colegio. Después, los alumnos repitieron el lema: «Las palabrotas no son para nota», que tenían que cantar si pillaban a algún compañero en flagrante delito de grosería. A continuación, se organizó un debate para que los alumnos pudieran plantear dudas acuciantes.

—Preguntad todo lo que queráis —los animó Hennings, antes de guiñarle un ojo a Hillel con socarronería y añadir—: Aquí no hay censura.

Un bosque de manos se levantó entre el auditorio.

—¿Jugar a la pelota en los soportales es alborotar? —preguntó un niño.

—No, es hacer ejercicio —contestó Hennings—. Siempre y cuando no les deis en la cabeza con la pelota a vuestros amiguitos.

—El otro día, vi una araña en la cafetería y grité porque me llevé un susto —confesó una niña, algo avergonzada—. ¿Cometí un acto de alboroto?

—No, está permitido gritar cuando te asustas. Pero gritar para fastidiar a los compañeros sí que es alborotar.

—Pero ¿si alguien grita para fastidiar y luego cuenta que fue porque vio una araña para que no le castiguen?

—Hacer eso sería una falta de honradez. Y las faltas de honradez no están bien.

—¿Qué significa «falta de honradez»?

—No asumir los propios actos. Por ejemplo, si fingís que estáis enfermos para no ir al colegio, es una falta de honradez. ¿Más preguntas?

Un niño levantó la mano y Hennings le dio la palabra.

—¿*Sexo* es una palabrota? —preguntó.

Todos los presentes contuvieron el aliento y Hennings se sintió algo apurado.

—*Sexo* no es una palabrota... pero es una palabra, digamos que... inútil.

Un bullicio invadió la sala de inmediato. Si *sexo* no era una palabrota, ¿podían entonces usarla sin contravenir el código de Oak Tree?

Hennings golpeó el atril para restablecer la calma al tiempo que señalaba que estaban alborotando de forma generalizada, lo que hizo que todos se callaran.

—*Sexo* es una palabra que no se debe decir. Es una palabra prohibida y listo.

—¿Por qué está prohibida si no es una palabrota?

—Porque... Porque está mal. El sexo es malo, eso es. Como las drogas: es algo espantoso.

Tía Anita, después de que el señor Hennings la pusiera al tanto del texto que había escrito Hillel, se sintió totalmente desmoralizada. Había llegado a un punto en que ya no sabía si Hillel era una víctima inocente o si sus provocaciones le estaban pasando factura: era consciente de lo irritante que podía llegar a ser su forma de hablar y de que podía incluso sonar arrogante. Aprendía más deprisa que los otros niños, siempre iba adelantado en todo: en clase se aburría enseguida, se impacientaba. Todo eso fastidiaba a los otros niños. ¿Y si, en el fondo, Hillel solo era la víctima en los alborotos que él mismo provocaba, tal y como decía Hennings? Le comentaba incluso a su marido:

—Si todo el mundo le coge manía, tiene que ser porque no es lo bastante amable, ¿no?

Decidió sensibilizar a los compañeros de Hillel del problema del acoso escolar y explicarles que, a veces, cuando te esfuerzas mucho por integrarte, todo el mundo acaba por cogerte manía. Hizo la ronda de las casas de Oak Park para hablar con los padres de los alumnos del colegio y les explicó detenidamente a los niños que «a veces uno piensa que alborotar es un juego y no se da cuenta de que está haciéndole mucho daño a un compañero». Esto fue más o menos lo que les dijo al señor y a la señora Reddan, padres de Vincent, alias «Cerdo». Los Reddan vivían en una casa magnífica, muy cerca de la de los Goldman-de-Baltimore. Cerdo escuchó atentamente a Tía Anita y en cuanto esta terminó de hablar, montó un número extraordinario de sollozos y lágrimas:

—¿Por qué mi amigo Hillel no me ha dicho que se sentía rechazado en el colegio? ¡Es realmente horrible! ¡Con lo bien que nos cae a todos, no entiendo por qué se siente marginado!

Tía Anita le explicó que Hillel era un tanto distinto, y él hipó, se sonó los mocos y, como colofón, invitó solemnemente a Hillel a su cumpleaños, que iba a celebrar el sábado siguiente.

En aquella fiesta, en cuanto los padres de Reddan se dieron la vuelta, a Hillel le retorcieron el brazo, lo obligaron a besar y oler las nalgas del perro de la casa, le restregaron la cara contra el glaseado de la tarta de cumpleaños y, por último, lo tiraron vestido a la piscina. Al oír el chapoteo y la risa de los niños, la señora Reddan acudió corriendo, regañó a Hillel por haberse bañado sin pedir permiso y, cuando descubrió el milhojas destrozado y su hijo, sollozando, le explicó que Hillel se había querido comer la tarta incluso antes de que él apagara las velas y sin compartirla con nadie, llamó por teléfono a Tía Anita exigiéndole que fuera a recoger al niño *ipso facto*. Al llegar a la verja de entrada de los Reddan, Tía Anita se encontró con la madre sujetando a su hijo firmemente por el brazo y a su lado Cerdo, deshecho en lágrimas, interpretando el papel de su vida, que le contó, entre sollozo y sollozo, que Hillel le había estropeado la fiesta. En el trayecto de vuelta, Tía Anita miró a su hijo con desaprobación y suspiró, al fin:

—¿Qué necesidad tienes de estar siempre llamando la atención, Hillel? ¿No te gustaría tener unos cuantos buenos amigos?

Hillel se vengó redactando otro texto. Esa vez ni se le ocurrió acudir al periódico escolar. Decidió editar y fotocopiar personalmente la historia que había escrito. El mismo día que se editaba el periódico, cambió los ejemplares oficiales que había en los expositores por el número de su cosecha. Cuando descubrió la superchería, la señora Chariot irrumpió en el despacho del director con todos los ejemplares del panfleto que había podido reunir.

—¡Frank, Frank! ¡Mira la última trastada de Hillel Goldman! ¡Ha publicado una edición pirata con un texto espantoso!

Hennings le arrebató a la señora Chariot una de las copias que le alargaba, la leyó y a punto estuvo de asfixiarse. Convocó de inmediato a Tío Saul, a Tía Anita y a Hillel.

El texto se titulaba *Cerdito*. En él, Hillel narraba la historia de un alumno obeso apodado Cerdo que disfrutaba malévolamente aterrorizando a sus compañeros. Estos, hartos de aguantarlo, acaban por matarlo en los retretes del colegio, lo despiezan y lo meten en la cámara frigorífica de la cocina, entre los cortes de carne recibidos ese mismo día. La ausencia del niño da lugar a una investigación policial. Al día siguiente, a la hora de comer, la policía se presenta en la cafetería para interrogar a los niños. «En serio, tienen que encontrar a mi cariñito», se lamenta la madre de Cerdo, que reúne todas las características de una imbécil integral. Un inspector les va preguntando por turno a los alumnos mientras se comen un asado de cerdo: «¿No habéis visto a vuestro compañero?». «¡Qué va, señor!», contestan a coro los alumnos, con la boca llena.

—Señores Goldman —explicó serenamente Hennings a Tío Saul y Tía Anita—, su hijo ha vuelto a escribir un texto inaceptable.

Se trata de una apología de la violencia y en Oak Tree no podemos tolerar semejante publicación.

—¡Libertad de escribir, libertad de opinión! —protestó Hillel.

—¡Pero bueno, ya está bien! —estalló Hennings—. ¡Deja ya de compararnos con un gobierno fascista!

A continuación, Hennings puso cara de estar muy apurado y les explicó a Tío Saul y Tía Anita que no podría dejar que Hillel se quedara mucho más en el colegio si no hacía un esfuerzo por integrarse. A petición de sus padres, Hillel prometió que no iba a reincidir con los panfletos. También acordaron que tendría que redactar una carta de disculpas para ponerla en todas las paredes del colegio.

Al sustituir los ejemplares del periódico escolar por los suyos propios, Hillel había dejado a los alumnos sin el número habitual. Para no exponer a Hillel, el director Hennings les pidió a los profesores que no contaran el verdadero motivo. Había que volver a imprimir todos los ejemplares antes de que acabase el día. Pero la señora Chariot, que no era una mujer resistente, harta de las quejas de los alumnos, que no entendían por qué el periódico no estaba listo en la fecha habitual, acabó perdiendo los nervios y gritándoles a los protestones que habían tomado por asalto el localito de la redacción, donde solía reinar la calma:

—¡Por culpa de cierto alumno que se cree mejor que nadie, esta semana no habrá periódico! ¡Ya está! ¡El número se ha cancelado, así de sencillo! Cancelado, ¿os enteráis? ¡Cancelado! Los alumnos que se han tomado tantas molestias para escribir los artículos no van a verlos publicados nunca. ¡Nunca, nunca! Podéis darle las gracias a Goldman.

Los alumnos, muy obedientes, le dieron las gracias a Hillel a patadas y cuadernazos. Cerdo, después de darle una buena paliza, lo desnudó delante de sus compañeros, puestos en corro. Le ordenó:

—Bájate los gayumbos.

Hillel, limpiándose la sangre de la nariz y temblando de miedo, obedeció y todos se rieron.

—Tienes el pito más pequeño que he visto nunca —dijo Cerdo, entusiasmado.

Y todos se carcajearon a más y mejor. A continuación, exigió que le diera los pantalones y los calzoncillos, y los tiró a las ramas más altas de un árbol.

—Y ahora, vuelve a casa. ¡Que todo el mundo te vea esa birria de pito!

Un vecino que pasaba en coche vio a Hillel medio desnudo en la calle y lo llevó a su casa. A su madre, le explicó que lo había perseguido un perro y que se le había llevado los pantalones.

—¿Un perro? Hillel...

—Sí, mami, te lo juro. Se agarró tan fuerte a mis pantalones que al final los rompió y se fue con ellos.

—¿Y los calzoncillos también?

—Sí, mami.

—Hillel, cariño, ¿qué está pasando?

—Nada, mami.

—¿Se meten contigo en el colegio?

—Qué va, mami. De verdad.

Hillel, profundamente humillado, decidió que tenía que vengarse de la venganza de la venganza. La ocasión se le presentó unos días después, cuando Cerdo faltó al colegio dos días por culpa de una indigestión aguda. Los alumnos estaban preparando una función para los padres con motivo del día de Acción de Gracias, que constaba de varios cuadros que relataban las medidas de gracia que los colonos ingleses les habían otorgado a los indios wampanoag para agradecerles su ayuda, y que, al cabo de cuatrocientos años, se seguían celebrando con tres días de libertad para los aplicados alumnos estadounidenses. Estaba previsto que la función la clausurara un alumno declamando un poema que destacaba ese aspecto moderno de la fiesta. Y como ninguno de los niños presentes se ofrecía voluntario para recitar, la profesora eligió a Cerdo de oficio. La poesía era la siguiente:

Los deliciosos condimentos de mamá, de William Sharburgh

Es el día de Acción de Gracias.
La fiesta de las familias.
Un olor delicioso inunda toda la casa.
Mamá está asando un hermoso pavo.

En pos de los efluvios,
papá, el niño y el perro confluyen en la cocina.
Mamá se afana en los fogones,
todos aspiran ese olor exquisito y la felicitan.

Papá se regocija,
el niño aplaude,
el perro se relame el hocico,
¡qué ganas de comer ya!

El niño gulusmea y pregunta si puede probar.
Mamá mete una cuchara en la cazuela de salsa y el niño la prueba.
—¡Qué buena está! —exclama—. ¿Qué le has puesto?
—Condimentos... —responde mamá.
—¿Qué condimentos?
—Condimentos de mi propia cosecha. ¿Te gusta?
—¡Qué buena está! ¡Quiero más! ¡Quiero comérmelo todo!
—No, glotoncete, tienes que esperar a que esté en la mesa.

El niño se enfurruña y hunde el rostro en el mandil de la madre.
Qué bien se está. Sonríe.
Sabe que algún día su madre le desvelará
el secreto de sus condimentos
para que él también se los pueda poner al pavo
que asará para sus propios hijos.

En aras de la reconciliación, la profesora le encargó a Hillel que le llevara la poesía a Cerdo y le comunicara cuál iba a ser su papel en la función de Acción de Gracias. Hillel fue a casa de Cerdo ese mismo día. La madre le abrió la puerta y lo condujo a la habitación de su hijo. Se lo encontró en la cama leyendo historietas. Tras explicarle las instrucciones, le dio el texto.

—¡Enséñamelo! —voceó la madre de Cerdo, emocionada a más no poder al enterarse de que su hijo iba a subir al escenario él solo.

—¡No lo mires! —bramó Cerdo—. ¡Que no lo vea nadie! ¡Va a ser la gran sorpresa de la función!

Se incorporó en la cama y después de echar del cuarto a Hillel y a su madre, empezó a vocalizar ruidosamente. Siempre había tenido vocación de farandulero y quería dejarlos impresionados a todos. Para tan fausta ocasión, su madre le compró un traje con chaleco e invitó a toda la familia a ver lo bien que recitaba su Cerdo. Por fin todos iban a darse cuenta de que su hijito era un niño aparte.

El día de la función, el auditorio del colegio estaba a reventar. Con los Reddan en primera fila, filmando, haciendo fotos y aplaudiendo con todas sus fuerzas. La serie de cuadros sobre los wampanoag fue todo un éxito, al igual que los que daban un enfoque moderno al día de Acción de Gracias. Por fin, Cerdo apareció en el escenario, todos los focos lo apuntaron, inspiró profundamente y recitó la poesía.

LOS DELICIOSOS EXCREMENTOS DE MAMÁ, DE WILLIAM SHARBURGH

Es el día de Acción de Gracias.
La fiesta de las familias.
Un olor delicioso inunda toda la casa.
Mamá está asando un hermoso pavo.

En pos de los efluvios,
papá, el niño y el perro confluyen en la cocina.
Mamá se afana en las flatulencias,
todos aspiran ese olor exquisito y la felicitan.

Papá se regocija,
el niño aplaude,
el perro se relame el escroto,
¡qué ganas de comer ya!

El niño gulusmea y pregunta si puede probar.
Mamá mete una cuchara en la cazuela de salsa y el niño la prueba.
—¡Qué buena está! —exclama—. ¿Qué le has puesto?
—Excrementos... —responde mamá.
—¿Qué excrementos?

—Excrementos de mi propia cosecha. ¿Te gusta?
—¡Qué buena está! ¡Quiero más! ¡Quiero comérmelo todo!
—No, glotoncete, tienes que esperar a que esté en la mesa.

El niño se enfurruña y hunde el rostro en el pubis de la madre.
Qué bien se está. Sonríe.
Sabe que algún día su madre le desvelará
el secreto de sus excrementos
para que él también se los pueda poner al pavo
que asará para sus propios hijos.

Cuando acabó de recitar, Cerdo hizo una reverencia para saludar al público y recibir la salva de aplausos que estaba esperando. En la sala se hizo un silencio aterrador. El público, incapaz de reaccionar ni de articular palabra, miraba de hito en hito a Cerdo, que no entendía lo que estaba fallando. Huyó entre bastidores, donde se topó con la profesora y el director que lo miraban fijamente.

—Pero bueno, ¿qué es lo que pasa? —gimió Cerdo.

—Vincent, ¿sabes lo que son los excrementos? —le preguntó Hennings.

—No tengo ni idea, señor Hennings. Yo solo me he aprendido la poesía que me dijeron.

Hennings se puso morado. Se volvió hacia la profesora:

—Señorita, ¿tiene alguna explicación para esto?

—No lo entiendo, señor director, le encargué a Hillel Goldman que le transmitiera el texto a Vincent. Seguramente fue él quien cambió las palabras.

—¿Y a usted no le pareció oportuno ensayar la función antes? —gritó Hennings, cuyas voces se oían incluso en la sala.

—¡Pues claro que sí! Pero Vincent se negaba a recitar delante de los demás niños. Decía que quería darnos una sorpresa.

—¡Pues menuda sorpresa, desde luego!

—Pero ¿qué son los excrementos? —preguntó Cerdo.

La profesora rompió a llorar.

—¡Es usted quien nos dice siempre que dejemos que los alumnos hagan lo que prefieran! —se lamentó.

—Haga el favor de dejar de llorar —le dijo Hennings ofreciéndole un pañuelo—. No sirve de nada. ¡Vamos a convocar a ese incordio de Hillel!

Pero mientras el espectáculo continuaba con la clase siguiente, Cerdo ya se había lanzado a perseguir a Hillel. Los vieron salir a ambos del auditorio por la salida de emergencia, cruzar el patio de recreo y luego la cancha de baloncesto antes de dirigirse hacia el barrio de Oak Park. Primero la silueta escuálida de Hillel a galope tendido; inmediatamente detrás, Cerdo, con su traje y su corbata, embistiendo como un animal fuera de sí; y a la zaga, un grupo de alumnos que seguían a Cerdo para no perderse la escena siguiente.

—¡Te voy a matar! —vociferaba Cerdo—. ¡Te voy a matar para siempre!

Hillel corría tan rápido como le era posible, pero oía acercarse los pasos de Cerdo. Pronto lo alcanzaría. Puso rumbo hacia su casa. Con un poco de suerte, llegaría antes de que lo pillase y podría refugiarse allí. Pero justo antes de llegar a la casa de los Baltimore, se tropezó con una bicicleta que algún niño había dejado tirada a la entrada de un jardín y se estampó contra el suelo.

6.

Baltimore, el día de la función de Acción de Gracias
Noviembre de 1989

Hillel, al que perseguía Cerdo, acababa de tropezarse con una bicicleta y se cayó de bruces en la acera. Sabía que ya no podría escapar de los golpes y se hizo un ovillo para protegerse. Cerdo se le echó encima y empezó propinándole una lluvia de patadas en el estómago; luego lo agarró por el pelo e intentó levantarlo. De repente, se oyó una voz.

—¡Suéltalo!

Cerdo se dio la vuelta. Detrás de él había un chico al que no había visto nunca, que, con la capucha del suéter cubriéndole la cabeza, tenía un aspecto amenazador.

—¡Suéltalo! —repitió el chico.

Cerdo volvió a tirar a Hillel al suelo de un empujón y se dirigió hacia el chico, muy decidido a tener con él más que palabras. No había dado ni tres pasos cuando recibió en plena cara un puñetazo magistral que lo derribó. Rodó por el suelo agarrándose la nariz y sollozando:

—¡Mi nariz! —lloriqueó—. ¡Me has machacado la nariz!

En ese momento llegaron en tropel los alumnos del colegio que habían presenciado desde el principio cómo Cerdo perseguía a Hillel.

—¡Venid a ver! —gritó uno de ellos—. ¡Cerdo está llorando como una niña!

—¡Que lo que me ha hecho duele muchísimo! —gimió Cerdo entre sollozo y sollozo.

—¿Y tú quién eres? —le preguntó uno de los niños a Woody.

—Soy el guardaespaldas de Hillel. Si os metéis con él, os plantaré a todos un puñetazo en la nariz.

Los niños enseñaron las palmas en señal de paz.

—A nosotros Hillel nos cae muy bien —dijo otro sin bajarse de la bicicleta—. No queremos que le pase nada malo. ¿Verdad que no, Hillel? Además, si quieres, podemos mearle a Cerdo encima.

—A la gente no se le mea encima —contestó Hillel, que seguía en el suelo.

Woody levantó a Cerdo y le rogó que se largara.

—Venga, ahora vete por ahí, gordinflón, y ponte hielo en la nariz.

Cerdo se esfumó sin decir esta boca es mía, llorando aún, y Woody levantó a Hillel.

—Gracias, tío —le dijo Hillel—. Me... me has librado de una buena, de verdad.

—Ha sido un placer. Me llamo Woody.

—¿Cómo sabes quién soy yo?

—Porque tu padre tiene fotos con tu careto por todo el despacho.

—¿Conoces a mi padre?

—Me ha ayudado dos o tres veces que la he cagado...

—No se dice *cagarla*.

Woody sonrió.

—Se ve que eres hijo del señor Goldman.

—¿Y por qué sabes cómo me llamo?

—El otro día oí a tus padres hablar en el despacho de tu padre.

—¿A mis padres? ¿Conoces a mis padres?

—Como ya te he dicho, conozco a tu padre. Gracias a él trabajo para el jardinero Bunk. Estaba limpiando el césped cuando te vi llegar con ese gordo persiguiéndote. Y sé también que todo el mundo se mete contigo porque, cuando estuve en el despacho de tu padre el otro día, llegó tu madre (que, por cierto, es guapísima), y...

—¡Puaj, so guarro, no hables así de mi madre!

—Ya, bueno, el caso es que tu madre fue al despacho de tu padre contando que estaba preocupada porque todo el mundo te quiere partir la cara en el colegio. Así que por eso me alegré de que el mantecoso ese fuera a arrearte, porque así te he podido defender para agradecerle a tu padre que él me haya defendido a mí.

—No entiendo nada de lo que me estás contando. ¿De qué te ha defendido a ti mi padre?

—He tenido problemas por pegarme con otros y él me ha ayudado todas las veces.

—¿Por pegarte?

—Sí, no paro de pegarme.

—Podrías enseñarme a pelear —sugirió Hillel—. ¿Cuánto tiempo tardaría en ponerme tan fuerte como tú?

Woody hizo una mueca.

—Pareces bastante negado para pelear. Así que te diría que seguramente tardarás toda la vida. Pero podría acompañarte al colegio. Así, nadie se atrevería a meterse contigo.

—¿Harías eso?

—Pues claro.

A partir del día en que conoció a Woody, Hillel no volvió a tener problemas en el colegio. Todas las mañanas, al salir de casa, se reunía con él en la parada del autobús escolar. Hacían el trayecto juntos y Woody lo escoltaba incluso por los pasillos del colegio, confundiéndose entre la multitud de alumnos. Cerdo mantenía las distancias. No quería tener problemas con Woody.

Al salir de clase, Woody estaba allí de nuevo. Iban los dos a la cancha de baloncesto donde jugaban unos partidos tremendos y luego Woody acompañaba a Hillel de vuelta a casa.

—Tengo que darme prisa, Bunk se cree que estoy podando las plantas de tus vecinos. Si me ve contigo, soy hombre muerto.

—¿Cómo es posible que siempre estés aquí? —preguntaba Hillel—. ¿No vas al colegio?

—Sí, pero las clases acaban antes. Me da tiempo a venir aquí.

—¿Dónde vives?

—En un hogar de los barrios del este.

—¿No tienes padres?

—Mi madre no tenía tiempo para ocuparse de mí.

—¿Y tu padre?

—Vive en Utah. Tiene una familia nueva. Está muy ocupado.

Cuando llegaban cerca de casa de los Goldman, Woody se despedía de Hillel y se esfumaba. Hillel siempre le proponía que se quedase a cenar.

—No puedo —contestaba Woody sistemáticamente.

—¿Por qué?

—Tengo que irme a currar con Bunk.

—Pues ve cuando acabes de cenar con nosotros —insistía Hillel.

—No. Me da corte.

—¿Qué te da corte?

—Tus padres. No porque sean tus padres, es solo porque son adultos.

—Mis padres son bastante majos.

—Ya lo sé.

—Wood, ¿por qué me proteges?

—No te protejo. Es solo que me gusta estar contigo.

—Pues yo creo que me proteges.

—Entonces, tú también me proteges a mí.

—¿De qué te protejo yo? Si soy un canijo.

—Me proteges de estar solo.

Y lo que tenía que ser el pago de una deuda de Woody a Tío Saul se convirtió en una firme amistad entre Woody y Hillel. Woody iba todos los días a Oak Park. Entre semana, cumplía con su papel de guardaespaldas. El sábado, era Hillel quien lo acompañaba durante su jornada laboral con Bunk, y el domingo, iban juntos a pasar el día en el parque o en la cancha de baloncesto. Woody se plantaba desde el alba en la acera, a pesar del frío y la oscuridad.

—¿Por qué no entras y te tomas un cacao calentito? —insistía Hillel—. Te vas a congelar ahí fuera.

Pero Woody siempre rechazaba la oferta.

Un sábado por la mañana, cuando Woody llegó aún a oscuras a la verja de entrada de los Goldman-de-Baltimore, se encontró con Tío Saul tomándose el café. Lo saludó con la cabeza.

—Woodrow Finn... ¡Acabáramos! Así que eres tú el que hace a mi hijo tan feliz...

—No he hecho nada malo, señor Goldman. Se lo juro.

Tío Saul sonrió.

—Ya lo sé. Anda, entra en casa.
—Prefiero quedarme fuera.
—No puedes quedarte fuera, está helando. Anda, ven.

Woody entró tímidamente en la casa detrás de él.

—¿Has desayunado? —preguntó Tío Saul.
—No, señor Goldman.
—¿Por qué? Es importante comer por las mañanas. Sobre todo si luego trabajas de jardinero.
—Ya lo sé.
—¿Qué tal te va en el hogar?
—Bien.

Tío Saul le obligó a sentarse en la barra de la cocina y le preparó un cacao con tortitas. El resto de la familia aún estaba durmiendo.

—¿Sabes que gracias a ti Hillel ha vuelto a sonreír? —le preguntó Tío Saul.

Woody se encogió otra vez de hombros.

—Yo no sé nada de eso, señor Goldman.

Tío Saul le sonrió.

—Gracias, Woody.

Woody se encogió de hombros una vez más.

—No es nada.
—¿Cómo puedo agradecértelo?
—Nada. Nada, señor Goldman. Al principio venía a verlo a usted por el favor que le debía... Y luego me encontré con Hillel y nos hicimos amigos.
—Bueno, pues desde ahora considérate amigo mío. Y si necesitas cualquier cosa, ven a pedírmela. Además, me gustaría que vinieras a desayunar todos los fines de semana. No quiero que vayas a jugar al baloncesto con el estómago vacío.

Aunque acabó accediendo a entrar en la casa los sábados y domingos, Woody se negó categóricamente a quedarse a cenar por las noches. Tía Anita tuvo que recurrir a todas sus reservas de paciencia para amansarlo. Empezó por esperarlos a la puerta de casa cuando volvían de la cancha de baloncesto. Saludaba a Woody, que a menudo se ruborizaba al verla y salía huyendo como un animal silvestre. A Hillel lo irritaba: «¡Mamá! ¿Por qué lo haces?

¿No te das cuenta de que lo asustas?». Ella se echaba a reír. Lo siguiente fue esperarlos con leche y galletas y, antes de que Woody tuviese tiempo de salir huyendo, lo invitaba a probarlas, sin llegar a entrar en casa. Aprovechó un día de lluvia para convencerlo de meterse dentro. Lo llamaba «el célebre Woody». Él se ponía coloradísimo, como la grana, y balbuceaba. Le parecía una mujer guapísima. Una tarde, Tía Anita le dijo:

—Dime, célebre Woody: ¿te gustaría quedarte a cenar esta noche?

—No puedo, todavía tengo que ir a ayudar al señor Bunk a plantar bulbos.

—Pues vienes luego.

—Pero es que luego vale más que vuelva al hogar, porque si no vuelvo, se van a preocupar y me meteré en un lío.

—Si quieres, puedo llamar por teléfono a Artie Crawford para pedirle permiso. Y después te llevo al hogar.

Woody accedió a que Tía Anita llamase y le dieron permiso para quedarse a cenar. Al acabar, le dijo a Hillel:

—Qué agradables son tus padres.

—Ya te lo dije. Son supertolerantes, puedes venir aquí siempre que quieras.

—Ha sido genial que tu madre llamara a Crawford para decirle que me quedaba a cenar con vosotros. Nunca nadie había hecho que me sintiera así.

—¿Sentirte cómo?

—Importante.

Woody encontró en los Goldman-de-Baltimore a la familia que nunca había tenido y pronto se ganó un puesto por derecho propio entre ellos. Los fines de semana, llegaba por la mañana temprano. Tío Saul lo invitaba a entrar y a sentarse a la mesa del desayuno, donde enseguida se les sumaba Hillel. A continuación, los dos se iban a ayudar a Dennis Bunk. Por la noche, Woody solía quedarse a cenar. Tenía mucho empeño en hacer algo útil: quería a toda costa ayudar a preparar la comida, poner la mesa, quitar los platos, fregar los cacharros y sacar la basura. Una mañana, mientras observaba cómo recogía la cocina muy afanoso, Hillel le dijo:

—Tranqui, que estamos por la mañana. No tienes por qué hacer todo eso.

—Es que quiero hacerlo, quiero hacerlo. Paso de que tus padres crean que me provecho de ellos.

—«Aprovecho», no «provecho». Anda, ven a sentarte, acábate los cereales y lee el periódico. Léelo, porque si no, nunca sabrás nada.

Hillel lo obligaba a interesarse por todo. Le hablaba de los libros que leía, de los documentales que había visto por televisión. Los fines de semana, hiciera el tiempo que hiciera, acudían a la cancha de baloncesto. Formaban un dúo formidable. Juntos se enfrentaban sin inmutarse a los equipos de la NBA. A los legendarios Chicago Bulls se los merendaban de un bocado.

Un día, Tía Anita me contó cómo se había percatado de que Woody formaba ya parte de la familia: en el supermercado, haciendo la compra con Hillel, este cogió un paquete de cereales con *marshmallows*.

—Creía que no te gustaban los *marshmallows* —dijo ella.

—Y no me gustan —respondió Hillel con cariño fraterno—, pero estos son para Woody. Son sus favoritos.

La presencia de Woody en casa de los Baltimore pronto se impuso como algo obvio. Con la aprobación de Artie Crawford, se fue sumando a la noche de pizza de los martes, a las películas del sábado, a las visitas al acuario del que Hillel nunca se cansaba y a las excursiones a Washington, donde llegaron incluso a visitar la Casa Blanca.

Las noches en que cenaba en casa de los Goldman, Woody insistía en volver al hogar en autobús. Tenía miedo de que, de tanto ocuparse de él, los Goldman acabaran hartándose y echándolo. Pero Tía Anita le tenía prohibido volver solo. Era peligroso. Lo acompañaba en coche y cuando lo dejaba delante del austero edificio, le preguntaba:

—¿Seguro que estás bien?

—No se preocupe, señora Goldman.

—Pues sí que me quedo algo preocupada.

—No tiene que tomarse tantas molestias conmigo, señora Goldman. Bastante bien me trata ya.

Un viernes por la noche, al parar el coche delante del edificio decrépito, Tía Anita sintió que se le encogía el corazón.

—Woody, quizá deberías dormir en casa esta noche —dijo.

—No tiene que tomarse tantas molestias conmigo, señora Goldman.

—No eres una molestia para nadie, Woody. La casa es lo bastante grande para todos.

Fue la primera noche que durmió en casa de los Goldman.

Un domingo por la mañana en que llegó muy temprano a la casa y en Baltimore estaba diluviando, Tío Saul se lo encontró empapado y muerto de frío. Decidieron entonces darle a Woody una llave. A partir de ese día, empezó a llegar aún más temprano, ponía la mesa, preparaba las tostadas, el zumo de naranja y el café. Tío Saul era el primero en bajar. Se sentaban uno al lado del otro y desayunaban juntos, compartiendo el periódico. Luego llegaba Tía Anita, que lo saludaba revolviéndole el pelo, y si a Hillel se le pegaban las sábanas, Woody subía a su cuarto para despertarlo.

Una mañana de enero de 1990, al ir a coger el autobús, Hillel se encontró a Woody llorando, escondido entre los arbustos.

—Woody, ¿qué te pasa?

—En el hogar no quieren que vuelva aquí.

—¿Por qué?

Woody agachó la cabeza.

—Hace algún tiempo que dejé de ir al colegio.

—¿Qué? Pero ¿por qué?

—Me encontraba más a gusto aquí. ¡Quería estar contigo, Hill! Artie está furioso. Ha llamado por teléfono a tu padre. Me ha dicho que se acabó lo de trabajar con Bunk.

—¿Y aun así te ha dejado venir aquí?

—¡Me he escapado! ¡No quiero volver allí! ¡Quiero quedarme contigo!

—Nadie va a impedir que nos veamos, Wood. ¡Ya se me ocurrirá alguna solución!

La solución fue que Woody se instalase ese mismo día en la casita de la piscina de los Baltimore. Allí estaría tranquilo hasta el verano, porque nunca iba nadie. Hillel le dio mantas, comida y un *walkie-talkie* para comunicarse.

Esa noche, Artie Crawford fue a casa de los Baltimore para comunicarles que Woody había desaparecido.

—¿Cómo que ha «desaparecido»? —preguntó Tía Anita.

—No ha vuelto al hogar. Habíamos descubierto que llevaba varias semanas sin ir a clase.

Tío Saul se volvió hacia Hillel.

—¿Has visto a Woody hoy?

—No, papi.

—¿Estás seguro?

—Sí, papi.

—¿Se te ocurre dónde podría estar? —le preguntó a su vez Artie.

—No, me gustaría poder ayudaros.

—Hillel, sé que Woody y tú estáis muy unidos. Si sabes algo, tienes que contárnoslo. Es de suma importancia.

—Puede que esto sirva... Dijo algo de ir a Utah, a reunirse con su padre. Quería ir en autobús a Salt Lake City.

Esa noche, hablaron a través de los *walkie-talkies*. Hillel susurraba, escondido debajo de las mantas para estar seguro de que sus padres no pudieran oírlo.

—¿Woody? ¿Qué tal todo? Cambio.

—Todo bien, Hill. Cambio.

—Esta noche ha venido Crawford a casa. Cambio.

—¿Qué quería? Cambio.

—Te estaba buscando. Cambio.

—¿Qué le has dicho? Cambio.

—Que estabas en Utah. Cambio.

—Buena jugada. Gracias. Cambio.

—De nada, colega.

Durante los tres días siguientes, Woody se quedó escondido en la casita. La mañana del cuarto día, salió al alba y se escondió en la calle para esperar a Hillel y acompañarlo al colegio.

—Estás loco —le dijo Hillel—. ¡Como te vea alguien estás frito!

—En la casita me asfixio. Necesito estirar las piernas. Y si Cerdo no me ve por el colegio, tengo miedo de que la tome contigo.

Woody acompañó a Hillel hasta el patio del colegio, donde se mezclaba con el gentío de los demás alumnos. Pero esa mañana, el señor Hennings se fijó en aquel chico al que no había visto nunca y de inmediato supo que no era alumno del colegio. Se acordó del aviso que le habían entregado y llamó a la policía. No había transcurrido ni un minuto cuando una patrulla se personó en las inmediaciones del colegio. Woody se dio cuenta enseguida y quiso salir huyendo, pero se chocó con Hennings.

—Disculpe, jovencito, ¿quién es usted? —preguntó Hennings con tono severo y plantándole firmemente la mano en el hombro para sujetarlo.

—¡Corre, Woody! —exclamó Hillel—. ¡Lárgate!

Woody se liberó de la mano de Hennings y salió disparado. Pero los policías lo atraparon y redujeron. Hillel corrió hacia ellos gritando:

—¡Déjenlo! ¡Déjenlo! ¡No tienen ningún derecho!

Quiso apartar a los policías, pero Hennings se interpuso y lo sujetó. Hillel rompió a llorar.

—¡Déjenlo! —les gritó a los policías que se llevaban a Woody—. ¡No ha hecho nada! ¡No ha hecho nada!

Todos los alumnos que estaban en el patio de recreo miraban, hipnotizados, cómo a Woody lo metían en el coche patrulla, antes de que Hennings y los profesores los dispersaran instándolos a volver a las aulas.

Hillel se pasó la mañana llorando en la enfermería. A la hora de comer, Hennings vino a hablar con él.

—Venga, muchachote, ahora vete a clase.

—¿Por qué lo ha hecho?

—El director del hogar de Woody me avisó de que seguramente lo vería por aquí. Tu amigo se ha fugado, ¿entiendes lo que significa eso? Es algo muy grave.

Con el corazón en un puño, Hillel volvió a su aula para asistir a las clases de la tarde. Cerdo lo estaba esperando.

—Ha llegado la hora de la venganza, Quisquilla —le dijo—. Ahora que tu amiguito Woody no está aquí, voy a poder dedicarme a ti en cuanto acaben las clases. Tengo una caca de perro estupenda esperándote. ¿Has comido alguna vez caca de perro? ¿No? Pues te la vas a comer de postre hasta el último trozo. ¡Ñam, ñam!

En cuanto sonó la campana que anunciaba el final de las clases, Hillel salió disparado del aula con Cerdo pisándole los talones.

—¡Coged al Quisquilla! —gritó Cerdo—. ¡Cogedlo, que se va a enterar!

Hillel recorrió al galope los pasillos y, en el momento de salir a la cancha de baloncesto, aprovechó lo menudo que era para escabullirse a contracorriente por entre una bandada de niños que bajaban las escaleras desde las aulas. Subió al primer piso y atravesó los pasillos desiertos hasta un chiscón del conserje. Estuvo allí agazapado mucho rato, aguantando la respiración. La sangre le latía en las sienes y los latidos del corazón le retumbaban en los oídos. Cuando se atrevió a salir, ya había anochecido. Los pasillos tenían la luz apagada y estaban desiertos. Avanzó de puntillas, buscando la salida, y pronto reconoció el pasillo que conducía a la sala de redacción del periódico. Al pasar por delante, se fijó en que la puerta estaba entornada y oyó unos ruidos muy raros. Se quedó inmóvil, escuchando. Reconoció la voz de la señora Chariot. Y luego oyó una palmada e, inmediatamente después, un gemido. Miró por la rendija de la puerta entornada y vio al señor Hennings sentado en una silla. Tumbada encima de él y enseñándole las nalgas, estaba la señora Chariot, con la falda y las bragas bajadas. Con mano firme, el director le daba amorosos azotes y, a cada golpe, ella gemía con deleite.

—¡Guarra! —le dijo el director a la señora Chariot.

—Sí, soy una guarraza asquerosa —repitió ella.

—¡Guarra! —confirmó él.

—He sido una alumna muy muy mala, señor director —confesó ella.

—¿Has sido una guarrilla mala? —preguntó Hennings.

Hillel, que no entendía nada de la escena que transcurría ante sus ojos, empujó bruscamente la puerta y exclamó:

—Las palabrotas no son para nota.

La señora Chariot se incorporó de un brinco y soltó un chillido estridente.

—¿Hillel? —tartamudeó Hennings mientras la señora Chariot se subía las faldas antes de salir huyendo.

—¿Qué porras están haciendo? —preguntó Hillel.

—Estábamos jugando —contestó Hennings.

—Pues parece más bien que estaban alborotando —comentó Hillel.

—Estamos... Estamos haciendo ejercicio. Y tú ¿qué haces aquí?

—Estaba escondido porque los otros niños me quieren pegar y obligarme a comer una caca de perro —le explicó Hillel al director, que había dejado de prestarle atención y buscaba a la señora Chariot en el pasillo.

—Eso está muy bien —dijo Hennings—. ¿Adeline? Adeline, ¿estás ahí?

—¿Puedo quedarme escondido? —preguntó Hillel—. Es que me da mucho miedo lo que quiere hacerme Cerdo.

—Sí, está muy bien, hijo. ¿Has visto a la señora Chariot?

—Se ha ido.

—¿Dónde se ha ido?

—No lo sé, por allí.

—Bueno, entretente un rato, vuelvo enseguida.

Hennings recorrió el pasillo llamando:

—¿Adeline? Adeline, ¿dónde estás?

Encontró a la señora Chariot hecha un ovillo en un rincón.

—No te preocupes, Adeline —le dijo—, el niño no ha visto nada.

—¡Lo ha visto todo! —voceó ella.

—No, no. Te lo aseguro.

—¿De verdad? —preguntó ella con voz temblorosa.

—Estoy seguro. Todo va bien, no tienes por qué preocuparte. Además, no es de los que lían las cosas. Estate tranquila, voy a hablar con él.

Pero al volver a la sala de redacción del periódico, Hennings solo pudo comprobar que Hillel ya no estaba allí. Se lo encontró una hora después, en su propia casa, cuando Hillel llamó a la puerta.

—Hola, señor director.

—¿Hillel? Pero ¿qué estás haciendo aquí?

—Creo que tengo algo que es suyo —dijo Hillel sacando de la mochila unas bragas.

Hennings abrió unos ojos como platos y manoteó.

—¡Guarda esa porquería! —le ordenó—. No sé de lo que estás hablando.

—Supongo que son de la señora Chariot. Usted le bajó las bragas para pegarle y a ella se le olvidó ponérselas. Es raro, porque si a mí se me olvidara ponerme el calzoncillo, notaría corriente en el pito. Pero a lo mejor las mujeres, como tienen el pito por dentro, no notan la corriente.

—¡Cállate y desaparece! —dijo Hennings con voz sibilante.

Desde el salón llegó la voz de la mujer del señor Hennings preguntando quién había llamado.

—No es nada, querida —contestó Hennings con voz meliflua—, un alumno con problemas.

—¿No deberíamos preguntarle a su mujer si las bragas son suyas? —propuso Hillel.

Con un movimiento torpe, Hennings intentó agarrar las bragas, pero al no conseguirlo, le gritó a su mujer:

—¡Querida, voy a dar una vueltecita!

Salió a la acera en zapatillas y se llevó a Hillel consigo.

—¿Cómo se te ocurre venir aquí?

—He visto que por allí hay un kiosco donde venden helados —dijo Hillel.

—No te voy a comprar un helado. Es la hora de cenar. Además, ¿cómo has venido aquí?

—Me pregunto si a la señora Chariot le gustará poner helado en esas nalgas tan encarnadas —continuó Hillel.

—Ven, vamos a comprarte un helado.

Cada uno con su cucurucho en la mano, pasearon por el barrio.

—¿Por qué le estaba dando azotes a la pobre señora Chariot? —preguntó Hillel.

—Era un juego.

—En el colegio nos han hablado del maltrato. ¿Eso era maltrato? Nos han dado un número de teléfono.

101

—No, hijo. Es algo que queríamos hacer los dos.

—¿Jugar a dar azotes?

—Sí. Son unas azotainas especiales. No duelen sino que sientan bien.

—¡Ah! A mi amigo Luis su padre le dio una azotaina y dijo que dolía muchísimo.

—Eso es distinto. Estas son azotainas que se dan los adultos. Primero lo hablan, para estar seguros de que están de acuerdo.

—Ya —dijo Hillel—. O sea, que usted le dijo a la señora Chariot: «Oiga, señora Chariot, ¿a que no le importa que le baje las bragas para darle una azotaina?». Y ella le contestó: «Qué va».

—Más o menos.

—Me parece muy raro.

—Sabes, hijo, los adultos son personas muy raras.

—Ya lo sé.

—No, quiero decir que son más raras de lo que puedas imaginarte.

—¿Usted también?

—Yo también.

—¿Sabe? Sé de lo que está hablando. Unos amigos de mis padres han tenido que divorciarse. Vinieron una noche los dos a cenar a casa y una semana después, la mujer se quedó a dormir. No hacía más que hablar de su marido con palabras prohibidas. Él hacía cosas con la niñera de sus hijos.

—A veces, los hombres hacen eso.

—¿Por qué?

—Por un montón de razones. Para sentirse mejor, para sentir que son los mejores. Para sentirse más jóvenes. Para satisfacer sus impulsos.

—¿Qué es un impulso?

—Es algo que nos sale de dentro sin saber muy bien por qué. La cabeza ya no puede pensar y el cuerpo hace cualquier cosa y luego nos arrepentimos.

—El otro día, me encontré detrás de la cama un paquete de caramelos. Eran mis caramelos favoritos, pero mamá me dijo que los dejara porque estábamos a punto de cenar, pero yo no pude evitar comérmelos porque eran mis caramelos favoritos, y luego me arrepentí porque estaba empachado y no tenía hambre para la cena que había preparado mamá. ¿Eso era un impulso?

—Podría decirse.

—Y usted, ¿por qué juega a los azotes con la señora Chariot? ¿Es que ya no quiere a su mujer, como los amigos de mis padres?

—Todo lo contrario, quiero a mi mujer. La quiero muchísimo.

—¡Pero entonces dele azotainas de amor a ella!

—Es que no quiere. Sabes, a veces los hombres tienen necesidades. Y hay que satisfacerlas. Pero no significa que no quieran a su mujer. Encerrarme en la sala de redacción con la señora Chariot es una forma de seguir con mi mujer. Y quiero a mi mujer. No me gustaría que estuviera triste. Y se pondría muy triste si se enterara de esto. ¿Lo entiendes? Estoy convencido de que lo entiendes.

—Sí, lo entiendo. Pero usted es el jefe de la señora Chariot y eso seguro que trae cola. Además, estoy seguro de que a los padres les va a decepcionar enterarse de que las sillas en las que se sientan sus hijos en la sala de redacción también sirven para poner a una profesora con el culo al aire y...

—¡Vale! —interrumpió Hennings—. ¡Ya lo he entendido! ¿Qué es lo que quieres?

—Quisiera una plaza gratuita en el colegio para mi amigo Woody.

—¡Estás loco! ¿Te crees que me puedo sacar veinte mil dólares de la chistera?

—Usted gestiona el presupuesto. Estoy seguro de que podrá apañárselas. Lo único que hay que hacer es añadir una silla al fondo de la clase. Es de lo más sencillo. Y así, podrá usted seguir queriendo a su mujer y dándole azotainas a la señora Chariot.

A la mañana siguiente, el señor Hennings se puso en contacto con Artie Crawford para decirle que la Asociación de Padres de Alumnos del colegio Oak Tree tenía el gusto de concederle una beca a Woody. Tras hablar con mis tíos, estos propusieron, para mayor alegría de Hillel, que Woody se fuera a vivir a su casa para estar cerca del colegio. El día que Woody ingresó en Oak Tree, por la noche, el señor Hennings escribió en su cuaderno de bitácora: «Hoy se ha tomado la decisión de concederle una beca excepcional a un crío muy raro, Woodrow Finn. Parece que le tiene sorbido el seso a Hillel Goldman. Ya veremos si la llegada de este alumno nuevo lo ayuda a desarrollar todo su potencial, como llevo esperando hace mucho».

Así fue como Woody entró en la vida de los Goldman-de-Baltimore y se instaló en una de las habitaciones de invitados, que volvieron a decorar para que le resultara acogedora. Tío Saul y Tía Anita nunca vieron a Hillel tan feliz como durante los años siguientes. Woody y él iban al colegio juntos y volvían juntos. Comían juntos, les ponían castigos juntos, hacían los deberes juntos y, en las actividades deportivas, a pesar de tener una complexión tan distinta, tenían que estar en el mismo equipo. Fue el comienzo de un período de tranquilidad y de dicha absoluta.

Woody entró en el equipo de baloncesto del colegio, que gracias a él ganó el campeonato por primera vez en su historia. Hillel, por su parte, mejoró el periódico del colegio de forma espectacular: añadió una sección dedicada al equipo de baloncesto y puso ejemplares a la venta las tardes en que había partido. El dinero recaudado se destinaba al recién creado «Fondo de la Asociación de Padres de Alumnos para Becas de Estudio». Supo ganarse la estima de sus profesores y el respeto de sus compañeros y, en sus notas personales, Hennings escribió refiriéndose a Hillel: «Alumno sensacional con una inteligencia excepcional. Una innegable baza para el colegio. Ha logrado agrupar a sus compañeros en torno al proyecto del periódico y ha organizado una visita del alcalde al colegio para dar una conferencia sobre política. En una palabra: asombroso».

La cancha que había detrás del colegio no tardó en quedárseles pequeña. Necesitaban una mayor, necesitaban un lugar a la altura de sus ambiciones. Después de clase, se iban a fantasear a la pista deportiva del instituto Roosevelt High, que estaba cerca del colegio. Llegaban antes de que empezase a entrenar el equipo de baloncesto, se escurrían hasta el parquet, cerraban los ojos y se imaginaban el Forum de Los Ángeles, el Madison Square Garden y a la muchedumbre enardecida que coreaba el nombre de ambos. Hillel se encaramaba a las gradas y Woody se situaba al otro extremo del local. Hillel fingía tener un micrófono en la mano: «A dos segundos del final del partido, los Bulls pierden por dos puntos. Pero si el alero Woodrow Finn anota este triple, ¡ganarán los *playoffs*!». Woody, en un momento de inspiración, con los ojos entornados y los músculos tensos, tiraba. El cuerpo se proyectaba hacia arriba, los brazos se distendían, el balón surcaba el aire en total silencio y aterrizaba en el centro de la canasta. Hillel gritaba de alegría: «¡Viiiiiiiiiiiiiiiiictoria de los Chicago Bulls gracias a esta canasta decisiva del increíbleeeee Woodrow Finn!». Caían uno en brazos del otro, daban una vuelta triunfal y luego salían huyendo, por miedo a que los pillaran.

En ocasiones, Woody acudía a Tía Anita para pedirle, susurrando:

—Señora Goldman, me... me gustaría intentar llamar por teléfono a mi padre. Quiero contarle cómo me va.

—Pues claro, tesoro. Usa el teléfono todo lo que quieras.

—Señora Goldman, es que... no me gustaría que Hillel se enterara. No me apetece mucho hablar de ese tema con él.

—Ve a nuestro cuarto. El teléfono está al lado de la cama. Llama a tu padre cuando quieras y todas las veces que quieras. No tienes que pedir permiso, tesoro. Sube, ya me encargo yo de distraer a Hillel.

Woody se escurrió discretamente hasta el cuarto de Tío Saul y Tía Anita. Cogió el teléfono y se sentó en la moqueta. Se sacó del bolsillo un trozo de papel donde estaba escrito el número y marcó. Se puso en marcha el contestador automático y dejó un mensaje:

—Hola, papá, soy Woody. Te dejo un mensaje porque... Quería decirte que ahora estoy viviendo en casa de los Goldman, me tratan la mar de bien. Juego al baloncesto en el equipo de mi nuevo colegio. Intentaré llamarte mañana.

*

Unos meses después, en vísperas de las vacaciones de Navidad de 1990, cuando Tío Saul y Tía Anita le propusieron a Woody que fuera con ellos de vacaciones a Miami, su primera reacción fue decir que no. Opinaba que los Goldman ya eran demasiado generosos con él y que un viaje así suponía mucho dinero.

—Ven con nosotros, lo vamos a pasar genial —insistía Hillel—. ¿Qué vas a hacer si no? ¿Pasar las vacaciones en el hogar?

Pero Woody no cedía. Una noche, Tía Anita fue a verlo a su cuarto. Se sentó al borde de la cama.

—Woody, ¿por qué no quieres venir a Florida?
—Porque no quiero. Y ya está.
—Nos gustaría tanto tenerte con nosotros...

Woody rompió a llorar y Tía Anita lo abrazó muy fuerte.

—Woody, cariño, ¿qué te ocurre?

Le pasó la mano por el pelo.

—Es que... nunca nadie se ha preocupado por mí tanto como ustedes. Nunca nadie me ha llevado a Florida.

—Lo hacemos con muchísimo gusto, Woody. Eres un chico estupendo, te queremos mucho.

—Señora Goldman, he robado... ¡No sabe cuánto lo siento, no me merezco vivir con ustedes!

—¿Qué es lo que has robado?

—El otro día, cuando subí a su cuarto, había una foto de ustedes encima de un mueble...

Se levantó de la cama y, tragándose las lágrimas, abrió la mochila y sacó una foto de la familia. Se la alargó a Tía Anita.

—Lo siento —sollozó—. No quería robar, pero quería tener una foto de todos ustedes. Me da miedo que me dejen algún día.

Tía Anita le acarició el pelo.

—Nadie va a dejarte, Woody. Además, has hecho bien en contarme lo de esa foto: le falta alguien.

El fin de semana siguiente, los Goldman-de-Baltimore, que ahora eran cuatro, fueron al centro comercial a hacerse fotos de familia.

Cuando volvieron a casa, Woody llamó por teléfono a su padre. Volvió a toparse con el contestador y dejó otro mensaje:

—Hola, papá, soy Woody. Voy a mandarte una foto, ¡ya verás qué guay! Salgo yo con los Goldman. Nos vamos todos a Florida a finales de semana. Intentaré llamarte desde allí.

Me acuerdo muy bien de aquel invierno de 1990 en Florida, durante el cual Woody entró en mi vida para no salir nunca más. La complicidad entre nosotros tres fue inmediata. Ese mismo día empezó la emocionante aventura de la Banda de los Goldman. Creo que fue al conocer a Woody cuando comenzó a gustarme de verdad Florida, que, hasta entonces, me parecía bastante aburrida. Al igual que Hillel, a mí también me subyugó aquel chico fornido y encantador.

Al final del primer curso juntos en Oak Tree, el día antes de hacerse la foto para el anuario, Hillel le dio un paquete a Woody.
—¿Para mí?
—Sí. Es para mañana.
Woody abrió el paquete: era una camiseta amarilla con la inscripción «Amigos para siempre».
—¡Gracias, Hill!
—La vi en el centro comercial. Yo me he comprado una igual. Así llevaremos la misma camiseta en la foto. Bueno, si tú quieres... Espero que no te parezca una chorrada.
—¡No, no es ninguna chorrada!
Casualmente, el orden alfabético quiso que Woodrow Marshall Finn estuviese al lado de Hillel Goldman. Y en la foto del anuario del curso 1990-1991 del colegio Oak Tree, en el que ambos aparecen juntos por primera vez, no sabría decir cuál de los dos, si Woody o Hillel, tiene más aspecto de Goldman.

7.

Hasta que conocí a Duke en 2012, nunca había sido consciente de lo deslumbradores que pueden llegar a ser los vínculos que unen a un perro y a un hombre. De tanto estar con él, inevitablemente acabé cogiéndole cariño. ¿Cómo no sucumbir a ese encanto pícaro, a la ternura de esa cabeza apoyada en el regazo para pedir una caricia, a esa mirada suplicante cada vez que abría la nevera?

Me fijé en que cuanto más se estrechaban mis lazos con Duke, más parecía sosegarse mi relación con Alexandra. Había bajado un poco la guardia. A veces me llamaba Markie, como hacía antes. Estaba recuperando a la Alexandra tierna y dulce, la que se reía a carcajadas de mis chistes malos. Los instantes robados que pasaba con ella me llenaban de una dicha que hacía mucho tiempo que no sentía. Me di cuenta de que nunca había querido a nadie que no fuera ella y el momento en que volvía a llevar a Duke a casa de Kevin era el más feliz de todo el día. Puede que mi imaginación desbordante me estuviera jugando una mala pasada, pero me daba la sensación de que se las apañaba para que estuviéramos solos ella y yo. Si Kevin estaba haciendo ejercicio en la terraza, me llevaba a la cocina; si él estaba en la cocina preparándose batidos de proteínas o marinándose unos filetes, me llevaba a la terraza. Había ademanes, roces, miradas y sonrisas que me ponían el corazón a cien. Sentía, durante un breve instante, que volvía a estar en ósmosis con ella. Tenía unas ganas tremendas de invitarla a cenar fuera. De pasar una velada entera los dos solos, sin que ese jugador de hockey suyo me honrase con la crónica pormenorizada de sus sesiones de fisioterapia. Pero no me atrevía a tomar la iniciativa, no quería echarlo todo a perder.

Por miedo a estropearlo todo, en una única ocasión mandé a Duke de vuelta a casa. Fue una mañana en la que me desperté con el presentimiento de que me iban a descubrir. Cuando oí el gañido de Duke a las seis en punto, le abrí la puerta y después de que me demostrase su alegría de forma espectacular, me acuclillé a su lado.

—No puedes quedarte —le dije acariciándole la cabeza—. Me da miedo levantar sospechas. Tienes que volver a casa.

Me puso la cara de perro triste y se tumbó en el porche, con las orejas gachas. Yo me esforcé por atenerme a la decisión que había tomado. Cerré la puerta y me senté detrás. Sintiéndome tan desgraciado como él.

Ese día apenas pude trabajar. Echaba de menos la presencia de Duke. Lo necesitaba, necesitaba tenerlo cerca, mordisqueando los juguetes de plástico o roncando en el sofá.

Por la noche, cuando Leo vino a casa para jugar al ajedrez, enseguida se percató de que tenía una cara espantosa.

—¿Quién se ha muerto? —me preguntó cuando le abrí la puerta.

—Es que hoy no he visto a Duke.

—¿No ha venido?

—Sí, pero lo mandé de vuelta a casa. Por miedo a que me pillen.

Me miró de hito en hito y con curiosidad.

—¿Seguro que no es usted proclive a las enfermedades mentales?

Al día siguiente, cuando oí el gañido de Duke a las seis, ya le tenía preparada una ración de carne de primera calidad. Como tenía que ir a la oficina de Correos, lo llevé conmigo. A continuación, no pude resistirme a la tentación de pasear juntos por la calle: lo llevé a la peluquería canina y luego a tomar un helado de pistacho a una tiendecita artesanal que me encantaba. Nos acomodamos en la terraza y le estaba sujetando el cucurucho de barquillo mientras lo lamía con fruición cuando oí una voz de hombre que me llamaba:

—¿Marcus?

Me di la vuelta, aterrorizado de que me pillaran in fraganti. Era Leo.

—¡Leo, caramba, qué susto me ha dado!

—¡Marcus, está usted de la olla! ¿Qué está haciendo?

—Nos estamos tomando un helado.

—¡Se pasea por la calle con el perro, a la vista de todo el mundo! ¿Quiere que Alexandra descubra todo el pastel?

Leo tenía razón. Y yo lo sabía. Puede que, en el fondo, mi intención fuera esa: que Alexandra lo descubriese todo. Que pasara algo. Aspiraba a algo más que a nuestros momentos robados. Me di cuenta de que lo que quería era que todo volviera a ser como antes. Pero habían pasado ocho años y ella había rehecho su vida.

Leo me instó a devolverle el perro a Alexandra antes de que me diera por llevármelo al cine o por hacer-cualquier-otra-gilipollez. Le hice caso. Cuando volví, me lo encontré delante de su casa, escribiendo. Creo que se había instalado allí para acecharme. Me acerqué.

—¿Y bien? —le pregunté señalando con la cabeza el cuaderno aún virgen—. ¿Va progresando su novela?

—No va mal. Me estoy planteando escribir la historia de un viejo que observa cómo un vecino joven ama a una mujer a través de un perro.

Suspiré y me senté en la silla que estaba junto a la suya.

—No sé qué debo hacer, Leo.

—Pues haga como con el perro. Haga que lo elija a usted. El problema que tienen los que se compran un perro es que no se suelen dar cuenta de que no son ellos los que eligen al perro, sino al revés: es él quien decide qué prefiere. Es el perro el que nos adopta, fingiendo que obedece nuestras normas para no desilusionarnos. Si no hay complicidad, adiós muy buenas. Y como prueba, me remito a esa historia espantosa pero verídica que sucedió en el estado de Georgia, donde una madre soltera, infeliz pringada ante Jehová, se compró un teckel bicolor, de nombre Whisky, para que les alegrase un poco la vida a ella y a sus dos hijos. Pero para su desgracia, Whisky no le correspondía en absoluto, y la convivencia acabó siendo insufrible. Como no lograba deshacerse de él, la mujer decidió hacerlo a las bravas: obligó al perro a sentarse delante de la casa, lo roció con gasolina y le prendió fuego. El chucho, en llamas y aullando, echó a correr como un poseso hasta meterse en la casa, donde los dos niños estaban apoltronados delante de la televisión. La casa también se incendió, con Whisky y con los dos niños dentro, y los bomberos no encontraron más que cenizas. Ahora entenderá por qué hay que dejar que sea el perro el que lo elija a uno.

—Me temo que no he entendido nada de esa historia suya, Leo.

—Tiene que hacer lo mismo con Alexandra.

—¿Quiere que la queme viva?

—Que no, imbécil. Deje de dárselas de enamorado tímido: haga que ella lo elija a usted.

Me encogí de hombros.

—De todas formas, me parece que dentro de nada volverá a Los Ángeles. Tenía previsto quedarse mientras Kevin estuviera convaleciente y ya está casi recuperado.

—Y entonces ¿qué? ¿Lo va a consentir? ¡Apáñeselas para que se quede! Y por cierto, ¿va a contarme qué pasó entre ustedes o no? Todavía no me ha dicho ni cómo se conocieron.

Me puse en pie.

—La próxima vez, Leo. Se lo prometo.

A la mañana siguiente, a mi amigo Duke lo pillaron en plena fuga. Como de costumbre, a las seis de la mañana oí sus gañidos en la puerta, pero al abrirla vi detrás de él a Alexandra, entre regocijada y perpleja, vestida con lo que debía de ser un pijama.

—Hay un agujero al fondo del jardín —me dijo—. Lo he visto esta mañana. ¡Se cuela por debajo del seto y se viene directamente aquí! ¿Te lo puedes creer?

Se echó a reír. Seguía estando igual de guapa, incluso en pijama y con la cara lavada.

—¿Quieres pasar a tomarte un café?

—Encantada.

De repente caí en que las cosas de Duke estaban tiradas por todo el salón.

—Espera un momento a que me ponga unos pantalones.

—Pero si ya llevas pantalones —observó ella.

No contesté nada y me limité a cerrarle la puerta en las narices pidiéndole por favor un poco de paciencia. Corrí por toda la casa arramblando con los juguetes, las escudillas y la manta de Duke, y lo tiré todo revuelto en mi cuarto.

Volví enseguida para abrir la puerta y Alexandra me lanzó una mirada regocijada. Al cerrar la puerta tras ella, no me fijé en el hombre que nos estaba observando y sacando fotos desde el coche.

8.

Baltimore
1992-1993

Siguiendo un calendario inalterable, cada cuatro años, al día de Acción de Gracias le precede una elección presidencial. En 1992, la Banda de los Goldman participó activamente en la campaña de Bill Clinton.

Tío Saul era un demócrata convencido, lo que trajo consigo reiteradas tensiones durante las vacaciones de invierno que pasamos en Florida celebrando el año nuevo de 1992. Mi madre aseguraba que el abuelo siempre había votado a los republicanos, pero que desde que el Gran Saul votaba a los liberales, él hacía lo mismo. Fuera como fuese, Tío Saul nos dio nuestra primera clase de educación cívica al ponernos a apoyar la causa de Bill Clinton. Íbamos a cumplir doce años y la epopeya de la Banda de los Goldman estaba en su mejor momento. Yo solo vivía para ellos, para esos ratos que pasábamos juntos. Y la mera idea de hacer campaña con ellos —a favor de quién era lo de menos— me colmaba de alegría.

Woody y Hillel nunca habían dejado de trabajar para Bunk. No solo les gustaba, sino que los ayudaba a redondear su paga. Trabajaban rápido y bien, y algunos vecinos de Oak Park, hartos de la cachaza de Bunk, se dirigían incluso a ellos directamente para encomendarles las tareas de jardinería. En esos casos, restaban un veinte por ciento a sus ganancias y se lo daban a Bunk sin que se enterase, dejándole el dinero en el bolsillo de la chaqueta o en la guantera de la camioneta. Cuando yo iba a Baltimore, me encantaba ayudarlos, sobre todo cuando trabajaban para sus propios clientes. Se habían hecho con una clientela reducida pero fiel y llevaban una camiseta que les habían bordado en una mercería con la inscripción «Jardinería Goldman, desde 1980» encima del corazón. También encargaron una para mí y nunca me he sentido tan orgulloso como cuando recorría Oak Park con mis dos primos, luciendo los tres nuestros magníficos uniformes.

Me admiraba mucho su espíritu emprendedor y me enorgullecía ganar algo de dinero con el sudor de mi frente. Era una ambición que albergaba desde que descubrí la vocación de *self-made-man* de un amigo del colegio, en Montclair, Steven Adam. Steven era un chico que se portaba muy bien conmigo: solía invitarme a pasar la tarde en su casa y luego me proponía que me quedase a cenar. Pero en cuanto se sentaba a la mesa, muchas veces tenía unos ataques de ira tremendos. Al menor contratiempo, empezaba a insultar a su madre de forma espantosa. Bastaba con que la comida no estuviese a su gusto para que diera un puñetazo, tirase el plato por ahí y gritase:

—¡No quiero esta bazofia de mierda, es una guarrería!

El padre se levantaba inmediatamente: la primera vez que lo presencié, me creí que era para darle un par de bofetones ejemplares a su hijo, pero cuál no fue mi sorpresa cuando vi que cogía una hucha de plástico que había encima de un mueble. Siempre montaban el mismo número. El padre se ponía a perseguir a Steven dando gritilos:

—¡La hucha de los tacos! ¡Tres tacos, setenta y cinco céntimos!

—¡Métetela por el culo, la hucha de los cojones! —contestaba Steven, corriendo por el salón y enseñándole el dedo medio.

—¡La hucha de los tacos, la hucha de los tacos! —ordenaba el padre con voz temblorosa.

—¡Que te calles, rata muerta! ¡Hijo de Satanás! —le decía Steven.

—¡La hucha de los tacos, la hucha de los tacos! —repetía el padre, sin dejar de corretear con la hucha, que parecía pesar demasiado para esos brazos tan flacos.

Como sucede en las fábulas, aquello acababa siempre en lo mismo. El padre, harto, paraba el baileteo grotesco. Para mantener el tipo, decía con tono sofista:

—Bueno, voy a adelantarte el dinero, ¡pero te lo descontaré de la paga!

Se sacaba del bolsillo un billete de cinco dólares y lo metía por el culo del cerdo antes de volver a sentarse a la mesa, muy compungido. Entonces Steven volvía a su sitio sin que lo regañara nadie, se zampaba el postre eructando y volvía a marcharse llevándose la hucha al pasar para encerrarse en su cuarto a esconder el botín mientras su madre me acompañaba a mi casa y yo le decía:

—Muchas gracias por una comida tan rica, señora Adam.

Steven tenía olfato para los negocios. No satisfecho con embolsarse el dinero que producían sus propios tacos, se ganaba la vida muellemente escondiéndole a su padre las llaves del coche y pidiendo un rescate para devolvérselas. Por la mañana, cuando el padre se daba cuenta, iba a suplicarle sin abrir la puerta:

—Steven, por favor, devuélveme las llaves... Voy a llegar tarde al trabajo. Ya sabes lo que me va a pasar si vuelvo a llegar tarde, me despedirán. Me lo ha dicho mi jefe.

La madre acudía en su ayuda y aporreaba la puerta como una furia.

—¡Abre, Steven! ¡Por todos los santos, abre ahora mismo! ¿Me oyes? ¿Quieres que tu padre pierda el trabajo y que vivamos en la calle?

—¡Me importa un carajo! ¡Si queréis la mierda de llaves, son veinte pavos!

—Está bien —lloriqueaba el padre—, está bien.

—¡Mete la pasta por debajo de la puerta! —ordenaba Steven.

El padre obedecía, la puerta se abría de golpe y las llaves le daban en toda la cara.

—¡Gracias, seboso!

Todas las semanas, en el colegio, Steven nos enseñaba los fajos de billetes, cada vez más abultados, con los que nos invitaba a rondas de helados. Como sucede en el mundo de la moda, a los pioneros muchos los imitan y pocos los igualan: sé que mi amigo Lewis se arriesgó a probar si podía ganar dinero insultando a su padre, pero la única paga que recibió fue un par de bofetones que le pusieron la cara del revés, y no volvió a intentarlo nunca más. De modo que yo me sentía muy orgulloso de regresar a Montclair forrado de dólares que había ganado trabajando de jardinero y gracias a los cuales yo también podía invitar a rondas de helados e impresionar a mis compañeros.

Bunk siempre se resistía a pagarme un salario. En cuanto me veía llegar, empezaba a farfullar que no pensaba pagarme, que Hillel y Woody ya le salían bastante caros, pero mis primos siempre compartían su jornal conmigo. Aunque era un cascarrabias, Bunk nos caía bien. Nos llamaba sus «mierdecillas» y nosotros lo llamábamos Skunk*, por cómo olía. Era un hombre inusitadamente vulgar y cada vez que le deformábamos el nombre, nos soltaba retahílas de insultos que nos regocijaban una barbaridad:

—¡Me llamo Bunk! ¡Bunk! Tampoco es tan difícil, ¿no? ¡Hatajo de mierdecillas! ¡Bunk con B de «berzotas»! ¡B de «bofetada»!

En febrero de 1992, a pesar del fracaso en las primarias de New Hampshire, Bill Clinton seguía siendo un candidato con posibilidades para la investidura demócrata. Conseguimos pegatinas de la campaña y las pegamos en el buzón y el parachoques de los clientes de Bunk, además de en la camioneta de este. Aquella primavera, los Estados Unidos estaban revolucionados y al rojo vivo porque cuatro policías, acusados de darle una paliza salvaje a un ciudadano negro después de perseguirlo, habían salido absueltos; las imágenes de la tunda que había filmado alguien que pasaba por allí convulsionaron al país. Así fue como empezó lo que el mundo entero conoció como el caso Rodney King.

—No me entero de nada —dijo Woody con la boca llena—. ¿Qué significa *recusar*?

—Woody, cariño, traga antes de hablar —le reprendió dulcemente Tía Anita.

Hillel se apresuró a explicárselo.

—El fiscal dice que el jurado no es imparcial y que hay que cambiarlo. En todo o en parte. Eso es lo que significa *recusar*.

—Pero ¿por qué? —preguntó Woody, que había engullido el bocado enseguida para no perderse nada de la conversación.

---

* *Skunk* es como llaman a las mofetas en Estados Unidos.

—Porque son negros. Y Rodney King también es negro. El fiscal dice que con un jurado formado por negros, el veredicto no sería imparcial. Así que ha pedido que se recuse a sus miembros.

—¡Sí, pero según ese razonamiento, resulta que un jurado formado por blancos estará del lado de los polis!

—¡Exactamente! Ese es el problema. El jurado blanco ha absuelto a los policías blancos de haber apaleado al tío negro. Y por eso hay revueltas.

En la mesa de los Goldman-de-Baltimore solo se hablaba de una cosa: el caso Rodney King. Hillel y Woody seguían los acontecimientos con pasión. El caso le despertó a Woody la curiosidad por los temas políticos y unos meses después, durante el otoño de 1992, Hillel y él se pasaron con toda naturalidad los fines de semana haciendo campaña a favor de la elección de Bill Clinton en la caseta que la delegación local del Partido Demócrata tenía en el aparcamiento del supermercado de Oak Park. Eran, con diferencia, los militantes más jóvenes del grupo, lo que llamó la atención de un equipo de la televisión local que un día llegó incluso a entrevistarlos para un reportaje.

—¿Por qué votas a los demócratas, hijo? —le preguntó el periodista a Woody.

—Porque mi amigo Hillel dice que es lo que está bien.

El periodista, algo desconcertado, se dirigió entonces a Hillel para su turno de preguntas:

—Y tú, chico, ¿crees que Clinton va a ganar?

Y se quedó pasmado escuchando la respuesta de aquel niño de doce años:

—Hay que ver las cosas con claridad. Es una elección difícil. George Bush ha tenido muchas victorias durante su mandato y hace unos meses todavía lo habría considerado ganador. Pero hoy, el país está en plena recesión, el paro es muy elevado y las revueltas recientes por el caso Rodney King no le han puesto mejor las cosas.

Ese período electoral coincidió con la llegada de un alumno nuevo a la clase de Woody y Hillel: Scott Neville, un niño que padecía fibrosis quística y tenía una constitución aún más enclenque que Hillel.

El señor Hennings les contó a los niños lo que era la fibrosis quística. Lo que se les quedó fue que a Scott le resultaba muy difícil respirar y lo apodaron inmediatamente «Mediopulmón».

Scott, al que le costaba mucho correr y, por ende, escapar, se convirtió en la nueva víctima predestinada de Cerdo. Pero eso solo duró unos días porque en cuanto Woody se dio cuenta, amenazó a Cerdo con unos puñetazos en la nariz que lo convencieron para dejarlo en paz inmediatamente.

Woody cuidó de Scott como había cuidado de Hillel, y los tres chicos descubrieron enseguida que tenían muchas cosas en común.

Empecé a oír hablar de Scott muy pronto y tengo que confesar que eso de que mis primos formaran un trío con otro que no era yo me ponía algo celoso: Scott se sumó a las visitas al acuario, iba con ellos al parque y, la noche de las elecciones, mientras yo me aburría en Montclair, Hillel y Woody, junto con Tío Saul, Scott y su padre, Patrick, fueron a seguir el escrutinio al cuartel general del Partido Demócrata en Baltimore. Saltaron de alegría cuando se anunciaron los resultados y se echaron a la calle para celebrar la victoria. A medianoche, hicieron una parada en el Dairy Shack de Oak Park y se tomaron cada uno un batido de plátano gigantesco. Aquella noche del 3 de noviembre de 1992, mis primos de Baltimore contribuyeron a que se eligiera al nuevo presidente mientras que yo ordenaba mi cuarto.

Esa noche se acostaron pasadas las dos de la madrugada. Hillel se durmió en el acto pero Woody no conseguía coger el sueño. Escuchó a su alrededor: todo parecía indicar que Tío Saul y Tía Anita ya se habían dormido. Abrió suavemente la puerta del dormitorio y se deslizó discretamente hasta el despacho de Tío Saul. Descolgó el teléfono y marcó el número que ya se sabía de memoria. En Utah eran tres horas menos. Se llevó una gran alegría cuando alguien contestó:

—¿Diga?
—¡Hola, papá, soy Woody!
—Ah, Woody... ¿Woody qué más?
—Pues... Woody Finn.

—¡Oh, Woody! ¡Caramba, hijo, perdona! Es que ¿sabes?, por teléfono no te he reconocido. ¿Cómo te va, hijo mío?

—Me va bien. ¡Superbién! ¡Papá, hacía mucho que no hablábamos! ¿Por qué no coges nunca el teléfono? ¿Oíste mis mensajes en el contestador?

—Hijo, es que cuando llamas aquí es media tarde y en casa no hay nadie. Estamos trabajando, ¿sabes? Yo intento devolverte la llamada a veces, pero en el hogar siempre me dicen que no estás.

—Porque ahora vivo con los Goldman. Ya lo sabes...

—Claro, los Goldman... Ya, ya, entonces dime, campeón, ¿qué te cuentas?

—Jo, papá, hemos hecho campaña por Clinton, ha sido total. Y esta noche he ido a celebrar la victoria con Hillel y su padre. Hillel dice que ha sido en parte gracias a nosotros. No te haces idea de cuántos fines de semana nos hemos pasado en el aparcamiento del centro comercial repartiéndole pegatinas a la gente.

—Bah —dijo el padre con voz poco alegre—, no pierdas el tiempo con esas gilipolleces, hijo. ¡Los politicastros son todos mala gente!

—Pero estás orgulloso de mí, de todas formas, ¿verdad, papá?

—¡Pues claro! ¡Pues claro, hijo, estoy muy orgulloso!

—No, porque como has dicho que en política solo hay mala gente...

—No, si es lo que te gusta, me parece bien.

—¿Y a ti qué te gusta, papá? ¿Qué tal si nos gustara la misma cosa a los dos?

—¡A mí lo que me gusta es el fútbol, hijo! ¡Me gustan los Cowboys de Dallas! ¡Eso sí que es un equipo! ¿A ti te va el fútbol?

—Pues no mucho. ¡Pero desde ahora, sí que me va a gustar! Oye, dime, ¿vas a venir a verme, papá? Así podría presentarte a los Goldman. Son muy guais.

—Claro que sí, hijo. Iré muy pronto, te lo prometo.

Después de que colgara su padre, Woody se quedó inmóvil mucho rato en el sillón de Tío Saul, con el auricular en la mano.

De un día para otro, a Woody dejó de interesarle el baloncesto. Ya no quería jugar y tanto Jordan como los Bulls lo dejaban frío. Había depositado toda su fe en los Cowboys de Dallas. Seguía jugando en el equipo de baloncesto del colegio pero ya no le ponía ninguna ilusión. Lanzaba el balón al aire con desgana, y aun así seguía encestando. Un sábado por la mañana en que le dijo a Hillel que no quería ir a jugar al baloncesto y que probablemente no volvería a jugar nunca más, Hillel perdió la paciencia. Fue la primera vez que discutieron de verdad.

—¿Por qué te ha dado esa obsesión de repente? —se irritó Hillel, que no entendía nada—. Lo que nos gusta es el baloncesto, ¿no?
—¿Qué más te da? Me gusta el fútbol y punto.
—¿Y por qué Dallas? ¿Por qué no los Redskins de Washington?
—Porque hago lo que me da la gana.
—¡Estás muy raro! ¡Llevas una semana muy raro!
—¡Y tú llevas una semana muy gilipollas!
—¡Oye, tranqui! Lo que pasa es que el fútbol no vale nada, nada más. A mí me gusta más el baloncesto.
—¡Pues juega tú solo, pringado, si no te gusta el fútbol!

Woody se fue corriendo y a pesar de que Hillel lo llamó, no se dio la vuelta siquiera y desapareció. Hillel esperó un rato, con la esperanza de que volvería. Y como no regresaba, se fue a buscarlo. En el campo de juego, en el Dairy Shack, en el parque y por las calles por las que solían moverse. Se apresuró a contárselo a sus padres.

—¿A santo de qué os habéis peleado? —preguntó Tía Anita.
—Se ha vuelto un obseso del fútbol, mami. Le he preguntado por qué y se ha enfadado.
—Esas cosas pasan, corazón. No te preocupes. A veces, los amigos se pelean. No habrá ido muy lejos.
—Ya, pero es que esta vez, estaba enfadado de verdad.

Como Woody no volvía a casa, hicieron la ronda por el barrio en coche. Fue en vano. Cuando Tío Saul regresó del bufete, también peinó Oak Park, pero Woody seguía sin aparecer. Entonces, Tía Anita puso al tanto de la situación a Artie Crawford. Como a la hora de cenar continuaban sin noticias de Woody, Artie recurrió a sus contactos en la policía de Baltimore para emitir una orden de busca.

Tío Saul se pasó fuera parte de la velada buscando a Woody. Cuando volvió, alrededor de medianoche, seguían sin saber nada nuevo. Tía Anita mandó a Hillel a la cama. Mientras lo arropaba, procuró animarlo:

—Estoy convencida de que está bien. Mañana nos habremos olvidado de todo.

Tío Saul continuó despierto aún parte de la noche. Se durmió en el sofá y lo despertó el timbre del teléfono a eso de las tres de la mañana.

—¿El señor Goldman? Policía de Baltimore. Se trata de su hijo, Woodrow.

Media hora después de que le llamara la policía, Tío Saul estaba en el hospital al que habían llevado a Woody.

—¿Es usted su padre? —preguntó la recepcionista.

—No exactamente.

Un agente de policía fue a recepción a buscarlo.

—¿Qué ha pasado? —preguntó Tío Saul mientras seguía al policía por los pasillos.

—Nada grave. Lo recogimos en una calle de los barrios del sur. Tiene algunas contusiones. Menudo aguante tiene ese crío. Se lo puede llevar a casa. Por cierto, ¿quién es usted? ¿Su padre?

—No exactamente.

Woody había cruzado Baltimore en autobús y sin un céntimo. Su primera intención era ir a Utah en autobús de línea. Intentó llegar a la estación de autobuses, pero se confundió de línea dos veces antes de seguir a pie y perderse en un barrio peligroso, donde acabó asaltándolo una banda que quería quitarle el dinero que no tenía. Había noqueado a uno de los pandilleros, pero los demás le habían pegado a él de mala manera.

Saul entró en la habitación y se encontró con Woody hecho un mar de lágrimas y con la cara amoratada. Lo abrazó estrechamente.

—Perdóname, Saul —murmuró Woody con un sollozo—. Perdóname por haberte molestado. No... no sabía qué decir. Dije que eras mi padre. Solo quería que viniese a buscarme alguien cuanto antes.

—Has hecho bien...

—Saul... Me parece que no tengo padres.

—No digas eso.

—Además, me he peleado con Hillel. Seguro que me odia.

—En absoluto. Los amigos a veces discuten. Es normal. Ven, te voy a llevar de vuelta a casa. De vuelta con nosotros.

Tuvo que intervenir Artie Crawford para que los policías accedieran finalmente a dejar que Woody se fuese con Tío Saul.

En la noche otoñal, la casa de los Baltimore era la única del barrio que estaba encendida. Abrieron la puerta y Tía Anita y Hillel, que estaban esperando en el salón, muy preocupados, se abalanzaron hacia ellos.

—¡Dios mío, Woody! —exclamó Tía Anita cuando le vio la cara al niño.

Se llevó a Woody al cuarto de baño, le untó pomada en las heridas y comprobó el vendaje de la ceja izquierda, donde le habían dado varios puntos.

—¿Te duele? —le preguntó dulcemente.

—No.

—A ver, Woody, ¿qué mosca te ha picado? ¡Podían haberte matado!

—Lo siento mucho. Si ahora me odiáis, lo entenderé.

Lo estrechó contra el pecho.

—¡Pero bueno, tesoro...! ¿Cómo se te puede ocurrir algo así? ¡Es imposible que alguien te odie! Te queremos como a un hijo. ¡No dudes de ello jamás!

Volvió a abrazarlo, le volvió a tocar la cara marcada y lo llevó a su cuarto. Lo metió en la cama, se echó a su lado y le estuvo acariciando el pelo hasta que se quedó dormido.

La vida volvió a su curso en casa de los Goldman-de-Baltimore. Pero ahora Hillel, por las mañanas, se llevaba un balón de fútbol americano. Al salir de clase, Woody y él ya no iban a la cancha de baloncesto de Roosevelt High, sino al campo donde solía entrenar el equipo de fútbol. Cruzaban el campo y planificaban jugadas decisivas. Scott, que era un entusiasta del fútbol, los acompañaba y ejercía de árbitro y de comentarista, hasta que la falta de resuello le impedía hablar. «¡Y marca el *touchdown* de la victoria en los últimos segundos de la final del campeonato!», gritaba haciendo bocina con las manos mientras Woody y Hillel, con los brazos en alto, saludaban a las gradas vacías donde la muchedumbre enardecida coreaba sus nombres antes de echarse al campo para sacar a hombros al dúo invencible. A continuación, se iban a celebrar la victoria a los vestuarios, donde Scott se convertía en los seleccionadores de la NFL, la prestigiosa Liga de Fútbol Estadounidense, y les daba a firmar hojas con ejercicios de matemáticas que hacían las veces de contratos fabulosos. Lo más habitual era que el conserje, alarmado por el ruido, irrumpiese en los vestuarios desiertos y que los tres saliesen huyendo sin pararse a dar explicaciones, con Woody en cabeza, Hillel pisándole los talones y Scott a la zaga, resoplando y escupiendo.

En la primavera siguiente, Woody fue a pasar las vacaciones con su padre a Salt Lake City. Hillel le prestó su balón de fútbol para que pudiera jugar allí con su padre y sus dos hermanas gemelas, a las que aún no conocía.

Esa semana en Utah fue un desastre. En casa de los Finn-de-Salt-Lake-City no había lugar para Woody. Su madrastra no era mala persona, pero las gemelas la tenían muy ocupada. El día que llegó, le dijo:

—Pareces un chico bastante apañado. Tú, como si estuvieras en tu casa. Coge todo lo que quieras de la nevera. Aquí, cada cual come cuando tiene hambre, a las niñas no les gusta sentarse a la mesa, no tienen ni pizca de paciencia.

El domingo, su padre le propuso ver el fútbol por televisión. Se les fue en eso toda la tarde. Pero durante los partidos no se podía hablar y en los descansos su padre se iba corriendo a la cocina a prepararse nachos y palomitas. Cuando acabó la jornada deportiva, su padre estaba bastante fastidiado: todos los equipos por los que había apostado habían perdido. Además, todavía le quedaba por preparar una sesión de trabajo para el día siguiente y se fue a la oficina en el momento en que Woody pensaba que saldrían a cenar algo por ahí.

Al día siguiente, al volver a casa después de dar una vuelta por el barrio, Woody se topó, al abrir la puerta de la calle, con su padre que salía a correr.

—Pero bueno, Woody —le dijo—. ¿No sabes que hay que llamar cuando se entra en casa ajena?

Woody se sentía un extraño en casa de su padre. Estaba profundamente herido. Su verdadera familia estaba en Baltimore. Su hermano era Hillel. Le entraron muchas ganas de oírlo y le llamó por teléfono.

—¡No me llevo bien con ellos, no los quiero, aquí todo es un asco! —se quejó.

—¿Y tus hermanas? —le preguntó Hillel.

—Las odio.

Se oyó, al fondo, una voz de mujer:

—Woody, ¿ya estás llamando otra vez? Espero que no sea a larga distancia. ¿Sabes cuánto cuesta?

—Hill, tengo que colgar. Aunque de todas formas, aquí no paran de echarme la bronca.

—Vale, tío. Tú aguanta...

—Lo intentaré... ¿Hill?

—¿Qué?

—Quiero volver a casa.

—Ya lo sé, tío. Ya falta menos.

El día antes de volver a Baltimore, Woody consiguió que su padre le prometiera que irían a cenar los dos juntos. En toda la estancia no había podido hablar a solas con él ni un momento. A las cinco de la tarde, Woody se plantó delante de la casa. A las ocho, su madrastra le llevó un refresco y unas patatas fritas. A las once de la noche, apareció su padre.

—¿Woody? —dijo adivinando su presencia en la oscuridad—. ¿Qué haces aquí fuera a estas horas?

—Esperarte. Íbamos a ir a cenar, ¿te acuerdas?

El padre se dirigió hacia él y activó las luces automáticas. Woody le vio el rostro, encarnado por el alcohol.

—Lo siento, muchachote, se me pasó la hora.

Woody se encogió de hombros y le alargó un sobre.

—Toma —dijo—, es para ti. ¿Sabes? En el fondo sabía que acabaría así.

El padre abrió el sobre y sacó una hoja de papel en la que estaba escrito «FINN».

—¿Qué es esto? —preguntó.
—Tu apellido. Te lo devuelvo. Ya no lo quiero. Ahora ya sé quién soy.
—¿Y quién eres?
—Un Goldman.
Woody se levantó y entró en la casa sin añadir ni una sola palabra.
—¡Espera! —exclamó el padre.
—Adiós, Ted —contestó Woody sin mirarlo siquiera.

Woody volvió un tanto sombrío de casa de los Finn-de-Salt-Lake-City. En el campo de Roosevelt High, les explicó a Hillel y a Scott:
—Quería jugar al fútbol para ser como mi padre, pero resulta que mi padre no es más que un gilipollas que se largó y me abandonó. Así que, ahora ya no sé si de verdad quiero jugar al fútbol.
—Wood, lo que necesitas es hacer cualquier otra cosa, algo que te guste.
—Ya, pero es que no sé lo que me gusta.
—¿Qué es lo que te apasiona en esta vida?
—Que no lo sé, ese es el problema.
—¿Qué te gustaría ser de mayor?
—Pues... lo mismo que tú.
Hillel lo agarró por los hombros y lo zarandeó.
—¿Cuál es el sueño de tu vida, Woody? Cuando cierras los ojos y te pones a fantasear, ¿cómo te ves a ti mismo?
Woody sonrió de oreja a oreja.
—Quiero ser una estrella del fútbol.
—¡Pues ya está!
En el campo de Roosevelt, donde el conserje los perseguía asiduamente, se convirtieron de nuevo en jugadores de fútbol con renovado entusiasmo. Se aventuraban allí todos los días después de clase y los fines de semana. Cuando había partido, se acomodaban en las gradas y seguían ruidosamente el encuentro, cuyas mejores jugadas emulaban hasta que el conserje irrumpía, una vez más, para echarlos. A Scott cada vez le costaba más correr, aunque fueran distancias cortas. Desde que estuvo a punto de ponerse malo

después de una carrera huyendo del conserje, Woody no se separaba nunca de una carretilla de buen tamaño que le habían cogido prestada a Skunk y a la que Scott se subía a toda prisa cuando tenían que huir.

—¿Vosotros otra vez? —exclamaba el conserje, rabioso, blandiendo el puño—. ¡No podéis estar aquí! ¡Decidme cómo os llamáis! ¡Voy a dar un telefonazo a vuestros padres!

—¡A la carretilla! —le gritaba Woody a Scott, que se metía en ella de un salto, con la ayuda de Hillel, mientras Woody levantaba los mangos.

—¡Parad! —les ordenaba el anciano, echando a trotar tan deprisa como podía.

Woody, con sus brazos robustos, empujaba el convoy a toda marcha, con Hillel en cabeza para guiarlo, e irrumpían a toda velocidad en Oak Park, donde nadie se sorprendía ya de ver pasar ese extraño convoy de tres niños, con uno de ellos, enclenque y pálido pero radiante de felicidad, metido en una carretilla.

A principios del siguiente curso escolar, Tía Anita apuntó a Woody en el equipo de fútbol local de Oak Park. Dos veces por semana lo recogía en el colegio para llevarlo al entrenamiento. Hillel siempre lo acompañaba y asistía desde las gradas a sus logros. Corría el año 1993. Once años antes del Drama, cuya cuenta atrás ya había comenzado.

9.

Fue una noche a mediados de marzo de 2012 cuando hice de tripas corazón. Un día en que Kevin no estaba en casa, después de devolver a Duke a última hora de la tarde, di media vuelta y volví a llamar al timbre de la verja de entrada.

—¿Se te ha olvidado algo? —me preguntó Alexandra por el telefonillo.

—Quiero hablar contigo.

Me abrió la verja y se reunió conmigo delante de la casa. Yo no me bajé del coche, sino que me limité a abrir la ventanilla.

—Me gustaría llevarte a un sitio.

Por toda respuesta, preguntó:

—¿Y qué le digo a Kevin?

—No le digas nada. O dile lo que quieras.

Cerró la casa y se subió al coche, en el asiento del copiloto.

—¿Adónde vamos? —me preguntó.

—Ya lo verás.

Arranqué y salí del barrio para coger la autovía con dirección a Miami. Estaba anocheciendo. Las luces de los edificios que bordeaban la costa brillaban a nuestro alrededor. Noté su perfume en el habitáculo. Nos volví a ver a los dos, diez años antes, cruzando el país con sus primeras maquetas para intentar convencer a las emisoras de radio de que las emitieran. Y, como si el destino jugara con nuestro corazón, en la emisora que íbamos oyendo en el coche pusieron el primer éxito de Alexandra. Vi cómo le rodaban las lágrimas por las mejillas.

—¿Te acuerdas de la primera vez que oímos esta canción por la radio? —me preguntó.

—Sí.

—Todo esto es mérito tuyo, Marcus. Fuiste tú quien me animó a luchar para conseguir mis sueños.

—El mérito es tuyo y de nadie más.

—Sabes que eso no es cierto.

Alexandra estaba llorando. Yo no sabía qué hacer. Le puse la mano en la rodilla y me la agarró. La apretó con fuerza.

Seguimos en silencio hasta llegar a Coconut Grove. Me metí por las calles residenciales y ella no dijo nada. Por fin, llegamos delante de la casa de mi tío. Aparqué en la cuneta y detuve el motor.

—¿Dónde estamos? —preguntó Alexandra.

—En esta casa es donde terminó la historia de los Goldman-de-Baltimore.

—¿Quién vivía aquí, Marcus?

—Tío Saul. Vivió aquí los cinco últimos años de su vida.

—¿Cuándo... cuándo murió?

—En noviembre pasado. Va a hacer cuatro meses.

—Lo siento mucho, Marcus. ¿Por qué no me dijiste nada el otro día?

—Porque no me apetecía hablar del tema.

Salimos del coche y nos sentamos delante de la casa. Me sentía muy a gusto.

—¿Qué estaba haciendo tu tío en Florida? —me preguntó Alexandra.

—Huir de Baltimore.

Ya era de noche en la calle tranquila. Nos encontrábamos en una semioscuridad que invitaba a las confidencias. Aunque no podía verle los ojos en la penumbra, me di cuenta de que Alexandra me estaba mirando.

—Llevo ocho años echándote de menos, Marcus.

—Y yo a ti...

—Lo único que quiero es ser feliz.

—¿No eres feliz con Kevin?

—Me gustaría ser tan feliz con él como lo fui contigo.

—Crees que tú y yo...

—No, Marcus. Me hiciste demasiado daño. Me abandonaste...

—Me fui porque deberías haberme contado lo que sabías, Alexandra...

Se secó los ojos con el antebrazo.

—Déjalo ya, Marcus. Deja ya de actuar como si todo fuera culpa mía. ¿Qué habría cambiado si te lo hubiese dicho? ¿Te crees que seguirían vivos? ¿Llegarás a entender algún día que no podías salvar a tus primos?

Rompió a llorar.

—Tendríamos que haber pasado la vida juntos hasta el final, Marcus.

—Ahora tienes a Kevin.

Se lo tomó como un reproche.

—¿Y qué querías que hiciera, Marcus? ¿Que te esperase toda la vida? Bastante te esperé. Cuánto te esperé. Te estuve esperando durante años. Años, ¿me oyes? Primero te sustituí por un perro. ¿Por qué te crees que tengo a Duke? Tenía que llenar mi soledad, mientras aún guardaba esperanzas de que volvieras a presentarte. Después de que te fueras, estuve tres años, todos los días, esperando volver a verte. Me decía a mí misma que estabas muy afectado, que necesitabas tiempo...

—Yo tampoco he dejado de pensar en ti durante todos estos años —le dije.

—¡Déjate de monsergas, Markie! Si tantas ganas tenías de volver a verme, haberlo hecho. Te pareció mejor tirarte a esa actriz de segunda fila.

—¡Eso fue tres años después de separarnos! —exclamé—. Y además, no cuenta.

Mi relación con Cassandra Pollock empezó por un malentendido. Sucedió en el otoño de 2007, en Nueva York. Por entonces, la Paramount había adquirido los derechos de mi primera novela, *Con G de Goldstein*, y estaba previsto rodar la película al verano siguiente en Wilmington, en Carolina del Norte. Una noche me invitaron a Broadway a ver una adaptación de *La gata sobre el tejado de zinc caliente* que estaba teniendo muchísimo éxito. Interpretaba a Maggie Cassandra Pollock, una actriz de cine joven y muy de moda en ese momento, a la que los directores se rifaban. Por lo visto, Cassandra Pollock en el papel de Maggie era la revelación del año. Se habían vendido todas las entradas. La crítica era unánime. La flor y nata de Nueva York abarrotaba el teatro. Al final de la obra, mi opinión sobre Cassandra Pollock era que actuaba de pena: lo hacía bien durante los primeros veinte minutos. Imitaba el acento del sur a la perfección. Pero el problema era que lo iba perdiendo paulatinamente según avanzaba la representación y al final casi parecía que tenía acento alemán.

La cosa podría haber quedado ahí si, por casualidades de la vida, al día siguiente no me hubiera topado con ella en el café que hay debajo de mi casa y al que voy todos los días. Estaba sentado a una mesa, leyendo el periódico y tomándome el café tranquilamente. No la vi hasta que se me puso al lado.

—Hola, Marcus.

Nunca habíamos coincidido, así que me sorprendió que supiera mi nombre.

—Hola, Cassandra. Encantado.

Señaló la silla vacía que tenía delante.

—¿Puedo sentarme?

—Por supuesto.

Se sentó. Parecía incómoda. Se puso a juguetear con su vasito de café.

—Por lo visto, estuviste en la función de anoche...

—Sí, fue estupenda.

—Marcus, quería... Quería darte las gracias.

—¿Las gracias? ¿Por qué?

—Por haber aceptado que actúe en la película. Me parece un detallazo que hayas dicho que sí. El libro... el libro me encantó, nunca había tenido ocasión de decírtelo.

—Espera, espera, ¿de qué película estás hablando?

—Pues de *Con G de Goldstein*.

Y entonces me contó que iba a interpretar a Alicia (o más bien Alexandra). Yo no entendía nada. El reparto ya estaba hecho, yo había aprobado a todos y cada uno de los actores. Y ella no era Alicia. Imposible.

—Tiene que haber un malentendido —le dije muy torpemente—. Desde luego, la película se va a rodar, pero puedo asegurarte que tú no figuras en el reparto. Debes de confundirla con otra.

—¿Confundirla? No, qué va. He firmado el contrato. Pensaba que tú lo sabías... De hecho, pensaba que tú habías dado el visto bueno.

—Pues no. Te estoy diciendo que tiene que ser un malentendido. En efecto, le he dado el visto bueno al reparto y tú no interpretas el papel de Alicia.

Volvió a decirme que estaba segura de lo que afirmaba. Que había hablado con su agente esa misma mañana. Que se había leído mi libro dos veces para impregnarse del ambiente. Que le había gustado. Mientras hablaba, seguía jugueteando nerviosamente con el café, que al final se derramó por encima de la mesa y me chorreó. Cassandra se me echó encima para limpiarme la camisa con servilletas de papel e incluso con su fular de seda, disculpándose mil veces, aterrada, y yo, harto probablemente, acabé pronunciando esa frase de la que no tardaría en arrepentirme:

—Oye, mira, tú no puedes interpretar a Alicia. Primero porque no te le pareces en nada. Y además, te he visto actuar en *La gata sobre el tejado de zinc caliente* y no estoy muy convencido.

—¿Cómo que no estás «muy convencido»? —acertó a decir, sofocadísima.

No sé qué mosca me picó en ese momento:

—Opino que no tienes bastante talento para actuar en esa película. Y sanseacabó. No pintas nada aquí. No pintas nada en mi vida.

Es evidente que no tuve ningún tacto y no cabe duda de que estaba muy irritado cuando le solté aquello. Tuvo un efecto inmediato: Cassandra rompió a llorar. La actriz del momento estaba llorando en mi mesa del café. Yo oía a los clientes murmurando a mi alrededor, incluso sacándonos alguna foto. Me apresuré a consolarla, me deshice en disculpas, le dije que no pensaba lo que había dicho, pero ya era tarde. Lloraba en silencio y yo no sabía qué hacer. Al final, salí por pies y volví a casa a toda prisa.

Sabía que me había metido en un lío y las consecuencias no se hicieron esperar: unas horas después del incidente, me citó mi editor, Roy Barnaski, que estaba supervisando la adaptación cinematográfica de *Con G de Goldstein*. Me recibió en su despacho, en lo alto de un rascacielos de Lexington Avenue.

—¡Ustedes los escritores son una caterva de neuróticos y retrasados mentales, eso es lo que son! —me gritó, sudoroso y encarnado, a punto de reventar en una camisa que le venía estrecha—. ¿Hacer llorar a la actriz más querida del país en la terraza de un café? ¿Qué clase de animal es usted, Goldman? ¿Sufre algún tipo de trastorno? ¿Es un maníaco?

—Escúcheme, Roy —logré balbucear—, es un malentendido...

—Goldman —me interrumpió con tono solemne—, es usted el escritor más joven y más prometedor que conozco, ¡pero siempre la está cagando!

En internet se habían publicado las primeras fotos que los clientes del café nos habían hecho a Cassandra y a mí. Los rumores ya estaban en marcha: ¿por qué el escritor Marcus Goldman hacía llorar a Cassandra Pollock? Después de salir corriendo del café del Soho, Cassandra había llamado por teléfono a su agente, que llamó a un jefazo de la Paramount, que llamó a Roy, quien me mandó llamar *ipso facto* para montarme una de esas escenas que se le daban como a nadie. Su asistente, Marisa, buscaba en internet publicaciones sobre el «malentendido» y a medida que iban surgiendo, las imprimía e irrumpía en el despacho a intervalos regulares anunciando con voz chillona:

—¡Un nuevo artículo!

—Léalo, querida Marisa, léanos las últimas noticias del naufragio Goldman, para que pueda evaluar la magnitud del desastre.

—Lo he sacado de la página *Hoy en América*: «¿Qué sucede entre el exitoso escritor Marcus Goldman y la actriz Cassandra Pollock? Al parecer, varios testigos han presenciado una terrible discusión entre estas dos jóvenes celebridades. Seguiremos informando». Ya hay comentarios en línea.

—¡Léalos, Marisa! —vociferó Roy—. ¡Léalos!

—Lisa F., de Colorado, dice: «Ese Marcus Goldman es un asqueroso, la verdad».

—¿Lo está oyendo, Goldman? ¡Todas las mujeres de América lo odian!

—¿Qué? ¡Pero bueno, Roy, si no es más que una internauta anónima!

—No se fíe de las mujeres, Goldman, son como una manada de bisontes: si le hace daño a una, todas las demás irán a rescatarla y lo pisotearan hasta matarlo.

—Roy —zanjé yo—, le juro que no estoy saliendo con esa mujer.

—¡Ya lo sé, puñetero tocapelotas! Precisamente ese es el problema. Fíjese, me mato a trabajar para su carrera, le preparo la película del siglo y usted lo manda todo a la mierda. ¿Sabe qué, Goldman? Va a terminar matándome con esa manía suya de jorobarlo todo. ¿Y qué hará usted si yo me muero, eh? Vendrá a lloriquear a mi tumba porque ya no tendrá a nadie que lo ayude. ¿Qué necesidad tenía de decirle esas barbaridades a esa monada de jovencita, que es una actriz que le encanta a todo el mundo? Si hace usted llorar a una actriz que le encanta a todo el mundo, ¡lo que pasa es que usted le cae fatal a todo el mundo! ¡Y si le cae mal a todo el país, nadie irá a ver la película basada en su libro! ¿Quiere caerle mal a todo el mundo? Fíjese, ya está en internet: Marcus malo, Cassandra buena.

—Pero es que vino a contarme que estaba en el reparto de la película —me justifiqué—. Lo único que le dije fue que estaba equivocada.

—¡Pero es que está en el reparto, so genio! ¡De hecho, es la actriz imán de la película!

—¡Pero bueno, Roy, estuvimos viendo el reparto juntos! ¡Confirmamos juntos la selección de los actores! ¿Qué ha pasado con la actriz que habíamos elegido en un principio?

—¡Despedida!

—¿Despedida?

—Eso es: des-pe-di-da.

—¿Y eso por qué?

—¡En su última película, se comía todos los dónuts durante los descansos!

—¡Venga ya, Roy! ¿Qué parida es esa?

—La pura verdad. Llamé a su agente y le dije: «¡Oye, tú, recoge a la zampabollos esa y marchaos de aquí! ¡Esto es un plató de rodaje, no un criadero de cochinillos!».

—¡Ya está bien, Roy! ¿Cómo se ha metido Cassandra Pollock en la película?

—Porque la Paramount ha cambiado el reparto.

—Pero ¿por qué? ¿Con qué derecho?

—Porque no había ningún actor *bankable*. Cassandra Pollock es muy *bankable*. Mucho más que esos actorcillos de medio pelo que había elegido usted y que parecían sacados directamente de las cloacas de Nueva York.

—¿*Bankable*?

—*Bankable,* es jerga cinematográfica. Es la relación entre la suma que se le paga a un actor por una producción y el dinero que luego recauda la película. Esta Gloor parece muy *bankable:* si actúa en la película, querrá verla mucha más gente. Eso significa más dinero para usted, para mí, para ellos, para todo el mundo.

—Ya sé lo que significa *bankable*.

—¡No, no lo sabe! Porque si lo supiera, estaría lamiéndome la suela de los zapatos para agradecerme que la haya contratado.

—Pero ¿por qué demonios se presta usted a satisfacer todos los deseos de la Paramount? Me niego a que interprete a Alicia y sanseacabó.

—Huy, Marcus, usted no se puede negar a nada. ¿De verdad quiere que le enseñe todas las cláusulas diminutas e incomprensibles que ha firmado? Le dejamos meter las narices en el *casting* para tenerlo contento... Ya verá, será un gran éxito. Nos cuesta una fortuna pagarla. Y eso está muy bien. Todo el mundo irá corriendo a ver la película. En cuanto a usted, si sigue actuando como un castigador, se va a encontrar con grupúsculos feministas quemando sus libros en público y manifestándose delante de su casa.

—Roy, es usted lo peor.

—¿Así es como me agradece que le garantice el porvenir?

—Mi porvenir son los libros —le contesté—. No su estúpida película.

—Ay, por favor se lo pido, déjese de cancioncillas revolucionarias que ya nadie se cree. Los libros pertenecen al pasado, hombre de Dios.

—Huy, Roy, ¿cómo puede usted decir eso?

—Vamos, no se me ponga triste, mi querido Goldman. Dentro de veinte años la gente ya no leerá. Así son las cosas. Estarán muy ocupados haciendo el bobo con el móvil. ¿Sabe, Goldman? La edición ya ha pasado a la historia. Los hijos de sus hijos mirarán los libros con la misma curiosidad con que nosotros miramos los jeroglíficos de los faraones. Le dirán: «Abuelo, ¿para qué servían los libros?», y usted contestará: «Para soñar. O para talar árboles, ya no me acuerdo». Y entonces ya será demasiado tarde para despertarse: la estulticia de la humanidad habrá alcanzado el nivel crítico y nos mataremos entre nosotros por culpa de la estupidez congénita (lo que, de hecho, ya está pasando más o menos). El porvenir ya no está en los libros, Goldman.

—¿Ah, no? ¿Y dónde se encuentra ese porvenir suyo, Roy?
—¡En el cine, Goldman, en el cine!
—¿En el cine?
—¡El cine, Goldman, ese es el porvenir! ¡Ahora la gente quiere imágenes! ¡La gente ya no quiere pensar, quiere que la guíen! Está esclavizada de la mañana a la noche y cuando vuelve a casa, se siente perdida: su amo y patrono, esa mano bienhechora que la alimenta, no está ahí para pegarle y conducirla. Afortunadamente, está la televisión. El hombre la enciende, se prosterna y le entrega su destino. ¿Qué debo comer, Amo?, le pregunta a la televisión. ¡Lasaña congelada!, le ordena la publicidad. Y se va de cabeza a meter en el microondas el comistrajo ese. Luego vuelve a hincarse de rodillas y pregunta de nuevo: Amo, ¿y qué debo beber? ¡Coca-Cola hiperazucarada!, le grita la televisión, irritada. Y venga a dar órdenes: ¡Sigue zampando, cerdo, sigue zampando! Que las carnes se te pongan sebosas y fláccidas. Y el hombre obedece. Y el hombre se empapuza. Luego, pasada la hora de comer, la tele se enfada y cambia de anuncios: ¡Estás gordísimo, eres feísimo! ¡Corre a hacer gimnasia! ¡Ponte guapo! ¡Y usted se compra unos electrodos que le esculpen el cuerpo, unas cremas que le inflan los músculos mientras duerme, unas pastillas mágicas que hacen por usted toda esa gimnasia que usted ya no hace porque está digiriendo pizza! Así funciona el ciclo de la vida, Goldman. El hombre es débil. Por instinto gregario, le gusta apiñarse en unas salas oscuras que se llaman cines. Y ¡bum! Lo bombardean con anuncios, palomitas, música, revistas gratuitas y, justo antes de la película, tráilers que le dicen: «¡Pazguato, te has equivocado de película, vete a ver esta otra, que es mucho mejor!». ¡Sí, pero resulta que usted ya ha pagado la entrada, está atrapado! Así que tendrá que volver para ver esa

otra película, y también pondrán antes un tráiler que le recordará que no es más que un pobre pardillo, y usted, desgraciado y deprimido, se irá a engullir refrescos y helados de chocolate carísimos durante el descanso para olvidarse de su mísera existencia. Puede que ya solo quede usted, y también un puñado de resistentes, amontonados en la última librería del país, pero no podrán luchar indefinidamente: la horda de zombis y esclavos acabará ganando.

Me dejé caer en un sillón, despechado.

—Está usted loco, Roy. Es una broma, ¿verdad?

Por toda respuesta, miró el reloj de pulsera y le dio unos golpecitos.

—Y ahora, lárguese, Goldman. Que va a llegar tarde.

—¿Llegar tarde?

—A cenar con Cassandra Pollock. Váyase a casa, rocíese de perfume y póngase traje, es un restaurante muy fino.

—¡Ay, Roy, tenga piedad! ¿Qué ha hecho ahora?

—Cassandra ha recibido un ramo de flores y una nota amabilísima de su puño y letra.

—¡Pero si yo no le he mandado nada!

—¡Qué me va a contar! Si tuviera que esperar a que usted se menee, nos daba el día del Juicio. Lo único que le pido es que cene con ella. En un lugar público. Para que todo el mundo vea lo buen chico que es.

—¡Jamás, Roy!

—¡No hay «jamás» que valga! Esa chica es nuestro lingote de oro. ¡Vamos a mimarla! ¡Vamos a quererla!

—Roy, usted no lo entiende. No tengo nada que decirle a esa chica.

—Es usted tremendo, Goldman: es joven, es rico, es guapo, es un escritor famoso y ¿a qué se dedica? A quejarse. ¡A gimotear! ¡Que no es usted una plañidera griega, hombre, ya!

Esa dichosa noche, Cassandra y yo cenamos en Pierre. Yo me creía que solo era una cena para calmar los ánimos. Pero Roy lo tenía todo previsto: los *paparazzi* estaban al acecho y al día siguiente ya circulaban por internet las fotos de un supuesto romance entre ella y yo, que todo el mundo dio por bueno.

—Leí un artículo sobre vosotros dos en una revista —me dijo Alexandra tras escuchar mi relato en el porche de la casa de mi tío—. Estabais en toda la prensa amarilla.
—Era un montaje. Pura filfa.
Volvió la cabeza.
—El día que leí el artículo fue el día en que decidí pasar página. Hasta entonces, te estuve esperando, Marcus. Estaba convencida de que volverías. Me partiste el corazón por la mitad.

*

Nashville, Tennessee
Noviembre de 2007

Eran las nueve de la noche cuando Samantha, una de sus amigas más íntimas, se plantó en su casa. Había estado intentando localizarla todo el día, en vano. Como no contestaba nadie al telefonillo, Samantha trepó por la reja y fue hacia la casa. Tamborileó en la puerta:
—¿Alex? Ábreme, soy Sam. Me he pasado todo el día intentando localizarte.
No hubo respuesta.
—Alex, sé que estás ahí, tienes el coche fuera.
Se oyó el ruido de la llave en la cerradura y Alexandra abrió la puerta. Tenía los ojos hinchados de haber estado llorando.
—¡Dios mío, Alex! ¿Qué te pasa?
—Ay, Sam...
Alexandra cayó en los brazos de su amiga y rompió a llorar. No era capaz de pronunciar ni una palabra. Samantha la acomodó en el salón y se fue a la cocina para prepararle un té. Vio las revistas desperdigadas por encima de la mesa. Cogió una cualquiera y leyó el titular.

CASSANDRA POLLOCK Y SU NUEVA PAREJA,
EL ESCRITOR MARCUS GOLDMAN

Alexandra se reunió con ella en la cocina, con Duke a la zaga.
—Está con ella. Está saliendo con Cassandra Pollock —murmuró.

—Ay, cariño... Cuánto lo siento. ¿Por qué no me lo has dicho?
—Quería estar sola.
—Ay, Alex... No puedes seguir estando sola. No sé qué tuviste con Marcus, pero tienes que dejarlo atrás. ¡Lo tienes todo a tu favor! Eres guapa, inteligente, tienes el mundo a tus pies.

Alexandra se encogió de hombros.

—Ni siquiera me acuerdo de cómo se liga.
—¡Venga ya!
—¡Pero si es la verdad! —protestó Alexandra.

Samantha estaba casada con uno de los jugadores estrella del equipo de hockey los Depredadores de Nashville.

—Escúchame, Alex —le dijo—. Está el jugador aquel, Kevin Legendre... Es muy majo y está loco por ti. Lleva meses dándome la lata para que os monte una cita. Ven a cenar a casa el viernes. Lo invitaré también a él. Venga, ¿qué te cuesta?

*

—Fui a esa cena —me dijo Alexandra—. Necesitaba olvidarte. Y eso hice.

—¡En ese momento no estaba con Cassandra! —exclamé—. ¡Yo también te estaba esperando, Alexandra! Cuando se publicaron esas fotos, entre nosotros no había nada de nada.

—Sin embargo, sí que tuvisteis una relación, ¿no?
—¡Pero después!
—¿Después de qué?
—¡Después de ver las fotos de Kevin y tú juntos en la prensa! Me quedé destrozado. Me consolé con Cassandra. No duró mucho. Porque nunca he podido olvidarte, Alexandra.

Me miró con tristeza. Vi cómo le brotaba una lágrima del rabillo del ojo y luego le rodaba por la mejilla.

—¿Qué nos hemos hecho, Marcus?

10.

Coconut Grove, Florida
Junio de 2010. Seis años después del Drama

Todos los días desde que llegué, me pasaba por el supermercado para comer con Tío Saul. Nos sentábamos en uno de los bancos de fuera, delante del supermercado, y almorzábamos un sándwich o una ensalada de pollo con mayonesa, que acompañábamos con un Dr Pepper.

A menudo, Faith Connors, la encargada del Whole Foods, salía para saludarme. Era una mujer encantadora. Tenía unos cincuenta años, estaba soltera y, por lo que yo había observado, mi tío Saul le gustaba mucho. En alguna de esas ocasiones, se sentaba con nosotros a fumarse un cigarrillo. Y de vez en cuando, en honor a mi presencia en Florida, le daba a mi tío el día libre para que pudiéramos pasarlo juntos. Eso fue lo que hizo ese día.

—Largaos los dos —nos dijo al llegar delante del banco.
—¿Estás segura? —preguntó Tío Saul.
—Completamente.

No nos hicimos de rogar. Besé a Faith en ambas mejillas y ella se rio mientras nos miraba alejarnos.

Cruzamos el aparcamiento para volver a nuestros respectivos coches. Tío Saul llegó al suyo, que estaba aparcado muy cerca. El Honda Civic de ocasión, viejo y destartalado.

—He aparcado allí —le dije.
—Podemos ir a dar un paseo, si quieres.
—Muy bien. ¿Dónde te apetece ir?
—¿Qué te parece si vamos a Bal Harbor? Para recordar cuando paseábamos por allí con tu tía.
—De acuerdo. Quedamos en casa. Así puedo dejar el coche.

Antes de meterse en el viejo Honda Civic, le dio unas palmaditas a la carrocería.

—¿Te acuerdas, Markie? Tu madre tenía uno igual.

Arrancó y lo vi alejarse antes de volver a mi Range Rover, que costaba —había echado la cuenta— cinco años de su sueldo.

En su época de gloria, a los Goldman-de-Baltimore les gustaba ir a Bal Harbor, un barrio periférico fino al norte de Miami. Allí había un centro comercial al aire libre que solo tenía tiendas de lujo. A mis padres los horrorizaba el sitio, pero me dejaban ir con mis tíos y mis primos. Cuando me sentaba en el asiento de atrás de su coche, me volvía esa sensación de felicidad insolente que experimentaba cuando estaba solo con ellos. Me sentía bien, me sentía un Baltimore.

—¿Te acuerdas de cuando veníamos aquí? —me preguntó Tío Saul cuando llegamos al aparcamiento del centro comercial.

—Pues claro.

Aparqué y deambulamos junto a los estanques de la planta baja, donde nadaban tortugas acuáticas y unas carpas chinas enormes que antaño nos encantaban a Hillel, a Woody y a mí.

Compramos sendos cafés para llevar y nos sentamos en un banco para ver pasar a la gente. Mientras miraba el estanque que teníamos enfrente, le recordé a Tío Saul aquella vez en que Hillel, Woody y yo nos empeñamos en cazar una tortuga y acabamos los tres en el agua. Se rio a carcajadas con mi relato y esa risa me sentó bien. Era la misma risa que tenía antes. Una risa firme, potente, feliz. Volví a verlo quince años antes, vestido con ropa cara, recorriendo las tiendas de ese mismo centro comercial del brazo de Tía Anita mientras nosotros, la Banda de los Goldman, gateábamos por las rocas artificiales de los estanques. Siempre que voy por allí, vuelvo a ver a mi tía Anita, su belleza sublime, su maravillosa ternura. Recuerdo su voz, su forma de pasarme la mano por el pelo. Vuelvo a ver el brillo de sus ojos, la delicadeza de la boca. El amor con el que le cogía de la mano a Tío Saul, los gestos atentos que le dedicaba, los besos que le daba discretamente en la mejilla.

¿Me habría gustado, siendo niño, cambiar a mis padres por Saul y Anita Goldman? Sí. Sin serles infiel a los míos, ahora puedo afirmarlo. De hecho, esa idea fue el primer acto violento que cometí contra mis padres. Durante mucho tiempo estuve convencido de ser el hijo más tierno que darse pueda. Sin embargo, los trataba con violencia siempre que me avergonzaba de ellos. Y ese momento llegó demasiado pronto: en el invierno de 1993, cuando, durante las vacaciones que tradicionalmente pasábamos en Florida, fui consciente de que mi tío Saul era superior. Fue justo después de que los abuelos Goldman decidieran mudarse del piso de Miami a una residencia de la tercera edad situada en Aventura. Al vender el piso, acabaron con la acampada de todos-los-Goldman-juntos. Cuando mi madre me lo dijo, al principio pensé que no volveríamos a Florida nunca más. Pero me tranquilizó:

—Markie, cariño, iremos a un hotel. No va a cambiar nada.

En realidad, eso lo cambió todo.

Hubo una época en que nos conformábamos con el complejo residencial donde estaba el piso de los abuelos Goldman. Durante varios años, acampar en el salón, jugar a perseguirnos de rellano en rellano, bañarnos en la piscina un poco sucia y comer en el restaurante diminuto y cochambroso fue lo único que conocimos y nos bastaba. No teníamos más que cruzar la calle para estar en la playa y justo al lado había un centro comercial inmenso con miles de posibilidades para los días de lluvia. No necesitábamos más para ser felices. Lo único que nos importaba a Hillel, a Woody y a mí era estar juntos.

Después de la mudanza, tuvimos que reorganizarnos. Tío Saul había tenido unos años realmente fastuosos: pagaban sus consejos a precio de oro. Se compró un piso en una residencia de lujo de West Country Club Drive que se llamaba La Buenavista y que iba a trastocar mi escala de referencia. La Buenavista era un complejo que abarcaba una torre de treinta plantas de pisos con atención hotelera, un gimnasio gigantesco y, sobre todo, una piscina como ninguna otra que haya visto jamás, rodeada de palmeras, con cascadas e islotes artificiales y dos ramales que serpenteaban como un río entre la densa vegetación. Los bañistas disponían de un bar por debajo del nivel del suelo con barra a ras del agua y asientos fijos sumergidos, a la sombra de un techado de paja. También había un bar convencional en forma de choza que servía a los clientes en la terraza y, justo al lado, un restaurante solo para residentes. La Buenavista era un lugar totalmente privado, cuyo único acceso era una portalada cerrada veinticuatro horas al día y que solo se abría enseñándole la patita por debajo de la puerta al vigilante de seguridad con porra que estaba metido en la garita.

A mí, aquel lugar me tenía absolutamente fascinado. Descubrí un mundo maravilloso donde podíamos movernos con total libertad desde el piso de la planta 26 a la piscina de toboganes, pasando por el gimnasio donde Woody hacía ejercicio. Un solo día en La Buenavista borró de un plumazo todos los años anteriores que habíamos pasado en Florida. Evidentemente, el tipo de alojamiento al que nos obligaba el presupuesto limitado de mis padres enseguida salió perdiendo en la comparación. Se trataba del Dolph'Inn, un motel que lograron encontrar por los alrededores. No había nada en aquel lugar que me gustase: ni las habitaciones trasnochadas, ni el desayuno que se servía en una zona canija junto a la recepción, donde ponían todas las mañanas unas mesas de plástico, y mucho menos la piscina de riñón que había en la parte de atrás cuya agua tenía tanto cloro que solo con andar junto al borde se te irritaban los ojos y la garganta. Por si fuera poco, para ahorrar, mis padres solo cogían una habitación: ellos dormían en la cama de matrimonio y yo en una cama supletoria a su lado. Me acuerdo de cómo vacilaba mi madre, durante un momento, todos los inviernos que pasamos allí, cuando entrábamos por primera vez en la habitación. Abría la puerta y se quedaba parada un instante porque seguramente aquella habitación le parecía tan lóbrega como a mí; pero se reponía enseguida, dejaba la maleta en el suelo, encendía la luz y mientras ahuecaba los cojines de la cama, que aprovechaban para escupir una nube de polvo, comentaba: «No se está tan mal aquí, ¿no?». Sí, sí que se estaba mal allí. No por culpa del hotel, ni de la cama supletoria, ni de mis padres. Sino por culpa de los Goldman-de-Baltimore.

Tras la visita cotidiana a los abuelos en la residencia, nos íbamos todos a La Buenavista. Hillel, Woody y yo subíamos corriendo al piso para ponernos el bañador y bajábamos a zambullirnos en las cascadas de la piscina, donde nos quedábamos hasta el anochecer.

Normalmente, mis padres no se quedaban mucho rato. Lo que tardaban en comer, y se iban. Yo sabía cuándo querían marcharse porque tenían la manía esa de permanecer junto a la choza del bar, intentando que me fijara en ellos. Esperaban hasta que los veía y yo fingía no verlos. Hasta que al final me resignaba y me acercaba a ellos nadando.

—Markie, nos vamos —decía mamá—. Tenemos que hacer un par de recados. Puedes venir con nosotros o quedarte aquí jugando con tus primos, si prefieres.

Siempre elegía quedarme en La Buenavista. Por nada del mundo hubiera perdido ni una hora lejos de aquel lugar.

Tardé mucho en comprender por qué mis padres salían huyendo de La Buenavista. No volvían hasta la noche. Unas veces cenábamos todos en el piso de mis tíos y otras íbamos juntos a cenar fuera. De vez en cuando, mis padres me proponían ir a cenar los tres solos. Mi madre me decía:

—Marcus, ¿te vienes a comer pizza con nosotros?

A mí no me apetecía ir con ellos. Quería estar con los otros Goldman. Entonces, echaba un vistazo hacia donde estaban Woody y Hillel y mi madre lo entendía en el acto. Me decía:

—Quédate y pásatelo bien. Vendremos a buscarte a eso de las once.

Yo mentía cuando miraba a Hillel y a Woody: en realidad, a quien estaba mirando era a Tío Saul y a Tía Anita. Era con ellos con quienes quería quedarme en lugar de con mis padres. Me sentía un traidor. Como esas mañanas en que mi madre quería ir al centro comercial y yo pedía que me dejaran antes en La Buenavista. Quería llegar allí cuanto antes, porque si llegaba temprano, podría desayunar en el piso de Tío Saul y librarme del desayuno del Dolph'Inn. Nosotros desayunábamos, apretujados en la entrada del Dolph'Inn, dónuts blandurrios recalentados en el microondas y servidos en platos desechables. Los Baltimore desayunaban en la mesa de cristal de su terraza, que, incluso cuando yo llegaba sin avisar, siempre estaba puesta para cinco. Como si me estuvieran esperando. Los Goldman-de-Baltimore y el refugiado de Montclair.

A veces conseguía convencer a mis padres para que me llevaran a La Buenavista temprano. Woody y Hillel seguían durmiendo. Tío Saul repasaba informes mientras se tomaba el café. Tía Anita leía el periódico a su lado. A mí me fascinaba lo serena que era, la capacidad que tenía para ocuparse de todo lo de la casa además de su trabajo. En lo que a Tío Saul se refiere, a pesar de los informes, de las citas, de lo tarde que a veces volvía a casa entre semana, hacía todo lo posible para que a Hillel y Woody no les afectaran sus horarios. Por nada del mundo se habría perdido ir al acuario de Baltimore con ellos. En La Buenavista se comportaba igual. Estaba disponible, presente y relajado a pesar de las continuas llamadas del bufete, de los faxes y de todo el rato que pasaba, entre la una y las tres de la madrugada, revisando sus notas y preparando informes.

En la cama supletoria del Dolph'Inn, cuando intentaba coger el sueño mientras mis padres roncaban a pierna suelta, me gustaba imaginarme a los Baltimore en su piso, todos durmiendo menos Tío Saul, que seguía trabajando. Su despacho era la única habitación iluminada de toda la torre. Por la ventana abierta penetraba la tibieza del aire nocturno de Florida. Si yo hubiese estado en su casa, me habría deslizado hasta el umbral de la puerta para estar admirándolo toda la noche.

¿Qué era lo que resultaba tan fabuloso en La Buenavista? Todo. Era a la vez apabullante y tremendamente doloroso porque, al contrario de lo que pasaba en los Hamptons, donde podía sentirme como un Goldman-de-Baltimore, la presencia de mis padres en Florida me tenía atrapado en mi pellejo de Goldman-de-Montclair. Gracias a eso, o por su culpa, me di cuenta por primera vez de algo que no había entendido en los Hamptons: en el seno de los Goldman se había ido abriendo un abismo social cuyas implicaciones tardaría mucho tiempo en entender. La señal que a mí me resultaba más llamativa era la deferencia con la que el guardia de seguridad que estaba a la entrada de la residencia saludaba a los Goldman-de-Baltimore y les abría la puerta con antelación, en cuanto los veía llegar. Cuando éramos nosotros, los Goldman-de-Montclair, aunque nos conocía, siempre nos preguntaba:

—¿Qué desean?

—Venimos a ver a Saul Goldman. Puerta 2609.

Nos pedía un documento de identidad, tecleaba en el ordenador, descolgaba el teléfono y llamaba al piso:

—¿Señor Goldman? Un tal señor Goldman pregunta por usted en la entrada... Muy bien, gracias, le dejo pasar.

Activaba la apertura de la verja y nos decía «Está bien» mientras asentía magnánimamente con la cabeza.

Los días que pasaba en La Buenavista con los Baltimore rebosaban sol y felicidad. Pero todas las noches, mis padres, sin tener culpa de nada, echaban a perder mi maravillosa existencia de Baltimore. ¿Cuál era su crimen? Ir a recogerme. Como todas las demás noches, me sentaba en el asiento trasero del coche de alquiler, con expresión hermética. Y, como siempre, mi madre me preguntaba: «¿Qué tal, cariño, te lo has pasado bien?». Me habría gustado decirles lo birriosos que eran. Y tener el valor de detallar en voz alta la lista de los ¿porqués? que me llenaban la boca cada vez que dejaba a los Baltimore para unirme a los Montclair. ¿Por qué no teníamos una casa de verano como Tío Saul? ¿Por qué no teníamos un piso en Florida? ¿Por qué Woody y Hillel podían dormir juntos en La Buenavista y yo me tenía que aguantar con la cama supletoria de un cuartucho del Dolph'Inn? ¿Por qué, en realidad, había sido Woody el niño elegido, el niño escogido? Woody el afortunado, al que le habían cambiado una birria de padres por Tío Saul y Tía Anita. ¿Por qué no me había pasado a mí? Pero, en lugar de eso, me conformaba con ser un simpático Goldman-de-Montclair y me tragaba esa pregunta que me moría por hacer: ¿por qué no éramos nosotros los Goldman-de-Baltimore?

En el coche, mi madre me sermoneaba:

—Cuando volvamos a Montclair no te olvides de llamar por teléfono a Tío Saul y Tía Anita. Se han vuelto a portar estupendamente contigo.

Yo no necesitaba que me recordaran que los llamara para darles las gracias. Llamaba a su casa siempre que volvíamos de vacaciones. Por educación y por nostalgia. Decía:

—Gracias por todo, Tío Saul.

Y él me contestaba:

—No hay de qué, de verdad que no hay de qué. No hace falta que me estés dando las gracias todo el rato. Soy yo el que te da las gracias por ser un chico tan majo y por lo bien que lo pasamos contigo.

Y cuando la que cogía el teléfono era Tía Anita, me decía:

—Markie, cariño, es normal, eres de la familia.

Me ruborizaba al teléfono cuando me llamaba «cariño». Igual que me ruborizaba cuando Tía Anita, al verme, me soltaba: «Cada día estás más guapo» o me palpaba el torso y exclamaba: «Oye, tú, cada día estás más cachas». Después, me pasaba varios días mirándome al espejo con una sonrisa beatífica y convencida. ¿Me enamoré de adolescente de mi tía Anita? Sin duda. Puede que incluso cada vez que volvía a verla.

Años después, el invierno posterior al éxito de mi primera novela, es decir, unos tres años después del Drama, me di el capricho de pasar las fiestas en un hotel de moda situado en South Beach. Era la primera vez que volvía a Miami desde la época de La Buenavista. Paré el coche delante de la verja.

El guardia de seguridad sacó la cabeza de la garita.

—Buenos días, señor, ¿puedo ayudarle?

—Sí, me gustaría entrar un momento, por favor.

—¿Es usted residente?

—No, pero conozco bien este sitio. Conocía a unas personas que vivían aquí.

—Lo siento, señor, pero si no es ni residente ni invitado, tengo que pedirle que se marche.

—Vivían en el piso 26, puerta 2609. La familia Goldman.

—No tengo a ningún «Goldman» en el registro, señor.

—¿Quién vive ahora en la puerta 2609?

—No estoy autorizado a darle esa información.

—Solo quiero entrar diez minutos. Solo quiero ver la piscina. Ver si ha cambiado algo.

—Señor, me temo que voy a tener que pedirle que se vaya, ahora. Esto es propiedad privada. Si no, llamaré a la policía.

11.

Una calurosa mañana de martes en Boca Ratón, Alexandra se plantó en mi casa so pretexto de que se le había escapado el perro, como todos los días.

—¿Por qué iba a venir tu perro a mi casa?
—No lo sé.
—Si lo hubiera visto, te lo habría llevado.
—Es verdad. Siento las molestias.

Hizo ademán de irse y yo la detuve.

—Espera... ¿Te apetece un café?

Sonrió.

—Sí, sí que me apetece...

Le pedí que esperase un momentito.

—Dame dos minutos, por favor. Lo tengo todo manga por hombro.

—No importa, Markie.

Me estremecía cuando me llamaba así. Pero no por eso me distraje.

—Es una vergüenza recibir así a la gente. Dame un momentito.

Me fui corriendo a la terraza de atrás. Ya había empezado la época de más calor y Duke hacía el vago en una piscinita hinchable que le había comprado. La volqué para vaciar el agua, con Duke dentro. Se le quedó una expresión muy desdichada.

—Lo siento, muchachote, te tienes que pirar.

Se sentó y me miró fijamente.

—¡Venga, deprisa! ¡Lárgate! ¡Tengo a la jefa en la puerta!

Como no reaccionaba, le tiré la pelota de goma lo más lejos que pude. Cayó en pleno lago y Duke corrió tras ella.

Me apresuré en hacer pasar a Alexandra. Nos instalamos en la cocina, puse café en el filtro y, al mirar por la ventana, ella vio a su perro en el lago.

—¿Será posible? —exclamó—. Si Duke está ahí.

Puse cara de sorpresa y me acerqué para comprobar tan extraordinaria coincidencia.

Sacamos del agua a Duke. Llevaba la pelota en la boca y ella se la quitó.

—Hay que ver qué cosas tan raras tira la gente a este lago —dije.

Alexandra se quedó un buen rato en casa. Cuando tuvo que marcharse, la acompañé hasta el porche. Le di una palmadita amistosa a Duke. Ella se quedó mucho rato mirándome, sin decir nada: creo que estaba a punto de darme un beso. De repente, volvió la cabeza y se fue.

Me quedé mirando cómo bajaba las escaleras de la entrada y se metía en el coche. Se marchó. Fue en ese momento cuando me fijé en una furgoneta negra que estaba aparcada en la calle con un hombre al volante, observándome. En cuanto mis ojos se cruzaron con los suyos, puso el motor en marcha. Yo me abalancé hacia él. Arrancó a toda velocidad. Corrí tras él ordenándole que parase. Desapareció antes de que se me ocurriera tomar el número de matrícula.

Leo apareció en su porche, alertado por el ruido.

—¿Va todo bien, Marcus? —me gritó.

—Había un tío muy raro en una furgoneta —le contesté, sin aliento—. Tenía una pinta realmente extraña.

Leo se reunió conmigo en la calle.

—¿Una furgoneta negra? —me preguntó.

—Sí.

—La he visto varias veces. Pero pensé que era un vecino.

—Cualquier cosa menos un vecino.

—¿Se siente usted amenazado?

—No... no tengo ni idea, Leo.

Decidí llamar a la policía. Al cabo de diez minutos, acudió una patrulla. Por desgracia, no tenía ninguna pista que darle. Lo único que había visto era una furgoneta negra. Los policías me aconsejaron que los llamase si volvía a ver algo extraño y se comprometieron a patrullar varias veces por mi calle durante la noche.

Baltimore
Enero de 1994

La Banda de los Goldman siempre había sido una trinidad. Pero no sabría decir si yo era parte integrante de ella o si, en el fondo, existía meramente gracias al vínculo entre Hillel y Woody, al que iba injertado un tercer elemento. El año de La Buenavista fue cuando Scott Neville cobró mayor importancia en la vida de mis primos, hasta tal punto que me dio la impresión de que le habían regalado el privilegio de su amistad y de la tercera plaza de la Banda.

Scott era divertido, infalible en cuestiones de fútbol y, cuando yo llamaba por teléfono a mis primos, a menudo me decían:

—No te vas a creer lo que ha hecho hoy Scott en el colegio...

Yo estaba celosísimo: como lo había conocido en persona, sabía que se desprendía de él una simpatía innegable. Por si fuera poco, por su enfermedad todos lo trataban con especial ternura. Lo peor era cuando me lo imaginaba en la carretilla que empujaban Woody y Hillel, pavoneándose como un rey africano en su silla de manos.

A la vuelta de las vacaciones de Navidad, consiguió incluso ingresar en el equipo de Jardinería Goldman, a raíz de un accidente que tuvo a Skunk inmovilizado durante un tiempo.

En invierno, Skunk se encargaba de despejar la nieve de la entrada del garaje y de las veredas de sus clientes. No solo era un trabajo que requería gran esfuerzo físico y era muy sacrificado, sino que además, los años en que nevaba mucho, no se acababa nunca.

Un sábado por la mañana, mientras Woody y Hillel se afanaban con las palas en los montones de nieve delante del garaje de una clienta, apareció Skunk furioso.

—¡Deprisa, mierdecillas! ¿Todavía no habéis acabado aquí?

—Hacemos lo que podemos, señor Skunk —se defendió Hillel.

—¡Pues haced aún más! ¡Y me llamo *Bunk, Bunk*! ¡No *Skunk*!

Como tantas otras veces, se puso a sacudir una pala delante de ellos, como si fuera a pegarles.

—Me ha llamado la señora Balding. Me ha dicho que no fuisteis a su casa la semana pasada y que por poco no consigue salir.

—¡Estábamos de vacaciones! —alegó Woody.

—¡Me la trae floja, mierdecillas! ¡Daos prisa!

—No se preocupe, señor Skunk —lo tranquilizó Hillel—. Vamos a meter caña.

Bunk se puso morado.

—¡Bunk! —vociferó—. ¡ME LLAMO BUNK! ¡BUNK! ¿Cómo os lo tengo que decir? ¡Bunk con B! ¡Con B de... B de...!

—¿Con B de Bunk, quizá? —sugirió Hillel.

—¡B de bofetón-en-los-morros-que-te-voy-a-dar-carajo! —le soltó Bunk antes de desplomarse repentinamente.

Woody y Hillel se acercaron corriendo. Se retorcía como un gusano.

—¡Mi espalda! —susurró como si estuviera paralizado—. ¡Mi espalda, hostia puta!

El pobre Skunk había gritado tan fuerte que le había dado un tirón en la espalda. Hillel y Woody lo llevaron a rastras a su casa. Tía Anita lo acomodó en el sofá y lo auscultó. Todo apuntaba a que tenía un nervio pinzado. No era grave, pero debía guardar reposo absoluto. Le recetó unos calmantes y lo llevó a casa. Tío Saul, Woody y Hillel los siguieron con la camioneta del jardinero, que estaba aparcada en una calle cercana. Después de haber acomodado a Skunk en su cama, Tía Anita y Tío Saul fueron a comprar las medicinas y algunas otras cosas mientras Woody y Hillel se quedaban haciéndole compañía. Estaban sentados al borde de la cama cuando, de repente, vieron una lágrima que le brotaba del ojo y luego corría por el surco de una de las arrugas de aquella piel vieja y curtida por tantos años a la intemperie. Skunk estaba llorando.

—No llore, señor Skunk —le dijo Woody cariñosamente.

—Voy a perder a todos los clientes. Si no puedo trabajar, perderé a mis clientes.

—No se preocupe por eso, señor Skunk. Ya nos encargamos nosotros.

—Mierdecillas, prometedme que os haréis cargo de mis clientes.

—Se lo prometemos, pobrecito señor Skunk.

El día del incidente por la noche, cuando mis primos me contaron la situación, me mostré dispuesto a ir a Baltimore *ipso facto* para echarles una mano. La Banda de los Goldman tenía un sentido del honor a toda prueba: cuando dábamos nuestra palabra era para mantenerla.

Pero cuando le pedí permiso a mi madre para faltar a clase e ir a Baltimore a ayudar a mis primos a despejar de nieve la entrada de los garajes de Oak Park, lógicamente no me lo dio. Y como a mis primos les faltaba mano de obra, el honor de completar el equipo de jardinería de los Goldman recayó en Scott.

Manejaba la pala con tanto ahínco que tenía que pararse regularmente para recuperar el resuello. A sus padres, Patrick y Gillian Neville, los preocupaba que pasara tanto tiempo a la intemperie. Fueron a ver a Woody y a Hillel a casa de los Baltimore para explicarles que había que tener mucho cuidado con la salud de Scott.

Woody y Hillel prometieron que estarían muy pendientes de él. Cuando volvió el buen tiempo y hubo que preparar los jardines para la primavera, Gillian Neville se mostró muy reticente a que su hijo siguiera trabajando con la Banda. Patrick, por el contrario, opinaba que le sentaba de maravilla el trato con los dos chicos. Se llevó a Woody y a Hillel a tomar un batido al Dairy Shack y les explicó la situación.

—A la madre de Scott le preocupa un poco que haga tareas de jardinería. Resultan muy cansadas para él y está expuesto al polvo y a la suciedad. Pero a Scott le encanta estar con vosotros. Lo beneficia moralmente y eso también es importante.

—No se preocupe, señor Neville —lo tranquilizó Hillel—. Vamos a cuidarlo muchísimo.

—Tiene que beber mucho, tomarse con regularidad descansos para respirar y lavarse muy bien las manos después de usar las herramientas.

—Así lo haremos, señor Neville. Prometido.

Aquel año fui a Baltimore a pasar las vacaciones de primavera. Entendí por qué a mis primos les gustaba tanto estar con Scott:

era un chico entrañable. Una tarde, fuimos todos a su casa porque su padre nos había pedido que lo ayudáramos con las plantas. Fue la primera vez que coincidí con los Neville. Patrick tenía la misma edad que Tío Saul y Tía Anita. Era un hombre apuesto, atlético y muy afable. Su mujer, Gillian, no podía decirse que fuera guapa, pero irradiaba un irresistible atractivo. Scott tenía una hermana a la que mis primos no habían visto nunca. Creo que era la primera vez que iban a casa de los Neville.

Patrick nos llevó a la parte de atrás del jardín: desde fuera, su casa se parecía a la de los Baltimore, un poco más moderna. Pegadas al lado oeste, dos hileras de hortensias raquíticas se marchitaban al sol. No muy lejos, un macizo de rosales mustios parecía estar muy enfurruñado.

Woody observó las plantas con ojo experto.

—No sé quién le habrá plantado esto, pero las hortensias están mal orientadas. No les gusta mucho el sol, ¿sabe? Y parece que tienen sed. ¿Está conectado el riego automático?

—Eso creo...

Woody mandó a Hillel a controlar el sistema de riego y luego examinó las hojas del rosal.

—Este rosal está enfermo —diagnosticó—. Necesita un tratamiento.

—¿Vosotros podéis hacerlo?

—Pues claro.

Hillel regresó.

—Uno de los conductos del riego tiene una fuga. Hay que cambiarlo.

Woody asintió.

—En mi opinión —añadió—, tendría que trasplantar las hortensias al otro lado. Pero habrá que preguntarle al señor Bunk qué le parece.

Patrick Neville se nos quedó mirando con expresión regocijada.

—Ya te dije que eran buenos, papá —intervino Scott.

Hacía calor y Patrick nos ofreció algo de beber, cosa que aceptamos gustosos. Como tenía los zapatos llenos de tierra, asomó la cabeza por uno de los ventanales y llamó:

—Alexandra, ¿podrías traerles agua a los chicos, por favor?

—¿Quién es Alexandra? —preguntó Hillel.
—Mi hermana —contestó Scott.

Llegó al cabo de un momento, cargada con una bandeja llena de botellines de agua mineral.

Nos quedamos sin habla. Era de una belleza perfecta. Tenía los ojos ligeramente almendrados. El pelo rubio le ondulaba al sol; el rostro era de rasgos finos y la nariz, elegante. Coqueta, llevaba unos brillantitos relucientes en las orejas y las uñas de las manos pintadas de rojo. Nos dedicó una sonrisa de dientes bien alineados y muy blancos, y el corazón empezó a latirnos más fuerte. Y, como hasta entonces siempre lo habíamos compartido todo, decidimos querer los tres a una a esa chica de mirada risueña.

—Hola, chicos —nos dijo—. ¿Así que vosotros sois esos de quienes siempre está hablando Scott?

Superados los primeros balbuceos, nos presentamos por turno.

—¿Sois hermanos? —preguntó.
—Primos —la corrigió Woody—. Somos los tres primos Goldman.

Nos dedicó otra sonrisa cautivadora.

—Muy bien, primos Goldman, encantada de conoceros.

Le dio a su padre un beso en la mejilla, le dijo que iba a salir un rato y desapareció, dejando tras de sí únicamente la estela perfumada de su champú de albaricoque.

A Scott le pareció asqueroso que nos enamoriscásemos así de su hermana. No podíamos evitarlo. Alexandra se nos acababa de meter en el corazón para siempre.

Al día siguiente del primer encuentro con ella, fuimos a la oficina de Correos de Oak Park para comprarle unos sellos a Tía Anita. Al salir, Woody propuso hacer una parada en el Dairy Shack para tomarnos un batido y aprobamos la idea por unanimidad. Y justo cuando nos acabábamos de sentar a una mesa con nuestras consumiciones entró ella. Nos vio, se fijó sin duda en que la mirábamos embobados e incrédulos, se echó a reír y se nos coló en la mesa saludándonos a cada uno por nuestro nombre.

Esa es una de las virtudes que jamás ha perdido: todo el mundo dirá que es amable, maravillosa y dulce. A pesar de haber triunfado mundialmente, a pesar de la gloria, del dinero y de todo lo que eso implica, sigue siendo esa persona auténtica, cariñosa y deliciosa con la que fantaseábamos a la venerable edad de trece años.

—Así que vivís por el barrio —dijo cogiendo una pajita que metió en nuestros batidos para probarlos.

—Vivimos en Willowick Road —contestó Hillel.

Nos sonrió. Cuando sonreía, los ojos almendrados le daban una expresión pícara.

—Yo vivo en Montclair, Nueva Jersey —me sentí obligado a precisar.

—¿Así que sois primos?

—Mi padre y el suyo son hermanos —explicó Hillel.

—¿Y tú? —le preguntó a Woody.

—Yo vivo con Hillel y sus padres. Somos como hermanos.

—Con lo cual, somos todos primos —concluí.

Dejó escapar una risa maravillosa. Así fue como entró en nuestra vida aquella a la que los tres íbamos a querer tanto. *A-lex-an-dra*. Un puñado de letras, cuatro sílabas de nada que iban a poner patas arriba todo nuestro mundo.

12.

Baltimore, Maryland
Primavera-otoño de 1994

Durante los dos años siguientes, Alexandra nos iluminó la existencia.

Primos míos del alma, si aún estuvierais aquí, recordaríamos juntos cómo nos subyugó.

Durante el verano de 1994, les supliqué a mis padres que me dejaran pasar dos semanas en Baltimore después de la estancia en los Hamptons. Para estar con ella.

Alexandra nos tomó cariño y estábamos siempre metidos en casa de los Neville. Normalmente, las hermanas mayores y los hermanos pequeños no se llevan bien. Al menos esa era la conclusión a la que yo había llegado observando a mis amigos de Montclair. Se llaman de todo y se hacen trastadas. En casa de los Neville era distinto. Seguramente por la enfermedad de Scott.

A ella le gustaba estar con nosotros. Incluso buscaba nuestra compañía. Y Scott estaba encantado con la presencia de su hermana. Lo llamaba «peque» y lo colmaba de gestos cariñosos. A mí, cuando la veía achucharlo, abrazarlo, acariciarle la nuca y besuquearle las mejillas, me entraban de repente ganas de padecer también fibrosis quística. Como a mí siempre me habían dado el trato que se merecían los Montclair, me fascinaba que un niño pudiera recibir tantas atenciones.

Le hice al Cielo todo tipo de promesas a cambio de una buena fibrosis quística. Para acelerar el proceso divino, lamía a escondidas los tenedores de Scott y bebía en el mismo vaso que él. Cuando le daban ataques de tos, me acercaba con la boca bien abierta para cosechar unos cuantos miasmas.

Fui al médico, que, por desgracia, me dijo que estaba rebosante de salud.

—Tengo fibrosis quística —le advertí para ayudarlo a emitir un diagnóstico.

Se echó a reír.

—¡Eh! —me rebelé—. Un poquito de respeto con los enfermos.

—No tienes fibrosis quística, Marcus.

—¿Y usted cómo lo sabe?

—Porque soy tu médico. Estás sano como una manzana.

Ya no hubo ningún fin de semana en Baltimore sin Alexandra. Era todo con lo que soñábamos: divertida, inteligente, guapa, dulce y soñadora. Pero seguramente, lo que más nos fascinaba de ella era su don para la música. Fuimos sus primeros espectadores de verdad: nos invitaba a su casa, cogía la guitarra y tocaba para nosotros, que la escuchábamos, hechizados.

Podía pasarse horas tocando y nosotros no nos hartábamos nunca. Nos hacía partícipes de lo que componía y le interesaba nuestra opinión. Fue cuestión de meses que Tía Anita accediera a apuntar a Hillel y a Woody a clases de guitarra, mientras que, en Montclair, mi madre me lo negaba con un argumento temible:

—¿Clases de guitarra? ¿Para qué?

Imagino que no le hubiera importado que estudiara violín o arpa. No le costaba imaginarme como un virtuoso o un cantante de ópera. Pero cuando yo hablaba de convertirme en estrella del pop, me veía como un saltimbanqui melenudo y mugriento.

Alexandra se convirtió en el primer y único miembro femenino de la Banda de los Goldman. En un segundo se integró en nuestro grupo hasta tal punto que nos preguntábamos cómo habíamos podido vivir tanto tiempo sin ella. Se sumó a nosotros en las noches de pizza en casa de los Baltimore y en las visitas al padre de Tía Anita en la «Casa de los muertos», donde incluso ganó nuestro prestigioso premio inter-Goldman de carreras en silla de ruedas. Era capaz de beberse de un trago tanto Dr Pepper como nosotros tres y de eructar igual de fuerte.

La familia Neville en conjunto me caía de maravilla. Llegué a creer que a todos los habitantes de Baltimore se les concedía el privilegio de unos genes superiores. Prueba de ello era que los Neville al completo formaban una familia tan estupenda y atractiva como los Goldman. Patrick trabajaba en un banco y Gillian operaba en la Bolsa. Se habían trasladado desde Pensilvania unos años antes, aunque ambos eran oriundos de Nueva York. Nos trataban con infinita bondad. Su casa siempre estaba abierta para nosotros.

La presencia de Alexandra en Baltimore —incluso la reciente relación con la familia Neville— multiplicó tanto mi entusiasmo por ir allí como la frustración por tener que volver a mi casa. Porque a los sentimientos de tristeza se sumó una sensación que antes nunca había experimentado hacia mis primos: los celos. Yo solito, en Montclair, me montaba películas absurdas: me imaginaba a Woody y a Hillel yendo a casa de Alexandra al salir de clase. Me la imaginaba a ella bebiendo las palabras de Hillel, el genio, y toqueteando los abultados músculos de Woody, el atleta. Y yo, ¿qué era yo? Ni un auténtico atleta ni un genio de verdad, tan solo un Montclair. En un ataque de profunda desesperación, llegué incluso a escribirle una carta, en clase de Geografía, para decirle lo mucho que lamentaba no vivir en Baltimore también yo. La pasé a limpio en papel bonito, la escribí tres veces para que cada palabra fuera perfecta y la mandé por correo urgente con acuse de recibo para estar seguro de que la recibía. Pero nunca me contestó. Llamé a la oficina de Correos unas quince veces para asegurarme, con el número de referencia, de que la carta le había llegado a Alexandra Neville de Hanson Crescent, en Oak Park, Baltimore, Maryland. En efecto, la había recibido. Y había firmado el acuse de recibo. Entonces, ¿por qué no me contestaba? ¿O sería que su madre había interceptado la carta? ¿O que yo le inspiraba sentimientos que no se atrevía a confesarme y que, precisamente por eso, no podía enviarme una respuesta? Cuando por fin pude volver a Baltimore, lo primero que hice al verla fue preguntarle si había recibido la carta. Me contestó:

—Sí, Markitín. Muchas gracias, por cierto.

Yo le mandaba una carta preciosa y ella lo único que me decía era «Gracias, Markitín». Hillel y Woody se echaron a reír al oír el diminutivo que acababa de inventarse para mí.

—¡Markitín! —se carcajeó Woody.

—¿Una carta sobre qué? —preguntó Hillel burlonamente.

—No es asunto vuestro —les dije.

Pero Alexandra contestó:

—Una carta muy amable en la que me decía que a él también le habría gustado vivir en Baltimore.

Hillel y Woody empezaron a reírse como idiotas y yo me quedé muy mortificado y ruborizado. Comencé a pensar que realmente debía de haber algo entre Alexandra y uno de mis primos; por algunos detalles que pude observar, todo apuntaba a que debía de ser Woody, lo que, por otra parte, no era ninguna sorpresa, ya que un chico tan guapo, musculoso, impenetrable y enigmático no podía por menos de tener embobadas a todas las chicas e incluso a las mujeres. ¡A mí también me habría gustado que mis padres me abandonasen si eso significaba terminar siendo guapo y cachas en casa de los Goldman-de-Baltimore!

Cuando el fin de semana concluía y Alexandra pronunciaba el último «adiós, Markitín», se me encogía el corazón. Me preguntaba:

—¿Vas a venir el próximo fin de semana?

—No.

—¡Vaya, qué pena! Entonces, ¿cuándo?

—Aún no lo sé.

En momentos así, casi tenía la sensación de que ella me consideraba alguien aparte, pero enseguida mis primos empezaban a carcajearse como macacos y decían:

—Tú tranqui, Alexandra, que muy pronto recibirás una carta de *amooooor*.

Ella también se reía y yo me iba, mohíno.

Tía Anita me acompañaba a la estación. En el andén me estaba esperando un niño sucio y feo. Tenía que desnudarme delante de él y entregarle el magnífico pelaje de los Baltimore mientras él me alargaba una bolsa de basura donde estaba el traje mugriento y apestoso de los Montclair. Me lo volvía a poner, le daba un beso a mi tía y me subía al tren. Una vez a bordo, casi nunca lograba contener las lágrimas. Y a pesar de lo mucho que rezaba, ningún huracán, tornado, ventisca ni cataclismo de los muchos que arrasaron los Estados Unidos durante esos años tuvo jamás la ocurrencia de presentarse mientras yo estaba en Baltimore, para poder así prolongar mi estancia. Hasta el último momento tenía la esperanza de que se produjera un desastre natural inesperado o una avería ferroviaria que impidiese la salida de mi tren. Lo que fuera para volver con mi tía y regresar a Oak Park, donde me esperaban Tío Saul, mis primos y Alexandra. Pero el tren siempre se ponía en marcha, llevándome hacia Nueva Jersey.

*

El otoño de 1994 fue cuando empezamos el instituto y Hillel y Woody dejaron la enseñanza privada para entrar en el centro público de Buckerey High, cuyo equipo de fútbol tenía muy buena reputación. A Tío Saul y Tía Anita seguramente nunca se les habría ocurrido matricular a Hillel en un instituto público si el entrenador del equipo de Buckerey no hubiese ido en persona a fichar a Woody. Sucedió unos meses antes, al final del último curso escolar que pasaron en Oak Tree. Un domingo, una visita llamó a la puerta de los Goldman-de-Baltimore. Aquel hombre no le resultaba desconocido a Woody, que acudió a abrir. Aunque su cara le era familiar, no consiguió recordar dónde lo había visto.

—Tú eres Woodrow, ¿verdad? —le preguntó el hombre en el umbral.

—Todo el mundo me llama Woody.

—Yo me llamo Augustus Bendham, soy el entrenador del equipo de fútbol del instituto Buckerey High. ¿Están en casa tus padres? Me gustaría hablar con los tres.

Tía Anita, Tío Saul, Woody y Hillel le concedieron audiencia. Los cinco se acomodaron en la cocina.

—Bueno —explicó Bendham jugueteando nerviosamente con el vaso de agua—, quiero pedirles disculpas por plantarme aquí sin avisar, pero he venido para hacerles una proposición algo inusual. Llevo algún tiempo observando a Woodrow cuando juega con su equipo de fútbol. Tiene dotes. Muchas dotes. Un potencial inmenso. Me gustaría ficharlo para el equipo del instituto. Ya sé que sus hijos están escolarizados en la privada y que Buckerey es un centro público, pero este año mi equipo está en lo más alto y estoy convencido de que con un jugador del temple de Woody tendremos todas las bazas para ganar algún título. Además, en el equipo local se quedará estancado mientras que si juega en el campeonato escolar, podrá mejorar de verdad. Creo que es una buena oportunidad tanto para Buckerey como para Woody. En principio, no acostumbro a pedirles a los padres que matriculen a su chico en Buckerey solo para tener un talento más en el equipo. Me las apaño con lo que tengo, en eso consiste mi trabajo. Pero este caso es diferente. No recuerdo haber visto nunca a un jugador así con esta edad. Me gustaría mucho que Woody entrara en nuestro equipo cuando empiece el curso.

—Buckerey no es el instituto público más cercano a nuestra casa —observó Tía Anita.

—Cierto, pero eso no debe preocuparla. La distribución de los alumnos en los distintos centros se puede arreglar fácilmente. Si su chico quiere entrar en Buckerey, irá a Buckerey.

Tío Saul se volvió hacia Woody.

—¿A ti qué te parece?

Woody se quedó un rato pensando y luego le preguntó al entrenador Bendham:

—¿Por qué yo? ¿Por qué tiene tantas ganas de que vaya a su instituto?

—Porque te he visto jugar. Y en toda mi carrera no había visto nunca nada semejante. Eres fornido, recio, y sin embargo corres a la velocidad de la luz. Tú solo vales por dos o tres de mis jugadores. No te digo esto para que te pongas hueco. Te falta mucho para alcanzar tu nivel máximo. Vas a tener que currártelo a fondo. Entregarte como nunca lo has hecho. Yo me ocuparé de ti personalmente. Y no me cabe ninguna duda de que gracias al fútbol podrás conseguir una beca en cualquier universidad del país. Aunque creo que no te va a dar tiempo a ir a la universidad.

—¿Qué quiere decir? —preguntó Tío Saul.

—Creo que este muchachito se va a convertir en una estrella de la NLF. Hágame caso, yo no suelo prodigar los cumplidos. Pero con lo que he visto en el campo estos meses...

Durante los días posteriores, a la hora de cenar los Goldman-de-Baltimore no hablaron de nada que no fuera la proposición del entrenador Bendham. Todos tenían sus propios motivos para pensar que el posible fichaje de Woody por el equipo de fútbol de Buckerey era una gran noticia. Tío Saul y Tía Anita, pragmáticos, consideraban que aquella era una oportunidad única para que Woody pudiera luego estudiar en una buena universidad. Hillel y Scott —a quien se le notificaron inmediatamente los oráculos del entrenador— le vaticinaron gloria y dinero.

—¿Sabes cuánto ganan los jugadores profesionales de fútbol? —se emocionaba Hillel—. ¡Millones! ¡Ganan millones de dólares, Wood! ¡Es tremendo!

Según la información recabada, el Buckerey High resultó ser un buen instituto, exigente y con un equipo de fútbol prestigioso. Cuando el entrenador Bendham volvió a casa de los Baltimore para saber cuál era el veredicto final, se encontró con Woody, Hillel y Scott esperándolo fuera.

—Iré a Buckerey a jugar al fútbol si usted se las arregla para que también trasladen a ese instituto a mis amigos Hillel y Scott.

A continuación, hubo que convencer a los padres de Scott de que dejaran que su hijo estudiara en un instituto público, para lo que se mostraban muy reticentes. Tía Anita los invitó a casa a cenar una noche, sin su hijo.

—Niños, de verdad que valoramos lo que estáis haciendo por Scott —les dijo la señora Neville a Woody y a Hillel—. Pero tenéis que entender que es una situación complicada. Scott está enfermo.

—Ya sabemos que está enfermo, pero no le queda otra que ir a clase, ¿no? —replicó Woody.

—Queridos míos —explicó dulcemente Tía Anita—, quizá Scott estaría mejor en un colegio privado.

—Pero Scott lo que quiere es venir a Buckerey con nosotros —insistió Hillel—. Sería injusto impedírselo.

—De verdad que hay que estar muy pendiente de él —explicó Gillian—. Ya sé que vosotros no queréis perjudicarlo, pero todas esas historias vuestras del fútbol...

—No se preocupe, señora Neville —dijo Hillel—, Scott no tiene que correr. Lo metemos en una carretilla y Woody la empuja.

—Niños, no está acostumbrado a tanto jaleo.

—Pero con nosotros es feliz, señora Neville.

—Los otros niños se burlarán de él. En un colegio privado, estará más protegido.

—Como algún alumno se burle de él, le partiremos las narices —prometió amablemente Woody.

—¡Nadie le va a partir las narices a nadie! —se irritó Tío Saul.

—Lo siento, Saul —contestó Woody—. Solo quería ayudar.

—Pues eso no ayuda en absoluto.

Patrick le cogió la mano a su mujer.

—Gil, Scott es tan feliz con ellos... Nunca lo habíamos visto así. Por fin está viviendo.

Patrick y Gillian finalmente accedieron a que Scott estudiara en Buckerey High, donde se personó junto con Hillel y Woody en el otoño de 1994. Pero sus temores estaban bien fundados: en el universo excepcional de Oak Tree, su hijo había estado a buen recaudo. Desde el primer día clase, su aspecto enfermizo lo convirtió en el blanco de los demás alumnos, de sus miradas y sus insultos. Aquel mismo día, desorientado en la inmensidad de los pasillos de ese edificio nuevo, le preguntó por un aula a una chica cuyo novio, un grandullón de último curso, lo acorraló en un pasillo al final de la jornada y le retorció el brazo delante de todo el mundo antes de encajarle la cabeza en una taquilla sin puerta. Woody y Hillel lo encontraron allí, llorando.

—No se lo contéis a mis padres —suplicó Scott—. Si se enteran, me cambiarán de colegio.

Había que hacer algo con Scott. Tras un breve conciliábulo, Hillel y Woody decidieron que este último sacudiría al grandullón a la mañana siguiente sin más tardar para que todos los otros alumnos se enterasen de cuáles eran las consecuencias de meterse con su amigo.

Que el grandullón —de nombre Rick— practicara asiduamente artes marciales no solo no impresionó a Woody lo más mínimo, sino que al pobre chico no le sirvió de nada. Como habían acordado, durante el recreo de la mañana siguiente, Woody fue al encuentro de Rick y lo derribó de un puñetazo en la nariz, sin previo aviso. Aprovechando que Rick estaba tirado en el suelo, Hillel le derramó el zumo de naranja por la cabeza y Scott le bailó alrededor, con los brazos en alto y cantando victoria. A Rick se lo llevaron a la enfermería y a los otros tres, al despacho del señor Burdon, el director del instituto, quien también citó allí con carácter de urgencia a Tío Saul y Tía Anita, a Patrick y Gillian Neville, y al entrenador Bendham.

—Enhorabuena a los tres —los felicitó el señor Burdon—. Es el segundo día de clase de vuestro primer año aquí y ya habéis arreado a un compañero.

—¿Os habéis vuelto locos? —les regañó el entrenador Bendham.

—¿Os habéis vuelto locos? —repitió el matrimonio Neville.

—¿Os habéis vuelto locos? —insistieron Tío Saul y Tía Anita.

—No se preocupe, señor director —explicó Hillel—, no somos unos bestias. Ha sido una guerra preventiva. El alumno Rick disfruta malévolamente aterrorizando a los más débiles. Pero a partir de ahora, se quedará quietecito. Palabra de Goldman.

—¡Por todos los santos, silencio! —estalló Burdon—. En toda mi carrera nunca había visto a nadie tan contestón. Al día siguiente del comienzo de curso ¿ya les estáis dando puñetazos en la nariz a vuestros compañeros? ¡Habéis batido el récord! ¡No quiero volver a veros por aquí! ¿Entendido? Y en lo que a ti se refiere, Woody, has tenido un comportamiento indigno de un miembro del equipo de fútbol. Otra metedura de pata como esta y te mando expulsar del equipo.

En Buckerey, nadie volvió nunca a meterse con Scott. Por su parte, Woody ya se había labrado una reputación. El respeto que le tenían en los pasillos del colegio pronto se hizo extensivo al campo de fútbol, donde brillaba con los Gatos Salvajes de Buckerey. Todos los días, después de clase, iba al entrenamiento de fútbol en el campo del instituto en compañía de Hillel y de Scott, que, con el permiso de Bendham, se acomodaban en el banquillo de los entrenadores y observaban al equipo.

A Scott le apasionaba el fútbol. Comentaba los movimientos de los jugadores y le explicaba largo y tendido las reglas a Hillel, que muy pronto se hizo un experto en la materia y, de paso, descubrió que tenía un talento que jamás habría sospechado: el de ser un buen entrenador. Sabía enfocar bien el juego y enseguida detectaba los puntos flacos de los jugadores. Desde el banquillo, a veces se tomaba la libertad de gritarles instrucciones, para regocijo del entrenador Bendham, que le decía:

—Oye, Goldman, ¡vas a terminar quitándome el puesto!

Hillel sonreía, sin siquiera darse cuenta de que cuando el entrenador pronunciaba el apellido Goldman, Woody también volvía la cabeza, instintivamente.

13.

En Boca Ratón, después de haber sorprendido a ese hombre al volante de la furgoneta negra, Leo y yo nos pasamos dos noches vigilando la calle, escondidos en la cocina de mi casa. En la oscuridad, escudriñábamos el menor movimiento sospechoso. Pero aparte de una vecina que salía a hacer *jogging* en mitad de la noche, de una patrulla de policía que pasaba a intervalos regulares y de los mapaches que fueron a saquear los cubos de basura que estaban en la calle, no pasó nada.

Leo tomaba notas.

—¿Qué es lo que escribe? —le pregunté susurrando.

—¿Por qué susurra?

—No lo sé. ¿Qué es lo que escribe?

—Los detalles sospechosos. La loca que corre, los mapaches...

—Pues anote los policías, ya que está.

—Ya lo he hecho. Sabe, muchas veces el culpable es el poli. Sería una buena novela. ¿Quién sabe dónde nos llevará esto?

No nos llevó a ninguna parte. No hubo ya señales de vida de la furgoneta ni del conductor. Me preocupaba no saber qué había ido a buscar. ¿Iría a por Alexandra? ¿Debería yo ponerla sobre aviso?

Aunque no tardaría en saber quién era.

Sucedió a finales del mes de marzo de 2012, aproximadamente un mes y medio después de que me instalara en Boca Ratón.

*

Baltimore
1994

A medida que avanzaba la temporada, Hillel y Scott se fueron integrando cada vez más en los Gatos Salvajes. Estaban presentes en todos los entrenamientos y se cambiaban en el vestuario con los jugadores para ponerse el chándal antes de ocupar su banco de observación. Los días que jugaban fuera, viajaban en el autobús con el equipo, vestidos con traje y corbata como todos los demás. Esa omnipresencia suya junto al equipo los convirtió rápidamente en miembros de pleno derecho. Bendham, a quien conmovía tanta entrega, quiso otorgarles un papel más oficial ofreciéndoles que se encargaran del material. La prueba no duró más de un cuarto de hora: Hillel tenía los brazos demasiado débiles y Scott se quedaba sin aliento.

Entonces los sentó en el banquillo de los entrenadores y les sugirió que les dieran consejos a los jugadores. Así lo hicieron, analizando la forma de jugar de cada uno con una precisión poco corriente. Luego iban llamando por turno a los chicos, que acudían a ellos como si fueran el Oráculo de Delfos.

—Despilfarras la energía corriendo como un caballo cuando no hace falta. Mantente en tu puesto y muévete cuando la acción vaya hacia ti.

Todos aquellos gigantes con casco los escuchaban atentamente. Hillel y Scott se convirtieron en los primeros y los únicos alumnos de la historia del instituto Buckerey en llevar la cazadora ocre y negra de los Gatos Salvajes sin pertenecer oficialmente al equipo. Y cuando al final de un entrenamiento el entrenador soltaba un «Buen trabajo, Goldman», Woody y Hillel se volvían al mismo tiempo y respondían como un solo hombre:

—Gracias, entrenador.

Muy pronto, durante la cena, en casa de los Goldman-de-Baltimore solo se habló de fútbol. Cuando volvían del entrenamiento, Woody y Hillel contaban con todo lujo de detalles las proezas del día.

—Y al margen de esto —preguntaba Tía Anita—, ¿qué tal van las clases?

—Bien —contestaba Woody—. No es que sea fácil, pero Hillel me echa una mano. Él no necesita estudiar, lo entiende todo a la primera.

—Yo me aburro un poco, papi —explicaba a menudo Hillel—. El instituto no es para nada como me lo imaginaba.

—¿Y cómo te imaginabas que era?
—No lo sé. Más estimulante, quizá. Pero bueno, por suerte está el fútbol.

Aquel año, los Gatos Salvajes de Buckerey llegaron a los cuartos de final del campeonato. A la vuelta de las vacaciones de invierno, como la temporada de fútbol había terminado, Woody, Hillel y Scott se buscaron otro entretenimiento. A Scott le gustaba el teatro. Y daba la casualidad de que era una actividad recomendable para su problema de respiración. Se apuntaron a las clases de arte dramático que impartía la señorita Anderson, su profesora de Literatura, una mujer joven y extremadamente amable.

Hillel tenía un talento natural para guiar a las personas. En el campo de fútbol era entrenador y en el escenario se convirtió en director. Le propuso a la señorita Anderson montar una adaptación de *De ratones y hombres,* cosa que ella aceptó entusiasmada. Y ahí fue donde empezaron de nuevo los problemas.

Hillel decidió el reparto después de organizar una audición trucada entre los asistentes a las clases. A Scott, para mayor alegría suya, le asignó el papel de George y a Woody, el de Lennie.

—Tú interpretas al retrasado —le explicó Hillel a Woody.

—Eh, yo no quiero un papel de retrasado... Señorita Anderson, ¿no se lo puede dar a otro? Además, a mí estas cosas se me dan fatal. Lo mío es el fútbol.

—Cierra el pico, Lennie —le ordenó Hillel—. Coge tu texto y vamos a ensayar. Venga, todo el mundo en posición.

Pero después del primer ensayo, varios padres se quejaron al director del contenido del texto que se pretendía que interpretasen los alumnos. El señor Burdon les dio la razón y le pidió a la señorita Anderson que eligiera un texto más adecuado. Furioso, Hillel se fue a ver al director a su despacho para pedirle explicaciones.

—¿Por qué le ha prohibido a la señorita Anderson que representemos *De ratones y hombres*?

—Varios padres de alumnos se han quejado de la obra y creo que tienen razón.

—Tengo curiosidad por saber por qué se han quejado.

—El texto está lleno de palabrotas y lo sabes muy bien. Vamos, Hillel, ¿de verdad quieres que una función que se supone que tiene que ser el orgullo del colegio sea un compendio de jerga y blasfemias soeces?

—¡Pero es que es John Steinbeck, caramba! ¿Es que está completamente loco, señor director?

Burdon lo fulminó con la mirada.

—El que está loco eres tú, Hillel, por atreverte a hablarme en ese tono. Pero te voy a hacer el inmenso favor de fingir que no he oído nada.

—¡Pero bueno, no puede prohibir un texto de Steinbeck!

—De Steinbeck o de otro, me niego a que ese libro espantoso y provocador se lea en este centro.

—¡Pues entonces, menuda birria de centro!

Hillel, furioso, decidió dejar las clases de arte dramático. Estaba enfadado con Burdon, con lo que representaba, con el instituto. Volvió a tener el aspecto triste de sus peores momentos en Oak Tree, se sentía deprimido. Los resultados escolares empezaron a ser catastróficos y la señorita Anderson llamó a sus padres. A Tía Anita y Tío Saul los pilló desprevenidos y descubrieron a un Hillel muy distinto al niño luminoso que podía llegar a ser. El colegio había dejado de interesarle, era insolente con los profesores y sacaba una mala nota tras otra.

—Creo que no atiende porque no está motivado —explicó amablemente la señorita Anderson.

—Y entonces, ¿qué hacemos?

—Hillel es inteligentísimo, de verdad. Le interesan muchísimas cosas. Sabe mucho más que la mayoría de sus compañeros. La semana pasada intenté, con mucho esfuerzo, explicar en clase las bases del federalismo y el funcionamiento del Estado estadounidense. Pues él ya se sabe la política de corrido y me hacía comparaciones con la Grecia antigua.

—Sí, le encanta la Antigüedad —comentó con sonrisa agridulce Tía Anita.

—Señores Goldman, Hillel tiene catorce años y lee libros sobre el Derecho Romano...

—¿Qué está intentando decirnos? —preguntó Tío Saul.

—Que es probable que Hillel fuera mucho más feliz en un colegio privado. Con un programa a su medida. Sería mucho más estimulante para él.

—Pero si viene de uno... Además, nunca aceptará separarse de Woody.

Tío Saul y Tía Anita intentaron hablar con él para entender lo que pasaba.

—El problema es que creo que soy un negado —dijo Hillel.

—Pero ¿cómo puedes decir algo así?

—Porque no consigo hacer nada. No consigo concentrarme en absoluto. Aunque quisiera, no lo conseguiría. No entiendo nada en clase, estoy totalmente perdido.

—¿Qué es eso de que «no entiendes nada»? ¡Pero hombre, Hillel, si eres un chico inteligentísimo! Tienes que encontrar los medios para conseguirlo.

—Prometo que intentaré esforzarme —contestó Hillel.

Tía Anita y Tío Saul también pidieron una entrevista con el señor Burdon.

—Puede que Hillel se aburra en clase —dijo Burdon—, pero sobre todo, lo que le pasa a Hillel ¡es que es un llorica al que no le gusta que le lleven la contraria! Empezó a ir a la clase de teatro y, de repente, lo manda todo a paseo.

—Lo dejó porque usted le censuró la obra...

—¿Que la «censuré»? ¡Pffff! Querido señor Goldman, de tal palo tal astilla, me parece estar oyendo a su hijo. Que sean de Steinbeck o de cualquier otro, las groserías no pintan nada en una función de instituto. Ya se nota que no es a usted a quien luego se le echan encima los padres. ¡Lo único que tenía que hacer Hillel era elegir una obra más adecuada! ¿Quién quiere representar a Steinbeck a los catorce años?

—Es posible que Hillel sea un chico adelantado para su edad —sugirió Tía Anita.

—Ya, ya, ya —respondió Burdon con un suspiro—, esa historia me la sé: «Mi hijo es tan inteligente que casi parece que es retrasado». Me la cuentan constantemente, ¿sabe? «Mi hijo es muy peculiar y bla, bla, bla...» y «necesita que le hagan caso y bla, bla, bla...». La verdad es que estamos en un centro público, señores

Goldman, y que en los centros públicos a todo el mundo se lo mete en el mismo saco. No podemos empezar a dar consignas nuevas para Fulano, aunque los motivos sean buenos. ¿Se imaginan que cada alumno tuviera su propio programa a medida porque es «peculiar»? Bastante tengo ya en el comedor con esa pesadez de hindúes, de judíos y de musulmanes que no pueden comer como todo el mundo.

—Entonces, ¿qué sugiere usted? —preguntó Tío Saul.

—Pues que Hillel quizá tenga que estudiar más, así de fácil. No saben la de niños que he tenido en este centro cuyos padres estaban convencidos de que eran unos genios y a los que, años más tarde, me los he vuelto a encontrar trabajando de cajeros en una estación de servicio.

—¿Qué problema hay con la gente que trabaja en las estaciones de servicio? —preguntó Tío Saul.

—¡Ninguno, ninguno! Qué barbaridad, no puede uno decir nada. ¡Pero qué agresivos son en esta familia! Lo único que digo es que Hillel lo que debería hacer es estudiar en lugar de creerse que ya lo sabe todo y que es más listo que todos los profesores juntos. Si saca malas notas, es porque no estudia bastante, y sanseacabó.

—Pues claro que no estudia bastante, señor Burdon —explicó Tía Anita—. Ese es el problema y por eso estamos aquí. No estudia porque se aburre. Necesita que lo estimulen. Necesita que lo animen. Que le den un empujón. Está malgastando todo el potencial que tiene...

—Señores Goldman, he estado mirando detenidamente sus notas. Entiendo que les cueste aceptarlo pero, en general, cuando uno saca malas notas, significa que no es muy inteligente.

—Le informo de que estoy oyendo todo lo que dice, señor Burdon —comentó Hillel, que estaba presente en la conversación.

—¡Ya vuelve a la carga el muy insolente! ¡Es que no sabe quedarse callado, el niño este! Hillel, ahora con quien estoy hablando es con tus padres. ¿Sabes? Si este es el comportamiento que tienes con tus profesores, no me extraña que les caigas tan mal a todos. En cuanto a ustedes, señores Goldman, ya me suena la cantinela esa de «mi niño tiene malas notas porque es superdotado» y siento mucho comunicarles que eso se llama negación. ¡A los superdotados aquí ni les vemos el pelo porque a los doce años ya se están licenciando en Harvard!

Woody decidió tomar cartas en el asunto y volver a motivar a Hillel dejándole hacer lo que mejor se le daba: entrenar al equipo de fútbol. Fuera de temporada, no había entrenamientos periódicos porque lo prohibía el reglamento de la Liga. Pero nada impedía a los jugadores reunirse por su cuenta para hacer ejercicios colectivos. De modo que, a petición de Woody, todo el equipo empezó a reunirse dos veces semanales para entrenar a las órdenes de Hillel, al que ayudaba Scott. El objetivo de esa preparación era ganar el campeonato del otoño siguiente y, según iban pasando las semanas, los jugadores ya se veían enarbolando el trofeo, todos, incluido Scott, que un día le confesó a Hillel:

—Hill, me gustaría jugar. No me gusta ser entrenador. Me gustaría jugar al fútbol. Yo también quiero estar en el campo el curso que viene. Me gustaría formar parte del equipo.

Hillel lo miró, consternado.

—Pero Scott, tus padres jamás lo aprobarán.

Scott puso cara afligida, se sentó en el césped y empezó a arrancar briznas de hierba. Hillel se sentó a su lado y le pasó el brazo por los hombros.

—No te preocupes —le dijo—. Encontraremos una solución. Basta con que tengas cuidado, como nos dijo tu padre. Beber mucho, hacer descansos y lavarte las manos.

Y así fue como Scott se unió oficialmente al equipo no oficial de los Gatos Salvajes. Calentaba como podía y participaba en algunos ejercicios. Pero enseguida se quedaba sin resuello. Soñaba con jugar de alero: recibir el balón en las 50 yardas, hacer un esprint espectacular, atravesar la defensa del adversario y marcar un *touchdown*. Y con que el resto del equipo lo llevara a hombros, con oír al estadio gritar su nombre. Hillel le asignó la posición de lateral, pero era obvio que no podía correr más de diez metros. Así que decidieron adoptar un método nuevo: pondrían a Scott en una carretilla y un jugador lo empujaría hasta la línea de anotación, donde volcaría la carretilla para que Scott, al entrar en contacto con el suelo abrazado al balón, marcara un *touchdown*. Esa nueva maniobra, llamada «carretilla», tuvo un éxito rotundo dentro del equipo. Muy pronto dedicaron parte del entrenamiento a que los jugadores se empujaran unos a otros en carretilla, lo que mejoró muchísimo su esprint, pues cuando corrían sin carretilla parecían auténticos cohetes.

Nunca tuve la suerte de ver con mis propios ojos una «carretilla». Pero debía de ser un espectáculo fascinante, porque los alumnos de Buckerey no tardaron en acudir en masa a los entrenamientos, a los que antes apenas asistían unas pocas admiradoras. Hillel les ordenaba a los jugadores ejecutar algunas maniobras y de repente, a una señal suya, surgiendo de la nada, uno de los jugadores más corpulentos —a menudo Woody— cruzaba el campo empujando a Scott, que iba metido en su carretilla como un señor. El *quarterback* le lanzaba el balón desde el fondo del campo: el que empujaba tenía que ser excepcionalmente ágil y fuerte para conseguir que Scott cogiera el balón y luego seguir hasta la línea de anotación zigzagueando y esquivando a los defensas, que no se andaban con chiquitas al interceptar violentamente a Woody, la carretilla y Scott. Pero cuando la carretilla llegaba a la línea de anotación y Scott, tirándose al suelo, marcaba el *touchdown,* el público lanzaba alaridos de alegría. Y todos gritaban:

—¡Carretilla! ¡Carretilla!

Y Scott se levantaba, recibía primero las felicitaciones de sus compañeros y luego iba a saludar y a celebrar el tanto con su séquito de admiradores, cada vez más nutrido. Por último, se retiraba a beber, a respirar y a lavarse las manos.

Esos meses de entrenamiento fueron los más felices de la escolaridad de la Banda de los Goldman reconstituida. Woody, Hillel y Scott eran las estrellas del equipo de fútbol y el orgullo del instituto. Hasta aquel día de primavera, poco después de Pascua, en que Gillian Neville, que estaba esperando a su hijo en el aparcamiento del instituto, se sorprendió al oír a una multitud gritando de alegría. Scott acababa de marcar un *touchdown*. Gillian fue hasta el campo de fútbol para ver qué sucedía y se encontró con su hijo, vestido con prendas desparejadas del uniforme de fútbol y metido en una carretilla. Se puso a pegar alaridos:

—¡Scott, por todos los santos! ¿Qué haces ahí, Scott?

Woody se paró en seco. Los jugadores se inmovilizaron, el público enmudeció. Se hizo un silencio de muerte.

—¿Mamá? —dijo Scott levantándose el casco.

—¿Scott? Me habías dicho que estabas en clase de ajedrez...

Scott agachó la cabeza y se bajó de la carretilla.

—Era mentira, mamá. Lo siento...

Gillian corrió hacia su hijo y lo abrazó, intentando contener los sollozos.

—Scott, no me hagas esto. Por favor, no me hagas esto. Sabes el miedo que tengo a que te pase algo.

—Ya lo sé, no quería preocuparte. En realidad, no estábamos haciendo nada malo.

Gillian Neville alzó la mirada y vio a Hillel, con un bloc de notas en la mano y un silbato colgado del cuello.

—¡Hillel! —gritó yendo hacia él—. ¡Me lo prometiste!

Y, perdiendo la compostura, se abalanzó sobre él y le soltó una sonora bofetada.

—¿Es que no entiendes que vas a matar a Scott con tus idioteces?

A Hillel el golpe lo dejó impactado.

—¿Dónde está el entrenador? —vociferó Gillian—. ¿Dónde está el señor Bendham? ¿Por lo menos está enterado de lo que hacéis?

Esas fueron las primicias del escándalo. Se avisó a Burdon y el asunto pasó a la jurisdicción del distrito escolar de Maryland. Burdon reunió en su despacho al entrenador, a Scott y a sus padres, a Hillel, a Tío Saul y a Tía Anita.

—¿Sabía usted que sus jugadores organizan entrenamientos? —le preguntó el director a Bendham.

—Sí —respondió el entrenador.

—¿Y no le pareció oportuno ponerles fin?

—¿Y por qué iba a hacerlo? Los jugadores están progresando. Ya conoce usted el reglamento, señor director: los entrenadores no pueden establecer contacto con los jugadores fuera de temporada. Que Hillel organice entrenamientos en grupo es una bendición y totalmente reglamentario.

Burdon suspiró y se volvió hacia Hillel:

—¿Nunca te ha dicho nadie que a los niños enfermos no se los lleva en carretilla? ¡Es humillante!

—Señor Burdon —protestó Scott—, ¡no es lo que usted se piensa! Al contrario, nunca he sido tan feliz como en estos últimos meses.

—¿O sea, que te pasean en una carretilla y tú, tan contento?

—Sí, señor Burdon.

—¡Pero por todos los santos, que esto es un instituto, no un circo!

Burdon se despidió del entrenador y de Scott y sus padres para hablar a solas con los Goldman.

—Hillel —dijo—, eres un chico inteligente. ¿Tú has visto en qué estado está el pobre Scott Neville? Para él, el ejercicio es un peligro.

—Todo lo contrario, a mí me parece que hacer un poco de ejercicio le sienta de maravilla.

—¿Eres médico? —preguntó Burdon.

—No.

—Pues entonces resérvate tu opinión, so impertinente. No te estoy pidiendo un favor, te estoy dando una orden. No vuelvas a meter a ese chiquillo enfermo en una carretilla ni lo pongas a hacer ningún tipo de ejercicio físico. Es importantísimo.

—De acuerdo.

—No me conformo con eso. Y quiero que me lo prometas.

—Se lo prometo.

—Bien. Muy bien. De ahora en adelante, se acabaron los entrenamientos clandestinos. No eres miembro del equipo, no pintas nada con los jugadores, no quiero volver a verte con ellos ni en el autobús, ni en el vestuario, ni en ninguna otra parte. Y no quiero más conflictos contigo.

—Primero el teatro y ahora el fútbol. ¡No me deja usted hacer nada! —se indignó Hillel.

—No es que no te deje hacer nada, sencillamente sigo las reglas de convivencia vigentes en este centro.

—No he contravenido ninguna regla, señor director. Nada me impide entrenar al equipo fuera de temporada.

—Te lo prohíbo yo.

—¿Con qué base legal?

—Hillel, ¿quieres que te expulsen del instituto?

—No, ¿qué problema hay con que entrene al equipo fuera de temporada?

—¿Entrenar al equipo? ¿A eso lo llamas entrenamiento? ¿Meter a un niño con fibrosis quística en una carretilla para que cruce el campo, a eso lo llamas entrenamiento?

—Pues sepa que me he leído el reglamento y no hay nada que prohíba que un jugador transporte al que lleve el balón.

—Muy bien, Hillel —bramó Burdon, que ya había perdido la paciencia—, ¿quieres jugar a los abogados? ¿Quieres ser el defensor de la causa de los pobrecitos enfermos en carretilla?

—Lo único que quiero es que no sea usted tan psicorrígido.

El director puso cara contrita y sentenció, dirigiéndose a Tío Saul y Tía Anita:

—Señores Goldman, Hillel es un buen chico. Pero aquí estamos en el sistema público. Si no están satisfechos, tendrán que volver al privado.

—Le recuerdo que fue el instituto Buckerey quien vino a buscarnos —replicó Hillel.

—A Woody sí, pero lo tuyo es distinto: tú estás aquí porque Woody quería que estuvieses con él y lo aceptamos. Pero nadie te impide cambiar de centro si eso es lo que quieres.

—Qué desagradable es eso que ha dicho. ¡Significa que yo le importo un bledo!

—¡Pero bueno, pues claro que no me importas un bledo! Opino que eres muy buen chico y te aprecio mucho, pero eres un alumno como los demás, eso es todo. Si quieres quedarte en un instituto público, tienes que acatar las normas. Así es como funciona este sistema.

—¡Qué mediocre es usted, señor director! ¡Qué mediocre es su instituto! Mandar a la gente a la enseñanza privada, ¿esa es su respuesta para todo? ¡Lo iguala todo a la baja! ¡Prohíbe a Steinbeck porque en el texto aparecen tres palabrotas, pero es incapaz de entender el alcance de su obra! Y se esconde detrás de unos reglamentos opacos para justificar su falta de ambición intelectual. Y no me hable de un sistema que funciona porque nuestro sistema público de enseñanza es totalmente disfuncional y usted lo sabe.

¡Y un país cuyo sistema de enseñanza no funciona no es ni una democracia ni un Estado de derecho!

Hubo un prolongado silencio. El director suspiró y finalmente preguntó:

—¿Cuántos años tienes, Hillel?

—Catorce, señor Burdon.

—Catorce años. ¿Y por qué no estás montando en monopatín con tus compañeros en lugar de preguntar si la garantía del Estado de derecho depende de la calidad del sistema de enseñanza?

Burdon se puso de pie y fue a abrir la puerta del despacho, dando por concluida la reunión. Woody, que estaba esperando en el pasillo sentado en una silla, oyó que el director les decía a Tío Saul y Tía Anita estrechándoles la mano:

—Creo que su hijo Hillel nunca encontrará su lugar aquí.

Hillel rompió a llorar:

—¡Que no, no ha entendido nada! Me he pasado una hora hablando y ni siquiera ha tenido la decencia de escucharme —y dirigiéndose a sus padres añadió—: ¡Mamá, papá, solo quiero que me escuchen! ¡Que me tengan un poco de consideración!

Para apaciguar los ánimos, los cuatro Baltimore se fueron a tomar un batido al Dairy Shack de Oak Park. Sentados en dos asientos corridos, frente a frente, se mostraron inusualmente silenciosos.

—Hillel, tesoro —dijo al fin Tía Anita—, tu padre y yo hemos estado hablando mucho de esta situación... Está ese colegio especialmente adaptado...

—¡No, que no quiero un «colegio especial»! —exclamó Hillel—. ¡Nada de eso, por favor os lo pido! No podéis separarme de Woody.

Anita sacó un folleto del bolso y lo dejó encima de la mesa.

—Por lo menos, échale un vistazo. Es un sitio que se llama Blueberry Hill. Yo creo que estarías muy bien. Ya no aguanto más que seas tan desgraciado en este instituto.

Hillel, de mala gana, hojeó el documento.

—¡Encima está a sesenta millas de aquí! —se indignó—. ¡Totalmente descartado! ¡No querréis que me haga ciento veinte millas de ida y vuelta todos los días!

—Hillel, cariño, ángel mío..., te quedarías a dormir allí...

—¿Qué? ¡No, no! ¡Ni hablar!

—Cielo, volverías a casa todos los fines de semana. Así podrías aprender un montón de cosas. En este centro te aburres...

—No, mamá, ¡no quiero! ¡NO QUIERO! ¿Por qué voy a tener que ir?

Aquella noche, Woody y Hillel leyeron juntos el folleto de Blueberry Hill.

—¡Wood, tienes que ayudarme! —le suplicó Hillel, angustiadísimo—. No quiero ir a ese sitio. No quiero que nos separen.

—Yo tampoco quiero. Pero no sé qué puedo hacer por ti: se supone que el listo en clase eres tú. Intenta no llamar tanto la atención. ¿Eso crees que puedes hacerlo? ¡Lograste que eligieran al presidente Clinton! ¡Lo sabes todo sobre cualquier cosa! Haz un esfuerzo. No dejes que el idiota ese de Burdon te hunda. Venga, no te preocupes, Hill, no voy a dejar que te vayas.

Hillel, aterrorizado ante la perspectiva de que lo mandaran al «colegio especial», ya no tuvo ánimos para hacer nada de nada. El viernes por la noche, Tía Anita entró en el cuarto de Woody, que estaba haciendo los deberes en su escritorio.

—Woody, me ha llamado por teléfono el señor Bendham. Me ha dicho que le has dejado una nota comunicándole que abandonabas el equipo de fútbol. ¿Es cierto?

Woody bajó la cabeza.

—De todas formas, ¿de qué me sirve?

—¿A qué te refieres, tesoro? —preguntó ella poniéndose de rodillas para estar a su misma altura.

—Si Hill se va al «colegio especial», entonces yo ya no podré vivir en vuestra casa, ¿no?

—Nada de eso, Woody, por supuesto que podrás. Esta es tu casa, eso no va a cambiar. Te queremos como a un hijo, ya lo sabes. El «colegio especial» es un lugar para Hillel, para que pueda realizarse. Es por su bien. Tú aquí siempre estarás en tu casa.

A Woody le corrió una lágrima por la mejilla. Ella lo atrajo hacia sí y lo estrechó con fuerza.

El domingo, poco antes de la hora de comer, Bendham se dejó caer sin avisar por casa de los Goldman-de-Baltimore. Le propuso a Woody ir a comer juntos y lo llevó a tomar una hamburguesa a un *diner* del que era cliente habitual.

—Siento lo de la carta, entrenador —se disculpó Woody en la mesa—. En realidad, no quiero irme del equipo. Es que estaba enfadado por todo ese jaleo que le están montando a Hillel.

—¿Sabes, hijo? Tengo sesenta años. Llevo unos cuarenta entrenando a equipos de fútbol y en toda mi carrera nunca había ido a comer con uno de mis muchachos. Yo tengo mis reglas y eso no está en ellas. ¿Por qué iba a hacerlo? Muchos tipos han decidido que querían dejar mi equipo. Preferían ir detrás de las tías a correr abrazados a un balón. Eso era una señal, significaba que no eran formales. No perdí el tiempo en convencerlos de que volvieran. ¿Por qué iba a perder el tiempo con unos tíos que no querían jugar cuando tenía otros muchos haciendo cola para entrar en el equipo?

—Yo soy formal, entrenador. ¡Se lo prometo!

—Ya lo sé, hijo, por eso estoy aquí.

Un camarero les trajo lo que habían pedido. El entrenador esperó a que se marchara para continuar:

—Escúchame, Woody, sé que escribiste esa nota por una buena razón. Quiero que me digas qué es lo que está pasando.

Woody le explicó los problemas a los que se enfrentaba Hillel, que el director no atendía a razones y la amenaza latente del «colegio especial».

—No tiene ningún problema de atención —dijo Woody.

—Ya lo sé, hijo —respondió el entrenador—, no hay más que oír cómo se expresa. Dentro de esa cabeza suya, ha alcanzado ya un grado de desarrollo superior al de la mayoría de sus profesores.

—¡Hillel necesita un reto! Necesita que tiren de él desde arriba. Con usted, es feliz. ¡Es feliz en el campo!

—¿Quieres meterlo en el equipo? Pero ¿qué vamos a hacer con él? Es el tío más flaco que he visto en toda mi vida.

—No, entrenador, no es en ficharlo como jugador en lo que estaba pensando exactamente. Tengo una idea, pero va a tener que confiar en mí...

Bendham lo escuchó atentamente, asintiendo con la cabeza para manifestar que aprobaba lo que le proponía. Cuando acabaron de comer, lo llevó en coche hasta un barrio residencial cercano. Se detuvo frente a una casita de una sola planta delante de la cual había aparcada una autocaravana.

—Fíjate, hijo, esta es mi casa. Y la autocaravana es mía. Me la compré el año pasado, pero todavía no la he utilizado como es debido. Era una oportunidad, la compré para cuando me jubile.

—¿Por qué me cuenta todo eso, entrenador?

—Porque me jubilaré dentro de tres años. Que es el tiempo que te queda para acabar el instituto. ¿Sabes lo que me haría ilusión? Irme con la copa ganada y enviando al mejor jugador al que he dirigido nunca a la NFL. A cambio, quiero que me prometas que vas a volver a entrenar, que vas a trabajar tan duro como lo has hecho hasta ahora. Quiero verte algún día en la NFL, hijo. Y yo me subiré a mi autocaravana y recorreré la Costa Este para no perderme ningún partido tuyo. Los veré desde la tribuna y le diré a los tíos que tenga al lado: a ese chico lo conozco muy bien, yo fui quien lo entrenó en el instituto. Prométemelo, Woodrow. Prométeme que tú y el fútbol estáis al principio de una gran aventura.

—Se lo prometo, señor Bendham.

El hombre sonrió.

—Entonces, ven conmigo, vamos a anunciarle la noticia a Hillel.

Veinte minutos después, en la cocina de los Goldman-de-Baltimore, Hillel, Tío Saul y Tía Anita no daban crédito a lo que les acababa de decir Bendham.

—¿Quiere que yo sea su asistente, señor? —repitió Hillel, incrédulo.

—Exactamente. En cuanto empiece el próximo curso. Mi asistente oficial. Tengo derecho a contratarte, Burdon no puede impedirlo. Además, vas a ser un asistente fabuloso: conoces a los muchachos, tienes una buena visión del juego y sé que haces fichas de los otros equipos.

—¿Se lo ha contado Wood?

—Eso da igual. Lo que quiero decirte es que tenemos tres temporadas muy crudas por delante, que ya no soy ningún niño y no me vendría mal que me echaran una mano.

—¡Ay, Dios mío! ¡Sí! ¡Sí! ¡Me encantaría!

—Solo pongo una condición: para estar en el equipo, hay que sacar buenas notas. Lo dice el reglamento. Los miembros del equipo de fútbol deben tener la media en todas las asignaturas y eso también es válido para ti. Así que, si quieres formar parte del equipo, vas a tener que remontar en clase desde ahora mismo.

Hillel se lo prometió. Para él fue como una resurrección.

14.

El día 26 de marzo de 2012, el teléfono me despertó a las cinco de la mañana. Era mi agente llamando desde Nueva York.
—Está en la prensa, Marcus.
—¿De qué me hablas?
—Alexandra y tú. Estáis en primera plana de la bazofia más leída del país.

Me fui corriendo al supermercado más próximo, que abría veinticuatro horas al día. Estaban descargando del palé de madera las pilas de revistas envueltas en celofán.

Agarré una pila, rasgué el plástico, cogí una revista y leí, espantado:

¿QUÉ HAY ENTRE
ALEXANDRA NEVILLE Y MARCUS GOLDMAN?
Relato de una escapada secreta a Florida

El tío de la furgoneta negra era un fotógrafo. Se había pasado varios días observándonos y siguiéndonos. Le había vendido la exclusiva a una revista que pillaba a todo el mundo por sorpresa.

Lo había presenciado todo desde el principio: yo robando a Duke, Alexandra y yo en Coconut Grove, Alexandra volviendo de mi casa... Todo daba a entender que manteníamos una relación.

Esta vez llamé yo a mi agente.
—Hay que parar esto —le dije.
—Imposible. Han sido muy listos. No hay ninguna filtración, ningún anuncio en internet. Todas las fotos están hechas desde la vía pública sin intrusión directa en tu esfera íntima. Han atado muy bien todos los cabos.
—No tengo nada con ella.
—Puedes hacer lo que te apetezca.

—¡Te digo que no hay nada! Tiene que haber alguna forma de impedir que la revista se venda.

—Lo único que hacen es emitir una suposición, Marcus. Eso no es ilegal.

—¿Lo sabe ella?

—Supongo que sí. Y aunque no se haya enterado, no tardará en hacerlo.

Esperé una hora antes de ir a llamar a la verja de casa de Kevin. Vi cómo se encendía la cámara del telefonillo, lo que significaba que alguien me estaba mirando, pero la entrada no se abrió. Volví a llamar y, finalmente, se abrió la puerta de la casa. Era Alexandra. Fue hasta la verja y se quedó tras ella.

—¿Me robaste el perro? —dijo fulminándome con la mirada—. ¿Por eso estaba siempre en tu casa?

—Lo hice una vez. O dos. Las demás veces vino solo, te lo juro.

—Ya no sé si puedo creerte, Marcus. ¿Fuiste tú quien avisó a la prensa?

—¿Qué? Pero bueno, ¿por qué iba yo a hacer eso?

—No lo sé. ¿Para que Kevin y yo rompamos, quizá?

—¡Por favor, Alexandra! ¡No me digas que piensas eso!

—Tuviste tu oportunidad, Marcus. Fue hace siete años. No vengas a ponerme la vida patas arriba. Déjame en paz. Mis abogados hablarán contigo para que lo desmientas.

*

Baltimore, Maryland
Primavera-verano de 1995

Cada vez me sentía más aislado en Montclair.

Mientras yo me quedaba atrapado en Nueva Jersey, una existencia paradisíaca me tendía los brazos desde Oak Park. No había una, sino dos familias maravillosas, los Baltimore y los Neville, que, por si fuera poco, se habían hecho amigas. Tío Saul y Patrick Neville jugaban juntos al tenis. Tía Anita le propuso a Gillian Neville que colaborara como voluntaria en el hogar para niños de Artie Crawford. Hillel, Woody y Scott siempre andaban juntos.

Un día de principios de abril, Hillel, que leía a diario el *Baltimore Sun*, se topó con el anuncio de un concurso de música que organizaba una emisora de radio nacional. Animaba a los participantes a enviar dos composiciones interpretadas por ellos, grabadas en audio o vídeo. El ganador podría grabar cinco temas en un estudio profesional y la emisora radiaría uno de ellos durante seis meses. Evidentemente, Tío Saul tenía una estupenda cámara último modelo y, evidentemente, accedió a prestársela a Hillel y a Woody. Y todos los días mis primos me llamaban emocionados a mi prisión de Nueva Jersey para contarme que el proyecto iba viento en popa. Alexandra se pasó una semana entera ensayando a última hora de la tarde en casa de los Goldman y, el fin de semana, Hillel y Woody la filmaron. Yo reventaba de envidia.

Pero con o sin concurso, los tres nos llevamos un buen chasco cuando, al poco tiempo, Alexandra apareció en casa de los Baltimore con Austin, su novio. Tenía que pasar: con diecisiete años y una hermosura radiante, Alexandra no iba a fijarse en unos jardineros de quince años cuyo vello púbico llevaba un retraso lamentable. Prefirió a un individuo de su instituto, un niño de papá guapo como un dios y fuerte como Hércules, pero más simple que un arado. Bajaba al sótano, se repantigaba en el sofá y no escuchaba las composiciones de Alexandra. Pasaba totalmente de esa música que para ella era toda su vida, cosa que el imbécil de Austin era incapaz de entender.

El fallo del concurso tardó dos meses. Mientras tanto, Alexandra se sacó el carné de conducir y los fines de semana por la noche, cuando Austin la dejaba tirada para salir con sus amigos, venía a buscarnos a casa de los Baltimore. Íbamos por unos batidos al Dairy Shack y luego aparcábamos en una callejuela tranquila y nos tumbábamos en el césped, de cara a la noche, a escuchar a través de las puertas abiertas la música que emitía la radio del coche. Alexandra la acompañaba cantando y nosotros nos imaginábamos que la radio emitía su canción una y otra vez.

En aquellos momentos, nos daba la sensación de que era nuestra. Pasábamos horas charlando. A menudo, nuestro tema de conversación era Austin. Hillel se atrevía a hacer las preguntas que los tres estábamos deseando hacer:

—¿Por qué estás con semejante gilipollas? —preguntaba.

—Es de todo menos gilipollas. A veces es un poco tosco, pero es un chico estupendo.

—Eso es cierto —se burlaba Woody—, debe de ser que el descapotable le ventila los sesos.

—No, en serio —lo defendía Alexandra—, mejora mucho cuando lo conoces.

—Eso no quita que sea gilipollas —zanjaba Hillel.

Alexandra acababa diciendo:

—Pues yo lo quiero. Y ya está.

Cuando decía «lo quiero», a nosotros se nos partía el corazón.

Alexandra no ganó el concurso. La única respuesta que recibió fue una carta muy seca comunicándole que no habían seleccionado su grabación. Austin le dijo que había perdido porque era una negada.

Si he de ser sincero, cuando Woody y Hillel me llamaron por teléfono para contarme la noticia, una parte de mí sintió alivio: me habría resultado muy penoso que el lanzamiento de la carrera de Alexandra fuera un concurso que había descubierto Hillel y un vídeo íntegramente elaborado por los Baltimore. Pero lo lamenté mucho por ella, porque sabía cuánto le importaba ese concurso. Después de pedir su número de teléfono a información, me armé de valor y la llamé, cosa que nunca me había atrevido a hacer a pesar de que llevaba meses muriéndome de ganas. Fue un gran alivio que cogiera ella el teléfono, pero la conversación empezó con muy mal pie:

—Hola, Alexandra, soy Marcus.

—¿Qué Marcus?

—Marcus Goldman.

—¿Quién?

—Marcus, el primo de Woody y Hillel.

—¡Ah, Marcus, el primo! Hola, Marcus, ¿qué te cuentas?

Le dije que la llamaba por lo del concurso, que sentía mucho que no hubiese ganado, y mientras hablábamos rompió a llorar.

—Nadie tiene fe en mí —me dijo—. Me siento muy sola. A todo el mundo le importa un bledo.

—A mí no me importa un bledo —le dije—. Si no te han elegido, es que los de ese concurso son unos negados. ¡No te merecen! ¡No dejes que te desanimen! ¡Ve por ello! ¡Graba otra prueba!

Después de colgar, reuní todos mis ahorros, los metí en un sobre y se los envié para que pudiera grabar una maqueta profesional.

Unos días más tarde, recibí un aviso de recogida de un envío postal. Mi madre, preocupada, me abrumó a preguntas para saber si había comprado vídeos pornográficos.

—Que no, mamá.

—Júramelo.

—Te lo juro. Si los hubiera comprado, habría dicho que me los enviaran a otro sitio.

—¿Adónde?

—Era una broma, mamá. No he pedido ningún vídeo porno.

—Entonces, ¿qué es?

—No lo sé.

A pesar de mis protestas, se empeñó en acompañarme a la oficina de Correos a buscar el envío y se quedó detrás de mí en la ventanilla.

—¿De dónde viene el envío? —le preguntó al empleado de Correos.

—De Baltimore —le contestó él entregándome un sobre.

—¿Estás esperando algo de tus primos? —preguntó mi madre.

—No, mamá.

Me instó a que lo abriera y yo acabé diciéndole:

—Mamá, creo que es personal.

Esta vez, ya superado el terror a la pornografía, se le iluminó el rostro.

—¿Tienes una novia en Baltimore?

Me la quedé mirando sin contestar y me concedió la gracia de esperarme en el coche. Me aislé en un rincón de la oficina de Correos y abrí el sobre con mucho cuidado.

Querido Markitín:
Me siento culpable: nunca te di las gracias por haberme escrito para decirme que te habría gustado vivir en Baltimore. Me

enterneció mucho. Quién sabe, a lo mejor algún día te acabas mudando aquí.

Te agradezco la carta y el dinero. No puedo aceptar ese dinero, pero me has convencido para gastarme los ahorros en grabar una maqueta y perseverar.

Eres una persona excepcional. Me considero afortunada por conocerte. Gracias por animarme a convertirme en música, eres el único que tiene fe en mí. No te olvidaré nunca.
Espero volver a verte pronto en Baltimore.
Con cariño,
Alexandra

P. S.: Es mejor que no les cuentes a tus primos que te he escrito.

Leí la carta diez veces. La estreché contra el corazón. Me puse a bailar por el suelo de cemento de la oficina de Correos. Alexandra me había escrito. A mí. Tenía un nudo en el estómago por la emoción. Luego, cuando estábamos llegando a la vereda de entrada a casa, le dije a mi madre:

—Me alegro de no tener fibrosis quística, mamá.
—Estupendo, cariño. Estupendo.

15.

Aquel 26 de marzo de 2012, fecha de publicación de la revista, me quedé en casa encerrado a cal y canto.

El teléfono no paraba de sonar. Yo había dejado de cogerlo. Era inútil: todo el mundo quería saber si era verdad. ¿Estaba saliendo con Alexandra Neville?

Sabía que los *paparazzi* no tardarían en acampar ante mi puerta. Decidí hacer compra suficiente para no tener que salir de casa durante una buena temporada. Cuando regresé del supermercado, con el maletero del coche lleno de bolsas de comida, Leo, que estaba haciendo tareas de jardinería delante de su casa, me preguntó si me estaba preparando para aguantar un asedio.

—Pero ¿es que no se ha enterado?
—No.

Le enseñé un ejemplar de la revista.

—¿Quién ha hecho esas fotos? —preguntó.
—El tío de la furgoneta. Era un *paparazzi*.
—Quiso usted ser famoso, Marcus. Y ahora, su vida ya no le pertenece. ¿Necesita que le eche una mano?
—No, gracias, Leo.

De repente, oímos un ladrido a nuestra espalda.

Era Duke.

—¿Qué estás haciendo aquí, Duke? —le pregunté.

Me clavó los ojos negros.

—Vete —le ordené.

Fui a dejar parte de las bolsas en el porche y el perro me siguió.

—¡Que te vayas! —exclamé.

Me miró sin rechistar.

—¡Vete!

Se quedó inmóvil.

En ese momento, oí el ruido de un motor. Un coche frenó. Era Kevin. Estaba fuera de sí. Salió del coche de un salto y vino hacia mí, dispuesto a tener más que palabras.

—¡Hijo de puta! —me gritó a la cara.

Retrocedí.

—¡No ha pasado nada, Kevin! ¡Esas fotos son una filfa! Alexandra está contigo.

No se acercó.

—¡Cómo me has tomado el pelo...!

—No le he tomado el pelo a nadie, Kevin.

—¿Por qué nunca me dijiste que Alexandra y tú habíais tenido algo?

—Porque no me correspondía a mí contártelo.

Apuntó hacia mí un dedo amenazador.

—Lárgate de nuestras vidas, Marcus.

Agarró a Duke por el collar para arrastrarlo al coche. El perro intentó zafarse.

—¡Que vengas aquí! —voceó, zarandeándolo.

Duke gimió e intentó resistirse. Kevin le gritó que se callase y lo subió a la fuerza al maletero del 4x4. Mientras volvía a meterse en el coche, me dijo con tono amenazador:

—No vuelvas a acercarte a ella nunca más, Goldman. Ni a ella, ni al perro, ni a nadie. Vende esta casa y lárgate lejos. Para ella, ya no existes. ¿Te enteras? ¡Ya no existes!

Arrancó a toda velocidad.

A través del cristal, Duke me lanzó una mirada cargada de ternura y me ladró unas palabras que no entendí.

*

Baltimore
Otoño de 1995

Al otoño siguiente, el comienzo de curso fue también el de la temporada de fútbol. Los Gatos Salvajes de Buckerey High dieron enseguida que hablar. Tuvieron un estreno triunfal en el campeonato. El instituto en pleno se entusiasmó con ese equipo que pronto se ganaría la reputación de ser invencible. ¿Qué había pasado en unos pocos meses para que los Gatos Salvajes sufrieran semejante transformación?

Cada vez que había partido, el estadio de Buckerey estaba a reventar. Y si el equipo jugaba fuera, los seguían legiones de admiradores devotos y ruidosos. No hizo falta más para que la prensa local los rebautizara como «Los Invencibles Gatos Salvajes de Buckerey».

El éxito del equipo colmaba a Hillel de una satisfacción inmensa. El hecho de ser el asistente del entrenador lo convertía en parte integrante de los Gatos Salvajes.

La salud de Scott había empeorado mucho. A finales del verano, tuvo varios episodios alarmantes. Tenía mala cara y a menudo llevaba consigo una botella de oxígeno. Sus padres estaban preocupados. Ya no podía asistir a los partidos desde las gradas. Cada vez que se ponía de pie para celebrar un *touchdown,* lo abrumaba la tristeza de no poder estar en el campo. Tenía la moral por los suelos y bajando.

Un domingo frío de septiembre por la mañana, al día siguiente de un partido que los Gatos Salvajes habían ganado con brillantez, Scott salió de casa a escondidas para ir al estadio de Buckerey. No había un alma. Hacía un tiempo muy húmedo; sobre el césped flotaba una neblina opaca. Se fue a un extremo del campo y empezó a cruzarlo corriendo, imaginándose que llevaba el balón. Cerró los ojos y se vio a sí mismo como un lateral vigoroso, como un Invencible más. Nada podía detenerlo. Le parecía oír los vítores de la multitud que coreaba su nombre. Era un jugador de los Gatos Salvajes e iba a marcar el tanto de la victoria. Gracias a él ganarían el campeonato. Corría más y más, notaba en las manos el balón que no llevaba. Corrió hasta quedarse sin resuello, hasta desplomarse en la hierba mojada, inerte.

Scott se salvó gracias a que intervino un hombre que estaba paseando al perro. Lo llevaron en ambulancia al hospital Johns Hopkins, donde lo sometieron a un montón de pruebas. Su salud había empeorado repentinamente.

Fue Tía Anita quien informó a Hillel y a Woody del accidente de Scott.

—¿Por qué estaba en el campo? —preguntó Hillel.
—No lo sabe nadie. Salió sin decirles nada a sus padres.
—¿Y cuánto tiempo se va a quedar en el hospital?
—Al menos dos semanas.

Fueron a visitar a Scott con regularidad.

—Me gustaría hacer lo mismo que vosotros —le dijo a Woody—. Me gustaría estar en un campo de fútbol, me gustaría que la multitud me aclamase. No quiero seguir estando enfermo.

Al cabo, Scott pudo volver a casa. Tuvo que guardar reposo total. Todos los días, después del entrenamiento, Woody y Hillel se pasaban a verlo. A veces acudía el equipo entero. Los Gatos Salvajes se apiñaban en el cuarto de Scott y le narraban las hazañas del día. Todo el mundo decía que iban a ganar la copa. Ningún equipo de la liga de institutos ha superado hasta la fecha los récords que ellos establecieron en la temporada 1995-1996.

Un sábado por la tarde, a mediados de octubre, los Gatos Salvajes jugaron un partido decisivo en el estadio de Buckerey. Antes de reunirse con el equipo, Woody y Hillel hicieron una parada en casa de los Neville. Scott estaba en la cama. Parecía muy abatido.

—Lo único que me gustaría es estar con vosotros, jugar al fútbol con vosotros. Hacer lo que hacíamos antes.
—¿No puedes venir a ver el partido?
—Mi madre no quiere. Quiere que descanse, pero es que no hago más que eso, descansar.

Cuando Hillel y Woody se fueron, Scott dejó que lo invadiera el desaliento. Bajó a la cocina: la casa estaba desierta. Su hermana había salido, su padre había acudido a una cita y su madre estaba de compras. Fue entonces cuando se le ocurrió fugarse para reunirse con los Gatos Salvajes. No había nadie para impedírselo.

En el estadio de Buckerey empezó el partido. Los Gatos Salvajes no tardaron en tomar ventaja.

Scott había cogido su bicicleta vieja. Se le había quedado pequeña, pero seguía funcionando. Eso era lo principal. Se encaminó hacia el instituto de Buckerey deteniéndose a intervalos regulares para recobrar el aliento.

Gillian Neville volvió a casa. Llamó a Scott, pero él no le contestó. Subió al primer piso y, al abrir la puerta de su cuarto, vio que estaba durmiendo en la cama. No lo molestó y lo dejó descansar.

Scott llegó al estadio de Buckerey cuando estaba acabando el primer cuarto. Los Gatos Salvajes iban ya holgadamente en cabeza en el marcador. Dejó apoyada la bicicleta en una valla y se coló en los vestuarios.

Oyó la voz del señor Bendham que daba consignas y se escondió en las duchas. No quería ser un espectador. Quería jugar. Esperó a que transcurriera el segundo cuarto. Tenía que hablar con Hillel.

Gillian Neville tuvo un extraño presentimiento que la impulsó a ir a despertar a su hijo. Entornó la puerta del cuarto. Seguía durmiendo. Se acercó a la cama y al tocar las sábanas se dio cuenta de que no había nadie debajo: en lugar de su hijo, solo había unos cojines que habían surtido el efecto deseado a la perfección.

En el tercer cuarto, Scott consiguió llamar la atención de Hillel, que se reunió con él en las duchas.
—¿Qué estás haciendo aquí?
—¡Quiero jugar!
—¡Estás loco! ¡No puede ser!
—Por favor. Me gustaría jugar un partido solo una vez.

Gillian Neville recorrió Oak Park en coche. Intentó localizar a Patrick, que no contestaba. Fue a casa de los Goldman y se encontró con la puerta cerrada a cal y canto: estaban en el partido.

Al final del tercer cuarto, Hillel habló con Woody y lo puso al tanto de la situación. Le contó lo que se le había ocurrido. Woody aprovechó un tiempo muerto para explicárselo a los otros jugadores. Luego le hizo una seña a Ryan, un alero de complexión esbelta, para que se le acercara y le contó con detalle lo que tenía que hacer.

Gillian volvió a casa. Seguía sin haber nadie. Sintió que le entraba el pánico y rompió a llorar.

Ya solo quedaban cinco minutos de partido.
Ryan solicitó salir del campo.
—Tengo que ir al servicio, entrenador.
—¿No puedes esperar?
—Lo siento, de verdad que es una emergencia.
—¡Date prisa!
Ryan entró en el vestuario y le dio la camiseta y el casco a Scott, que estaba aguardándolo.

No quedaban más que dos minutos de juego. El entrenador echó pestes contra Ryan, que por fin salía de los vestuarios, y le ordenó que volviera a su posición. Bendham estaba tan concentrado que no se dio cuenta de nada. Empezó la acción. Ryan andaba de forma muy rara y estaba mal colocado. El entrenador le gritó unas órdenes, en vano. De repente, el equipo en pleno perdió la cabeza y se puso en formación triangular.
—Pero ¿qué carajo estáis haciendo, por Dios? —vociferó.
Entonces, Hillel gritó:
—Ahora.
Vio a Woody subir a la posición del lateral y colocarse al lado de Ryan. El balón volvió a las manos de los Gatos Salvajes y Woody lo recibió. Todos los jugadores se alinearon alrededor de Ryan, que recibió el balón y se lanzó al campo, con todos los demás jugadores escoltándolo para protegerlo.

Todo el estadio se quedó mudo por un instante. Los jugadores del equipo contrario, totalmente desconcertados, se quedaron mirando fascinados esa formación compacta que cruzaba el césped. Scott rebasó la línea de puntuación y dejó el balón en el suelo. Luego levantó las manos hacia el cielo, se quitó el casco y todo el estadio se puso a gritar de alegría.

—¡*Tooooouchdoooown* para los Gatos Salvajes de Buckerey, que ganan el partido! —exclamó el comentarista por la megafonía.

—¡Ha sido el día más feliz de mi vida! —dijo Scott, exultante, improvisando unos pasos de baile en el campo.

Todos los jugadores se agolparon a su alrededor y lo llevaron a hombros. Bendham, que por un instante se había quedado atónito, no supo cómo reaccionar y se echó a reír antes de unirse a los vítores que coreaban el nombre de Scott y pedían una vuelta al campo. Scott atendió la petición, lanzándole besos a la gente y saludando a diestro y siniestro. Recorrió la mitad del campo y sintió que el corazón se le disparaba. Cada vez le costaba más respirar, intentó calmarse pero le dio la impresión de que se ahogaba. Y, de repente, se desplomó.

16.

El 28 de marzo de 2012, Alexandra se fue de Boca Ratón y volvió a Los Ángeles.

El día que se marchó, me dejó un sobre delante de la puerta. Leo presenció la escena y acudió para avisarme.

—Se le acaba de escapar su novia.

—No es mi novia.

—Ha venido en un 4x4 tremendo, se ha parado enfrente de su casa y le ha dejado esto delante de la puerta.

Me alargó un sobre donde ponía:

Para Markitín.

—No sé quién es Markitín —dije.
—Creo que es usted —contestó Leo.
—No. Es una equivocación.
—Ah, pues en ese caso, voy a abrirlo.
—Se lo prohíbo.
—Creía que esta carta no era para usted.
—¡Deme eso!

Le arrebaté el sobre de las manos y lo abrí. Dentro, Alexandra se había limitado a apuntar un número de teléfono, que deduje que era el suyo.

555-543-3984
A.

—¿Por qué iba a darme su número de teléfono? Es más, ¿por qué me lo iba a dejar delante de la puerta cuando sabe que cualquier periodista podría pasar por aquí y verla, o incluso coger el sobre?

—Ay, Markitín —me dijo Leo—, pero qué aguafiestas es usted.

—No vuelva a llamarme Markitín. Y no soy un aguafiestas.

—Pues claro que lo es. Esa mujer adorable está totalmente desorientada porque se muere por sus huesos pero no sabe cómo decírselo.

—No me quiere. Eso ya pasó.

—Pero bueno, ¿lo hace aposta o qué? Irrumpe usted en su vida, hasta entonces cómoda y tranquila; se la pone patas arriba; ella decide huir pero, a pesar de todo, en el momento de marcharse, le indica cómo puede localizarla. ¿Hay que hacerle un esquema o qué? Me preocupa usted, Marcus. Me parece un negado entre los negados en temas sentimentales.

Miré la hoja que tenía cogida y le pregunté a Leo:

—Entonces, ¿qué debo hacer, doctor Arreglacorazones?

—¡Pues llamarla, so pasmado!

Tardé un buen rato en decidirme a llamarla. Cuando tuve el valor de intentarlo, tenía el teléfono desconectado. Seguramente estaría en el avión camino de California. Volví a probar al cabo de unas horas: en Florida ya era una hora avanzada y en Los Ángeles, la última de la tarde. No cogió el teléfono pero me devolvió la llamada. Descolgué y no dijo nada. Nos quedamos cada uno en un extremo de la línea, en silencio. Finalmente me dijo:

—¿Te acuerdas después de que muriera mi hermano? Te llamaba a ti... Me hacía falta tu presencia, nos pasábamos al teléfono horas y horas, sin decir nada. Solo para hacerme compañía.

No contesté. Seguimos en silencio. Finalmente, colgó ella.

*

Baltimore, Maryland
Octubre de 1995

Los servicios de emergencia no lograron reanimar el corazón de Scott, cuya muerte se certificó en el césped del campo de Buckerey. El instituto Buckerey High suspendió las clases del día siguiente y organizó un servicio de atención psicológica. Según iban llegando al centro, los alumnos recibían instrucciones de ir al salón de actos, mientras los altavoces de los pasillos difundían una y otra vez el mensaje del director: «A causa de la tragedia acontecida ayer tarde, se suspenden todas las clases previstas para hoy. Se ruega a los alumnos que acudan al salón de actos». Delante de la taquilla de Scott se empezaron a acumular flores, velas y peluches.

A Scott lo enterraron en un cementerio a las afueras de Nueva York, que era la ciudad de origen de los Neville. Woody, Hillel y yo estuvimos allí, con Tío Saul y Tía Anita.

Antes de la ceremonia, como no veía a Alexandra, me dediqué a buscarla. La encontré en una sala de velatorio, sola. Estaba llorando. Iba toda de negro. Incluso se había pintado las uñas de negro. Me senté a su lado. Le cogí la mano. Me parecía tan guapa que tuve el impulso erótico de darle un beso en la palma de la mano. Así lo hice, y como no retiró la mano, lo volví a hacer. Le besé el dorso de la mano y todos los dedos. Ella se acurrucó contra mí y me susurró al oído:

—Por favor, Markie, no me sueltes la mano.

La ceremonia fue muy desagradable. Yo nunca me había enfrentado a una situación así. Tío Saul y Tía Anita nos habían estado preparando, pero vivirlo era muy distinto. Alexandra estaba inconsolable; veía sus lágrimas negras de rímel correr por nuestras manos. No sabía si tenía que decirle algo, consolarla. Me hubiera gustado secarle el borde de los párpados, pero me daba miedo ser un torpe. Me conformé con apretarle la mano tan fuerte como pude.

Lo más difícil no fue tanto la tristeza propia del momento cuanto la tensión latente entre Patrick y Gillian. Patrick le dedicó a su hijo una plegaria que me pareció muy hermosa. La tituló *La resignación del padre de un niño enfermo*. Les rindió homenaje a Woody y a Hillel con las siguientes palabras, más o menos:

—Las personas acomodadas que vivimos en Oak Park o en Nueva York, ¿somos realmente felices? ¿Alguno de los presentes puede afirmar que es del todo feliz?

»Mi hijo Scott sí era feliz. Y fue gracias a dos muchachitos que lo sacaron de casa.

»Vi a mi hijo antes de que llegaran Woody y Hillel y lo vi después.

»Gracias a los dos. Le disteis una sonrisa que yo nunca le había visto. Le disteis una fuerza de la que nunca lo creí capaz.

»¿Quién puede, aun habiendo vivido muchos años, afirmar que ha hecho feliz a algún semejante? Vosotros, Hillel y Woody, sí que podéis. Vosotros podéis.

El discurso de Patrick provocó un altercado muy incómodo con su mujer durante el ágape que se sirvió después del entierro. Estábamos todos en el salón, en casa de la hermana de Gillian, comiendo canapés, cuando oímos voces destempladas en la cocina:

—¿Les das las gracias? —gritaba Gillian—. ¿Matan a tu hijo y tú les das las gracias?

Fue una escena penosa. Yo me acordé de pronto de todas las veces en que había odiado a Scott, en que había tenido envidia de su enfermedad y deseado padecer yo también de fibrosis quística. Me entraron ganas de llorar pero no quería hacerlo delante de Alexandra. Salí al jardín tachándome de capullo. ¡Capullo! ¡Capullo! Y entonces sentí una mano en el hombro. Me di la vuelta: era Tío Saul. Me abrazó y yo rompí a llorar.

Nunca olvidaré cómo me estrechó entre sus brazos aquel día.

Siguieron varias semanas de tristeza.

Hillel y Woody se sentían culpables. Por si fuera poco, el señor Burdon exigió que se impusieran sanciones. Citó a Hillel y al señor Bendham. La reunión duró más de una hora. Woody se la pasó yendo arriba y abajo delante de la puerta, preocupado. Por fin, la puerta se abrió y Hillel salió del despacho llorando.

—¡Me han largado del equipo! —gritó.

—¿Qué? ¿Cómo?

Hillel no contestó y se fue corriendo por el pasillo. Woody vio que el señor Bendham también salía a su vez del despacho, con aspecto derrotado.

—Entrenador, ¡dígame que no es cierto! —exclamó—. Entrenador, ¿qué ha pasado?

—Lo que ocurrió ayer fue algo muy grave. Hillel tiene que dejar el equipo. Lo siento en el alma... No puedo hacer nada.

Woody, furioso, entró sin llamar en el despacho de Burdon.

—¡Señor Burdon, no puede usted echar a Hillel del equipo de fútbol!

—¿Y tú en qué te metes, Woodrow? ¿Y quién te ha dado permiso para irrumpir así en mi despacho?

—¿Se está vengando? ¿Es eso?

—Woodrow, no te lo voy a repetir: sal del despacho.

—¿Ni siquiera me va a explicar por qué ha echado a Hillel?

—No lo he echado. Técnicamente, nunca ha formado parte del equipo. Ningún alumno puede tener a su cargo a otros alumnos. El señor Bendham no debería haberle ofrecido nunca ese puesto de asistente. Por lo demás, ¿tengo que recordarte que ha matado a un alumno, Woody? ¡Si no fuera por sus ideas de bombero, Scott Neville seguiría vivo!

—No ha matado a nadie. ¡El sueño de Scott era jugar!

—No me gusta nada ese tono, Woodrow. Qué quieres que diga: tu amiguito se queja de que no sé cumplir con mi trabajo como es debido. Pues eso es lo que estoy haciendo ahora, cumpliendo con mi trabajo. Ya lo verás. Y ahora, vete.

—¡No tiene ningún derecho a hacerle eso a Hillel!

—Tengo todos los derechos. Soy el director de este instituto. Vosotros solo sois alumnos. ¿Eso lo entiendes?

—¡Me las pagará!

—¿Es una amenaza?

—No, es una promesa.

Nadie pudo hacer nada. Así se acabó el fútbol para Hillel.

Ese mismo día, en plena noche, Woody salió a hurtadillas de casa de los Goldman y fue en bicicleta a casa de Burdon. Al amparo de la oscuridad, fue a rastras por el jardín, sacó de la mochila un aerosol de pintura y escribió con letras inmensas que ocupaban toda la fachada: «BURDON TÍO MIERDA». Según terminaba de escribir la última letra, notó un haz de luz en la nuca. Se dio la vuelta pero no vio nada porque lo deslumbraba la linterna que le estaba apuntando.

—¿Qué estás haciendo ahí, chico? —preguntó con firmeza una voz masculina.

Y Woody comprendió que era una pareja de policías.

A Tío Saul y a Tía Anita los despertó una llamada de la policía pidiéndoles que se personasen en comisaría para recoger a Woody.

—¿«Burdon tío mierda»? —dijo desconsolada Tía Anita—. ¿No se te ocurrió nada mejor? Ay, Woody, ¿qué mosca te ha picado para hacer una cosa así?

Woody, avergonzado, agachó la cabeza y farfulló:

—Quería vengarme de lo que le ha hecho a Hillel.

—¡Pero no vale vengarse! —le contestó Tío Saul sin ira—. Las cosas no funcionan así y tú lo sabes muy bien.

—¿Qué va a pasarme ahora? —preguntó Woody.

—Dependerá de si el señor Burdon pone una denuncia o no.

—¿Me van a expulsar del instituto?

—No lo sabemos. Has hecho una tontería muy gorda, Woody, y tu destino no está ya en nuestras manos.

A Woody lo expulsaron del instituto de Buckerey.

El señor Bendham hizo cuanto estuvo en su mano para defenderlo frente a Burdon, con quien tuvo un duro enfrentamiento cuando este se negó a replantearse la expulsión.

—Pero ¿por qué es usted tan cerril, Steve? —estalló Bendham.

—Porque existen unas reglas, entrenador, y hay que respetarlas. ¿Ha visto lo que le ha hecho a mi casa el golfo ese?

—¡Pero estamos hablando de una chiquillada! Haberlo puesto seis meses a fregar el meadero del colegio; lo que no puede hacer es machacar así a esos dos chiquillos.

—Augustus, es lo que hay.

—Joder, Steve, que usted dirige un centro escolar, ¡un centro escolar de mierda! ¡Que está usted aquí para ayudar a esos chicos a construirse una vida, no para destruírsela!

—Precisamente, dirijo un centro escolar. Y parece que usted no se da cuenta de las responsabilidades que eso implica. Estamos aquí para que esos chicos se adapten a la sociedad y no al revés. Tienen que aprender que existen unas reglas y que si no se respetan, hay que atenerse a las consecuencias. Me da igual si le parezco cruel, sé que lo estoy haciendo por ellos y algún día me lo agradecerán. Los críos así acaban en la cárcel si nadie los pone firmes.

—¡Los críos así, Steve, acaban triunfando en la NFL y ganando el Premio Nobel! Ya lo verá, dentro de diez años este patio se llenará de cámaras para filmar la gloria de los Goldman.

—¡Pfff! ¡La gloria de los Goldman! No me diga que se cree esas gilipolleces...

—¡Y ahí estará usted, delante de los micrófonos de los periodistas, farfullando como un desgraciado que eran sus alumnos favoritos, los mejores del instituto y que siempre estuvo convencido de que tenían talento!

—Basta, entrenador, se está pasando. Ya he oído suficiente.

—¿Sabe qué, Steve? Yo sí que he oído suficiente: ¡que le den!

—¿Cómo dice? ¿Ha perdido la cabeza? Voy a hacer un informe, Augustus, ¡y también le afectará a usted!

—Haga todos los informes que le dé la gana. ¡Yo me largo! No voy a participar en su sistema de mierda que para lo único que ha servido ha sido para acabar con los sueños de unos niños. ¡Me piro, no volverá a verme el pelo!

Se fue dando un portazo con todas sus fuerzas y dimitió de su puesto con efecto inmediato jubilándose anticipadamente.

El fin de semana siguiente, Woody fue a su casa y se lo encontró cargando cosas en la autocaravana.

—No se vaya, entrenador..., el equipo lo necesita.

—Ya no hay equipo, Woody —contestó Bendham sin dejar la tarea—. Hace mucho tiempo que debería haberme jubilado.

—Entrenador, he venido a pedirle perdón. Todo ha sido culpa mía.

Bendham dejó la caja de cartón en la hierba.

—Qué va, Woody, nada de eso. ¡Es culpa de este sistema de mierda! De esos profesores de mala muerte. Soy yo quien te pide perdón a ti, Woody. Ni siquiera he sabido defenderos como es debido a Hillel y a ti.

—Así que, ¿sale usted huyendo?

—No, me jubilo. Voy a cruzar el país, estaré en Alaska de aquí a que acabe el verano.

—Se larga en la autocaravana de mierda hasta Alaska para no ver la realidad, entrenador.

—En absoluto. Siempre he querido hacer este viaje.

—¡Pero tiene toda la vida por delante para irse a la puñetera Alaska!

—La vida no es tan larga, hijo.
—Lo bastante para que se quede aún un poco más.
Bendham le puso las manos en los hombros:
—Sigue con el fútbol, hijo. No por mí, ni por Burdon, ni por nadie que no seas tú.
—¡Me importa un carajo, entrenador! ¡Me importa un carajo toda esta mierda!
—¡No, no te importa un carajo! ¡El fútbol es toda tu vida!

*

El matrimonio de Patrick y Gillian no sobrevivió a la muerte de Scott.

Gillian no le perdonaba a su marido que hubiera animado a Scott a jugar al fútbol. Necesitaba pensar, necesitaba espacio. Sobre todo, no quería seguir viviendo en la casa de Oak Park. Un mes después del entierro de Scott, decidió irse a vivir a Nueva York y alquiló un piso en Manhattan. Alexandra se fue con ella. Se mudaron en noviembre de 1995.

Mis padres me dieron permiso para ir a pasar en Oak Park el fin de semana en que se marchaban para poder despedirme de Alexandra. Fueron los días más tristes que viví en Baltimore.

—¿Es la chica que te escribió? —preguntó mi madre cuando me acompañaba a la estación de Newark.
—Sí.
—Volverás a verla algún día.
—Lo dudo.
—Estoy convencida de que sí. No estés tan triste, Markie.

Intenté convencerme de que mi madre tenía razón y que si Alexandra valía la pena de verdad, el destino volvería a juntarnos, pero pasé todo el trayecto hasta Baltimore con el corazón encogido. Y en el coche de mi tía, fui con la cabeza gacha, ni siquiera tuve ganas de saludar a los agentes de la patrulla.

Alexandra se fue al día siguiente, un sábado, en el coche de su madre, con el cortejo fúnebre de dos camiones de mudanza. Pasamos nuestras últimas horas juntos en su cuarto, totalmente vacío. Lo único que quedaba de su estancia allí eran las marcas de las chinchetas de los pósters de sus cantantes favoritos. Hasta la guitarra había desaparecido.

—No puedo creer que me vaya —murmuró Alexandra.

—Nosotros tampoco —contestó Hillel con un nudo en la garganta.

Abrió los brazos de par en par y Woody, Hillel y yo nos acurrucamos en ellos. La piel le olía a ese perfume delicioso y el pelo tenía aquel aroma a albaricoque. Los tres cerramos los ojos y nos quedamos así un rato. Hasta que la voz de Patrick nos llegó desde la planta baja.

—Alexandra, ¿estás arriba? Hay que irse, los transportistas están esperando.

Bajó las escaleras y nosotros la seguimos, cabizbajos.

Delante de la casa, nos pidió que nos hiciéramos una foto los cuatro juntos. Su padre nos inmortalizó delante de la que había sido la casa familiar.

—Os la enviaré —nos prometió—. Tenemos que escribirnos.

Nos abrazó una última vez, a uno tras otro.

—Adiós, mis niños Goldman. No os olvidaré.

—Eres miembro de la Banda para siempre —dijo Woody.

Vi que a Hillel le brillaba una lágrima en la mejilla y se la enjugué con el pulgar.

La observamos mientras se subía al coche de su madre, formando una guardia de honor postrera. Luego el coche arrancó y avanzó despacio por la vereda. Alexandra nos estuvo diciendo adiós con la mano mucho rato. También ella estaba llorando.

En un último arrebato, nos subimos a las bicis de un brinco y escoltamos el coche por el barrio. La vimos, dentro del coche, coger una hoja de papel en la que escribió algo. Luego la pegó contra el parabrisas trasero y pudimos leer:

OS QUIERO, CHICOS GOLDMAN.

17.

Nunca le he contado a nadie lo que pasó en noviembre de 1995 después de que Alexandra y su madre se mudaran a Nueva York.

Después del entierro de Scott, nos habíamos estado llamando continuamente. Ella me buscaba a mí y yo me sentía orgullosísimo. Decía que no podía dormirse si no había alguien con ella, nos llamábamos por teléfono y dejábamos el auricular encima de la almohada mientras dormíamos. A veces esas llamadas duraban hasta el día siguiente.

Cuando mi madre recibió la factura pormenorizada del teléfono, me echó la bronca.

—Pero ¿de qué habláis durante tantas horas?
—Es por el Pobrecito Scott —le expliqué.
—Ya —dijo ella, desconcertada.

Descubrí que Scott podía seguir siendo un amigo estupendo desde el más allá. Mencionar su nombre surtía un efecto mágico:

«¿Por qué has sacado una mala nota? —Es por el Pobrecito Scott.»

«¿Por qué te has fumado la clase? —Es por el Pobrecito Scott.»

«Esta noche, me apetece pizza... —Ah, no, otra vez no. —Por favor, es que me recuerda al Pobrecito Scott.»

El Pobrecito Scott fue mi «ábrete, sésamo» para ir a ver a Alexandra a Nueva York siempre que quisiera. Porque lo que empezó siendo un amorío telefónico, después de la mudanza se convirtió en una auténtica relación. De Montclair a Manhattan solo se tardaba media hora en tren y empecé a quedar con ella allí varias veces por semana, en un café que había cerca de su colegio. Me subía al tren con el corazón palpitante ante la perspectiva de tenerla para mí solo. Al principio, nos limitamos a reanudar las interminables conversaciones telefónicas, pero ahora cara a cara, hundiendo la mirada en la del otro. Fue así, sentados frente a frente, cuando un día, después de cogerle la mano, di el paso siguiente con el que tanto había soñado: la besé y ella me devolvió el beso. Nos dimos un prolongado beso clandestino que para mí marcó el inicio de un año en el que la Banda de los Goldman pasó a segundo plano y ella se convirtió en mi única obsesión. Varias veces por semana quedaba con ella en el café de Nueva York. ¡Qué alegría al verla, oírla, tocarla, hablarle, acariciarla, besarla! Deambulábamos por las calles y nos besábamos al amparo de las zonas ajardinadas. Cuando la veía llegar, el corazón se me desbocaba. Me sentía vivo, más vivo de lo que nunca había estado. No me atrevía a confesármelo, pero sabía que lo que sentía por ella era más intenso que lo que sentía por los Baltimore.

Alexandra decía que yo la ayudaba a superar la pena. Que se sentía distinta cuando yo estaba con ella. Buscábamos los dos la presencia del otro y la relación progresó muy deprisa.

Me notaba como si me hubiesen nacido alas, hasta el punto de que un día, en un arrebato de confianza, decidí darle una sorpresa a la salida del colegio. La vi salir del centro escolar con un grupo de amigas y me abalancé hacia ella para abrazarla. Al verme, retrocedió, me mantuvo a distancia y me trató muy fríamente antes de esfumarse. Volví a Montclair, abatido y desalentado. Esa misma noche me llamó por teléfono:

—Hola, Marcus...

—¿Te conozco? —le pregunté, ofendido.

—Markie, no seas rencoroso...

—Seguro que tienes una buena explicación para lo que me has hecho hoy.

—Marcus, te llevo dos años...

—¿Y qué?

—Pues que me da corte.

—¿Por qué te da corte?

—Me gustas mucho, ¡pero es que te llevo dos años, caramba!

—¿Y qué problema hay?

—Ay, Marcus, chiquitín mío, pobrecito. Qué ingenuo eres, y, cuanto más ingenuo, más mono. Es que me da un poco de vergüenza.

—Pues no se lo digas a nadie.
—La gente acabará enterándose.
—No, si no se lo dices.
—¡Ay, Marcus, chiquitín, déjalo estar! Si quieres salir conmigo, no tiene que enterarse nadie.

Acepté. Seguimos quedando en el café. A veces, era ella quien venía a Montclair, donde no conocía a nadie y no corría ningún riesgo. Bendito Montclair, una ciudad pequeña del extrarradio, donde solo vivían desconocidos.

La pasión que sentía por Alexandra no tardó en resultarles dramática a mis resultados académicos. Cuando estaba en clase, solo la veía a ella y dejaba de atender. Me bailaba en la cabeza, bailaba en los cuadernos, bailaba delante de la pizarra, bailaba con la profe de ciencias y murmuraba: «Marcus... Marcus...» y me levanté para bailar con ella.

—¡Marcus! —gritó la profe de ciencias—. ¿Te has vuelto loco? Vuelve a tu sitio si no quieres que te ponga un castigo.

El tutor citó a mis padres, preocupado por ese bajón repentino. Era mi primer año de instituto y mi madre, temiéndose que su hijo pudiera tener alguna deficiencia mental insospechada, se pasó toda la reunión llorando y, entre sollozo y sollozo, consolándose, como casi todas las madres cuyos hijos tienen problemas en el colegio, con el hecho de que el propio Einstein también tuvo muchas dificultades en matemáticas. Con o sin Einstein, la consecuencia fue que me prohibieron salir de casa y, de propina, me obligaron a dar clases particulares intensivas de refuerzo. Yo me negué, supliqué, me revolqué por los suelos, prometí que volvería a tener buenas notas, pero no sirvió de nada: todos los días después de clase iba a venir alguien para ayudarme a hacer los deberes. Entonces juré que durante las clases de refuerzo me esforzaría por mostrarme insolente, borde, tonto, distraído y flatulento.

Al borde de la desesperación, acabé por contárselo a Alexandra para explicarle que estábamos condenados a vernos mucho menos. Esa misma noche, llamó por teléfono a mi madre. Le explicó que mi profesor de matemáticas se había puesto en contacto con ella para que me diera clases de refuerzo a domicilio. Mi madre le dijo que ya se había puesto de acuerdo con otra persona, pero cuando Alexandra argumentó que sus clases las pagaba el instituto de Montclair, aceptó encantada y la contrató. Ese era uno de los trucos de magia tan propios de Alexandra.

Nunca olvidaré el día en que llamó a la puerta de casa. Alexandra, la diosa de la Banda de los Goldman, plantándose en casa de los Montclair.

La primera frase que mi madre le dedicó a mi amada fue:

—Verás que he recogido el cuarto. Estaba hecho un desastre y el desorden no ayuda a concentrarse. También he aprovechado para guardar sus juguetes viejos en el armario.

Alexandra se echó a reír y yo me puse como la grana de vergüenza.

—¡Mamá! —exclamé.

—Venga, Markie, que no es ningún secreto para nadie que dejas los calzoncillos sucios tirados por ahí.

—Gracias por ser tan eficiente, señora Goldman —dijo Alexandra—. Ahora, nos vamos al cuarto de Marcus. Tiene que hacer deberes. Lo voy a poner a trabajar duro.

La llevé a mi cuarto.

—Qué ricura que tu madre te llame Markie —me dijo.

—Te prohíbo que me llames así.

—Y estoy deseando que me enseñes tus juguetes.

Los deberes que hacía con Alexandra consistían en meterle la lengua en la boca y sobarle los pechos. Me aterrorizaba y excitaba a partes iguales que mi madre pudiera irrumpir en cualquier momento para traernos unas galletas. Pero no lo hizo nunca. Por entonces, estaba convencido de que el azar se hallaba de mi parte, y ahora me doy cuenta de que probablemente subestimé a mi madre, que no se había dejado engañar y no tenía intención alguna de ser un incordio para los amores juveniles de su hijo.

Mi madre también cayó bajo el hechizo de Alexandra. Mis resultados académicos mejoraron drásticamente y yo recuperé mi libertad.

No tardé en pasar todos los fines de semana en Nueva York. Cuando su madre no estaba, Alexandra me invitaba a su casa. Yo llegaba con el corazón palpitante, ella abría la puerta, me cogía de la mano y me llevaba a su cuarto.

Durante mucho tiempo, asocié al rapero Tupac con Alexandra, que tenía un póster suyo muy grande colgado encima de la cama. Nos tirábamos en el colchón, ella se desnudaba y yo veía a Tupac que nos miraba y, de repente, levantaba el pulgar para darme su bendición. Todavía hoy, si oigo una canción suya en la radio, me vuelve el reflejo condicionado de vernos a los dos, desnudos en su cama. Fue ella la que me inició en los juegos de cama y debo decir que no se me daba nada mal. Fui cogiendo cada vez más confianza. Llegaba al cuarto, saludaba al señor Tupac, nos quitábamos la ropa y nos poníamos a retozar. Después del sexo, pasábamos mucho rato hablando. Ella se ponía una camiseta ancha, liaba un canuto y se iba a fumar junto a la ventana. Sí, porque debo confesar que también fue ella quien me enseñó a fumar marihuana. Cuando volvía a Montclair para cenar con mis padres, exhausto y colocado, mi madre preguntaba, con una sonrisilla:

—¿Qué tal está la pequeña Alexandra?

Nunca sabré si, en realidad, fui el primero de la Banda de los Goldman en conocer los goces del amor. Me resultó imposible hablarles de Alexandra a Woody y a Hillel. Tenía la impresión de que los estaba traicionando. De todas formas, tenía que respetar el deseo de Alexandra de no contarle a nadie nuestra relación.

A veces la veía quedarse un rato con chicos mayores al salir del instituto. Yo no podía acercarme. Me ponía malo de celos. Cuando nos reuníamos en el café, le preguntaba:

—¿Quiénes son esos gilipollas que te andan rondando?

Ella se reía.

—No son nadie. Solo amigos. No hay nada importante. No tan importante como tú.

—¿Y no podríamos salir juntos con tus amigos por una vez? —le suplicaba.

—No. No puedes contar nada de lo nuestro.

—Pero ¿por qué? Ya hace casi cuatro meses. ¿Te avergüenzas de mí o qué?

—No te comas el coco, Markitín. Es solo que estamos mejor si nadie se entera de lo nuestro.

—¿Cómo sabes que no se lo he contado a nadie?

—Porque lo sé. Porque tú eres distinto. Eres un buen tío, Markitín. Eres un chico distinto a todos los demás y por eso vales tantísimo.
—¡Que dejes de llamarme Markitín!
Me sonreía.
—Sí, Markitín.

*

A finales de la primavera de 1996, Patrick Neville, que llevaba varios meses queriendo mudarse a Nueva York para estar más cerca de su hija e intentar salvar su matrimonio, consiguió un cargo importante en una empresa de fondos de inversión con sede en Manhattan y se fue él también de Oak Park. Se instaló en un bonito piso de la 16.ª avenida, bastante cerca del de su mujer. Así fue como Alexandra pasó a tener dos hogares y dos dormitorios, multiplicando de ese modo la frecuencia de mis estancias en Nueva York. Y cuando Patrick y Gillian salían a cenar juntos para tratar de reconciliarse, nos abrumaban tantas posibilidades y el tener que decidir en qué piso quedarnos.

Yo me pasaba el día metido en su casa y me apetecía que ella se viniese también algún día a dormir a la mía, en Montclair. El fin de semana de mi cumpleaños, logré la enorme proeza de librarme de mis padres. Decidí invitar a Alexandra a Montclair a pasar la noche. Por puro romanticismo, me colé en su instituto, localicé la que suponía era su taquilla y metí dentro una invitación citándola para dos días después. La noche en cuestión preparé una cena romántica con velas, flores y luces tamizadas. La cita era a las siete de la tarde. A las ocho, como no aparecía, llamé a casa de su madre, que me dijo que no estaba. Otro tanto de lo mismo en casa de su padre. A las diez de la noche apagué las velas. A las once, tiré la cena a la basura. A las once y media, abrí la botella de vino que le había robado a mi padre y me la pimplé yo solito. A medianoche, borracho y solo, me canté a mí mismo un *Cumpleaños feliz* patético y apagué mis propias velas. Me fui a la cama con la cabeza dándome vueltas y convencido de que aborrecía a Alexandra. Estuve dos días sin darle señales de vida. No volví a Nueva York y no le cogía el teléfono. Al final, fue ella la que vino a buscarme a Montclair y me pilló a la salida del instituto.

—Marcus, ¿me vas a contar qué mosca te ha picado?

—¿Que qué me ha picado? ¡Estarás de coña! ¿Cómo has podido hacerme algo así?

—¿De qué me estás hablando?

—¡De mi cumpleaños!

—¿Qué pasa con tu cumpleaños?

—¡Que me dejaste plantado la noche de mi cumpleaños! ¡Te invité a mi casa y no viniste!

—¿Cómo quieres que sepa que es tu cumpleaños si no me lo dices?

—Te metí una tarjeta en la taquilla.

—Pues no la he recibido...

—Ya —dije un poco desconcertado.

De modo que me había equivocado de taquilla.

—De todas formas, Markie, ¿no es un poco idiota ponerte a jugar a las pistas en lugar de llamarme por teléfono para contármelo? En una pareja tiene que haber comunicación.

—Ah, ¿porque resulta que somos pareja?

—¿Y qué te pensabas que éramos, Markipollas?

Me miró de frente y noté que me invadía una sensación de felicidad. Éramos una pareja. Era la primera vez que una chica me decía que éramos una pareja. Me agarró, me metió la lengua en la boca delante de todo el mundo y luego me apartó de sí diciéndome:

—Y ahora, lárgate.

Tenía pareja. No me lo podía creer. Lo que me dejó pasmado también fue que, el fin de semana siguiente, Alexandra vino a buscarme en coche a Montclair y me llevó «a dar una vuelta». No entendí adónde íbamos hasta que nos metimos en el Lincoln Tunnel.

—¿Vamos a Manhattan?

—Sí, cielo.

Comprendí que íbamos a pasar allí la noche cuando se paró delante del Waldorf Astoria.

—¿El Waldorf?
—Sí.
—¿Vamos a dormir en un hotel?
—Sí.
—Pero no me he traído muda.
—Estoy segura de que encontraremos un cepillo de dientes y una camisa. En Nueva York tienen ese tipo de cosas, ¿sabes?
—Ni siquiera he avisado a mis padres...
—En este hotel tienen unas máquinas especiales, que se llaman teléfonos, y que sirven para comunicarse con el resto de la humanidad. Vas a telefonear a tu madre para decirle que te quedas a dormir en casa de un amigo, Markitín. Ya va siendo hora de que corras algún riesgo en la vida. ¿No querrás ser un Montclair para siempre, no?
—¿Qué acabas de decir?
—He dicho: ¿no querrás ser de Montclair para siempre, no?
Yo nunca había estado en un hotel como ese. Con una desfachatez inaudita, Alexandra exhibió en la recepción del hotel un carné de identidad falso según el cual tenía veintidós años, pagó con una tarjeta de crédito que no sé de dónde se sacó y, por último, le dijo al recepcionista:
—El joven que está detrás de mí se ha olvidado el equipaje. Si pudieran prepararle en la habitación un neceser con cosas de aseo, les quedará eternamente agradecido.
Abrí unos ojos como platos. Era la primera vez que tenía pareja, la primera vez que me acostaba con una chica en un hotel y la primera vez que le mentía a mi madre con semejante desparpajo para pasar la noche en un hotel con una chica, ¡y menuda chica!
Esa noche me llevó a un café de West Village que tenía un escenario diminuto para conciertos en *petit comité*. Se subió al escenario, donde la estaba esperando una guitarra, y estuvo tocando sus composiciones durante una hora. Todo el café la miraba, pero ella me miraba a mí. Era una de las primeras noches templadas de la primavera. Después del concierto, estuvimos mucho rato dando vueltas por el barrio. Me decía que era allí donde le gustaría vivir algún día, en un piso con una terraza grande, para pasarse las

veladas fuera, mirando la ciudad. Ella hablaba y yo bebía de sus labios.

Cuando volvimos al Waldorf Astoria, mientras mi madre creía que yo estaba en casa de mi amigo Ed, hicimos el amor largo y tendido. La pared de la habitación estaba decorada con un espejo enorme donde yo me veía entre sus muslos. Al observar el reflejo de nuestra desnudez y nuestros movimientos, me pareció que éramos muy guapos; y lo éramos. Cubriéndola, con mis venerables dieciséis años, me notaba la fuerza de un hombre. Con aplomo y temeridad, le imprimía el movimiento y la cadencia que sabía que le gustaban y la llevaban a arquearse más y más, a pedirme que siguiera y a aferrárseme a la espalda en el instante en que la invadía la descarga de placer que le arrancaba el último gemido, dejándome en la piel las marcas de las uñas primorosamente pintadas. En la habitación se hacía un silencio cómplice. Ella se apartaba el pelo con la mano y se desplomaba en una pila de cojines, sin aliento, brindándome la visión de su pecho cuajado de gotas de sudor.

Fue Alexandra quien me impulsó a vivir mi propia vida. Cuando estaba a punto de hacer algo un tanto prohibido y presentía mi reticencia, me cogía la mano, me miraba con ojos llameantes y me decía:

—¿Tienes miedo, Markie? ¿De qué tienes miedo?

Y apretándome la mano más fuerte, me arrastraba a su mundo. Yo lo llamaba el mundo de Alexandra. Me tenía tan impresionado que un día le solté:

—Es posible que esté un poco enamorado de ti.

Me agarró la cara entre las manos y hundió la mirada en la mía.

—Markitín, hay cosas que es mejor no decirle a una chica.

—Estaba de broma —dije, zafándome.

—Eso es.

Antes de abrir aquí mi corazón, nunca le había contado a nadie el amor absoluto que compartí con Alexandra Neville durante el curso 1995-1996. Tampoco le había contado nunca a nadie que me partió el corazón después de diez meses saliendo. Me había hecho tan feliz que resultaba inevitable que acabara haciéndome daño algún día.

A finales del verano de 1996, se fue a una universidad de Connecticut. Vino a verme a Montclair para contármelo, valientemente, el día antes de irse, mientras paseábamos por mi barrio.

—Connecticut no está tan lejos —dije—. Además, me estoy sacando el carné de conducir...

Me miró con infinita ternura.

—Markitín...

Solo por la forma en que pronunció mi nombre, supe lo que quería decirme.

—Entonces, ya no quieres estar conmigo...

—Markie, no es eso... Es la universidad... Es una etapa nueva para mí y quiero ser libre. Tú... Tú todavía estás en el instituto...

Me mordí los labios para no echarme a llorar.

—Pues entonces, adiós —dije sin más.

Me cogió la mano y yo me solté. Vio que me brillaban los ojos.

—Markitín, no irás a llorar...

Me abrazó.

—¿Por qué iba a llorar? —dije.

Durante mucho tiempo mi madre me estuvo preguntando si sabía algo de «la pequeña Alexandra». Y cuando alguna amiga suya le contaba que su hijo necesitaba clases de refuerzo, se lamentaba:

—Qué lástima. Aquella niña era estupenda. A su Gary le habría caído muy bien.

Se pasó años con la misma cantinela:

—¿Qué ha sido de la pequeña Alexandra?

—Ni idea —decía yo.

—¿No has vuelto a saber nada de ella?

—Nada de nada.

—Qué lástima —concluía mi madre, visiblemente decepcionada.

Durante mucho tiempo, pensó que yo no había vuelto a verla.

18.

El verano de 1996, cuando rompí con Alexandra, resultó ser un tanto apocalíptico.

Me dejó justo antes de que yo me fuera a los Hamptons y, por primera vez en mi vida, fui allí con pesar. Cuando llegué, me di cuenta de que toda la Banda de los Goldman estaba de humor mohíno. Había sido un año difícil: después de la muerte de Scott, la apacible rutina de mis primos se había descabalado.

En un período de pocos meses, Hillel y Woody habían sufrido una doble separación. Primero en octubre, después de que expulsaran a Woody de Buckerey. Y luego en enero, cuando mandaron a Hillel al «colegio especial», después de un final de trimestre catastrófico. Ya solo dormía en Oak Park los fines de semana.

Me daba la impresión de que todo estaba desajustado. Y eso que aún me esperaban más sorpresas: el día que llegué, mis primos y yo fuimos a El Paraíso en la Tierra para saludar al encantador matrimonio Clark. Nos topamos con un cartel de «Se vende» clavado en el césped de la finca.

Jane nos abrió la puerta, con expresión abatida. Seth estaba en el salón, en una silla de ruedas. Había sufrido un ataque y se había quedado muy disminuido. Ya no podía hacer nada. Y la casa, con tantos peldaños y escaleras, ya no era apropiada para él. Jane quería venderla cuanto antes. Sabía que no iba a tener ni tiempo ni ánimos para seguir cuidándola y quería dejarla mientras aún estuviera en buen estado. Estaba dispuesta a desprenderse de ella a muy buen precio: era una ocasión única. Había quien hablaba del «negocio del siglo».

La casa ya estaba en boca de todos los agentes inmobiliarios de la zona cuando Tío Saul y Tía Anita se plantearon comprarla. Jane Clark, por amistad, incluso les dio prioridad en la venta.

Hablábamos de ella continuamente. En todas las comidas, le preguntábamos a Tío Saul si ya se lo había pensado.

—¿Vais a comprar El Paraíso en la Tierra?

—Aún no lo sabemos —contestaba Tío Saul esbozando una sonrisa.

Ya no salía nunca del despacho estival que se había montado en el cenador. Lo veía pasar de los expedientes jurídicos a los planes de financiación para la casa, manejándose con soltura entre las llamadas que recibía del bufete de Baltimore y las que él hacía al banco. Transcurrían los años y a mí me seguía pareciendo un hombre cada vez más impresionante.

*

Los días que pasamos en los Hamptons pescando y bañándonos desde el embarcadero de los Clark nos sentaron bien. La Banda de los Goldman estaba al completo y eso nos ayudaba a sacudirnos la melancolía. Nos habíamos puesto a disposición de Jane Clark, a la que le teníamos muchísimo cariño: la ayudábamos a hacer recados o a bajar a Seth en la silla de ruedas para que pudiera disfrutar de la terraza debajo de una sombrilla.

Todas las mañanas, Woody salía a correr. Yo lo acompañaba casi siempre. Me gustaba ese rato que pasábamos solos él y yo, charlando durante todo el recorrido.

Comprendí que llevaba muy mal el estar separado de Hillel. Ahora ocupaba una posición de hijo único en casa de los Baltimore. Se levantaba solo, cogía el autobús solo y comía solo. Presa de la nostalgia, se llevaba a veces la añoranza hasta al cuarto de Hillel, donde se dejaba caer en la cama y jugaba a lanzar al aire una pelota de béisbol. Tío Saul le había enseñado a conducir. Se sacó el carné en muy poco tiempo. Ahora pasaba la tradicional noche de pizza de los martes solo con Tía Anita. Pedían la comida y se instalaban uno junto al otro en el sofá, delante de la televisión.

Para motivarlo con la práctica del fútbol, Tío Saul sacó un abono para asistir a los partidos de los Washington Redskins. Iban los tres, en familia, tocados con la misma gorra con los colores de su equipo. Tía Anita se sentaba entre sus dos hombres, y se empapuzaban de palomitas y perritos calientes. Pero, a pesar de los esfuerzos de mis tíos, Woody había vuelto a asilvestrarse un poco, creo que evitaba pasar mucho tiempo en casa. En el instituto, después de clase, entrenaba con otros miembros del equipo en el recinto del estadio para estar en su nivel óptimo cuando empezara la temporada de fútbol al otoño siguiente. Tía Anita iba a verlos muchas veces. La tenía algo preocupada. Se sentaba en las gradas del estadio y lo animaba. Cuando terminaba el entrenamiento, lo esperaba a la salida de los vestuarios. Al fin aparecía, recién duchado, con los músculos turgentes, espléndido.

—Saul ha reservado mesa en el Steak House que te gusta. ¿Quedamos allí? —le proponía cogiéndose de su brazo.

—No, gracias. Es un detalle, pero vamos a ir a tomar algo todos los del equipo.

—De acuerdo, entonces, pásatelo bien y ve con cuidado a la vuelta. ¿Tienes llaves?

—Sí, gracias.

—¿Y dinero?

Woody sonreía.

—Sí, muchas gracias.

La miraba alejarse hacia el coche. Sus compañeros iban saliendo de los vestuarios a su vez. Siempre había alguno que lo honraba con una palmada amistosa en la espalda.

—Oye, tronco, anda y que no está buena tu madre.

—Cierra el pico, Danny, o te parto la cara.

—Tranqui, que lo digo de coña. ¿Vienes a cenar con el equipo?

—No, gracias, ya he quedado. ¿Nos vemos mañana a la misma hora?

—Guay, hasta mañana.

Se iba del estadio, solo, y se dirigía hacia el aparcamiento. Se aseguraba de que Tía Anita se hubiera ido, se subía al coche que le había prestado Tío Saul y se marchaba.

Tenía cuarenta y cinco minutos de carretera hasta Blueberry Hill. Encendió la radio y puso el volumen al máximo que sus oídos podían soportar. Como hacía siempre, cogió la salida anterior a la de su destino para pararse en la hamburguesería de un área de servicio. Hizo el pedido sin salir del coche: dos hamburguesas con queso, patatas, aros de cebolla, dos Cocas y dónuts con glaseado de vainilla, todo para llevar. Cuando se lo sirvieron volvió a la autopista, rumbo a Blueberry.

Para tener la seguridad de que no lo viera nadie, apagó los faros antes de llegar al aparcamiento desierto del colegio. Como de costumbre, Hillel lo estaba esperando allí. Corrió hacia el coche y abrió la puerta del copiloto.

—Por fin, tío —dijo acomodándose en el asiento—, creí que no llegabas nunca.

—Lo siento, el entrenamiento se ha alargado.

—¿Y estás en forma?

—¡Ya lo creo!

Hillel se echó a reír.

—Eres de lo que no hay, Wood. Vas a acabar en la NLF, ya lo verás.

Metió la mano en la bolsa de papel que le tendía Woody y sacó una hamburguesa con queso. Palpó el interior de la bolsa y sonrió.

—¿Te has acordado de la cebolla frita? ¡Eres el mejor! Qué haría yo sin ti...

Se pusieron a zampar.

Después de comer, sin consultarse pero de común acuerdo, salieron del coche y se sentaron en el capó. Woody sacó del bolsillo un paquete de tabaco, cogió un cigarrillo y le ofreció a Hillel, que cogió otro. Aquellos dos puntos incandescentes en la noche eran lo único que señalaba su presencia.

—No me puedo creer que vayáis a ver los partidos de los Redskins. ¡Papá nunca quiso sacar un abono para los Bullets!

—Bueno, puede que fueses muy pequeño en aquella época. Vuelve a pedírselo ahora.

—No, ahora ya paso.

—Toma, te he cogido una gorra del equipo. ¿No te comes los aros de cebolla?

—No tengo más hambre.

—Venga, Hill, no te pongas así. Si no es más que una chorrada de partidos de fútbol. La próxima vez que vengas, iremos todos juntos a ver el partido.

—Que no, que ya te he dicho que paso.

Cuando acabaron de fumar, llegó el momento de separarse. Hillel iba a volver a su cuarto igual que había salido: por la ventana de la cocina y, una vez dentro del edificio, moviéndose sigilosamente. Antes de despedirse, se dieron un abrazo.

—Cuídate, tío.

—Tú también. Te echo de menos. La vida no es lo mismo sin ti.

—Ya lo sé. Yo estoy igual. Solo es una racha de mierda, volveremos a estar juntos. Nada puede separarnos, Wood, nada.

—Eres mi hermano para siempre, Hill.

—Tú también. Ten cuidado en la carretera.

Hillel se perdió en la noche y Woody se marchó. En el camino de vuelta a Baltimore, en el habitáculo que surcaban fugazmente las luces de la carretera, se fijó en que tenía cada vez más bíceps. Las mangas del jersey estaban a reventar. Se entrenaba hasta perder la cordura. Pasaba planeando por encima de lo demás de la vida, sin prestar gran interés ni a las clases, ni a las chicas, ni a hacer amigos nuevos. Le dedicaba todo su tiempo y su energía al fútbol. Llegaba al campo una hora antes de que empezara el entrenamiento para practicar las patadas y la longitud de pase, él solo. Corría dos veces al día, cinco días a la semana. Siete millas por la mañana y cuatro a última hora de la tarde. A veces salía a correr en plena noche, a una hora en la que Tío Saul y Tía Anita ya estaban durmiendo.

Fue casi al final de nuestra estancia, después de un mes de pensárselo, cuando Tío Saul y Tía Anita tuvieron que renunciar a comprar El Paraíso en la Tierra. Al ser una casa de alto *standing*, con playa privada, y teniendo en cuenta cómo habían subido los precios inmobiliarios en esa zona, el «negocio del siglo» suponía, a pesar de todo, varios millones de dólares.

Fue la primera vez que vi a mi tío Saul enfrentarse a un límite que no podía superar. A pesar de su buena situación económica, le resultaba imposible reunir los seis millones de dólares que pedían por la casa. Aun vendiendo la casa de vacaciones, habría tenido que pedir un segundo préstamo cuando ni siquiera había terminado de pagar el que solicitó para comprar en La Buenavista. A eso se sumaban los gastos de mantenimiento de El Paraíso, que eran muy superiores a los que solía pagar él. No era sensato y prefirió renunciar al proyecto.

Todo esto lo sé porque sorprendí una conversación que tuvo con Tía Anita después de que fuera a verlo el agente inmobiliario que llevaba la venta de la casa; al final de dicha conversación, Tía Anita lo abrazó cariñosamente y le dijo:

—Eres un hombre cuerdo y prudente, y por eso te quiero. En esta casa estamos bien. Y, sobre todo, somos felices. No necesitamos nada más.

Cuando nos fuimos de los Hamptons, El Paraíso en la Tierra seguía sin comprador. No podíamos imaginarnos ni de lejos la sorpresa que nos íbamos a llevar el verano siguiente.

*

Durante el año que transcurrió, me costó mucho trabajo asimilar la ruptura con Alexandra. No lograba aceptar que no quisiera estar conmigo y que el año que habíamos pasado juntos no fuera tan importante para ella como lo había sido para mí. Durante varios meses, rondé como un alma en pena por Nueva York y los escenarios de nuestro amor. Anduve vagabundeando cerca de su instituto, del café donde se nos habían pasado tantas tardes juntos, regresé a las tiendas de música que nos habíamos peinado y a ese bar al que ella iba a tocar. Ni el dueño de la tienda de música ni el encargado del bar habían vuelto a verla.

—La chica que tocaba la guitarra —pregunté a cada uno de ellos—, ¿se acuerda de ella?

—Me acuerdo muy bien —me contestó cada cual—, pero hace muchísimo tiempo que no la veo.

Estuve de plantón delante de los edificios donde vivían sus padres. No tardé en darme cuenta de que ni Patrick ni Gillian seguían viviendo en sus respectivos pisos.

Desorientado, me lancé a buscarlos. No encontré ni rastro de Gillian. En cambio, descubrí el ascenso fulgurante que había tenido Patrick Neville en Nueva York. Sus fondos tenían una altísima rentabilidad. Nunca me había fijado en que era una figura muy conocida en el mundillo financiero: había escrito varios libros de economía y me enteré de que incluso daba clase en la universidad de Madison, en Connecticut. Al final, averigüé su nueva dirección: una torre elegante de la calle 65, a unas manzanas de Central Park, con portero, marquesina de lona y alfombra en la acera.

Fui allí varias veces, sobre todo en fin de semana, con la esperanza de cruzarme con Alexandra saliendo del edificio. Pero eso no sucedió nunca.

En cambio, sí que vi varias veces a su padre. Acabé por saludarlo un día, cuando volvía a casa.

—¿Marcus? —me dijo—. ¡Me alegro de volver a verte! ¿Qué tal estás?

—Bien.

—¿Qué haces por el barrio?

—Pasaba por aquí y le he visto salir del taxi.

—Vaya, el mundo es un pañuelo.

—¿Qué tal está Alexandra?

—Está bien.

—¿Sigue dedicándose a la música?

—No lo sé. Qué pregunta tan rara...

—No ha vuelto a ir a la tienda de música ni al bar donde cantaba.

—Ya no vive en Nueva York, ¿sabes?

—Ya lo sé, pero ¿no vuelve nunca por aquí?

—Sí, con regularidad.

—Entonces, ¿por qué no sigue cantando en ese bar ni ha vuelto a la tienda de guitarras? Me da la impresión de que ha dejado la música.

Se encogió de hombros.

—Está muy ocupada con los estudios.

—Los estudios no van a servirle para nada. Ella tiene alma de música.

—Sabes, ha pasado una época muy difícil. Primero perdió a su hermano y luego su madre y yo nos estamos divorciando. Supongo que no tiene ánimo para cancioncillas.

—No eran cancioncillas, Patrick. La música era su sueño.

—Puede que vuelva a interesarle más adelante.

Me estrechó la mano amablemente para despedirse.
—Nunca debería haberse ido a la universidad.
—¿Ah, no? ¿Y adónde debería haber ido?
—A Nashville, en Tennessee —contesté yo sin pensármelo.
—¿A Nashville, en Tennessee? ¿Y por qué?
—Porque esa es la ciudad de los auténticos músicos. Se habría convertido en una estrella. Es una música estupenda y usted ni siquiera es capaz de verlo.

No sé por qué dije lo de Nashville. Puede que fuera porque soñaba con irme muy lejos con Alexandra. Durante mucho tiempo, estuve fantaseando con que no se había ido a la universidad de Madison. Durante mucho tiempo, estuve fantaseando con que el día que fue a Montclair para romper conmigo en realidad había ido a buscarme para que la llevara a Nashville, en Tennessee. Toca la bocina y yo salgo de casa con la mochila en la mano. Conduce un descapotable viejo, lleva puestas las gafas de sol y se ha pintado con la barra de labios oscura que usa cuando es feliz. Me subo al coche de un salto sin molestarme en abrir la puerta, arranca y nos vamos. Nos vamos hacia un mundo mejor, el de los sueños. Viajamos durante dos días. Atravesamos Nueva Jersey, Pensilvania, Maryland y Virginia. Pasamos la noche en Roanoke, en Virginia. A la mañana siguiente, entramos por fin en Tennessee.

19.

A principios de esa primavera de 2012, después de que publicaran el primer artículo sobre Alexandra y yo, otras revistas se apuntaron también. Era el tema del momento que estaba en boca de todos. Aparte de las fotos robadas, que las revistas se vendían unas a otras, la prensa no tenía ningún material concreto para alimentar los artículos que pedían los lectores. Contraatacó preguntándoles a antiguos compañeros de clase que querían conseguir su minuto de gloria aportando algún testimonio sobre nosotros, aunque no tuviera nada que ver con el asunto en cuestión.

Por ejemplo, localizaron a Nino Alvarez, un chico bastante simpático que estaba en mi clase cuando teníamos once años. Le preguntaron:

—¿Ha visto alguna vez a Alexandra y a Marcus juntos?
—No —contestó solemnemente Alvarez.

Y de ahí sacaron un titular:

UN AMIGO DE MARCUS
AFIRMA QUE NUNCA LO HA VISTO CON ALEXANDRA

Vecinos y *paparazzi* domingueros pasaban con regularidad por delante de mi casa para hacerle fotos. No podía salir a echarlos sin que también me fotografiaran a mí, de modo que no paraba de llamar a la policía para librarme de ellos. Tanto es así que acabé haciendo amistad con todo un equipo de policías, que vinieron un domingo a casa a hacer una parrillada.

Me había ido a Boca Ratón para estar tranquilo y me estaban fastidiando más que nunca, incluidos mis propios amigos, a quienes no me atrevía a confesarles lo que sentía en el fondo, por miedo a que lo comentaran en su entorno. Reivindicaba una intimidad a la que había renunciado a cambio de la gloria. No podía tenerlo todo.

Acabé cogiendo la costumbre de ir a Coconut Grove, a casa de Tío Saul. Me resultaba muy raro estar allí sin él. Ese era el motivo por el que me había comprado la casa de Boca Ratón inmediatamente después de que muriera. Quería ir a Florida, pero ya no podía ir a su casa. No me sentía capaz.

A fuerza de ir por allí, volví a hacerme con la casa. Saqué valor para empezar a ordenar las cajas de Tío Saul. Era difícil seleccionar y tomar la decisión de tirar algunas de sus cosas. Me obligaba a mirar una realidad cuya aceptación me resultaba aún demasiado dura: los Baltimore ya no existían.

Añoraba a Woody y a Hillel. Me di cuenta de que Alexandra tenía razón: una parte de mí estaba convencida de que podría haberlos salvado. De que podría haber evitado el Drama.

*

Los Hamptons, Nueva York
1997

Sin ninguna duda, las raíces del Drama se remontan al último verano que pasé con Hillel y Woody en los Hamptons. La infancia maravillosa de la Banda de los Goldman no podía durar eternamente: teníamos diecisiete años y el siguiente curso sería el último que íbamos a pasar en el instituto. Luego iríamos a la universidad.

Me acuerdo del día que llegué. Viajaba en el Jitney*, cuyo recorrido me sabía de memoria. Todas las curvas, todas las ciudades de paso, todas las paradas me resultaban familiares. Después de tres horas y media de trayecto, llegué a la calle principal de East Hampton, donde me estaban esperando, impacientes, Hillel y Woody. Aún no se había detenido el autobús cuando ya me estaban llamando a voces, más emocionados que nunca, y prosternán-

---

* Nombre de la línea de autobuses que comunica con los Hamptons.

dose delante del autocar mientras maniobraba, para recibirme dignamente. Yo pegué la cara contra el cristal del autobús y ellos hicieron otro tanto, antes de dar golpecitos para meterme prisa, como si no pudieran esperar más.

Vuelvo a verlos ahora como si los tuviera delante. Habíamos crecido. Ellos diferían físicamente tanto como coincidían sentimentalmente. Hillel seguía siendo muy delgado y aparentaba menos edad, en parte porque aún llevaba en la boca una ortodoncia complicada. Woody, por su estatura y su complexión, parecía mucho mayor: alto, guapo, musculoso y rebosante de salud.

Me bajé del autocar de un salto y caímos unos en brazos de otros. Y, durante unos segundos muy largos, estrechamos cuanto pudimos esa amalgama de cuerpos, músculos, carne y corazones que formábamos juntos.

—¡El puñetero de Marcus Goldman! —exclamó Woody con los ojos relucientes de alegría.

—¡La Banda de los Goldman vuelve a estar al completo! —se alborozó Hillel.

Los tres teníamos ya el carné de conducir. Habían ido a buscarme con el coche de Tío Saul. Woody agarró mi equipaje y lo echó al maletero. Luego subimos a bordo para recorrer el camino triunfal de nuestras últimas vacaciones.

Durante los veinte minutos que duraba el trayecto hasta su casa, me contaron, insaciables, todas las posibilidades que nos ofrecía el verano, levantando la voz por encima del aire templado que entraba por las ventanillas abiertas. Woody conducía, con las gafas de sol puestas y el cigarrillo en los labios; yo iba de copiloto y Hillel, desde el asiento de atrás, había metido la cabeza entre los dos asientos delanteros para participar en la conversación. Llegamos a la costa, bordeamos el océano y cruzamos East Hampton hasta el barrio coquetón donde estaba la casa. Woody hizo chirriar los neumáticos en la grava y tocó la bocina para anunciar que habíamos llegado.

Encontré a Tío Saul y a Tía Anita donde los había dejado un año antes: cómodamente sentados en el porche, leyendo. Por la ventana abierta del salón se oía la misma música clásica. Era como si nunca nos hubiéramos separado y como si East Hampton fuera a durar siempre. Estoy viendo el reencuentro y cada vez que pienso en el momento en que les di un beso y un abrazo —que en el fondo era la única prueba tangible de que realmente habíamos estado separados—, me acuerdo de cuánto me gustaban sus abrazos. Si eran de mi tía, me hacían sentir un hombre, y los de mi tío, sentir orgullo. También me vuelven a la memoria todos esos olores que les eran propios: la piel, que les olía a jabón; la ropa, que olía al cuarto de la colada de Baltimore; el champú de Tía Anita y el perfume de Tío Saul. En todas y cada una de esas ocasiones, la vida me engañaba un poco más, haciéndome creer que el ciclo de nuestros reencuentros sería eterno.

Encima de la mesa al amparo del tejadillo, vi la consabida pila de suplementos literarios del *New York Times* que Tío Saul aún no había tenido tiempo de leer e iba ojeando siguiendo un orden cronológico discutible. También me fijé en los folletos de varias universidades. Y nuestra valiosísima libreta, en la que anotábamos los pronósticos para la temporada siguiente de todas las disciplinas: béisbol, fútbol, baloncesto y hockey. No nos conformábamos con hacer de oráculos domingueros sentenciando quién iba a ganar la Superbowl o quién se llevaría la copa Stanley. Íbamos mucho más allá: los vencedores de cada Conferencia[*], la puntuación final, los mejores jugadores, los mejores anotadores y traspasos. Anotábamos un nombre y, al lado, nuestras previsiones. Y al año siguiente, mirábamos el cuaderno para ver quién había tenido mejor olfato. Esa era una de las ocupaciones de mi tío: recabar y anotar durante la temporada los resultados deportivos para compararlos luego con nuestras profecías. Si uno de nosotros daba en el blanco o muy cerca, se quedaba estupefacto. Decía:

—¡Vaya, vaya! ¡Vaya, vaya! ¿Cómo habéis podido adivinar algo así?

Sobre los diez o doce años decidimos, fraternalmente, elegir de forma neutral y consensuada los equipos a los que la Banda de los Goldman apoyaría oficialmente. El compromiso se basaba en nuestras preferencias geográficas. Para el béisbol, los Orioles de

---

[*] Los equipos que componen la Liga Nacional de Fútbol se agrupan en dos Conferencias en cuyo seno se enfrentan durante el campeonato.

Baltimore (elección de Woody y Hillel). Para el baloncesto, los Miami Heat (en honor a los abuelos Goldman). Para el fútbol, los Cowboys de Dallas y, por último, para el hockey, los Canadiens de Montreal, probablemente porque cuando establecimos nuestra selección acababan de ganar la copa Stanley, lo que nos pareció un argumento definitivo.

Aquel año, por culpa de lo que había pasado en el equipo de fútbol del instituto de Woody y Hillel, decidimos que el fútbol no entraría ya en nuestro catálogo de pronósticos. Solo Tío Saul hablaba de la temporada de fútbol como si tal cosa. Sé que lo hacía por Woody. Quería que se reconciliara con ese deporte.

—¿No te alegras de empezar otra temporada con tu equipo, Woody? —le preguntó.

A modo de respuesta, Woody se encogió de hombros.

—Venga, Wood, si además se te da de maravilla —le animó Hillel—. Mamá dice que como sigas así, seguramente te concederán una beca para ir a la universidad.

Volvió a encogerse de hombros. Tía Anita, que se había ido a buscar té helado a la cocina, regresó en ese preciso momento y oyó el final de la conversación.

—Dejadlo en paz —dijo pasándole la mano por el pelo cariñosamente y sentándose con nosotros en el banco corrido.

Como le pasaba a toda la gente de nuestra edad que estaba a punto de empezar el último curso en el instituto, la elección de universidad era nuestro principal tema de preocupación. Los mejores centros solo admitían a los mejores alumnos y nuestro porvenir dependía en parte de los resultados académicos que obtuviéramos.

—Habría que elegir a los alumnos en función de su potencial y no de sus aptitudes para aprender y regurgitar luego tontamente lo que les da la gana meterles en la cabeza —dijo de pronto Hillel, como si nos hubiera leído el pensamiento.

Woody sacudió la mano en el aire como si quisiera ahuyentar los pensamientos negativos y propuso que fuéramos a la playa. No tuvo que repetirlo dos veces. En un abrir y cerrar de ojos, ya estábamos en bañador, metidos en el coche, con el volumen de la radio a tope, camino de una playita situada a la salida de East Hampton a la que nos gustaba ir.

A aquella playa iba sobre todo gente de nuestra edad. Cuando llegamos, nos recibió un grupo de chicas que, claramente, estaban esperando a Hillel y a Woody. Sobre todo a Woody. Allá donde fuera Woody, siempre había un enjambre de chicas, casi todas muy guapas o, al menos, con muy buen tipo. Se tumbaban perezosamente en las toallas de baño a tomar el sol. Algunas tenían bastante más edad que nosotros —lo sabíamos porque compraban cerveza legalmente y nos la pasaban—, pero eso no les impedía mirar a Woody con ojos ardientes.

Yo fui el primero en lanzarse al océano. Corrí hasta un embarcadero de madera y desde allí me zambullí entre las olas. Woody y Hillel enseguida hicieron otro tanto. Primero Hillel, que seguía teniendo un cuerpo de alambre. Y luego Woody, rebosante de fuerza y salud, esculpido en piedra. Antes de saltar a su vez, erguido en el embarcadero, expuso sus marcados pectorales al sol, se echó a reír con esa maravillosa sonrisa suya de dientes sanos y blancos, y exclamó:

—¡La Banda de los Goldman cabalga de nuevo!

Se le contrajeron los músculos como si fueran una armadura y lo vi ejecutar un salto prodigioso antes de desaparecer en el océano.

Aunque nunca lo habíamos reconocido, Hillel y yo queríamos ser como Woody. Era un dios del deporte: el mejor atleta que haya visto nunca. Podría haber triunfado en cualquier disciplina: boxeaba como un león, corría como una pantera, dominaba el baloncesto y adoraba el fútbol. De un verano a otro, yo veía cómo se le iba desarrollando el cuerpo. Se había puesto impresionante. Se lo noté a través de la camiseta al verlo en el aparcamiento de la estación de autobuses, lo sentí cuando me dio un abrazo y ahora que lo tenía delante, con el torso desnudo, chapoteando en el agua fría, lo veía.

Sentados entre las olas, contemplamos nuestro territorio. El aire estaba tan límpido que podíamos ver, a lo lejos, la playita privada de El Paraíso en la Tierra.

Hillel me contó que por fin se había vendido la casa.

—¿A quién? —pregunté.

—No lo sé —contestó Hillel—. Papá estuvo hablando con uno de los encargados del mantenimiento que le dijo que el propietario llegará a finales de semana.

—Tengo curiosidad por ver quién ha comprado esa casa —dijo Woody—. Estuvieron bien los tiempos de los Clark. Espero que los nuevos dueños nos dejen usar la playa privada de vez en cuando a cambio de unos trabajillos en el jardín.

—Si son unos viejos cabrones, no —dije yo.

—He visto una mofeta atropellada en la carretera. Siempre podemos ir a recogerla para tirársela en el jardín.

Nos reímos.

Woody sacó un canto rodado del agua y con gesto hábil lo lanzó para que rebotara en la superficie. Vi cómo los bíceps se le contraían formando una bola impresionante.

—Pero ¿qué demonios has hecho este año? —le pregunté midiéndole el contorno del brazo con las manos—. ¡Te has puesto tremendo!

—No lo sé. Solo he hecho lo que tenía que hacer: entrenar duro.

—¿Y los reclutadores de las universidades?

—Les intereso. Pero ¿sabes, Markie?, el fútbol me aburre... Me gustaba más la vida de antes. Cuando Hillel y yo estábamos juntos. Antes del puñetero «colegio especial»...

Por segundo año consecutivo, Woody y Hillel iban a estar separados. Woody lanzó un segundo canto, con gesto despreocupado. Como si, en el fondo, todo ese rollo de las universidades no tuviera importancia alguna. Y casi era así: en ese momento, lo único que queríamos era disfrutar de nuestra juventud, y los Hamptons resultaban muy tentadores. La ciudad era bonita; el verano, muy caluroso. Tanto climática como anímicamente, aquel mes de julio de 1997 debió de ser el mejor verano para el probo pueblo estadounidense. Éramos la juventud feliz de unos Estados Unidos en paz y en pleno crecimiento.

Esa noche, después de cenar, cogimos el coche de Tío Saul y nos fuimos al campo para estar solos. No había ni una nube y nos tumbamos en la hierba para mirar las estrellas. Woody y yo fumábamos un cigarrillo mientras a Hillel se le atragantaba el suyo.

—Deja de fumar, Hill —le repetía Woody—. Me das lástima.

—Marcus —me dijo por fin Hillel—, deberías venir un día a ver un partido de Woody. Es para morirse de risa.

—¿Qué te hace tanta gracia? —se ofendió Woody.

—Ver cómo les partes la cara a los otros jugadores.

—Es mi técnica. Soy un jugador ofensivo.

—¿Ofensivo? Tendrías que verlo, Markie, es un auténtico buldócer. Va quitando de en medio con los hombros a los del otro equipo. En un pispás su equipo ya ha marcado. Han ganado casi todos los partidos de esta temporada.

—Tendrías que hacer boxeo —le dije—. Estoy seguro de que podrías ser profesional.

—¡Pfff! ¡Ni de coña! ¿Boxeo? No quiero que me partan la nariz. ¿Qué chica se va a querer casar conmigo si me destrozan las napias?

Woody no tenía que preocuparse por encontrar una chica que quisiera casarse con él. Woody les gustaba a todas las chicas. Estaban todas loquitas por él.

De repente, Hillel se puso serio.

—Tíos, seguramente este será el último año que pasemos aquí hasta dentro de mucho tiempo. Luego, nos iremos a la universidad y tendremos otros asuntos.

—*Sip* —asintió Woody con un deje de nostalgia.

*

Al final de la primera semana de vacaciones, mientras estábamos desayunando en la terraza, Tío Saul volvió de hacer un recado en el centro y nos comentó que había visto un coche aparcado delante de El Paraíso en la Tierra. Los nuevos ocupantes habían llegado.

Dejándonos llevar por la curiosidad, Woody, Hillel y yo engullimos los últimos cereales y fuimos corriendo a ver qué pinta tenían los propietarios del lugar y ofrecerles unas horas de jardinería a cambio de poder usar el embarcadero y la playa. Nos pusimos las camisetas de Jardinería Goldman (cuya talla cambiábamos regularmente) para aparentar mayor credibilidad. Llamamos a la puerta de la casa y cuando se abrió nos quedamos sin palabras: acabábamos de reunirnos de nuevo con Alexandra.

20.

Los Hamptons
Julio de 1997

La recuperamos en los Hamptons como si no nos hubiésemos separado nunca. Tras superar la incredulidad inicial, se le escapó un grito de entusiasmo.
—¡La Banda de los Goldman! —exclamó abrazándonos por turno—. ¡No me lo puedo creer!
Me estrechó entre sus brazos con una espontaneidad desconcertante y me brindó una sonrisa espléndida.
Luego vimos llegar a su padre, que al oír el jaleo vino a saludarnos efusivamente. Avisamos a Tío Saul y a Tía Anita, que llegaron a su vez para saludar a los nuevos dueños de la casa.
—¡Acabáramos! —exclamó Tío Saul dándole un abrazo a Patrick—. Así que eres tú el que ha comprado El Paraíso.

Vi la felicidad que irradiaban mis primos por volver a estar junto a Alexandra. Sabía por sus gestos y su emoción los sentimientos que ella les inspiraba. La última vez que la vieron estábamos los tres llorando como magdalenas porque se mudaba de Oak Park a Nueva York. Pero para mí, ya nada era como antes.
Tía Anita invitó a Alexandra y a Patrick a cenar esa misma noche y volvimos a estar juntos los siete en el cenador cubierto de aristoloquia. Patrick Neville nos contó que hacía tiempo que quería tener una casa en la zona y que El Paraíso en la Tierra había sido una oportunidad absolutamente única. Yo apenas atendía a la conversación y me comía a Alexandra con los ojos. Creo que ella estaba evitando mi mirada.
Después de cenar, mientras Tío Saul, Tía Anita y Patrick Neville se tomaban una copita junto a la piscina, Alexandra, mis pri-

mos y yo salimos a dar una vuelta por la calle. Aunque ya había anochecido, el calor se prolongaba gratamente. Hablamos un poco de todo. Alexandra nos contó cómo era su vida de estudiante en la universidad de Madison, en Connecticut. Todavía no estaba muy segura de lo que quería hacer.

—¿Y la música? —preguntó Woody—. ¿Sigues tocando?
—Menos que antes. No tengo mucho tiempo...
—Qué lástima —dije yo.
Se le entristeció la mirada.
—La verdad es que lo echo de menos.

Volver a encontrarme con ella me había partido el corazón. Todavía estaba enganchado a su voz, a su cara, a su sonrisa, a su olor. En el fondo, no me apetecía mucho volver a verla. Pero era vecina nuestra y no se me ocurría cómo iba a poder evitarla. Sobre todo porque mis dos primos solo pensaban en ella y no podía contarles lo que había pasado entre los dos.

Al día siguiente nos invitó a bañarnos a su casa. Acompañé a Woody y Hillel de mala gana. El océano estaba frío y pasamos la tarde junto a la piscina, que era mucho más grande que la de los Goldman. Se las apañó para que fuera con ella a la cocina por bebidas y así poder estar los dos.

—Markitín, quería decirte... que me alegro mucho de volver a verte. Espero que no te sientas incómodo, porque yo no lo estoy. Me alegra ver que podemos seguir siendo amigos.

Hice un mohín enfurruñado. Nadie había hablado de ser amigos.

—¿Por qué no volví a saber nada de ti? —le pregunté, soliviantado.
—¿Saber de mí?
—He pasado muchas veces cerca de casa de tu padre, en Nueva York...
—¿Cerca de casa de mi padre? Pero Marcus, ¿qué esperas de mí?
—Nada.
—No digas que nada, noto perfectamente que me guardas rencor. ¿Me guardas rencor por haberme ido?
—Puede.

Suspiró para indicar que la irritaba.

—Marcus, eres un chico genial. Pero ya no estamos juntos. Me alegro de volver a veros a ti y a tus primos, pero si se te hace demasiado duro verme sin estar dándole vueltas a lo que pasó, entonces prefiero que evitemos encontrarnos.

Mentí y le dije que no le daba vueltas a nada, que nunca me había importado demasiado lo nuestro y que apenas si me acordaba. Pillé unas latas de Dr Pepper y salí para volverme con mis primos. Me había reencontrado con Alexandra, pero ya no era la misma Alexandra. La última vez que la vi, aún era mía. Y ahora volvía a encontrármela como una mujer joven que había madurado y estudiaba en una universidad prestigiosa mientras que yo seguía sin salir del reducido mundo de Montclair. Comprendía que tenía que olvidarla, pero cuando la veía al borde de la piscina, en bañador, su reflejo en el agua se convertía en el reflejo del espejo del Waldorf Astoria y los recuerdos de nuestro pasado volvían a obsesionarme.

Todas las vacaciones en los Hamptons nos las pasamos metidos en casa de los Neville. Siempre teníamos las puertas abiertas de par en par y El Paraíso era una finca espléndida que ejercía sobre nosotros una atracción extraordinaria. Para mí era la primera vez que una posesión de los Baltimore quedaba por detrás de otra: comparada con la casa que se había comprado Patrick Neville, el chalé de vacaciones de mis tíos era algo así como el Montclair de los Hamptons.

Patrick Neville había vuelto a amueblar la casa con muy buen gusto, reformado íntegramente la cocina y montado un *spa* en el sótano. Había cambiado el enlosado de la piscina pero había conservado la fuente de mis ensoñaciones y el sendero de piedras que serpenteaba entre macizos de hortensias hasta la playa de arena blanca cuya orilla lamía el océano azul cielo.

Desde que fue a instalarse en Nueva York, el fondo de inversión de Patrick Neville tuvo un éxito continuado: el sueldo y las gratificaciones habían seguido la misma curva de sus logros. Literalmente, había hecho fortuna.

Aunque la belleza de El Paraíso nos tenía patidifusos, nuestra omnipresencia allí se debía, ante todo, a los Neville. A Alexandra, evidentemente, pero también a su padre, que nos tomó mucho cariño. En Oak Park siempre nos había tratado bondadosamente. Era un hombre profundamente bueno. Pero en los Hamptons descubrimos otra faceta suya: la del hombre carismático, culto y con tendencia a ser juguetón. Nos sorprendió darnos cuenta de que también buscábamos su compañía.

A veces íbamos a su casa y al abrirnos la puerta nos comunicaba que Alexandra había salido y que no tardaría. En estos casos, nos hacía pasar a la cocina y nos servía una cerveza.

—No sois demasiado jóvenes —afirmaba, como anticipándose a un posible rechazo—. En el fondo, ya sois unos hombres. Es un orgullo conoceros.

Abría las cervezas una tras otra y nos las alargaba antes de brindar a nuestra salud.

Comprendí que la Banda debía de tener algo que se salía de lo habitual y que lo tenía impresionado. Un día nos preguntó qué nos apasionaba en la vida. De entrada, proclamamos a voces nuestro amor por el deporte, por las chicas y por todo lo que se nos pasó por la cabeza. Hillel mencionó la política y Patrick se volvió a entusiasmar.

—A mí también me ha apasionado siempre la política —añadió Patrick—. Al igual que la historia. Y la literatura. *The empty vessel makes the loudest sound...*

—Shakespeare —observó Hillel.

—Exactamente —se maravilló Neville—. ¿Cómo lo sabes?

—Lo sabe todo, el crío este —dijo con orgullo Woody—. Es un genio.

Patrick Neville nos miró sonriente, feliz de tenernos allí.

—Sois unos buenos chicos —dijo—. Vuestros padres deben de estar realmente orgullosos.

—Los míos son unos gilipollas —explicó modosamente Woody.

—Sí —confirmó Hillel—. Por eso le presto los míos.

Neville puso una cara muy rara antes de echarse a reír.

—¡Vaya, sí que sois majos! ¿Otra cervecita?

El Paraíso se convirtió en nuestra segunda casa. Y como si no nos bastara con andar vagueando por allí todo el día, empezamos a pasar también las veladas. Pero me di cuenta de que la presencia de Alexandra en la Banda de los Goldman estropeaba la complicidad que teníamos Woody, Hillel y yo. Me costaba mucho guardar la distancia con ella: debía amoldarme a Woody y a Hillel, que tenían las hormonas descontroladas y se la comían con los ojos. Estaba demasiado celoso como para dejarlos a solas con ella. En la piscina, me dedicaba a espiarlos. Miraba cómo la hacían reír, miraba cómo Woody la cogía con esos brazos llenos de músculos y la tiraba al agua; le miraba los ojos a ella e intentaba distinguir si se le ponían más brillantes cuando se fijaba en uno de mis primos.

A medida que pasaban los días, me ponía más celoso. Celoso de Hillel, de su carisma, de sus conocimientos, de su soltura. Me daba perfecta cuenta de cómo lo miraba ella, de cómo lo rozaba, y me ponía frenético.

Por primera vez, Woody me sacaba de quicio: yo, que siempre lo había querido tanto, llegué a odiarlo cuando, sudoroso, se quitaba la camiseta y destapaba ese cuerpo esculpido que Alexandra no podía por menos de mirar, e incluso, en ocasiones, alabar. Me daba perfecta cuenta de cómo lo miraba, de cómo lo rozaba, y me ponía frenético.

Empecé a vigilarlos. Si uno de los dos se ausentaba para ir a buscar alguna herramienta que nos hacía falta, enseguida desconfiaba. Me imaginaba que acudían a citas secretas, que se daban abrazos interminables. Por la noche, cuando volvíamos a casa de los Goldman y cenábamos en la terraza, Tío Saul nos decía:

—¿Estáis bien, chicos? Os noto poco habladores.

—Sí, estamos bien —contestaba uno de nosotros tres.

—¿Y qué tal en casa de los Neville? ¿Ha pasado algo que debería saber?

—Va todo bien, solo estamos cansados.

Lo que detectaba Tío Saul era una tensión imposible de disimular entre los miembros de la Banda. Por primera vez en nuestra vida común, los tres queríamos una misma cosa que no podíamos compartir.

21.

Durante el mes de abril de 2012, a medida que ordenaba las cosas de Tío Saul, los recuerdos de la Banda de los Goldman me daban vueltas en la cabeza. Hacía un tiempo particularmente bochornoso. Florida padecía una ola de calor excepcional y había una tormenta tras otra.

Fue durante uno de esos diluvios cuando por fin me decidí a llamar a Alexandra. Estaba sentado en el porche, al resguardo de la lluvia que caía ruidosamente sobre el tejadillo. Saqué la carta que siempre llevaba en el bolsillo de atrás del pantalón y marqué el número.

Descolgó al tercer tono.

—¿Diga?

—Soy Marcus.

Hubo un segundo de silencio. No sabía si se sentía apurada o contenta de oírme, y a punto estuve de colgar. Pero al final dijo:

—Markie, cuánto me alegro de que me llames.

—Siento muchísimo lo de las fotos y todo el número que se ha montado. ¿Sigues en Los Ángeles?

—Sí. ¿Y tú? ¿Has vuelto a Nueva York? Oigo un ruido por detrás.

—Sigo en Florida. Lo que oyes es la lluvia. Estoy en casa de mi tío, ordenando.

—¿Qué le pasó a tu tío, Marcus?

—Lo mismo que a todos los Baltimore.

Se hizo un silencio algo incómodo.

—No puedo hablar mucho rato. Kevin está aquí. No quiere que hablemos.

—No hemos hecho nada malo.

—Sí y no, Markie.

Me gustaba que me llamara Markie. Significaba que no todo estaba perdido. Y precisamente porque no todo estaba perdido, estaba mal. Me dijo:

—Conseguí pasar página después de lo nuestro. Había recuperado la estabilidad. Y ahora todo vuelve a estar confuso. No me hagas esto, Markie. No me hagas esto si no tienes fe en nosotros.

—Nunca he dejado de tener fe en nosotros.

No dijo nada.

La lluvia arreció. Nos quedamos al teléfono, sin hablar. Me tumbé en el banco corrido que había en el exterior de la casa: volví a verme, cuando era adolescente, con el teléfono de cable, tumbado en mi cama de Montclair mientras ella hacía lo mismo en Nueva York, empezando una conversación que probablemente iba a durar unas cuantas horas.

*

Los Hamptons, Nueva York
1997

Aquel verano, la presencia de Patrick Neville tuvo una influencia decisiva sobre nosotros a la hora de elegir universidad. Nos habló en reiteradas ocasiones de la de Madison, donde él impartía clase.

—Para mí, es una de las mejores universidades por las perspectivas que les ofrece a los estudiantes. No importa la carrera que elijáis.

Hillel comentó que él quería hacer Derecho.

—Madison no tiene facultad de Derecho —explicó Patrick—, pero tiene un ciclo preparatorio excelente. De hecho, te puedes permitir cambiar de opinión mientras lo haces. Después de los cuatro primeros años de universidad puede que descubras que tienes otra vocación... Preguntadle a Alexandra, os dirá que está encantada. Y además, sería divertido que estuvieseis allí todos juntos.

Woody quería jugar al fútbol en categoría universitaria. De nuevo a Patrick le pareció que Madison era una buena elección.

—Los Titanes de Madison son un equipo excelente. Varios jugadores del campeonato de la NFL estudiaron allí.
—¿De verdad?
—De verdad. La universidad tiene un buen programa deportivo y académico.

Patrick nos contó que él también era un fanático del fútbol y que había llegado a jugar cuando estudiaba en la universidad. Uno de sus compañeros, con el que seguía en contacto, era director deportivo de los Giants de Nueva York.

—A los tres nos encantan los Giants —le dijo Woody—. ¿Va usted a los partidos?

—Sí, siempre que puedo. Incluso he tenido ocasión de ir a los vestuarios.

No nos cabía en la cabeza.

—¿Ha conocido a los jugadores? —preguntó Hillel.
—Conozco bastante bien a Danny Kanell —nos aseguró.
—No me lo creo —lo desafió Woody.

Patrick se fue un momento y volvió con dos marcos en los que había unas fotos suyas con los jugadores de los Giants en el césped de su estadio de East Rutherford, en Nueva Jersey.

Esa misma noche, cenando con los Baltimore, Woody les contó a Tío Saul y a Tía Anita la conversación que habíamos tenido con Patrick Neville sobre el fútbol universitario. Tenía la esperanza de que Patrick le ayudara a conseguir una beca.

Woody quería formar parte de un equipo universitario no tanto para pagarse los estudios sino porque era una de las puertas de acceso a la NFL. Se entrenaba sin tregua para eso. Por la mañana se levantaba antes que nosotros y se iba a correr durante mucho rato. A veces me iba con él y, aunque pesaba bastante más que yo, corría más rápido y aguantaba más tiempo. Me admiraba verlo haciendo flexiones y dominadas en las que levantaba su propio cuerpo como si no pesara nada. Unos días antes, mientras corríamos por la mañana bordeando el océano, me confesó que el fútbol era lo que más le importaba.

—Antes de jugar al fútbol, yo no era nada. No existía. Desde que juego, la gente me conoce, me respeta...

—No es verdad que no existieras antes de jugar al fútbol —le dije.

—El amor de los Baltimore es algo que me han dado. O prestado, si lo prefieres. Y podrían quitármelo. Yo no soy hijo suyo. Solo soy un crío que les dio pena. Quién sabe, puede que un día me den la espalda.

—¡Cómo puedes pensar algo así! Para ellos, eres como un hijo.

—El apellido Goldman no me corresponde ni por derecho ni por sangre. Solo soy Woody, el chico que gravita a vuestro alrededor. Tengo que construir mi propia identidad y para eso, solo tengo el fútbol. ¿Sabes?, cuando echaron a Hillel del equipo de Buckerey, yo también quise dejar de jugar al fútbol. Para respaldarlo. Saul me disuadió. Me dijo que no debía actuar por un berrinche. Él y Anita me buscaron otro instituto y otro equipo. Me dejé convencer. Y ahora me siento culpable. Tengo la sensación de no haber asumido mi responsabilidad. Era injusto que Hillel pagara los platos rotos.

—Hillel era el entrenador adjunto. Debería haber impedido que Scott entrara en el campo. Sabía que estaba enfermo. Era responsabilidad suya, como entrenador. Quiero decir que no puedes compararte con él. Le gustaba estar contigo en el campo y gritarles a unos tíos más cachas que él, eso es todo. Para ti, el fútbol es tu vida. Puede que te dediques a ello.

Hizo una mueca.

—Aun así, me siento culpable.

—No tienes motivo.

A Tío Saul, Madison no lo convencía tanto como a nosotros. Durante la cena, después de que Woody hablara de las supuestas oportunidades que le ofrecía, Tío Saul le dijo:

—No digo que no sea una buena universidad, lo que digo es que hay que elegir en función de lo que quieras hacer allí.

—En cualquier caso, para el fútbol es estupenda —insistió Woody.

—Puede que para el fútbol sí, pero si quisierais hacer Derecho, por ejemplo, tendríais que hacer el ciclo preparatorio en una universidad que tenga facultad de Derecho. Es lo más lógico. En Georgetown, por ejemplo, que es una buena universidad. Y además, está cerca de casa.

—Patrick Neville dice que no hay que cerrarse posibilidades —replicó Hillel.

Tío Saul alzó la vista al cielo.

—Si lo dice Patrick Neville...

A veces, me daba la impresión de que Tío Saul estaba un poco harto de Patrick. Me acuerdo de una noche en que nos habían invitado a cenar a El Paraíso. Patrick lo organizó a lo grande, con un chef para cocinar y camareros para servir la mesa. Cuando volvimos a casa, Tía Anita elogió la calidad de la comida, lo que desencadenó una pequeña discusión con Tío Saul sin mayores consecuencias, pero que, sobre la marcha, me resultó muy violento porque era la primera vez que veía a mis tíos pelearse.

—Ya podía estar buena —replicó Tío Saul—, con su cocinero y toda la pesca. Una barbacoa habría sido mucho más entrañable.

—Venga, Saul, es un hombre solo y no le gusta cocinar. En cualquier caso, la casa es magnífica...

—Demasiado ostentosa.

—No opinabas así en tiempos de los Clark...

—En tiempos de los Clark, tenía encanto. Ha renovado toda la decoración al estilo nuevo rico.

—¿Acaso te molesta que gane mucho dinero? —preguntó Tía Anita.

—Me alegro mucho por él.

—Pues no lo parece.

—Es que no me gustan los nuevos ricos.

—Como si nosotros no fuéramos también nuevos ricos...

—Tenemos mejor gusto que el tío ese, de eso puedes estar segura.

—Vamos, Saul, no seas mezquino.

—¿Mezquino? ¿En serio te parece que el tío ese tiene buen gusto?

—Sí. Me gusta cómo ha vuelto a decorar la casa, me gusta cómo viste. Y deja de llamarlo «el tío ese», se llama Patrick.

—Viste de forma ridícula: quiere parecer joven y enrollado, pero no es más que un galán viejo con la piel estirajada. No puede decirse que Nueva York le esté sentando bien.

—No creo que se haya estirado la piel.

—Venga ya, Anita, si tiene la cara tan lisa como el culo de un bebé.

No me gustaba que mis tíos se llamasen por su nombre. Solo lo hacían cuando se enfadaban. Cuando estaban a buenas, se decían palabras tiernas y apodos cariñosos que daban la impresión de que se seguían queriendo como el primer día.

De tanto oír a Patrick Neville hablar de la universidad de Madison, empecé a barajar la posibilidad de irme a estudiar allí. No tanto por la universidad en sí como por las ganas que tenía de coincidir con Alexandra. Al tenerla tan cerca me había dado cuenta de lo feliz que me sentía a su lado. Nos imaginaba a los dos en el campus, recuperando nuestra antigua complicidad. Reuní el coraje necesario para contarle mis intenciones una semana antes de que acabaran nuestras vacaciones en los Hamptons. Según salíamos de El Paraíso después de haber pasado allí todo el día junto a la piscina, fingí ante mis primos que se me había olvidado algo y volví a casa de los Neville. Entré sin llamar, con paso resuelto, y la encontré sola, junto a la piscina.

—Podría ir a estudiar a Madison —le dije.

Se bajó las gafas de sol y me miró con desaprobación.

—No lo hagas, Marcus.

—¿Por qué no?

—No lo hagas y punto. Olvídate de esa estupidez.

Yo no veía que mi proyecto tuviera nada de estúpido pero tuve la decencia de no contestar y me marché. No entendía por qué era tan encantadora con mis primos y tan desagradable conmigo. Ya no sabía si lo que sentía por ella era amor u odio.

Nuestras vacaciones se acabaron la última semana de julio de 1997. La víspera fuimos a El Paraíso a despedirnos de los Neville. Alexandra no estaba en casa, solo Patrick. Nos invitó a una cerveza y nos dio a cada uno una tarjeta de visita:

—¡Cómo me alegro de haber podido conoceros mejor! Sois tres chicos estupendos. Si alguno quiere matricularse en la universidad de Madison, que me llame. Apoyaré su candidatura.

Al principio de la velada, justo después de cenar, Alexandra vino a casa de Tío Saul y Tía Anita. Yo estaba solo debajo del toldo, leyendo. Al verla, se me disparó el corazón.

—Hola, Markitín —dijo sentándose a mi lado.
—Hola, Alexandra.
—¿Pensabais marcharos sin despediros?
—Fuimos hace un rato, pero no estabas.

Me sonrió y me miró fijamente con esos ojos almendrados de color gris verdoso.

—Estaba pensando que podríamos salir esta noche —sugirió.

Una intensa sensación de euforia me recorrió todo el cuerpo.

—Vale —contesté disimulando apenas mi emoción.

Clavé los ojos en los suyos y me pareció que iba a confesarme algo muy importante. Pero lo único que dijo fue:

—¿Vas a avisar a Woody y a Hillel o nos vamos a pasar aquí toda la noche?

Fuimos a un bar de la calle principal que contaba con un escenario de micro abierto al que iban a tocar los músicos de la zona. Bastaba con indicar el nombre en la barra y un presentador iba llamando a los participantes por turno.

Desde que salimos de casa, Hillel estaba en plan sabiondo para impresionar a Alexandra. Se había vestido de punta en blanco y nos tenía abrumados con tantos términos y conocimientos. Me entraban ganas de darle de bofetadas y por eso me alegré de que al llegar al local el volumen de la música le tapara la voz y tuviera que callarse.

Estuvimos escuchando al primer grupo. Luego llamaron a escena a un chico que interpretó algunos temas pop acompañándose al piano. En la mesa que teníamos detrás, un grupo de tres chicos muy alborotados silbó su actuación.

—Un poquito de respeto —les reprochó Alexandra.

La única respuesta que recibió fue un insulto. Woody se dio la vuelta:

—¿Qué habéis dicho, gilipollas? —rugió.
—¿Tienes algún problema? —preguntó uno de ellos.

No hizo falta más para que, a pesar de los ruegos de Alexandra, Woody se levantara, cogiera por el brazo a uno de los chicos y se lo retorciera con un movimiento brusco.

—¿Queréis que lo zanjemos en la calle? —preguntó Woody.

Tenía muchísimo estilo cuando se peleaba. Parecía un león.

—¡Suéltalo! —le ordenó Alexandra abalanzándose sobre él y empujándolo con ambas manos.

Woody soltó al chico, que gemía de dolor, y los tres compinches se largaron sin decir esta boca es mía. El pianista terminó el último tema y la megafonía llamó al siguiente músico.

—Alexandra Neville. Alexandra puede subir a escena.

Alexandra se quedó rígida y pálida.

—¿Cuál de los tres ha sido tan imbécil como para hacer esto? —preguntó.

Había sido yo.

—Pensé que te haría ilusión —le dije.

—¿Ilusión? Pero Marcus, ¿te has vuelto loco?

Vi que los ojos se le llenaban de lágrimas. Uno a uno, se nos quedó mirando fijamente, y nos dijo:

—¿Por qué habéis tenido que ser tan idiotas? ¿Por qué habéis tenido que estropearlo todo? Tú, Hillel, ¿por qué te portas como un mono de feria? Me caes mucho mejor cuando eres tú mismo. Y tú, Woody, ¿por qué te metes en lo que no te importa? ¿Te crees que no puedo defenderme solita? ¿Tenías que agredir a unos tíos que no te han hecho nada? En cuanto a ti, Marcus, para ya con tus ideas de casquero, en serio. ¿Por qué has hecho eso? ¿Para humillarme? Porque eso es lo que has conseguido.

Rompió a llorar y salió corriendo del local. Fui tras ella y la alcancé en la calle. La sujeté por el brazo. Y me enfadé:

—Lo he hecho porque la Alexandra que yo conocía no habría salido huyendo de ese bar: se habría subido al escenario y habría conquistado a toda la sala. ¿Sabes qué? Que me alegro de haberte visto de nuevo porque ahora ya sé que he dejado de quererte. La chica a la que conocí me hacía soñar.

Hice ademán de volver al bar.

—¡He dejado la música! —exclamó, hecha un mar de lágrimas.

—Pero ¿por qué? Era la pasión de tu vida.

—Porque nadie tiene fe en mí.

—¡Yo tengo fe en ti!

Se secó los ojos con el reverso de la mano. Le temblaba la voz.

—Ese es el problema que tienes, Marcus: que sueñas demasiado. ¡La vida no es un sueño!

—¡Solo tenemos una vida, Alexandra! ¡Una sola vida pequeñita! ¿No te apetecería dedicarla a cumplir tus sueños en lugar de apolillarte en una estupidez de universidad? ¡Sueña, y sueña a lo grande! Solo sobreviven los sueños más grandes. A los otros los borra la lluvia y los arrastra el viento.

Me miró una última vez con esos ojos tan grandes, perdida, y salió huyendo en la oscuridad. Le grité una última vez, con todas mis fuerzas:

—¡Sé que volveré a verte en un escenario, Alexandra! ¡Tengo fe en ti!

Solo el eco de la oscuridad me contestó. Había desaparecido.

Volví al bar, que de repente estaba muy movido. Oí gritos: acababa de empezar una pelea. Los tres chicos habían vuelto con otros tres amigos para vérselas con Woody. Vi a mis primos enfrentándose a seis siluetas y me lancé a la refriega. Grité como un condenado:

—¡La Banda de los Goldman nunca pierde! ¡La Banda de los Goldman nunca pierde!

Peleamos como valientes. Woody y yo pronto dejamos fuera de combate a cuatro. Él tenía una fuerza tremenda y yo era un buen boxeador. Los otros dos estaban machacando a Hillel; nos lanzamos encima de ellos y les dimos de puñetazos hasta que salieron huyendo, dejando a sus compañeros gimoteando en el suelo. Se oyeron unas sirenas.

—¡La poli! ¡La poli! —gritó alguien.

Habían avisado a la policía. Nos dimos a la fuga. Corrimos como posesos a través de la oscuridad. Cruzamos las callejuelas de East Hampton y seguimos corriendo, hasta que nos convencimos de que estábamos a salvo. Jadeantes y doblados en dos para recuperar el aliento, nos miramos fijamente: la pelea no había sido contra esos sinvergüenzas, sino entre nosotros. Sabíamos que lo que sentíamos por Alexandra nos convertía en hermanos enfrentados.

—Tenemos que hacer un pacto —sentenció Hillel.

Woody y yo entendimos de inmediato a qué se refería.

Al amparo de la noche, juntamos las manos y juramos, en nombre de la Banda de los Goldman, que nunca nos convertiríamos en rivales y que todos renunciábamos a Alexandra.

*

Al cabo de quince años, el juramento de la Banda de los Goldman aún me retumbaba por dentro. Después de unos minutos de silencio larguísimos, tumbado en el porche de casa de mi tío, en Coconut Grove, tomé de nuevo la palabra:

—Hicimos un pacto, Alexandra. Durante nuestro último verano en los Hamptons, Woody, Hillel y yo nos hicimos una promesa.

—Marcus, empezarás a vivir de verdad cuando dejes de remover el pasado.

Tras un breve silencio, murmuró de nuevo:

—¿Y si fuera una señal, Marcus? ¿Y no nos hubiéramos vuelto a encontrar por casualidad?

Al igual que todo empieza, todo termina, y los libros a menudo empiezan por el final.

Ignoro si el libro de nuestra juventud se cerró en el momento en que terminamos el instituto o justo un año antes, a finales de julio de 1997, cuando concluyeron aquellas vacaciones de verano en los Hamptons en las que vimos que la amistad que habíamos sellado y las promesas de fidelidad eterna que habíamos edificado se hacían añicos porque no podían ya con los adultos en que estábamos a punto de convertirnos.

Segunda parte

EL LIBRO DE LA FRATERNIDAD PERDIDA
(1998-2001)

22.

Quien haya estado en la universidad de Madison, en Connecticut, entre los años 2000 y 2010, seguramente habrá visto el estadio del equipo de fútbol, que durante ese decenio llevaba el nombre de Estadio Saul Goldman.

Siempre he asociado la universidad de Madison con el esplendor de los Goldman. Por eso no entendí por qué, a finales del mes de agosto de 2011, mi tío Saul llamó a mi casa, a Nueva York, para pedirme que le hiciera lo que para él era un favor importantísimo: quería que fuera al día siguiente a ver cómo retiraban su nombre de la fachada del estadio. Eso sucedió tres meses antes de que muriera y seis meses antes de que me volviera a encontrar a Alexandra.

En aquel momento, aún no sabía nada de cuál era la situación de mi tío. Desde hacía algún tiempo, se comportaba de forma extraña. Pero no podía ni imaginarme que estaba viviendo sus últimos meses.

—¿Por qué tienes tantísimo interés en que asista a eso? —le pregunté.

—Desde Nueva York, solo tardas una hora en coche...

—Pero Tío Saul, la cuestión no es esa. Es que no entiendo por qué le concedes tanta importancia.

—Por favor, tú hazlo, y ya está.

Tío Saul lo había organizado todo, de tal forma que cuando llegué el rector de la universidad me estaba esperando en posición de firmes en el aparcamiento del estadio.

—Es un honor tenerlo aquí, señor Goldman —me dijo—. No sabía que Saul era tío de usted. No se preocupe, hemos esperado a que llegara, tal y como nos pidió su tío.

Encabezó la marcha solemnemente y me acompañó hasta la entrada del estadio, delante de las letras de acero, atornilladas al hormigón armado, que proclamaban su gloria:

ESTADIO SAUL GOLDMAN

Dos operarios, desde una barquilla sujeta a un brazo articulado, fueron desatornillando meticulosamente las letras, que se estrellaban contra el suelo con estrépito metálico.

TADIO SAUL GOLDMAN
SAUL GOLDMAN
UL GOLDMAN
OLDMAN

A continuación, se afanaron en colocar en la pared, vacía ahora, un rótulo luminoso a mayor gloria de una empresa productora de pollo frito, que se encargaría de financiar el estadio durante los diez años siguientes.

—Ya está —me dijo el rector—. Reitérele las gracias a su tío en nombre de la universidad por este gesto suyo tan generoso.

—Así lo haré.

El rector ya se iba, pero yo lo detuve. Había algo que estaba deseando preguntar.

—¿Por qué lo hizo? —le pregunté.

—Porque era generoso.

—Hay algo más. Es generoso, pero lo suyo nunca ha sido significarse de esta manera.

El rector se encogió de hombros.

—No tengo ni idea. Debería preguntárselo a él.

—¿Y cuánto le costó?

—Eso es confidencial, señor Goldman.

—Hombre...

Me contestó tras una breve vacilación:

—Seis millones de dólares.

Me quedé de una pieza:

—¿Mi tío pagó seis millones de dólares para que su nombre figurara en este estadio durante diez años?

—Sí. Por descontado que incluiremos su nombre en el muro de los grandes donantes que está en el vestíbulo del edificio de administración. También recibirá gratuitamente la revista de la universidad.

Me quedé un rato mirando el rótulo del pollo sonriente que estaban colocando en la fachada del estadio. Por aquel entonces, mi tío era, desde luego, un hombre relativamente rico, pero a menos que tuviera una fuente de ingresos que yo desconocía, no se me ocurría de qué manera había podido hacer una donación de seis millones de dólares a la universidad. ¿De dónde habría sacado ese dinero?

Cuando regresé al aparcamiento, lo llamé por teléfono.

—Ya está, Tío Saul, se acabó.

—¿Cómo ha ido?

—Desatornillaron las letras y pusieron un rótulo en su lugar.

—¿Quién va a financiar el estadio?

—Una empresa de pollo frito.

Oí cómo sonreía.

—Para que veas, Marcus, hasta dónde nos lleva el ego. Un día tu nombre está en un estadio y al día siguiente te borran de la faz de la tierra en beneficio de unos trozos de pollo frito.

—A ti nadie te ha borrado de la faz de la tierra, Tío Saul. Solo eran unas letras de metal atornilladas al hormigón.

—Eres un sabio, sobrino mío. ¿Te vuelves ya a Nueva York?

—Sí.

—Gracias por haber hecho esto, Marcus. Era importante para mí.

Me quedé bastante tiempo dubitativo. Mi tío, que ahora trabajaba en un supermercado, diez años antes había pagado seis millones de dólares para que pusieran su nombre en el estadio. Estaba convencido de que ni siquiera en aquella época contaba con medios para hacerlo. Ese era el precio que los Clark pedían por su casa de los Hamptons y no había tenido medios para comprarla. ¿Cómo se las había apañado, al cabo de cuatro años, para disponer de semejante suma? ¿De dónde había sacado el dinero?

Volví a subir al coche y me marché. Fue la última vez que estuve en Madison.

Habían pasado trece años desde que ingresamos en la universidad. Corría el año 1998 y por aquel entonces Madison representaba para mí el santuario de la gloria. Mantuve la promesa que le había hecho a Alexandra de no estudiar allí y opté por la facultad de Letras de una modesta universidad de Massachusetts. Pero Hillel y Woody, que habían sido lo bastante listos para no comprometerse a nada, no pudieron resistir la tentación de volver a fundar la Banda de los Goldman en torno a Alexandra, alentados por Patrick Neville, con quien habían seguido en contacto después de las vacaciones en los Hamptons.

Como exige la tradición, durante las vacaciones de invierno del último año de instituto enviamos nuestras solicitudes a varios centros, entre ellos la Universidad de Burrows, en Massachusetts, a la que nos presentamos los tres. Poco faltó para que volviésemos a juntarnos allí. Al cabo de cuatro meses, por Pascua más o menos, recibí una carta que me informaba de que me habían aceptado. Unos días después, mis primos me llamaron para darme la noticia. Pegaban tales berridos por teléfono que me costó entender lo que decían. Los habían aceptado en la misma universidad. Íbamos a volver a juntarnos.

Pero la emoción me duró poco: dos días más tarde, ambos recibieron la respuesta de la universidad de Madison. También estaban admitidos, los dos. Allí, gracias a los contactos de Patrick Neville, a Woody le ofrecían una beca de estudios para entrar en el equipo de los Titanes. Era una puerta abierta para iniciar su carrera profesional, sobre todo con los contactos de Patrick Neville, en los Giants de Nueva York. Woody aceptó la oferta de Madison y Hillel decidió irse con él. Así fue como en el otoño de 1998, mientras yo salía de Nueva Jersey rumbo a Massachusetts, un cochecito jadeante con matrícula de Maryland recorrió por primera vez las carreteras del estado de Connecticut y bordeó la costa atlántica hasta la localidad de Madison. El campo estaba engalanado con los colores de los últimos días cálidos del «verano indio»: los follajes, rojo y amarillo, de los arces y los sicomoros parecían hogueras. El coche cruzó Madison, subiendo por la calle principal empavesada con los colores de los Titanes, que eran el orgullo de la ciudad y la pesadilla de las demás universidades de la Liga.

Los primeros edificios de ladrillo rojo no tardaron en perfilarse ante ellos.

—¡Párate aquí! —le dijo Hillel a Woody.

—¿Aquí?

—¡Sí, aquí! ¡Para el coche!

Woody obedeció y aparcó en la cuneta. Se bajaron los dos y se quedaron contemplando, boquiabiertos, el campus de la universidad que se alzaba ante ellos. Se miraron, se echaron a reír alegremente y se arrojaron uno en brazos del otro:

—¡Universidad de Madison! —exclamaron como un solo hombre—. ¡Lo conseguimos, colega! ¡Lo conseguimos!

Cabría creer que la amistad, que todo lo puede, había vuelto a triunfar y que, después del año y medio que Hillel había pasado en el «colegio especial», habían elegido Madison para estar juntos de nuevo. De camino a la universidad se habían jurado compartir el mismo cuarto, elegir las mismas clases, comer juntos y estudiar juntos. Pero con la perspectiva que dan los años acabé comprendiendo que eligieron Madison por un único y desafortunado motivo. Y ese motivo se les acercó, cruzando el césped del campus, el primer día de curso: Alexandra.

—¡Los Goldman! —exclamó, echándose en sus brazos.

—¿A que no te esperabas vernos aquí? —sonrió Hillel.

Ella se echó a reír.

—Pero qué monos sois, tontorrones míos. Sabía perfectamente que ibais a venir.

—¿De verdad?

—Mi padre no deja de hablar de vosotros. Sois su nueva obsesión.

Así comenzó nuestra vida universitaria. Y como siempre habían hecho, mis primos de Baltimore brillaron en todo su esplendor.

Hillel se dejó crecer una barbita incipiente que le sentaba bien: el niño delgaducho, el intelectual insufrible del colegio de Oak Park se había convertido en un hombre bastante guapo, emprendedor y carismático, vestido con buen gusto y objeto de admiración por su inteligencia fulgurante y su verbo incisivo. Sus profesores no tardaron en fijarse en él y supo hacerse imprescindible dentro del comité editorial del periódico universitario.

Woody, más varonil que nunca, derrochaba fuerza y testosterona, y estaba tan guapo como un dios griego. Se había dejado crecer un poco el pelo y se lo peinaba hacia atrás. Tenía una sonrisa arrebatadora; los dientes, de un blanco deslumbrante; el cuerpo, esculpido en piedra. No me habría sorprendido, cuando estaba en la cima de su carrera de jugador de fútbol, haberlo visto aparecer en alguna de esas vallas publicitarias inmensas que cubren algunos edificios de Manhattan, anunciando ropa o perfume.

Yo iba regularmente a Madison para ver los partidos de Woody en el que aún se llamaba Estadio Burger Shake, un recinto con capacidad para treinta mil personas que siempre estaba a reventar, en el que decenas de miles de espectadores coreaban el nombre de Woody. Yo solo podía ver su complicidad: saltaba a la vista que eran felices los tres juntos y, lo confieso aquí, me sentía celoso por no ser ya uno de los suyos. Los echaba de menos. Ahora, la Banda de los Goldman la formaban ellos tres, y Madison era su territorio. Mis primos le habían ofrecido a Alexandra la tercera plaza de la Banda de los Goldman, aquel tercer escaño que, según comprendí años más tarde, no era permanente, en el seno de esa Banda a la que yo había pertenecido, a la que Scott también había pertenecido y a la que Alexandra pertenecía ahora, a su vez.

*

En noviembre de 1998, el primer día de Acción de Gracias después de que empezáramos la universidad, me impresionó cómo se habían realizado. Tenía la sensación de que, en unos pocos meses, todo había cambiado. La alegría de reunirme con ellos en Baltimore seguía intacta, pero ese orgullo de pertenecer a los Baltimore que cuando era niño me estimulaba me había abandonado en aquella ocasión. Hasta entonces, los perdedores de cara a Tío Saul y Tía Anita habían sido mis padres, pero ahora me tocaba a mí quedarme a la zaga de mis primos.

Woody, el invencible vikingo del estadio, se estaba convirtiendo en un astro del fútbol de fuerza radiante. Hillel también sobresalía escribiendo para el periódico universitario. Uno de sus profesores, colaborador habitual de *The New Yorker,* afirmaba que podría presentar uno de sus textos a la prestigiosa revista. Yo los miraba, sentados a la espléndida mesa de Acción de Gracias en esa lujosa casa, admiraba su arrogancia, intuía su porvenir: Hillel, el defensor de las causas nobles, llegaría a ser un abogado aún más famoso que su padre, quien, de hecho, ya contaba con su hijo para que ocupara el despacho contiguo al suyo, que ya tenía reservado para él. «Goldman e hijo, abogados asociados.» Woody ficharía por el equipo de fútbol de los Ravens de Baltimore, que se había fundado dos años antes pero ya tenía unos resultados excepcionales gracias a una hábil campaña consistente en reclutar a jóvenes promesas. Tío Saul aseguraba que tenía contactos en las altas esferas —cosa que no le sorprendía a nadie— para garantizarle a Woody la máxima visibilidad. Me los imaginaba, al cabo de unos años, siendo vecinos en Oak Park y propietarios de sendas mansiones imponentes.

Mi madre debió de notar lo desvalido que me sentía porque, en el momento de pasar a los postres, se sintió obligada a dar a conocer mis méritos anunciándoles sin venir a cuento a todos los presentes:

—¡Markie está escribiendo un libro!

Me puse como la grana y le rogué a mi madre que se callara.

—¿Un libro sobre qué? —preguntó Tío Saul.

—Es una novela —contestó mi madre.

—No es más que un proyecto —tartamudeé—, ya veremos lo que sale.

—Ya ha escrito algunos relatos breves —continuó mi madre—. Unos textos excelentes. Dos de ellos se han publicado en el periódico de la universidad.

—Me gustaría mucho leerlos —pidió, muy cariñosa, Tía Anita.

Mi madre le prometió que se los enviaría y yo le hice prometer a ella que no diría nada más. Me dio la impresión de que Woody y Hillel se reían disimuladamente. Me sentí muy estúpido, con esos relatos tan sosos, en comparación con ellos, que se me antojaban semidioses, mitad león y mitad águila, a punto de remontar el vuelo hacia el sol, mientras que yo seguía siendo el mismo adolescente insignificante e impresionable, a años luz de su arrogancia.

Aquel año me pareció que la comida de Acción de Gracias era de calidad superior a la de otros años. Tío Saul estaba más joven. Tía Anita, más guapa. ¿Era realmente así o es que yo estaba demasiado ocupado admirándolos a todos como para percatarme de que los Baltimore se estaban desintegrando? Mis tíos y mis dos primos: me creía que ascendían hasta el infinito siendo así que estaban en caída libre. No lo entendí hasta pasados varios años. A pesar de todo lo que yo había fantaseado sobre ellos, cuando mis primos volvieron a Baltimore después de la etapa universitaria, no fue para lucirse en los juzgados o en el equipo de los Ravens.

¿Cómo me iba yo a imaginar lo que iba a pasarles?

23.

Desde la universidad de Massachusetts, donde me sentía un tanto apartado, descubrí con irritación que en Madison, como había sucedido en Baltimore con Scott, las dimensiones de la Banda de los Goldman podían ampliarse cuando de los Neville se trataba. Después de Alexandra, le tocó a Patrick Neville conseguir un lugar privilegiado entre sus miembros.

Todos los martes, Patrick iba a la universidad a impartir sus clases semanales. Corría el rumor de que se podía saber su estado de ánimo por el vehículo en el que viajaba: los días que estaba de buen humor, llegaba al volante de un Ferrari negro, en el que cruzaba Nueva Inglaterra como una flecha. Cuando tenía alguna contrariedad, conducía un 4x4 Yukon con los cristales tintados. Gozaba de una excelente reputación y los alumnos lo tomaban de punto de referencia.

Mis primos y él no tardaron en establecer una estrecha relación. Siempre que iba a Madison, veía sin excepción a Woody y a Hillel.

Los martes por la noche, los llevaba, junto con Alexandra, a cenar a un restaurante de la calle principal. Cuando tenía tiempo, asistía a los entrenamientos de los Titanes, llevando bien calada una gorra con los colores del equipo. Estaba presente en todos los partidos que jugaban en casa y, a veces, incluso en los que disputaban fuera, aunque tuviera que conducir varias horas. Siempre le ofrecía a Hillel llevarlo y hacían el trayecto juntos.

Creo que a Patrick le gustaba la compañía de Woody y Hillel porque, cuando estaba con ellos, recuperaba un poco a Scott.

Hacía con ellos lo que le hubiera gustado hacer con su hijo. A partir del segundo semestre, cuando terminó la temporada de fútbol, los invitaba regularmente a pasar el fin de semana en su casa, en Nueva York. Me contaron, maravillados, lo lujoso que era su piso: las vistas, el *jacuzzi* en la terraza, la televisión en cada cuarto... Muy pronto se sintieron allí como en casa, contemplando sus obras de arte, fumándose sus puros y bebiéndose su whisky.

En las vacaciones de primavera de 1999, los invitó a los Hamptons. La semana después de los exámenes, vinieron a verme a Montclair en el Ferrari negro que Patrick les había prestado. Les propuse que fuéramos a cenar por ahí, pero su coche solo era de dos plazas y yo tuve que conformarme con el Honda Civic viejo de mi madre, mientras que ellos iban delante, rugiendo con su bólido. Durante la comida, me di cuenta de que habían modificado ligeramente sus planes de carrera profesional. Nueva York había derrotado a Baltimore, la economía cotizaba más que el derecho.

—A lo que hay que dedicarse es a las finanzas —me dijo Hillel—. Si vieras el nivel de vida que tiene Patrick...

—Fuimos a comer con el director deportivo de los Giants —me dijo Woody—. Y hasta nos dejaron visitar el estadio, en Nueva Jersey. Dice que mandará un ojeador a verme jugar el año que viene.

Me enseñaron fotos suyas en el césped del estadio de los Giants. Entonces me los imaginaba unos años después, en el mismo lugar, celebrando la victoria de los Giants en la Superbowl, Woody, el *quarterback* estrella, y su medio hermano, Hillel, el nuevo *golden boy* más codiciado de Wall Street.

*

Sucedió algo al principio de su segundo curso en la universidad. Una noche, al volver en coche al campus por la carretera 5, a unas cinco millas del puente Lebanon, Woody estuvo a punto de atropellar a una joven que iba andando por el arcén. Era noche cerrada. Se paró inmediatamente y salió disparado del coche.

—¿Estás bien?

La mujer estaba llorando.

—Sí, estoy bien, gracias —contestó secándose los ojos.

—Es peligroso ir andando por esta carretera.

—Tendré cuidado.
—Sube, te llevo a donde sea —le ofreció Woody.
—No, muchas gracias.
—Que sí, mujer, sube.

Por fin, la chica accedió. A la luz del habitáculo, a Woody le pareció reconocerla. Era una chica guapa, con el pelo corto. La cara le resultaba familiar.

—¿Estudias en Madison?
—No.
—¿Seguro que estás bien?
—Seguro. No tengo ganas de hablar.

Condujo en silencio y la dejó, según le pidió ella, cerca de una estación de servicio desierta a la entrada de Madison.

Se llamaba Colleen. Woody lo vio en su chapa al día siguiente, cuando se la encontró tras el mostrador de la estación de servicio donde la había dejado el día antes.

—Ya sabía yo que te conocía de algo —le dijo—. Cuando te dejé aquí, até cabos.
—Por favor, no me hables de eso. ¿Ya has repostado?
—He llenado el depósito, surtidor 3. Y me llevo estas chocolatinas. Me llamo Woody.
—Gracias por lo de ayer, Woody. Por favor, vamos a dejarlo. Son veintidós dólares.

Le entregó el dinero.

—Colleen, ¿te encuentras bien?
—Muy bien.

Entró un cliente y ella aprovechó para pedirle a Woody que se marchara.

Él obedeció. Se sentía turbado.

Colleen era la única empleada de la estación de servicio. Se pasaba allí todo el día sola. No debía de tener más de veintidós años, nunca había pasado del instituto y ya estaba casada con un tipo de Madison, un camionero y repartidor que se tiraba varios días a la semana en la carretera. Tenía la mirada triste. Y evitaba tímidamente mirar a los ojos a los clientes.

La gasolinera era su única ambición. Seguramente por eso la atendía con tanto esmero. La tienda contigua estaba limpia y siempre bien surtida. Había incluso algunas mesas para que los clientes de paso pudieran sentarse a tomar un café o a comerse un sándwich industrial que Colleen les calentaba en el microondas. Cuando los clientes se iban, siempre dejaban una propinita en la mesa, que ella se guardaba en el bolsillo, sin contárselo a su marido. En cuanto llegaba el buen tiempo, sacaba las mesas y las sillas a la franja de césped con flores que lindaba con el edificio.

En Madison no había muchos lugares de ocio y los estudiantes siempre acababan juntándose en los mismos locales. Cuando querían estar solos, Woody y Hillel iban a la estación de servicio.

Turbado por el encuentro nocturno con Colleen, Woody empezó a ir más a menudo a la estación de servicio. A veces se pasaba con el pretexto de comprar chicles o líquido limpiaparabrisas. La mayoría de las veces, obligaba a Hillel a acompañarlo.

—¿Por qué tienes que ir necesariamente allí? —terminó preguntándole Hillel.

—Hay algo que no encaja... Me gustaría entenderlo.

—Di que estás colado por ella y listo.

—Hill, esa chica iba a pie por el arcén, en plena noche y llorando.

—A lo mejor tuvo una avería con el coche...

—Estaba asustada. Tenía miedo.

—¿De quién?

—No lo sé.

—Wood, no puedes proteger a todo el mundo.

Pasaban tanto tiempo allí, que Colleen acabó cogiendo cierta confianza. Se mostraba menos tímida e incluso, a veces, charlaba un ratito con ellos. Les vendía cerveza aunque aún no tuvieran la edad legal. Decía que no corría ningún riesgo al venderles alcohol porque el padre de Luke, su marido, era el jefe de la policía local. Ese Luke, por lo que contaban mis primos, era un indeseable. Tenía pinta fosca y siempre era muy antipático. A Woody, que a veces se cruzaba con él en la estación de servicio, no le gustaba nada. Cuando Luke estaba en la ciudad, Colleen se portaba de forma distinta. Cuando estaba de viaje, se la veía más feliz.

Yo también fui alguna vez a esa estación de servicio durante mis visitas a Madison. Enseguida me fijé en que a Colleen le gustaba Woody. Lo miraba de un modo peculiar. Casi nunca sonreía, salvo cuando hablaba con él. Era una sonrisa torpe, espontánea, que hacía por reprimir enseguida.

Al principio creí que Woody se podía haber enamorado de Colleen. Pero no tardé en darme cuenta de que no era así. Mis dos primos solo querían a una misma chica: Alexandra.

Alexandra estaba en cuarto y último curso universitario. Y luego se marcharía. Ella ocupaba todos sus pensamientos. Comprendí muy rápido que no les bastaba con que fuera una amiga infalible. Estar juntos en el campus, salir por ahí, ir a los partidos de fútbol..., todo eso no los satisfacía. Querían algo más. Querían su amor. Lo supe con absoluta certeza al ver cómo reaccionaron cuando descubrieron que estaba saliendo con alguien: un fin de semana en que Patrick Neville los invitó a su casa, aprovecharon para registrar su cuarto. Me lo contaron en Acción de Gracias y Hillel me enseñó lo que habían encontrado en un cajón de su escritorio. Una cartulina con el dibujo de un corazón rojo.

—¿Le habéis registrado el cuarto? —pregunté, incrédulo.

—Sí —contestó Hillel.

—¡Estáis locos de atar!

Hillel estaba furioso con ella.

—¿Por qué no nos ha dicho que tenía novio?

—¿Y cómo sabéis que está saliendo con alguien? —contraataqué yo—. Ese dibujo podría ser de hace mucho tiempo.

—En el cuarto de baño de su habitación hay dos cepillos de dientes —me dijo Woody.

—¿Os metisteis también en el cuarto de baño?

—Ya que estábamos... Yo creía que era amiga nuestra y los amigos se lo cuentan todo.

—Pues yo me alegro por ella de que esté con alguien —dije.

—Sí, claro, mejor para ella.

—Me da la impresión de que os fastidia...

—Somos amigos y opino que debería contárnoslo.

La amistad que le daba legitimidad a su trío ocultaba sentimientos más profundos, a pesar del pacto que habíamos hecho en los Hamptons.

Durante los meses siguientes se fueron obsesionando con el amante de Alexandra. Querían saber quién era a toda costa. Cuando se lo preguntaron a ella, juró que no salía con nadie. Eso los puso aún más frenéticos. La seguían por el campus para espiarla. Intentaban escuchar sus conversaciones telefónicas con un receptor viejo de Hillel, que se habían traído de Baltimore con tal propósito. Llegaron incluso a preguntarle a Patrick, que no sabía nada.

En mayo de 2000, asistimos todos a la ceremonia de graduación de Alexandra.

Después de la celebración oficial, aprovechando un momento de confusión, Alexandra se escapó discretamente. No se fijó en que Woody la seguía.

Se encaminó hacia la facultad de Ciencias, donde yo la estaba esperando. Cuando me vio, se me echó en los brazos y me dio un beso muy largo.

Woody apareció en ese preciso instante y exclamó, atónito:

—¿Así que eras tú, Marcus? ¿Eras tú el tío con el que ha estado saliendo todo este tiempo?

24.

Ese día de mayo de 2000 no me quedó más remedio que darle una explicación a Woody y contárselo todo.

Fue la única persona que se enteró de la relación maravillosa que teníamos Alexandra y yo.

La habíamos reanudado durante el otoño siguiente a nuestras últimas vacaciones en los Hamptons. Yo había regresado a Montclair algo fastidiado por haberla visto y haberme dado cuenta de que aún la quería. Y resulta que, al cabo de unas semanas, al salir del instituto, la vi en el aparcamiento, sentada en el capó del cupé que conducía. No logré disimular la emoción.

—Alexandra, pero ¿qué estás haciendo aquí?

Me puso su clásico mohín enfurruñado.

—Me apetecía volver a verte...

—Creía que no salías con jovenzuelos.

—Sube, so bobo.

—¿Adónde vamos?

—Todavía no lo sé.

¿Adónde fuimos? Fuimos por el camino de la vida. Desde aquel día que me senté en el asiento del copiloto en su coche, no volvimos a separarnos y nos quisimos apasionadamente. Nos llamábamos por teléfono sin parar, nos escribíamos, me enviaba paquetes. Venía a Montclair los fines de semana y a veces era yo quien iba a verla a Nueva York o a Madison, cogiéndole prestado a mi madre su coche viejo y poniendo la radio a todo volumen. Contábamos con la bendición de mis padres y de Patrick Neville, que prometieron no contárselo a nadie. Porque pensábamos que era mejor que mis primos no supieran nada de lo que había entre nosotros. Así fue como rompí el juramento de la Banda de los Goldman de no conquistar nunca a Alexandra.

Al año siguiente, cuando ingresé en la facultad de Letras de la Universidad de Burrows, solo estábamos a una hora en coche. Mi compañero de cuarto, Jared, me lo dejaba para mí solo los fines de semana en que ella venía a estar conmigo. Y les hice a mis primos algo que no les había hecho nunca: mentirles. Mentía para quedar con Alexandra. Les decía que me iba a Boston o a Montclair, pero en realidad estaba en Nueva York con ella. Y cuando ellos iban a Nueva York, a casa de Patrick Neville, yo estaba acurrucado en la cama con ella, en Madison.

A pesar de todo, a veces me ponía celoso de que estuvieran los tres juntos en la universidad, me daba envidia la complicidad única que tenía con Hillel y Woody. Un día llegó a decirme:

—¿Estás celoso de tus primos, Marcus? ¡Estás loco de atar! En realidad, estáis los tres locos de atar.

Estaba en lo cierto. Yo, que no era nada posesivo; yo, que no me preocupaba por los rivales, temía a los miembros de la Banda de los Goldman. También podía acontecer que un paseo anodino se me clavara como un puñal en el corazón:

—Has ganado, Markie. Has ganado tú, estoy contigo. ¿Qué más quieres? ¿No irás a montar una escena cada vez que vaya a comerme una hamburguesa con tus primos?

Yo fui quien la orientó de nuevo hacia la música. Quien la animó a perseguir sus sueños. Quien la volvió a llevar a los bares de Nueva York para tocar, quien la animó a seguir componiendo en su cuarto del campus de Madison. En cuanto acabara los estudios, estaba decidida a llevar las riendas de su destino y estaba a punto de firmar con un productor neoyorquino para lanzar su carrera musical.

Después de confesárselo todo, Woody me prometió que no le diría nada a Hillel.

No me juzgó. Solo me dijo:

—Qué suerte tienes de que sea tuya, Markie —y me obsequió con una palmada amistosa en el hombro.

El arranque de nuestro tercer año en la universidad, en otoño de 2000, lo impulsó a dedicarse al fútbol y a Colleen, con quien había intimado mucho. Teníamos veinte años.

Creo que estaba muy triste por lo de Alexandra. Pero nunca se lo contó a Hillel y se consoló con el deporte. Entrenaba sin parar. Llegaba incluso a correr dos veces al día, como en la época del «colegio especial». Se convirtió en el jugador estrella de los Titanes. El equipo ganaba un partido tras otro y él batía una marca tras otra. Fue la portada de la edición de otoño de la revista universitaria.

Iba a ver a Colleen a la estación de servicio todos los días. Creo que necesitaba que alguien le hiciera caso. Cuando le llevó la revista de la universidad, ella le dijo que estaba orgullosa de él. Pero dos días después le descubrió unas marcas en el cuello. Sintió que le hervía la sangre.

—¿Qué ha pasado? —preguntó.
—Vete, Woody.
—Colleen, ¿eso te lo ha hecho Luke? ¿Tu marido te pega?

Le suplicó que se fuera y él obedeció. Durante tres días, cuando llegaba a la estación de servicio, Colleen le indicaba con una seña discreta que se fuera. El cuarto día lo estaba esperando fuera. Él salió del coche y se le acercó. Sin decir palabra, ella lo cogió de la mano y lo condujo al almacén. Allí se le echó encima y lo abrazó tan fuerte como pudo. Luego buscó sus labios y lo besó.

—Colleen... Me tienes que contar lo que pasa —murmuró Woody.
—Luke... encontró la revista de la universidad en un cajón del mostrador. Se puso como loco.
—¿Te pegó?
—No ha sido la primera vez.
—Hijo de puta... ¿Dónde está?

Notó que Woody estaba dispuesto a tener con él más que palabras.

—Se fue a Maine esta mañana. No volverá hasta mañana por la noche. Pero no hagas nada, Woody. Por favor te lo pido. Solo conseguirías agravar la situación.
—¿Entonces me quedo de brazos cruzados mientras te da palizas?
—Ya encontraremos una solución...
—¿Y mientras tanto?

—Mientras tanto, quiéreme —le susurró—. Quiéreme como nunca me han querido.

La volvió a besar y luego la poseyó, con mucha dulzura, en el almacén. Se sintió muy a gusto con ella.

Fueron tejiendo una relación sentimental al albur de las ausencias de Luke. La mitad de la semana, cuando él estaba en Madison, Colleen era de su marido, que no se fiaba de ella desde que había encontrado la revista. La vigilaba sin tregua y la controlaba aún más. Woody no podía ni acercarse. La acechaba de lejos, tanto en la gasolinera como en su casa.

Hasta que Luke se iba con el camión. Y Colleen volvía a ser libre. En cuanto terminaba de trabajar en la gasolinera, salía por la parte de atrás del jardín, se encontraba con Woody en una calle adyacente y se marchaban juntos. La llevaba al campus, donde no podía verla ningún conocido. Allí se sentía segura.

Una noche que Hillel les había cedido el cuarto, mientras estaba en la cama, con Colleen pegada a él después de hacer el amor, Woody se fijó en las marcas que tenía en la espalda desnuda.

—¿Por qué no lo denuncias? Acabará matándote.

—Su padre es el jefe de policía de Madison y su hermano, el adjunto —le recordó Colleen—. No hay nada que hacer.

—Supongo que Luke era demasiado idiota para ser policía...

—Le habría gustado serlo. Pero tiene antecedentes por conducta violenta.

—¿Y por qué no denunciarlo en otro sitio? —sugirió Woody.

—Porque esta es la jurisdicción de Madison. Y porque, de todas formas, no quiero hacerlo.

—No sé si yo puedo seguir así, viendo cómo te maltrata.

—Acaba la carrera, Woody. Y luego llévame muy lejos, contigo.

Pero no pudieron continuar así mucho tiempo. Luke seguía desconfiando y se puso a controlar si ella estaba en casa. Colleen tenía que llamarlo cuando salía de la estación de servicio y cuando llegaba a casa. Luego, él podía llamarla en cualquier momento, para asegurarse de que estaba allí. A Colleen más le valía no perderse ni una llamada. Tuvo que pagar cara la noche que fue a casa de la vecina para echarle una mano con una fuga de agua que tenía en la cocina.

Cuando Luke se iba y Woody podía quedar con Colleen, le daba la impresión de que le había pasado un tornado por encima. Pero esos momentos eran cada vez más infrecuentes.

El hermano empezó a pasarse regularmente por la estación de servicio para ver quién estaba. Lo siguiente fue ir a buscarla a la salida del trabajo para acompañarla a casa.

—Solo quiero asegurarme de que llegas sana y salva a casa —le dijo—. Nunca se sabe quién anda por las calles en los tiempos que corren.

La situación se agravaba. Woody acechaba a Colleen a distancia. Acercarse a ella era cada vez más peligroso. A menudo, Hillel lo acompañaba. Se quedaban los dos vigilando en el coche. Observaban la gasolinera o la casa. A veces, mientras Hillel montaba guardia, Woody se arriesgaba a entrar para estar con Colleen un momentito.

Una noche en que pasaban en coche cerca de la casa, les dio el alto un vehículo de la policía. Woody aparcó en la cuneta y el padre de Luke se apeó. Se acercó, comprobó la identidad de los ocupantes y le dijo a Woody:

—Escúchame, jovencito. Tú juega al fútbol y métete en tus asuntos. Que ni se te ocurra venir a tocar los huevos. ¿Te has enterado?

—¿Cómo sabe que juego al fútbol? —preguntó Woody.

—Me gusta saber con quién me las tengo que ver —contestó el padre con sonrisa falsa.

Woody y Hillel volvieron al campus.

—Ándate con ojo, Wood —dijo Hillel—. Todo este asunto empieza a oler muy mal.

—Ya lo sé. Pero ¿qué quieres que haga? ¿Que me cargue al marido de una vez por todas?

Hillel meneó la cabeza, impotente.

—No quiero que te pase nada malo, Woody. Y debo confesar que empiezo a estar un poco asustado.

*

Aquel año, por primera vez en mi vida, no me reuní con mis primos en Acción de Gracias. La antevíspera, me contaron que Patrick Neville los había invitado a una fiesta a la que también acudirían varios jugadores de los Giants. Decidí ir a Baltimore a pesar de todo. Tal y como había hecho durante toda mi infancia, fui en tren la víspera de la fiesta. Me llevé un tremendo chasco al no encontrar a nadie esperándome en el andén. Cogí un taxi hasta Oak Park, y al llegar a casa de los Baltimore, vi a Tía Anita que se marchaba.

—¡Dios mío, Markie! —dijo al verme—. Se me había olvidado por completo que llegabas esta noche.
—No importa. Ya estoy aquí.
—Ya sabes que tus primos no están...
—Lo sé.
—Markie, lo siento horrores. Esta noche tengo guardia en el hospital. No me queda más remedio que ir. Tu tío se alegrará de verte. Hay comida preparada en la nevera.

Me dio un abrazo. Y mientras me estrechaba en sus brazos, me di cuenta de que algo había cambiado. Parecía cansada y triste. Ya no le veía esa luz deslumbrante que tantas veces había turbado mi corazón de niño y adolescente.

Entré en la casa. Encontré a Tío Saul delante de la televisión. Al igual que Tía Anita, me recibió con una mezcla de cariño y tristeza. Subí al primer piso para dejar mis cosas en una de las habitaciones de invitados, y me pregunté para qué servían todas esas habitaciones, si estaban vacías. Recorrí los pasillos inmensos, entré en los cuartos de baño gigantescos. Crucé sucesivamente por los tres salones, que estaban totalmente apagados. Sin fuego en la chimenea, ni la televisión encendida, ni un libro o un periódico abiertos esperando a algún lector deseoso de volver a cogerlos. Cuando bajé, Tío Saul estaba preparando la cena. Había puesto dos cubiertos en la barra. Hubo un tiempo, no tan lejano, en que, sentados a esa misma barra, Hillel, Woody, él y yo, dando brincos ruidosos de impaciencia, le tendíamos los platos a Tía Anita, que, desde el otro lado, sonreía, radiante, a su tropa infantil mientras preparaba en una amplia plancha de teflón cantidades pantagruélicas de tortitas, huevos y beicon de pavo.

Apenas hablamos durante la cena. Tío Saul no tenía mucho apetito. De lo único que me habló fue de los Ravens de Baltimore.

—¿No te gustaría venir a ver algún partido? Tengo entradas, pero no le interesa a nadie. Están teniendo una temporada tremenda, ¿sabes? ¿Te he dicho ya que conozco a bastante gente en la organización de los Ravens?

—Sí, Tío Saul.

—Entonces, tienes que venir algún día a ver un partido. Díselo a tus primos. Tengo entradas gratis, en primera fila y eso.

Después de comer, fui a dar una vuelta por el barrio. Saludé amistosamente a unos vecinos que paseaban al perro, como si los conociera. Cuando me crucé con un vigilante de seguridad que patrullaba en su vehículo, le hice la seña secreta y me respondió. Pero fue en vano: la época bienaventurada de nuestra infancia se había ido para no volver y nada podía hacerse para recuperarla; los Goldman-de-Baltimore pertenecían ya al pasado.

*

Esa misma tarde en que yo estaba en Baltimore y mis primos en Nueva York, Colleen se retrasó al volver del trabajo. Se bajó del coche y fue corriendo hasta la casa. Giró el picaporte, pero la puerta estaba cerrada. Luke ya se había ido. Miró el reloj: eran las siete y veintidós de la tarde. Le entraron ganas de llorar. Abrió la puerta con su llave y se internó en la oscuridad. Sabía que, cuando regresara, le daría su merecido.

No podía retrasarse al volver de la estación de servicio. Ya lo sabía, Luke se lo había dicho. Cerraba a las siete y a las siete y cuarto ya tenía que estar de vuelta en casa. Si no, Luke se marchaba. Se iba a un bar que le gustaba y cuando volvía a casa, se encargaba de ella.

Esa noche lo estuvo esperando hasta las once. Le entraron ganas de llamar a Woody pero no quería que tuviera nada que ver con todo aquello. Sabía que acabaría mal. En momentos así, pensaba en escaparse. Pero ¿adónde iba a ir?

Luke volvió a casa y dio un portazo que la sobresaltó. Apareció en el vano de la puerta del salón.

—Lo siento —se lamentó ella de inmediato para aplacar la ira de su marido.

—¿Qué coño estabas haciendo, me cago en Dios? ¿Eh? ¿Eh? Acabas a las siete. ¡A las siete! ¿Por qué me dejas plantado como a un gilipollas? ¿Te crees que soy idiota, es eso?

—Te pido perdón, Luke. Llegaron unos clientes a las siete y luego tuve que cerrar y me retrasé cinco minutos.

—¡Acabas a las siete y quiero que estés en casa a las siete y cuarto! No es tan difícil. Pero tú siempre tienes que ir de listilla.

—Pero Luke, es que cerrarlo todo lleva su tiempo...

—Deja de gimotear, ¿quieres? Y métete en el coche a toda leche.

—¡Luke, eso no! —le suplicó.

La apuntó con un dedo amenazador.

—Más te vale obedecer.

Colleen salió y se subió a la ranchera. Él se sentó al volante y arrancó.

—Perdóname, perdóname, Luke —dijo muy bajito—. No volveré a llegar tarde.

Pero él había dejado de escucharla y la estaba agobiando a insultos. Colleen lloraba. Luke ya había dejado atrás Madison y cogió la carretera 5, que era totalmente recta. Pasó por el puente Lebanon y siguió adelante. Ella le rogaba que volviese a casa.

—¿Qué pasa, que no te gusta estar conmigo? —se burló él.

Y, de repente, se paró en un descampado.

—¡Fin de trayecto, abajo todo el mundo! —dijo con un tono que no admitía réplica.

Colleen se quejaba en vano:

—Luke, por favor, eso no.

—¡Que te bajes! —le gritó de pronto.

Cuando empezaba a vociferar, era señal de que tenía que obedecerle. Salió penosamente del coche y él arrancó en el acto, abandonándola a ocho millas de su casa. Era su castigo: tenía que volver a pie y en plena noche a Madison. Solía llevar vestidos cortos y leotardos finos, y así se adentraba en la bruma húmeda y dejaba que se la tragaran las tinieblas.

La primera vez, se había resistido. Cuando Luke, gritando hasta ponerse encarnado, le ordenó que ahuecase el ala, ella se rebeló.

Le dijo que esa no era forma de tratar a la mujer de uno. Luke se bajó del coche.

—Anda, cielo, ven aquí —le dijo casi con cariño.

—¿Por qué?

—Porque voy a darte tu merecido. Te voy a dar de hostias para que comprendas que cuando yo te ordeno algo, tú obedeces.

Colleen se disculpó enseguida:

—Lo siento, no quería enfadarte... Ya me voy, haré todo lo que me digas. Discúlpame, Luke. No quería cabrearte.

Salió enseguida del coche y se fue andando por la carretera, pero no había recorrido ni cinco metros cuando Luke ya la había alcanzado.

—¿No te coscas de lo que digo o qué? ¿Es que no hablamos el mismo idioma?

—Claro que sí, Luke. Me has dicho que me largue y me estoy largando.

—¡Eso era antes! Ahora las órdenes han cambiado. Qué es lo que te he dicho, ¿eh?

Ella rompió a llorar, aterrorizada.

—Ya no lo sé, Luke... Perdóname, ya no entiendo nada.

—Te he dicho que vengas aquí para que te dé de hostias. ¿Se te ha olvidado?

Le flaqueaban las piernas.

—Perdona, Luke, ya he entendido la lección. Te prometo no volver a desobedecerte.

—¡Que vengas aquí! —vociferó él sin moverse—. ¡Cuando te diga que vengas, tú vienes! ¿Por qué siempre vas de listilla, eh?

—Perdona, Luke, he sido una tonta, no volverá a pasar.

—¡Que vengas, joder! ¡Que vengas o te llevas ración doble!

—¡No, Luke, te lo suplico!

—¡Muévete!

Se acercó, aterrorizada, y se quedó enfrente de él.

—Te tocan cinco bofetones, ¿de acuerdo?

—Yo...

—¿De acuerdo?

—Sí, Luke.

—Quiero que los cuentes.

Se mantuvo erguida y él levantó la mano. Ella cerró los ojos, llorando desconsoladamente. Le arreó un bofetón monumental que la tiró al suelo y le arrancó un grito.

—¡He dicho que los cuentes!

Colleen sollozó, de rodillas en el asfalto húmedo.

—Uno... —dijo entre dos hipidos.

—Muy bien. ¡Venga, levanta!

Se puso de pie. Él volvió a pegarle. Se quedó doblada en dos, con las manos en las mejillas.

—¡Dos! —gritó.

—Muy bien, venga, en posición.

Obedeció, él le sujetó la cabeza bien tiesa y volvió a pegarle con todas sus fuerzas.

—¡Tres!

Se cayó de espaldas.

—Vamos, vamos, no te quedes ahí, ¡arriba! Y no te he oído contar.

—¡Cuatro! —sollozó.

—¿Ves? Ya estamos terminando. Vamos, ven, aquí delante de mí y ponte tiesa.

Cuando terminó de pegarle, le ordenó que se esfumara y ella salió huyendo enseguida. Tardó una hora en llegar al puente Lebanon. Y ni siquiera era la mitad del camino hasta Madison. Se quitó los zapatos de tacón, porque le hacían daño y andaba más despacio, y fue pisando descalza por el asfalto frío que le destrozaba los pies. De repente, unos faros iluminaron la carretera. Se acercaba un coche. El conductor no la vio hasta el último segundo y estuvo a punto de atropellarla. Se detuvo. Ya había visto a ese chico en la estación de servicio. Fue la noche en que se cruzó en el camino de Woody.

Desde entonces, si volvía tarde del trabajo, Luke la dejaba tirada en la carretera desierta, obligándola a volver a pie. Esa noche, cuando por fin llegó a su casa, le había cerrado la puerta por dentro. Se tumbó en el sofá pequeño del porche y durmió allí, tiritando de frío.

Woody estaba cada vez más preocupado. Hillel me puso al tanto de sus tribulaciones a principios de 2001.

—No sé por qué de repente le ha cogido tanto cariño a esa chica. Pero desde hace seis meses, solo piensa en salvarla. Lo noto distinto. ¿Tú sabes si ha pasado algo?

—Qué va.

Estaba mintiendo. Sabía que Woody intentaba olvidarse de Alexandra atendiendo a Colleen. Quería salvarla para salvarse a sí mismo. También comprendí que cuando Hillel iba con él, de noche, a vigilar la casa de Colleen, no era para hacerle compañía: iba para cuidar de él, quería impedirle que hiciera alguna tontería.

Aun así, no pudo evitar que Luke y Woody se enfrentaran en febrero, en un bar de Madison.

*

Madison, Connecticut
Febrero de 2001

Woody iba conduciendo por la calle principal de Madison cuando vio la ranchera de Luke aparcada delante de un bar. Frenó en seco y aparcó al lado. Luke llevaba diez días sin marcharse a entregar mercancía. Diez días en los que Woody no había visto a Colleen. Diez días en los que estaba condenado a observarla desde lejos. Unos días antes, por la noche, había oído gritos en su casa, pero Hillel le había impedido bajar del coche e intervenir. No podía seguir así.

Entró en el bar y se encontró con Luke en la barra. Se fue directo hacia él.

—¡Pero si ha venido a vernos el del fútbol! —dijo Luke, que ya llevaba una copa de más.

—Ándate con cuidado, Luke —le dijo Woody.

Luke le llevaba al menos diez años. Era más robusto y más ancho; tenía cara fosca y manos como jamones.

—¿Tienes algún problema, señor deportista? —le preguntó Luke, incorporándose.

—Tengo un problema contigo. Quiero que dejes en paz a Colleen.

—¿Ah, sí? ¡Pretendes decirme cómo debo tratar a mi mujer!

—Eso mismo. No la trates de ninguna manera. No te quiere.

—¿Cómo te atreves a hablarme así, niñato de mierda? Te doy dos segundos para que te las pires.

—Como vuelvas a tocarla...

—Como vuelva a tocarla, ¿qué?

—Te mataré.

—¡Capullo! —vociferó Luke agarrando a Woody—. ¡Que no eres más que un capullo!

Woody se defendió y lo empujó antes de pegarle un derechazo en toda la cara. Luke se lo devolvió y los clientes del bar se les echaron encima para separarlos. Hubo un momento de confusión y entonces se oyeron unas sirenas. El padre y el hermano de Luke se plantaron en el bar para poner orden. Detuvieron a Woody y lo metieron en un coche patrulla. Salieron de la ciudad y se lo llevaron a una cantera abandonada desierta donde le dieron una paliza con las porras hasta hacerle perder el conocimiento.

Volvió en sí unas horas después. Tenía la cara hinchada y un hombro dislocado. Se arrastró hasta la carretera y esperó a que pasara un coche.

Un conductor lo recogió y lo llevó al hospital de Madison, donde Hillel fue a buscarlo. Las heridas eran superficiales, pero el hombro iba a tener que cuidárselo.

—¿Qué ha pasado, Woody? Te he estado buscando buena parte de la noche.

—Nada.

—Woody, esta vez has tenido suerte. Un poco más y tendrías que dejar el fútbol para siempre. ¿Eso es lo que quieres, tío? ¿Mandar tu carrera a la mierda?

A Colleen también le salió cara esa intervención de Woody. Cuando volvió a verla, una semana después, en la estación de servicio, se fijó en que tenía un ojo morado y un labio partido.

—¿Qué has hecho, Woody?

—Quería defenderte.

—Es mejor que no nos veamos más.

—Pero Colleen...

—Te pedí que te mantuvieras al margen.

—Quería protegerte.

—No podemos vernos más. Es mejor así. ¡Vete, por favor!
Woody obedeció.

Al cabo de unas semanas, Hillel y yo aprovechamos las vacaciones de primavera para alejar a Woody de Madison y distraerlo llevándolo a pasar diez días en La Buenavista.

Aquella estancia en Florida coincidió con un grave y repentino empeoramiento en el estado de salud del abuelo Goldman. Tuvo una pulmonía que lo dejó muy debilitado. Cuando nos fuimos de Florida, aún estaba en el hospital. Tía Anita decía que no aguantaría mucho tiempo. El abuelo pudo salir del hospital y volver a la residencia pero ya no se levantaba de la cama. Íbamos a visitarlo todas las mañanas temprano: después de descansar toda la noche, estaba muy locuaz. Débil pero lúcido. Un día que estábamos hablando con él, Woody le preguntó:

—Por cierto, abuelo, me acabo de dar cuenta de que ni siquiera sé cuál era tu profesión.

El abuelo le dedicó una sonrisa luminosa.

—Era presidente ejecutivo de Goldman & Cía.

—¿Y eso qué era?

—Una empresa pequeña que fabricaba material médico y que yo fundé. Fue la aventura de mi vida: imagínate, Goldman & Cía. existió durante más de cuarenta años. Me gustaba ir a la oficina: estábamos instalados en un edificio muy bonito de ladrillo rojo que se veía desde la carretera, en el que ponía, con mayúsculas muy grandes: GOLDMAN. Qué orgulloso me sentía de él.

—Pero ¿dónde estaba? ¿En Baltimore?

—No, en el estado de Nueva York. Vivíamos a unas millas de allí, en Secaucus, en Nueva Jersey.

—¿Qué pasó con Goldman & Cía.? —siguió preguntando Woody.

—La vendimos. Vosotros ya habíais nacido, pero no podéis acordaros. Fue a mediados de los años ochenta.

El abuelo le había despertado la curiosidad a Woody, que preguntó si había alguna foto de la época de Goldman & Cía. La abuela encontró una caja de zapatos donde había un montón de fotos variopintas y revueltas. La mayor parte databan de los últimos años: había muchas caras que no conocíamos —amigos de Florida— y algunas fotos de los abuelos juntos. Finalmente, nos topamos con una del abuelo delante del famoso edificio de Goldman & Cía., que estuvimos mirando mucho rato. También encontramos algunas fotos donde aparecíamos Woody, Hillel y yo, de adolescentes, durante unas vacaciones en Florida.

—La Banda de los Goldman —soltó el abuelo enarbolando la foto y dando pie a una carcajada general.

Quiero honrar la memoria de nuestro abuelo Max Goldman, que falleció seis semanas después. Conservo de los momentos postreros que pasamos juntos el recuerdo de su vitalidad y de su sentido del humor, aun estando a las puertas de su última morada.

No se me va de la memoria esa risa suya tan tierna. Ni lo exigente que era. Ni el porte y la elegancia atemporal que le eran propios. En ninguna de las ceremonias, entregas de premios y citas importantes para las que he tenido que ponerme corbata, he dejado de acordarme, en el momento de hacer el nudo, del abuelo siempre hecho un pincel.

Gloria a ti, abuelo querido, al que tanto añoro aquí en la tierra. Me gusta creer que me miras desde las alturas y que vas siguiendo mi andadura con una mezcla de regocijo y emoción. Sabrás, pues, que tengo una digestión excelente y que no padezco de colon irritable. Quizá a causa de los kilos de All-Bran que me obligaste a engullir en Florida, mientras me mirabas bondadosamente. Gracias te sean dadas por todo cuanto me has dado. Descansa en paz.

25.

Enterramos al abuelo el 30 de mayo de 2001 en Secaucus, en Nueva Jersey, la ciudad donde había crecido, al igual que la abuela, mi padre y Tío Saul. Algunos amigos suyos de Florida se empeñaron en desplazarse hasta allí.

Yo estaba sentado al lado de mis primos. Alexandra también estaba, en la fila de detrás. Llevé la mano un poco hacia atrás, ella me la cogió discretamente y la apretó. Junto a ella, me sentía fuerte.

Sé que ese mismo día, más tarde, Woody le dijo:

—Es bonito cuánto lo quieres.

Ella sonrió.

—¿Y tú? —le preguntó—. Hillel me ha contado lo de esa chica, ¿Colleen?

—Está casada. Es complicado. De momento, he dejado de verla.

—¿La quieres?

—No lo sé. Le tengo mucho cariño. Hace que me sienta menos solo. Pero es ella y no tú.

La ceremonia fue a imagen y semejanza del abuelo: sobria y con un toque de humor. Mi padre pronunció un discurso muy inspirado cuyas alusiones a los All-Bran nos hicieron reír a todos. Luego tomó la palabra Tío Saul, en tono más serio. Su oración fúnebre comenzaba así:

—Es la primera vez que vuelvo a Nueva Jersey. Como sabéis, mi relación con papá no siempre fue buena...

Esas palabras me sonaron muy raras. No reflejaban la relación de la que yo había sido testigo en la época dorada de los Baltimore.

Después de la ceremonia y el ágape, a la abuela se le antojó dar una vuelta por Secaucus. Como yo nunca había estado allí, me ofrecí a llevarla. Y como también estaba deseando entender lo que había dicho Tío Saul, aproveché que estábamos los dos solos en el coche para preguntárselo.

—¿A qué se estaba refiriendo Tío Saul hace un rato?

La abuela fingió que no me oía y siguió mirando por la ventanilla.

—¿Abuela?

—Markie —me dijo—, este no es momento para hacer preguntas.

—¿Les pasó algo al abuelo y a Tío Saul?

—Anda, Markie, conduce y calla, por favor. ¿Quieres hacerme un tercer grado un día como hoy?

—Lo siento, abuela.

No dije nada más. Me guió hasta su antigua casa, que tuvieron que hipotecar cuando empezó a deteriorarse la situación económica de Goldman & Cía. Luego me pidió que la llevara a la antigua fábrica Goldman. Yo no había ido nunca y me fue guiando. Tras veinte minutos largos en coche, salimos de Nueva Jersey, entramos en el estado de Nueva York y llegamos a una zona industrial fuera de uso. La abuela se paró delante de un edificio de ladrillo rojo abandonado. Deslizó el dedo por la fachada.

—Aquí estaba mi despacho —me dijo señalando un agujero en la pared que seguramente había sido una ventana.

—¿Qué hacías?

—Me encargaba de toda la contabilidad. Las finanzas eran cosa mía. Tu abuelo era un vendedor fuera de serie, pero por cada dólar que ganaba, se gastaba dos. Yo era quien mandaba en los gastos, en la fábrica y en casa.

Cuando volví a llevar a la abuela al aparcamiento del cementerio, los Baltimore ya la estaban esperando en el monovolumen con chófer que tenía que llevarlos de vuelta a Manhattan. Tío Saul había reservado habitaciones en el New York Plaza para la abuela y todos los Baltimore. Nosotros, los Montclair, nos quedábamos en Montclair.

Al día siguiente, Tío Saul me pidió que fuera a verlo al hotel y así lo hice. Nos reunió a Woody, a Hillel y a mí en un rincón tranquilo de la cafetería del New York Plaza y nos comunicó que, en sus últimas voluntades, el abuelo había dispuesto que una de sus cuentas de ahorro se dividiera equitativamente entre «sus tres nietos». Nos correspondían a cada uno veinte mil dólares.

*

Una semana después del entierro, acompañé a la abuela de vuelta a Florida. Cogí un avión con ella y me quedé unos días en Miami para que no se sintiera sola. Tío Saul puso a mi disposición el piso de La Buenavista.

A la abuela la reconfortaba tenerme en la residencia de la tercera edad. Todavía la estoy viendo, el día que volvió a Miami, fumando en la terraza, de cara al océano, con la mirada perdida. Encima de la mesa del saloncito había dejado una caja de zapatos llena de fotos viejas. Cogí unas cuantas al azar y, como no reconocía ni a la gente ni los lugares, empecé a hacerle preguntas. Me contestó a medias, se le notaba que quería estar tranquila y que yo era un incordio. De pronto, me soltó lo de las cosas que había en el guardamuebles.

—¿Qué guardamuebles? —pregunté.

—Un guardamuebles de Aventura. La dirección está en el armario de las llaves.

—¿Y qué hay allí?

—Todos los álbumes de la familia. Si te apetece ver fotos, es mejor que vayas allí. Están seleccionadas, clasificadas y anotadas. Haz con ellas lo que quieras, siempre y cuando dejes de hacerme preguntas.

Aún hoy sigo sin saber si me lo contó porque quería que fuera a buscarlas o porque quería que me fuera, sin más. Como me había picado la curiosidad, fui al guardamuebles, donde encontré, tal y como había dicho la abuela, la vida de los Goldman en miles de fotografías, ordenadas y clasificadas en varios álbumes polvorientos. Los abrí al azar; hallé caras rejuvenecidas y todo lo que éramos antes. Fui retrocediendo en el tiempo y a través de las épocas y luego decidí que sería divertido buscarme. Me vi cuando era un bebé, vi la casa de Montclair recién pintada. Me vi desnudo en una piscina de plástico colocada en la hierba. Vi imágenes de mis primeros cumpleaños. No tardé en darme cuenta de que en todas esas fotos faltaban los personajes más importantes. Al principio pensé que sería casualidad o un error de clasificación. Me pasé varias horas repasando los álbumes hasta que tuve que rendirme a la evidencia: nosotros estábamos en todas partes y ellos, en ninguna. Había Goldman-de-Montclair a mansalva, mientras que los Goldman-de-Baltimore parecían ser *personae non gratae*. Ni una sola foto de Hillel de pequeño, ni de cuando nació, ni de sus cumpleaños. Ninguna foto de la boda de Tío Saul y Tía Anita, mientras que mis padres tenían tres álbumes enteros. Las primeras instantáneas de Hillel databan, en el mejor de los casos, de cuando tenía cinco años. Resultaba que en los archivos de mis abuelos, durante mucho tiempo, los Goldman-de-Baltimore no existieron.

Seguramente, la abuela Ruth se imaginaba que me quedaría encerrado en el guardamuebles para siempre y que ella podría fumar en la terraza con paz y tranquilidad. Pero, para su desgracia, me planté en su apartamento con los brazos cargados de álbumes familiares.

—Markie, ¿por qué me llenas esto de trastos? ¡Si lo llego a saber, no te digo nada del guardamuebles!

—Abuela, ¿qué fue de ellos durante todos esos años?

—¿De qué me estás hablando, cariño? ¿De los álbumes?

—No, de los Goldman-de-Baltimore. Antes de que Hillel tuviera cinco años, no hay ninguna foto de los Goldman-de-Baltimore...

Primero puso cara de estar harta e hizo un ademán con el brazo para descartar toda conversación.

—Bah —dijo—. El pasado pasado está. Y es mejor así.

Yo seguía dándole vueltas a la extraña oración fúnebre de Tío Saul en el entierro del abuelo.

—Pero abuela —insistí—, es como si, en un momento dado, hubiesen desaparecido de la faz de la tierra.

Me sonrió con tristeza.

—No te creas que andas muy desencaminado, Markie. ¿Nunca te has preguntado cómo acabó tu tío en Baltimore? Tío Saul y tu abuelo estuvieron doce años sin hablarse.

26.

El curso universitario ya había terminado cuando, a finales de junio de 2001, Woody volvió a Madison después del entierro del abuelo. Tenía muchísimas ganas de volver a ver a Colleen.

No estaba en la estación de servicio. En su lugar, había una chica a la que no conocía. Fue a montar guardia cerca de su barrio. Vio la ranchera de Luke aparcada delante de la casa: estaba allí. Se escondió en el coche y esperó. No vio a Colleen. Pasó la noche en la calle.

Al día siguiente, con el alba, Luke salió de casa. Llevaba una bolsa de viaje. Se subió en la ranchera y se fue. Woody lo siguió a cierta distancia. Llegaron a las oficinas de la empresa de transportes para la que trabajaba Luke. Una hora después volvía a salir al volante de un camión pesado. Woody tenía al menos veinticuatro horas de tregua.

Volvió a la casa. Llamó pero no obtuvo respuesta. Volvió a llamar, intentó atisbar el interior por las ventanas. La casa parecía vacía. De repente, una voz a su espalda lo sobresaltó.

—No está en casa.
Se dio la vuelta. Era la vecina.
—¿Disculpe?
—¿Está buscando a Colleen?
—Sí, señora.
—No está en casa.
—¿Y sabe dónde está?
La vecina puso cara compungida.
—Está en el hospital, hijo.

Woody fue corriendo de inmediato al hospital de Madison. Se la encontró en cama, con la cara hinchada y un collarín. Le habían dado una paliza brutal. Cuando lo vio, se le iluminaron los ojos.

—¡Woody!
—Shhh, no te alteres.
Tenía ganas de tocarla, de besarla, pero le daba miedo hacerle daño.
—Woody, pensé que no volverías nunca.
—Ahora ya estoy aquí.
—Perdóname por haberte echado. Te necesito.
—No voy a ir a ninguna parte. Ahora, estoy aquí.

Woody sabía que si se quedaba de brazos cruzados, Luke acabaría matándola. Pero ¿cómo podía protegerla? Le pidió ayuda a Hillel, quien, a su vez, recurrió a Tío Saul y a Patrick Neville. A Woody se le ocurrían ideas absurdas para tenderle una trampa a Luke, como meterle un arma y marihuana en el coche y luego avisar a la policía federal. Pero todas las pistas lo señalarían a él. Hillel sabía que para pillar a Luke legalmente había que lograr que saliera de la jurisdicción de su padre. Se le ocurrió una idea.

*

Madison, Connecticut
1 de julio de 2001

Colleen salió de casa a primera hora de la tarde. Metió el equipaje en el maletero del coche y se fue. Una hora más tarde, llegó Luke. Encontró la nota que le había dejado en la mesa de la cocina.

> *Me voy. Quiero el divorcio.*
> *Si estás dispuesto a hablar sin perder la calma, estoy en el motel Days Inn, en la carretera 38.*

Luke montó en cólera. ¿Su mujer quería hablar? Pues que se fuese preparando. Ya se iba a encargar él de que se le pasasen las ganas. Se metió en el coche de un salto y condujo como un loco hasta el motel. Localizó enseguida el coche, aparcado delante de una habitación. Se abalanzó contra la puerta y se puso a darle golpes.

—¡Colleen! ¡Ábreme!

Colleen notó un nudo en el estómago.

—Luke, no voy a abrir hasta que te calmes.

—Que abras la puerta inmediatamente.

—No, Luke.

Aporreó la puerta con todas sus fuerzas. Colleen no pudo contener un grito.

Hillel y Woody estaban en la habitación contigua. Hillel descolgó el teléfono y llamó a la policía. Un operador atendió la llamada.

—Aquí hay un tío que le está dando una paliza a su mujer —le explicó Hillel—. Creo que la va a matar...

Luke seguía fuera, arreándole patadas y puñetazos a la puerta. Después de colgar, Hillel miró el reloj de pulsera, esperó un minuto y le hizo una señal a Woody, que llamó por teléfono a la habitación de Colleen.

—¿Estás lista, Colleen? —le dijo cuando descolgó.

—Sí.

—Todo saldrá bien.

—Ya lo sé.

—Eres muy valiente.

—Lo hago por nosotros.

—Te quiero.

—Yo también.

—Ahora, adelante.

Colleen colgó el teléfono. Inspiró profundamente y abrió la puerta. Luke se le echó encima y empezó a pegarla. Los gritos se oían desde el aparcamiento del motel. Woody salió de la habitación, se sacó una navaja del bolsillo y le pinchó a Luke la rueda de atrás de la ranchera antes de darse a la fuga, con un nudo en el estómago.

Golpes y más golpes. Y no se oía ninguna sirena.

—¡Para! —suplicaba Colleen, llorando y encogida en el suelo en posición fetal para protegerse de las patadas.

Luke decidió que ya tenía su merecido y la puso de pie agarrándola del pelo. La sacó a rastras de la habitación y la obligó a subir a la ranchera. Varios clientes del motel, alertados por los gritos, habían salido de sus habitaciones, pero no se atrevían a intervenir.

Por fin se oyeron las sirenas. Dos coches de policía llegaron en el preciso instante en que Luke salía del aparcamiento a toda velocidad. Pero no pudo ir mucho más allá por culpa de la rueda pinchada. Lo detuvieron en los minutos siguientes.

Al ir al motel, había cruzado la frontera del estado de Nueva York. Y allí se iba a quedar en prisión preventiva hasta que lo juzgaran por maltrato y secuestro.

*

Colleen se alojó una temporada en Baltimore, en casa de los Goldman. Para ella fue como volver a nacer. En agosto, nos acompañó a Woody, a Hillel y a mí a Florida. La abuela necesitaba ayuda para ordenar las cosas del abuelo.

Como no hacían falta cuatro personas para ordenar los documentos y los libros que había dejado el abuelo, mandamos a Woody y a Colleen a pasar una temporadita a solas. Alquilaron un coche y se fueron a los Cayos.

Hillel y yo estuvimos una semana con los papelotes del abuelo.

Acordamos que yo me encargaría de los archivos y Hillel de los documentos legales. Por eso, cuando encontré en un cajón el testamento del abuelo, se lo di a Hillel sin leerlo siquiera.

Hillel lo examinó detenidamente y puso una cara muy rara.

—¿Estás bien? —le pregunté—. Te noto raro de repente.

—Estoy bien. Pero hace mucho calor. Voy a tomar el aire al balcón.

Lo vi doblar el documento por la mitad y llevárselo.

27.

A principios del mes de septiembre de 2001, se dictó sentencia firme contra Luke: tres años de cárcel en el estado de Nueva York. Fue una liberación para Colleen, quien por las mismas fechas interpuso una demanda de divorcio. Ya podía volver a Madison con total tranquilidad.

Aquello coincidió con el inicio de nuestro cuarto curso en la universidad. El curso en que el Estadio Burger Shake pasó a ser el Estadio Saul Goldman.

Me acuerdo de la ceremonia de cambio de nombre que se celebró el sábado 8 de septiembre y en la que estuve presente. Tío Saul estaba radiante. Asistió la flor y nata de la universidad. Una cortina tapaba las letras de metal macizo y, después del discurso del rector, Tío Saul tiró de un cordón para quitarla y dejar a la vista la nueva identidad del lugar. Por alguna razón que yo ignoraba, la única persona que faltó ese día fue Tía Anita.

Unos días después, Nueva York sufrió los atentados del 11-S. La ciudad de Madison se quedó aturdida, como el resto del país, y fue en parte el éxito de los Titanes lo que animó a los vecinos a apartarse del televisor y a volver al estadio.

Fue el comienzo de una temporada excepcional para Woody. Había alcanzado su nivel óptimo de juego. En aquel momento, no existía ningún indicio de lo que iba a suceder. Ese año iba a ser el de la consagración deportiva de los Titanes. Woody jugaba para ganar, con una rabia excepcional. Apenas había empezado la temporada y el equipo de Madison ya había desbaratado las estadísticas e iba sumando victorias, machacando a sus adversarios uno por uno. Sus hazañas atraían a una cantidad de espectadores impresionante, en todos los partidos se colgaba el cartel de «no hay entradas» y para la ciudad de Madison todo eran ventajas: los restaurantes estaban llenos, a las tiendas les quitaban de las manos las camisetas y las banderas con los colores del equipo. La comarca entera estaba como loca: todo apuntaba a que ese año los Titanes iban a ganar el campeonato universitario.

Entre las admiradoras de Woody estaba Colleen, que ahora se dejaba ver con él por Madison, muy orgullosa. Siempre que podía, cerraba un poco antes la estación de servicio para asistir a los entrenamientos. Cuando Woody tenía algo de tiempo libre, la ayudaba. Ordenaba el almacén y a veces atendía a los clientes, que le decían:

—Cómo iba a sospechar que hoy me llenaría el depósito un campeón de fútbol...

Woody se convirtió no solo en la estrella de todos los estudiantes sino en el favorito de la ciudad de Madison, uno de cuyos *diners* tenía incluso en la carta una hamburguesa con su nombre: la *Woody*. Era un bocadillo de cuatro pisos con pan y carne suficientes para que ni siquiera alguien con buen diente pudiera acabárselo. Si había uno que conseguía comérselo entero, la casa lo invitaba y lo honraba con una foto Polaroid que se clavaba en la pared inmediatamente, mientras los demás clientes lo vitoreaban y el dueño del local repetía muy orgulloso:

—Nuestra hamburguesa *Woody* es como el Woody de verdad: no hay quien pueda con ellos.

Durante la cena de Acción de Gracias en Baltimore, Woody le pidió a la familia permiso para cambiar el nombre que llevaba en la camiseta de fútbol por el de Goldman. A todo el mundo le pareció muy emocionante y conmovedor. Por primera vez, nos llevaba a otro nivel: gracias a él, ya no éramos ni los Montclair ni los Baltimore, éramos los Goldman. Por fin estábamos reunidos bajo la misma bandera.

Al cabo de una semana, el periódico local de Madison, el *Madison Daily Star,* publicó un reportaje sobre los Baltimore que contaba la historia de Woody, Hillel, Tía Anita y Tío Saul, con una foto de los cuatro, sonrientes y felices, sujetando la camiseta de Woody con el apellido «Goldman» estampado.

Mientras todas las miradas se centraban en Woody, que avanzaba hacia la gloria del deporte, en Baltimore, Tío Saul y Tía Anita se hundían lentamente en las sombras, sin que nadie se percatara.

Primero, Tío Saul perdió un juicio muy importante en el que había trabajado varios años. Era el abogado defensor de una mujer que había demandado a una aseguradora médica que se había negado a pagar las medicinas de su marido diabético, que falleció por ese motivo. Tío Saul pedía para su cliente varios millones en concepto de daños y perjuicios. El juez desestimó la demanda.

A continuación, surgieron entre ellos graves desavenencias. Primero, Tía Anita quiso saber a cuánto ascendía la donación que Tío Saul le había hecho a la universidad de Madison para que le pusiera su nombre al estadio. Él sostuvo que era una nimiedad, que había llegado a un acuerdo con el rector. Su mujer no lo creyó. Le parecía que se comportaba de forma extraña. No le pegaba nada poner su ego por delante. Sabía que era muy generoso, siempre pendiente de los demás. Trabajaba como voluntario en comedores sociales; siempre que se cruzaba con un sin techo, le daba algo. Pero nunca hablaba de esas cosas. No alardeaba de ellas. Era modesto y honrado, y por eso lo quería ella. ¿Quién era ese hombre al que de repente se le antojaba ponerle su apellido a un estadio de fútbol?

Tía Anita empezó a hacer algo que nunca había hecho en toda su vida de casada: registró el despacho de su marido, rebuscó entre sus cosas, le leyó el correo y los mensajes electrónicos. Tenía que descubrir la verdad. Como no encontró nada en su casa, aprovechó un día en que él iba a los juzgados para acudir al bufete y encerrarse allí con cualquier pretexto. Encontró los archivadores de su contabilidad personal y acabó descubriendo la verdad: Tío Saul le había prometido seis millones a la universidad de Madison. De entrada, Tía Anita no se lo creyó. Tuvo que leer los documentos varias veces. ¿Cómo podía haber hecho su marido algo semejante? ¿Por qué? Y sobre todo, ¿con qué dinero? ¿Qué le estaba ocultando? Tenía la sensación de estar viviendo una pesadilla. Lo esperó en el bufete para exigirle una explicación, pero él se tomó el descubrimiento con mucha calma.

—No deberías registrar mis cosas, y menos aquí. Estoy obligado por el secreto profesional.

—No intentes desviar el tema, Saul. ¡Seis millones de dólares! ¿Has prometido seis millones de dólares? ¿De dónde vas a sacar tanto dinero?

—¡No es asunto tuyo!

—¡Saul, eres mi marido! ¿Cómo no va a ser asunto mío?

—Porque no lo entenderías.

—Saul, cuéntamelo, por favor te lo pido. ¿De dónde has sacado tanto dinero? ¿Qué me estás ocultando? ¿Tienes algo que ver con el crimen organizado?

Él se echó a reír.

—¿De dónde sacas una cosa así? Ahora, déjame, por favor. Ya es tarde y tengo que trabajar.

Yo no vi nada de lo que estaba pasando. Cuando no estaba en la universidad, estaba con Alexandra. Era inmensamente feliz a su lado. Me conocía mejor que nadie, me entendía mejor que nadie. Podía leerme el pensamiento y adivinar lo que iba a decir antes de que lo dijera.

Ya hacía un año que Alexandra había acabado la universidad e intentaba hacerse un hueco en el mundo de la música, pero su carrera no acababa de despegar. A mí no me gustaba mucho el productor con el que se había asociado. Me parecía que se dedicaba más a promover su imagen que su música. Él decía que todo estaba relacionado, pero yo no estaba de acuerdo. No con el talento de Alexandra. Intenté decírselo, intenté animarla a escucharse a sí misma, antes que nada. Componía canciones de mucha calidad: el productor, en lugar de ayudarla a afirmarse aún más, se pasaba el rato frenando su creatividad para que encajara en un molde prefabricado que supuestamente era el que le gustaba a la mayoría. Estructura: introducción, estrofa, estribillo, estrofa 2, estribillo, puente, preestribillo y estribillo final. El primer estribillo duraba un minuto. Los productores habían perpetrado con la música el mismo sacrilegio que también sufrían los libros y las películas: calibrarlos.

A veces, Alexandra dejaba que la ganase el desaliento. Decía que nunca conseguiría nada. Que más le valía tirar la toalla. Yo le levantaba el ánimo: a veces me iba de la universidad a Nueva York para pasar la noche con ella. Solía encontrármela deprimida, encerrada en su cuarto. La instaba a que se cambiase y cogiese la guitarra, y la llevaba a tocar a algún bar con micro abierto. Siempre pasaba lo mismo: sus canciones electrizaban al público. La ovación cerrada con la que concluían sus actuaciones la reanimaba. Salía del escenario radiante. Luego, nos íbamos a cenar. Volvía a ser feliz. Y a ser la chica parlanchina que tanto me gustaba. Había olvidado sus penas.

Teníamos el mundo en las manos.

*

Yo iba casi todos los fines de semana a Madison para ver jugar a Woody. Me sumaba en las gradas del Estadio Saul Goldman al nutrido grupo de los hinchas de excepción: Tío Saul, Tía Anita, Patrick Neville, Hillel, Alexandra y Colleen.

Al calor de tantas victorias, empezaron a surgir los rumores: se contaba que los cazatalentos de los equipos más importantes de la NFL venían a observarlo todas las semanas. Patrick afirmaba que los representantes de los Giants estaban al caer. Tío Saul aseguraba que los directivos de los Ravens no les quitaban ojo a los Titanes. Las noches que había partido, desde las gradas del Estadio Saul Goldman, Hillel intentaba localizar a los cazatalentos antes de correr a los vestuarios para hacerle un informe a Woody.

—Wood —exclamó una noche—. ¡He localizado por lo menos a uno! Estaba tomando notas y colgado del teléfono. Luego lo seguí hasta el aparcamiento... y tenía matrícula de Massachusetts. ¿Sabes lo que eso significa?

—¿Los Patriots de Nueva Inglaterra? —preguntó Woody sin atreverse a creérselo.

—¡Los Patriots de Nueva Inglaterra, colega! —repitió Hillel, exultante.

Entre los vítores de los otros jugadores que estaban allí cambiándose, cayeron uno en brazos del otro.

En dos ocasiones, al final de un partido victorioso, a Tía Anita y Tío Saul los abordaron los ojeadores de equipos prestigiosos. La noche en que los Titanes machacaron a los Cougars de Cleveland —el otro equipo invicto del campeonato en esa temporada y ganador de la temporada anterior—, Patrick Neville fue a ver a Woody al vestuario con el cazatalentos de los Patriots de Nueva Inglaterra al que Hillel había calado semanas antes. El hombre le dio su tarjeta a Woody y le dijo:

—Hijo, a los Patriots les encantaría tenerte en sus filas.

—¡Dios! Gracias —contestó Woody—. No sé qué decir. Tengo que contárselo a Hillel.

—¿Hillel es tu representante? —preguntó el cazatalentos.

—No. Hillel es mi amigo. En realidad, no tengo representante.

—Yo puedo ser tu representante —se ofreció Patrick espontáneamente—. Siempre he soñado con dedicarme a eso.

—Sí, de acuerdo —contestó Woody—. ¿Harías eso por mí?

—Pues claro.

—Entonces, lo dejo en manos de mi representante —le dijo Woody al cazatalentos con una sonrisa.

—Buena suerte, hijo. Lo único que tienes que hacer es ganar el campeonato. Nos vemos en la NFL.

Esa noche, Hillel y Woody no fueron a celebrar la victoria con el resto del equipo, como solían hacer. Se encerraron en su habitación con Patrick, que se tomaba muy en serio su nuevo cargo de representante, para debatir las posibilidades que se le presentaban a Woody.

—Hay que intentar firmar una opción antes de final de año —dijo Patrick—. Si ganas el campeonato, no creo que sea difícil.

—¿Estamos hablando de una oferta inicial de cuánto, en tu opinión? —preguntó Hillel.

—Depende. Pero el mes pasado, los Patriots le ofrecieron siete millones de dólares a un jugador universitario.

—¿Siete millones de dólares? —se atragantó Woody.

—Siete millones de dólares —repitió Patrick—. Y hazme caso, hijo, tú no vales menos. Y si no es este año, será al que viene. Tu carrera no me preocupa nada.

Cuando Patrick se fue, Woody y Hillel se quedaron despiertos toda la noche. Tumbados en la cama, con los ojos abiertos como platos, seguían conmocionados por el valor potencial del contrato.

—¿Qué vas a hacer con tanto dinero? —preguntó Hillel.

—Dividirlo en dos. Una mitad para ti y otra para mí.

Hillel sonrió.

—¿Por qué ibas a hacer eso?

—Porque eres como un hermano. Y los hermanos lo comparten todo.

A principios de diciembre de 2001, cuando acababan de acceder a las semifinales del campeonato, los Titanes tuvieron que pasar un control antidopaje de la Liga de Fútbol.

Una semana después, Woody no apareció en clase de Economía después del entrenamiento matutino. Hillel intentó localizarlo con el teléfono móvil, pero fue en vano. Decidió ir a ver si daba con él en el estadio, pero al cruzar el aparcamiento, vio el Chevrolet Yukon de Patrick Neville aparcando ante el edificio de administración. Hillel comprendió que había pasado algo. Alcanzó corriendo a Patrick.

—¿Qué pasa, Patrick?

—¿Woody no te lo ha contado?

—¿Qué tiene que contarme?

—Lo han pillado en el control antidopaje.

—¿Qué?

—Que el muy imbécil se ha dopado.

—¡Eso es imposible, Patrick!

Hillel fue con Patrick al despacho del rector, donde además de este se encontraban Woody, postrado en una silla, y, enfrente de él, un comisario de la Liga Universitaria de Fútbol.

Al ver entrar a Patrick, Woody se levantó con expresión suplicante.

—¡No lo entiendo, Patrick! —exclamó—. Te juro que no he tomado nada.

—¿Qué está pasando? —preguntó Patrick.

Tras presentarle a Patrick como el representante de Woody, el rector le pidió al comisario de la Liga que expusiera la situación.

—Woodrow ha dado positivo en pentazocina. Las pruebas y las comprobaciones han arrojado el mismo resultado. Es algo muy grave. La pentazocina es un derivado de la morfina, una sustancia estrictamente prohibida en la Liga.

—¡Yo no me he dopado! —gritó Woody—. ¡Lo juro! ¿Por qué iba a hacer algo así?

—¡Woodrow, ya está bien de numeritos, hombre! —dijo el comisario con voz de trueno—. Tenía unas marcas demasiado bonitas para ser ciertas.

—Hace poco cogí frío y el médico me recetó unas vitaminas. Me tomé lo que él me dijo. ¿Por qué iba a querer tomar esa mierda?

—Porque está lesionado.

Hubo un breve silencio.

—¿Quién le ha dicho eso?

—El médico del equipo. Tiene una tendinitis en el brazo. Y una rotura de ligamento en el hombro.

—La primavera pasada me metí en una pelea. ¡Dos polis me dieron una paliza! Pero eso fue hace por lo menos ocho meses.

—No me cuente su vida, Woody —le interrumpió el comisario.

—¡Pero si es verdad, se lo juro!

—¿Ah, sí? ¿No es cierto que estuvo sobreentrenando este verano? Tengo un informe del médico del equipo que sostiene que, a causa de unos dolores reiterados, le mandó una ecografía del brazo en que apareció una tendinitis relativamente grave, fruto, según él, de una repetición de movimientos excesiva.

Woody se sintió acorralado. Se le empañaron los ojos de lágrimas.

—Es verdad, el médico quería que dejase de jugar algún tiempo —explicó—. Pero yo me sentía capaz de mantener mi posición en el equipo. ¡Conozco mi cuerpo! Ya me cuidaría después del campeonato. ¿De verdad cree que iba a hacer una gilipollez como doparme justo antes de las semifinales del campeonato?

—Sí —contestó el comisario de la Liga—. Porque le duele demasiado como para jugar sin analgésicos. Creo que tomó Talacen para poder jugar. Todo el mundo está enterado de que es un medicamento eficaz y es sabido que los residuos que deja desaparecen muy rápido de la sangre. Creo que usted estaba al tanto y que pensó que, si dejaba de tomarlo con suficiente antelación, cuando llegara la final del campeonato no encontraríamos nada en el control antidopaje. ¿Me equivoco?

Hubo un prolongado silencio.

—Woody, ¿te tomaste esa mierda? —preguntó finalmente Patrick.

—¡No! ¡Lo juro! ¡El médico debió de equivocarse cuando estuve malo!

—El médico no te recetó Talacen, Woodrow —contestó el comisario—. Lo hemos comprobado. Eran vitaminas.

—¡Entonces el farmacéutico, al preparar los comprimidos!

—¡Ya basta, Woodrow! —le ordenó el rector—. Ha deshonrado a la universidad.

Agarró la portada de la revista universitaria que tenía enmarcada en la pared, en la que aparecía la cara de Woody, y la tiró a la papelera.

Patrick Neville se volvió hacia el rector.

—¿Y qué va a pasar ahora?

—Tenemos que hablarlo. Como comprenderá, es una situación tremendamente grave. En estos casos, el reglamento de la Liga contempla la suspensión del jugador, y el de Madison, la expulsión de la universidad.

—¿Ha llegado ya a algún acuerdo con los Patriots de Nueva Inglaterra? —preguntó el comisario.

—No.

—Mejor, porque podrían haber pedido daños y perjuicios por dañar su imagen, si se hubiera dado el caso.

Hubo un silencio denso, hasta que el comisario volvió a tomar la palabra:

—Señor Neville, el rector y yo hemos hablado largo y tendido. La reputación de Madison podría estar en entredicho, y también la del campeonato. Todo el mundo está fascinado con las proezas de Woody. Si el público se entera de que se ha dopado, sería tremendamente perjudicial para todos nosotros y queremos evitar a toda costa una situación así. Pero tampoco podemos hacer la vista gorda...

—¿Qué sugiere entonces?

—Un acuerdo ventajoso para todos. Diga usted que Woody está lesionado. Que sufre una lesión grave y que no podrá volver a jugar. A cambio, la Liga no seguirá adelante con la investigación y la reputación de Madison quedará intacta. Lo que significa que la comisión disciplinaria de la universidad no tendrá que ocuparse de Woodrow y podrá terminar los estudios aquí.

—¿Lesionado durante cuánto tiempo?

—Para siempre.

—Pero si no vuelve a jugar, no le interesará a ningún club de la NFL.

—Señor Neville, me parece que no entiende la gravedad de la situación. Si no acepta, abriremos un expediente disciplinario y todo el mundo se enterará. En caso de expediente disciplinario, a Woody lo expulsarán del equipo y seguramente también de la universidad. Tendrían la posibilidad de recurrir, pero perderían porque las pruebas son concluyentes. Les estoy ofreciendo la oportunidad de echarle tierra a este asunto ahora. Una mano lava la otra. La reputación de los Titanes está a salvo y Woody acaba la carrera.

—Pero también su carrera como jugador de fútbol —dijo Patrick.

—Sí. Si acepta el acuerdo, le doy un margen de veinticuatro horas para convocar una rueda de prensa y anunciar que Woody se ha lesionado entrenando y que no volverá a jugar al fútbol nunca más.

El comisario salió del despacho. Woody hundió la cara entre las manos, desesperado, sin poder articular palabra. Patrick y Hillel se fueron para hablar en privado.

—¡Patrick! —dijo Hillel—, ¡algo habrá que podamos hacer! ¡En fin, esto es de locos!

—Hillel, no debería haber tomado nunca Talacen.

—¡Pero si nunca ha tomado la mierda esa!

—Hillel, me extrañaría mucho que el farmacéutico se hubiera confundido al darle las vitaminas. Y está demostrado que tiene una lesión.

—Bueno, pues aunque supongamos que se tomó el Talacen voluntariamente, ¡no deja de ser más que un analgésico!

—Es una sustancia que prohíbe la Liga.

—¡Podemos recurrir!

—Ya lo has oído: perdería el recurso. Lo sabes tan bien como yo. Tiene una única oportunidad de conservar la plaza en la universidad. Si recurre, el asunto del dopaje saldrá a la luz y lo perderá todo: la universidad lo pondrá de patitas en la calle y ninguna otra lo admitirá. Es un chico con muchísimas posibilidades, tiene que acabar los estudios. Al menos, con el acuerdo, salva el cuello.

En ese momento, Woody salió del despacho y se plantó delante de Hillel y Patrick. Mientras se secaba las lágrimas con el antebrazo, les dijo:

—No vamos a recurrir. No quiero que nadie se entere. No quiero que Saul y Anita sepan nada de nada. No podría aguantar la vergüenza si supieran la verdad. Llevo el apellido Goldman en la camiseta y no lo voy a ensuciar.

Patrick convocó una rueda de prensa para el día siguiente.

Señoras y señores, tengo el deber de informarles de un duro revés para la universidad de Madison y para el equipo de los Titanes. Nuestro capitán, el más que prometedor Woodrow Finn, se ha lesionado gravemente durante un entrenamiento en solitario en la sala de musculación. Sufre una rotura de ligamentos en el hombro y en el brazo y probablemente no podrá volver a jugar al fútbol nunca más. Se nombrará a un nuevo capitán en su lugar. Aprovecho para desearle a Woody una pronta recuperación y mucho éxito en la reorientación de su carrera profesional.

Woody nos pidió que guardásemos el secreto. Aparte de Patrick Neville, los únicos que supimos la verdad sobre cómo acabó su carrera de jugador de fútbol fuimos Hillel, Alexandra, Colleen y yo.

El día de la rueda de prensa, Tía Anita y Tío Saul salieron precipitadamente hacia Madison, donde se quedaron varios días. Como desconocían los verdaderos motivos de la retirada de Woody, se empeñaron en curarlo.

—Te vamos a dejar como nuevo —le prometió Tío Saul.

Woody afirmaba que le dolía demasiado para plantearse volver a jugar algún día. Tía Anita insistió para que se hiciese radiografías, que mostraron lesiones graves: los ligamentos del brazo y del hombro estaban terriblemente dañados y una ecografía reveló incluso una rotura incipiente.

—Woody, ángel mío, ¿cómo has podido jugar en este estado? —se horrorizó Tía Anita.

—Por eso he dejado de jugar.

—Esta no es mi especialidad, Woody —le dijo—, voy a consultar a mis colegas del Johns Hopkins. Pero no creo que sea irreversible. ¡Hay que tener fe, Woody!

—Pues yo no tengo ninguna. Ya no me apetece seguir.

—Pero ¿qué te pasa, grandullón? —preguntó, preocupado, Tío Saul—. Te veo muy deprimido. Aunque tengas que dejarlo durante unos meses, sigue habiendo posibilidades de que te fiche algún club.

Si bien nos reconoció que se había lesionado entrenando durante el verano, Woody también nos juró que no había tomado Talacen. Sin embargo, por lo que se veía en las radiografías, cabía dudar de su capacidad para jugar sin analgésicos. Para él, la única explicación posible era que el médico del equipo se hubiera liado al recetarle las vitaminas para el resfriado.

—Lo que cuenta no se sostiene —le dije a Alexandra—. Casi no puede sujetar el tenedor en la mesa. Me pregunto si de verdad no tomó Talacen por su cuenta.

—Entonces, ¿por qué miente?

—Porque no puede asumirlo.

Hizo una mueca.

—Lo dudo mucho —dijo.

—¡Pues claro que lo dudas! ¡Pondrías la mano en el fuego por él! ¡No paras de mimarlo!

—No estarás celoso, ¿verdad, Markie?

Ya me estaba arrepintiendo de lo que había dicho.

—No, para nada —dije con muy poco aplomo.

—Markitín, te prometo que el día que se te escapen de entre los dedos siete millones de dólares y una carrera de jugador de fútbol profesional por culpa de un médico majara que confundió las medicinas, te haré como mínimo tanto caso como el que le estoy haciendo ahora a Woody.

*

Woody nunca terminó los estudios.

Durante las vacaciones de invierno que siguieron a la expulsión de los Titanes, Hillel y yo intentamos levantarle el ánimo sin demasiado éxito. Cuando se reanudaron las clases, volvió a Madison tan deprimido que no fue capaz de entrar en el campus. Paró el coche antes de llegar a la altura de los primeros edificios.

—¿Qué haces? —le preguntó Hillel, que iba en el coche con él.

—No puedo...

—¿No puedes qué?

—Todo esto... —suspiró señalando con la mano el Estadio Saul Goldman que se alzaba delante de ellos.

Se bajó del coche.

—Ve tú —le dijo a Hillel—. Ya te alcanzaré. Necesito andar un poco.

Hillel le hizo caso, sin acabar de entenderlo. Woody no lo alcanzó. Lo que necesitaba era amor y ternura: fue andando a la estación de servicio y buscó refugio en Colleen. No volvió a separarse de ella. Se acomodó en su casa y se dedicó a trabajar todo el día con ella en la gasolinera. Colleen era ahora el motivo de que estuviera en Madison. De no ser por ella, se habría escapado para irse lejos mucho tiempo atrás.

Hillel iba todos los días a verlo. Le llevaba los apuntes de clase e intentaba convencerlo para que no se rindiera estando tan cerca de la meta.

—Woody, solo faltan unos meses para que acabes los estudios. No eches a perder esa oportunidad...

—Ya no tengo ánimos, Hill. Ya no tengo fe en mí. No tengo fe en nada.

—Woody... ¿Te dopaste?

—No, Hillel. Te lo juro. Por eso no quiero volver a esa universidad de mentirosos. No quiero nada suyo. Me han destrozado.

Al cabo de unas semanas, el jueves 14 de febrero de 2002, Woody decidió ir por última vez a la universidad de Madison para recoger las cosas que tenía en la habitación que compartía con Hillel.

Colleen le prestó el coche y fue al campus a última hora de la tarde. Había intentado llamar a Hillel sin conseguirlo. Seguramente estaría estudiando en la biblioteca.

Llamó a la puerta de la habitación. No hubo respuesta. Como seguía teniendo la llave, se la sacó del bolsillo, la giró en la cerradura y abrió. No había nadie.

De repente, sintió nostalgia. Se sentó un momentito en su cama y contempló el cuarto. Cerró los ojos brevemente: se vio a sí mismo en el campus, en un día radiante, paseando con Hillel y Alexandra, blanco de todas las miradas. Después de un rato de ensoñación, abrió una bolsa de viaje grande que había llevado y empezó a llenarla con sus efectos personales: algunos libros, marcos con fotos, una lámpara que le gustaba y que se había llevado de Oak Park, las zapatillas deportivas con las que tanto había corrido... Luego abrió el armario donde estaba su ropa y la de Hillel. Las tres baldas de arriba eran las suyas. Las vació y retrocedió unos pasos para mirar el armario vacío, mientras empezaba a embargarlo la tristeza: era la primera vez que se separaba de Hillel por propia voluntad.

De tanto mirar el armario abierto, le pareció ver un bulto al fondo de la última balda de Hillel. Se acercó y descubrió una bolsa de papel oculta detrás de las pilas de ropa. Sin saber por qué, quiso saber qué era. Algo le llamó la atención. Apartó la ropa, cogió la bolsa y la abrió. De golpe, se puso pálido y se sintió desfallecer.

28.

Tío Saul solo fue dos veces a casa de mis padres, en Montclair. Lo sé porque durante mucho tiempo mi madre se estuvo quejando de que nunca se le había visto el pelo en casa de su hermano. A veces la oía enfadarse con mi padre por ese tema, sobre todo cuando había que organizar alguna celebración familiar.

—¡Es que parece mentira, Nathan, que a tu hermano nunca le hayamos visto el pelo por aquí! ¿A ti no te parece raro? Si ni siquiera sabe cómo es nuestra casa.

—Le he enseñado alguna foto —decía mi padre para quitar hierro.

—¡Conmigo no te hagas el tonto, por favor!

—Deborah, tú ya sabes por qué no viene nunca.

—¡Y porque lo sé, me irrita todavía más! ¡De verdad que no hay quien os aguante con vuestras chorradas de familia!

Durante mucho tiempo, no supe a lo que se refería mi madre. Alguna vez me metí en la conversación.

—¿Por qué no quiere venir aquí Tío Saul?

—No tiene importancia —me contestaba siempre mi madre—. Son solo tonterías.

La primera vez fue en junio de 2001, al morir el abuelo. Cuando la abuela llamó para comunicar el fallecimiento, vino espontáneamente a nuestra casa.

La segunda vez fue el 14 de febrero de 2002, después de que Tía Anita lo dejara.

Ese día, llegué a Montclair a última hora de la tarde. Era el día de San Valentín y yo estaba de paso, aprovechando que iba desde la universidad a Nueva York, donde tenía previsto pasar la velada y la noche con Alexandra. Como llevaba algún tiempo sin ver a mis padres, decidí desviarme por Montclair para darles un beso y estar un rato con ellos.

Cuando llegué, vi el coche de mi tío aparcado en la entrada del garaje. Entré en casa corriendo y mi madre me detuvo en el vestíbulo.

—¿Qué está haciendo aquí Tío Saul? —pregunté, preocupado.

—Markie, cariño, no vayas a la cocina.

—Pero bueno, ¿qué pasa?

—Es Tía Anita...

—¿Qué le ha pasado a Tía Anita?

—Que ha dejado a tu tío. Se ha ido.

—¿Ido? ¿Cómo que «ido»?

Quise llamar por teléfono a Hillel, pero mi madre me disuadió.

—No metas a Hillel en esto por ahora —me dijo.

—Pero ¿qué ha pasado?

—Ya te lo contaré todo, Markie, te lo prometo. Tu tío se va a quedar el fin de semana, en tu habitación, si te parece bien.

Quise ir a darle un beso, pero cuando iba a entrar en la cocina, por la puerta entornada vi que estaba llorando. El grande, el inmenso, el todopoderoso Saul Goldman estaba llorando.

—Creo que es mejor que te vayas con Alexandra —me susurró cariñosamente mi madre—. Me parece que tu tío necesita un poco de tranquilidad.

No me fui de allí, sino que salí huyendo. No me marché de Montclair porque me lo aconsejara mi madre, sino porque aquel día había visto llorar a mi tío. Ese hombre que había sido tan fuerte solo era como Sansón. Bastó con cortarle el pelo.

Fui a reunirme con la persona gracias a la que todo iba mejor. Alexandra, la mujer de mi vida. Como sabía que odiaba las cursilerías de San Valentín, le había organizado una velada sin cenas de cinco platos ni rosas rojas. Pasé a buscarla al estudio, donde estaba grabando una nueva maqueta, y fuimos a encerrarnos en una habitación del Waldorf Astoria para ver películas, acostarnos y sobrevivir gracias al servicio de habitaciones. Entre sus brazos, me encontraba a salvo de lo que estaba pasando fuera.

Esa misma noche del 14 de febrero de 2002, Woody esperó, sentado en la cama, a que Hillel volviera a la habitación. Cuando llegó, eran las diez pasadas.

—¡Joder, Woody, qué susto me has dado! —se sobresaltó Hillel al abrir la puerta.

Woody no dijo nada. Se limitó a mirar fijamente a Hillel.

—¿Woody? ¿Estás bien? —preguntó Hillel.

Woody señaló la bolsa de papel que estaba a su lado.

—¿Por qué?

—Woody... yo...

Woody se puso de pie de un brinco y agarró a Hillel por el cuello de la chaqueta. Lo empujó violentamente contra la pared.

—¿Por qué? —repitió gritando.

Hillel le miró a los ojos y lo desafió.

—Pégame, Woody. Total, es lo único que sabes hacer...

Woody levantó el puño y se quedó así un buen rato, con los dientes apretados y el cuerpo temblándole. Luego soltó un grito de ira y salió huyendo. Corrió hasta el aparcamiento y se subió al coche de Colleen. Arrancó a toda velocidad. Tenía que contárselo todo a alguien de confianza y la única persona que se le ocurrió fue Patrick Neville. Condujo rumbo a Manhattan. Intentó llamarle por teléfono, pero tenía el móvil apagado.

Llegó al edificio de Patrick Neville a las once de la noche, aparcó en la acera de enfrente, cruzó la calle sin mirar y entró precipitadamente en el portal. El vigilante nocturno lo paró.

—Tengo que subir a casa de Patrick Neville, es urgente.

—¿Le está esperando el señor Neville?

—¡Llámelo! ¡Llámelo, por Dios!

El portero llamó por teléfono a casa de Patrick Neville.

—Buenas noches, señor, disculpe que lo moleste, pero está aquí el señor...

—Woody —dijo Woody.

—... el señor Woody... Muy bien.

El vigilante colgó y le indicó a Woody con un ademán que podía subir en el ascensor. Cuando llegó al piso 23, se abalanzó hacia la puerta de los Neville. Patrick lo vio llegar por la mirilla y abrió la puerta antes de que llamara al timbre.

—Woody, pero ¿qué pasa?

—Tengo que hablar contigo.

Le vio a Patrick un titubeo en la mirada.

—No sé si estoy molestando...

—No, qué va —contestó Patrick.

Woody parecía trastornado, no podía dejarlo así. Le hizo pasar y lo llevó al salón. Según iban hacia allí, Woody se fijó en una mesa puesta para una cena de San Valentín, con velas, un ramo grande de rosas rojas, champán en un cubo de hielo y dos copas llenas aún intactas.

—Patrick, lo siento mucho, no sabía que tuvieras visita. Me marcho.

—Tú no te vas hasta que me cuentes qué es lo que pasa. Siéntate.

—Pero te he interrumpido la...

—No te preocupes —le atajó Patrick—. Has hecho bien en venir. Voy a por algo de beber y luego me lo cuentas todo.

—Me vendría bien un café.

Patrick desapareció en la cocina y dejó a Woody solo en el salón. Miró a su alrededor y se fijó en una chaqueta de mujer y un bolso que había encima de una silla. La amiguita de Patrick, pensó Woody. Debía de estar escondida en algún dormitorio. No sabía que Patrick saliera con alguien. Pero súbitamente le pareció reconocer la chaqueta. Cortado, se levantó y se acercó. Vio el monedero dentro del bolso, lo cogió y lo abrió. Sacó una tarjeta de crédito al azar y le entraron náuseas. No era posible. Ella no. Tenía que cerciorarse y se lanzó a mirar en los dormitorios. En ese momento, Patrick salió de la cocina.

—Woody, ¿dónde vas? ¡Espera!

Dejó la bandeja con las dos tazas de café y corrió tras él. Pero Woody ya estaba en el pasillo empujando a toda prisa la puerta de las habitaciones. Finalmente la encontró en el cuarto de Patrick: Tía Anita.

—¿Woody? —exclamó Tía Anita.

Se quedó aterrado, sin poder articular palabra. Patrick lo alcanzó.

—No es lo que estás pensando —le dijo—. Vamos a contártelo todo.

Woody lo empujó para abrirse paso y salió huyendo. Tía Anita corrió tras él.

—¡Woody! —gritó—. ¡Woody! ¡Por favor, para!

Para no tener que esperar el ascensor, bajó por las escaleras. Tía Anita cogió el ascensor y cuando Woody llegó a la planta baja, ya estaba allí esperándolo. Lo rodeó con los brazos.

—¡Woody, ángel mío, espera!

Se zafó del abrazo.

—¡Déjame! ¡Eres una guarra!

Y mientras escapaba, gritó:

—¡Voy a contárselo a Saul!

—¡Woody, te lo ruego!

Salió del portal, se lanzó a la acera y cruzó la calle sin mirar para volver al coche. Quería escapar muy lejos. Tía Anita lo persiguió por la calle sin fijarse en la furgoneta que iba hacia ella a toda velocidad y que la golpeó de lleno.

Tercera parte

EL LIBRO DE LOS GOLDMAN
(1960-1989)

29.

Me pasé todo el mes de abril de 2012 poniendo orden en la casa de mi tío. Empecé clasificando algunos documentos al azar antes de meterme en un meticuloso proceso de organización.

Todas las mañanas salía de mi paraíso de Boca Ratón para cruzar la jungla de Miami antes de desembocar en las calles tranquilas de Coconut Grove. Y cada vez, al llegar delante de la casa, tenía la sensación de que él estaba allí, esperándome en la terraza, como había hecho durante tanto tiempo. Aunque enseguida me devolvía a la realidad el que hubiera que abrir la puerta, que tenía echada la llave, y que la casa, a pesar de que la asistenta la limpiara regularmente, oliera a cerrado.

Empecé por lo más fácil: meter en cajas de cartón su ropa, la ropa de casa y los utensilios de cocina, y donarlo todo a instituciones de caridad.

Luego les tocó el turno a los muebles y fue más complicado: tanto si se trataba de un sillón como de un jarrón o de una cómoda, me di cuenta de que todo me recordaba algo suyo. Tío Saul no había conservado ningún recuerdo de Oak Park, pero en los últimos cinco años a mí me había dado tiempo a crear mis propios recuerdos en esa casa donde había pasado tanto tiempo con él.

Por último, les llegó la vez a las fotos y a los objetos personales. En los armarios encontré cajas enteras de fotografías de su familia. Me zambullí en aquellas fotos como en la piscina del tiempo y me alegré mucho al recuperar a esos Goldman-de-Baltimore que ya no existían. Pero cuanto más los recuperaba, más preguntas me surgían.

De vez en cuando paraba para llamar por teléfono a Alexandra. Casi nunca lo cogía. Las pocas veces que lo hacía, nos quedábamos sin decir nada. Ella descolgaba y yo solo decía:

—Hola, Alexandra.
—Hola, Markie.

Y luego, nada. Creo que teníamos tantas cosas que decirnos que no sabíamos ni por dónde empezar. Durante siete largos años habíamos hablado todos los días, sin excepción. ¡Cuántas veladas pasamos hablando! ¡Cuántas veces, cuando la llevaba a cenar fuera, éramos los últimos en levantarnos de la mesa porque seguíamos hablando, mientras los camareros barrían y se disponían a cerrar! Después de añorarnos mutuamente tanto tiempo, ¿por dónde empezar a contarnos nuestras respectivas historias? Por el silencio. Ese silencio poderoso, casi mágico. El silencio que había curado las heridas de la muerte de Scott. En Coconut Grove me sentaba en la terraza o en el porche y me imaginaba a Alexandra en su salón de Beverly Hills, delante de una cristalera enorme con vistas a Los Ángeles.

Un día, por fin, rompí el silencio:
—Me gustaría estar contigo —le dije.
—¿Por qué?
—Porque quiero mucho a tu perro.

Oí que se echaba a reír.
—Tonto.

Sé que mientras pronunciaba esa palabra, estaba sonriendo. Como lo hiciera durante tanto tiempo cada vez que hacía el ganso con ella.

—¿Cómo está Duke? —pregunté.
—Está bien.
—Lo echo de menos.
—Y él a ti.
—A lo mejor, podría volver a verlo.
—A lo mejor, Markie.

Pensé que mientras me llamara «Markie», quedaba alguna esperanza. Luego la oí sorber. Se había vuelto a quedar callada. Comprendí que estaba llorando. Me sentí culpable por ponerla tan triste, pero no podía renunciar a ella.

De repente, oí un ruido a través del teléfono, una puerta abriéndose. Y una voz de hombre: Kevin. Colgó inmediatamente.

La primera vez que hablamos en serio fue aproximadamente una semana después de que yo encontrara en casa de Tío Saul el artículo del *Madison Daily Star* dedicado a Woody, con una foto suya entre Hillel, Tío Saul y Tía Anita.

Le envié un SMS: «Tengo que hacerte una pregunta importante sobre los años en Madison».

Me llamó al cabo de unas horas. Iba conduciendo; me pregunté si habría salido de casa a propósito para estar tranquila.

—Querías hacerme una pregunta —me dijo.

—Sí. Quería saber por qué me prohibiste a mí ir a Madison, y a Woody y a Hillel, no.

—¿Esa es la pregunta tan importante, Marcus?

Me escamaba cuando me llamaba Marcus.

—Sí.

—Vamos a ver, Marcus, ¿cómo iba a saber yo que habían ido a estudiar a Madison por mí? Es cierto que me alegré de verlos llegar al campus. Desde que coincidimos en los Hamptons, sentía por ellos un cariño especial. Había algo muy intenso cuando nos juntábamos los tres, y cuando no estábamos en clase pasaba casi todo el tiempo con ellos. No descubrí que eran rivales hasta más adelante.

—¿Rivales?

—Markie, lo sabes muy bien. Entre ellos había nacido como una rivalidad. Era inevitable. Recuerdo lo rigurosos que eran los entrenamientos que se imponía Woody en Madison. Cuando no estaba en clase, estaba en el campo de fútbol. Y si no estaba allí, es que estaba corriendo diez millas por el bosque que rodea el campus. Me acuerdo de que una vez le pregunté: «En el fondo, Woody, ¿por qué haces todo esto?». Y me contestó: «Para ser el mejor». Tardé mucho en entender a qué se refería: no quería ser el mejor jugando al fútbol, quería ser el mejor a ojos de tus tíos.

—¿Mejor que quién?

—Que Hillel.

Me contó situaciones que demostraban esa rivalidad de la que yo no tenía noticia. Por ejemplo, el día en que Hillel le ofreció a Alexandra ir con Woody y con él al concierto de un grupo que nos gustaba mucho y que tocaba en la zona. La noche del concierto, cuando llegó a la entrada de la sala, solo vio a Hillel. Le dijo que Woody se había entretenido en el entrenamiento y pasaron la velada los dos solos. Al día siguiente, cuando se cruzó con Woody por el campus, le dijo:

—Qué pena que te perdieras el concierto de ayer. Estuvo muy bien.

—¿Qué concierto? —contestó él.

—¿Hillel no te lo dijo?

—No. ¿De qué me estás hablando?

Unos días después, en la cafetería de la universidad, Hillel llegó con su bandeja, se sentó al lado de Alexandra y le preguntó de sopetón:

—Sinceramente, Alex, si tuvieras que elegir novio y solo pudieras hacerlo entre Woody y yo, ¿a quién escogerías?

—¡Qué pregunta más rara! —contestó ella—. A ninguno de los dos. Con los amigos no se sale. Lo estropea todo. Preferiría ser una solterona.

—Pero ¿y Woody?, ¿no quieres a Woody?

—Quiero mucho a Woody, sí. ¿Por qué me preguntas eso?

—¿Lo quieres o lo quieres mucho?

—Hillel, ¿adónde quieres ir a parar?

Luego le tocó a Woody preguntarle lo mismo, un día que estaban Alexandra y él en la biblioteca:

—¿Qué piensas de Hillel?

—Cosas buenas, ¿por qué?

—¿Sientes algo por él?

—Pero bueno, ¿por qué me preguntas eso?

—Por nada. Es solo que parecéis muy unidos.

Era como si estuviesen descubriendo la noción de preferencia. Ellos, que cuando estaban juntos eran tan parecidos, tan indivisibles, se habían percatado de que cuando se relacionaban con los demás no podían ser un solo bloque, sino que, en realidad, eran dos individuos distintos. Alexandra me contó que decidieron experimentar ese principio de «preferencia» intentando averiguar a cuál de los dos prefería Patrick Neville. ¿Quién viviría un momento singular con él? Cuando iban a cenar juntos, ¿al lado de quién se sentaría? ¿Quién iba a impresionarlo más que el otro?

Según Alexandra, su padre sentía debilidad por Hillel. Lo impresionaban su inteligencia y sus reflexiones fulgurantes. Patrick a menudo le pedía su opinión sobre temas de la vida cotidiana, economía, política, la crisis de Oriente Próximo y qué sé yo. Cuando Hillel hablaba, Patrick escuchaba. Por supuesto que también apreciaba muchísimo a Woody, pero no tenía con él el mismo tipo de relación que con Hillel. Lo que sentía por Hillel era auténtica admiración.

En una ocasión en que los Titanes fueron a jugar a la universidad de Nueva York, Patrick invitó a Woody a que fuera el domingo a su casa. Se pasaron la tarde charlando y bebiendo whisky a sorbitos. Woody tuvo buen cuidado de no contárselo a Hillel. Alexandra cayó en la cuenta cuando se le escapó durante una conversación intrascendente.

—¿Ah, que Woody estuvo en tu casa el domingo? —preguntó Hillel.

—¿No lo sabías?

A Hillel le sentó fatal.

—¡No me puedo creer que me haya hecho semejante jugarreta!

Alexandra enseguida intentó quitarle hierro.

—¿Tan trágico es? —preguntó.

Hillel le lanzó una mirada terrible, como si fuera tonta de remate.

—Pues sí. ¿Cómo no se te ocurrió avisarme?

—Pero ¿avisarte de qué? —se impacientó ella—. Cualquiera diría que he pillado a tu novia con otro y que no te lo he dicho.

—Pensaba que tú y yo nos contábamos las cosas —le soltó, enfurruñado.

—Oye, Hillel, a mí no me montes un numerito, ¿vale? No soy responsable de lo que os contáis o lo que os dejáis de contar Woody y tú. No es asunto mío. Por otra parte, tú bien que me llevaste al concierto sin él.

—No era lo mismo.

—¿Ah, no? ¿Y por qué?

—Porque...

—Anda, Hillel, no me cuentes tus problemas de pareja con Woody, por favor.

Pero Hillel no dejó ahí la cosa. Decidió que si Woody quedaba con Patrick a escondidas, él tenía todo el derecho a hacer lo mismo. Una tarde en que Alexandra estaba con Woody en la cafetería, vieron a través de la cristalera a Patrick y a Hillel saliendo del edificio de administración. Se dieron un efusivo apretón de manos y Patrick se encaminó hacia el aparcamiento.

—¿Por qué ha venido mi padre hoy? —le preguntó Alexandra a Hillel cuando se reunió con ellos en la cafetería—. Parecía una charla muy trascendente.

—Ya, es que habíamos quedado los dos.

—Ah, no lo sabía.

—Tú no lo sabes todo.

—¿Para qué habíais quedado?

—Para lo del viernes.

—¿Qué pasa el viernes?

—Nada, es confidencial.

Ese día, a Alexandra le dio mucha pena Woody: tenía una mirada inocente a la par que triste que le partía el corazón. Estaba rabiosa con Hillel: le parecía odioso que tuviera dominado a Woody. Él era el favorito de Patrick, había ganado. ¿Qué más quería? A ella. La quería a ella, para él solo, pero Alexandra todavía no se había dado cuenta.

Doce años después, hablando por teléfono, Alexandra me dijo:

—Esas situaciones, al menos durante los años que pasé con ellos en Madison, en el fondo no tenían consecuencias. Ese vínculo único que tenían al final siempre prevalecía. Pero luego pasó algo más, no sé qué. Creo que tuvo que ver con la muerte de tu abuelo...

—¿Qué quieres decir?

—Hillel descubrió algo sobre Woody que le hizo mucho daño. No sé qué. Solo recuerdo que durante el verano siguiente a la muerte de tu abuelo fuisteis a Florida a ayudar a tu abuela y que a la vuelta Hillel me llamó. Me dijo que lo habían traicionado. Pero nunca quiso darme más detalles de a qué se refería.

*

Cuando volví a Boca Ratón, después de pasar varios días vaciando lentamente los recuerdos que entrastaban la casa de Coconut Grove, me encontré a Leo quejándose de que ya no me veía.

Una noche en que se me plantó en la terraza con unas cervezas y el tablero de ajedrez, me dijo:

—Lo suyo va cada vez mejor. Viene aquí, teóricamente para escribir, pero aparte de reencontrarse con una exnovia, robar un perro y limpiarle la casa a su tío muerto, no veo que avance mucho.

—No se engañe, Leo.

—Cuando se ponga a escribir de verdad, dígamelo. Me encantará ver cómo «trabaja».

Se fijó en los álbumes de fotos que había encima de la mesa, delante de mí. Me había traído los álbumes viejos de mi abuela, de los que se había excluido a los Baltimore, y estaba añadiendo las fotos que había encontrado en casa de Tío Saul.

—¿Y con esto, qué está haciendo, Marcus? —me preguntó Leo, intrigado.

—Una reparación, Leo. Una reparación.

30.

Florida
Enero de 2011. Siete años después del Drama

La abuela invitaba a Tío Saul a cenar con regularidad. Cuando yo estaba en su casa de visita, me sumaba a la cena.

Aquella noche, la abuela había reservado mesa en un restaurante de pescado al norte de Miami y dejado un recado en el contestador: «Vamos a un restaurante fino, Saul, procura estar a la altura, por favor». Antes de salir de casa, Tío Saul se puso la chaqueta —la única que tenía— y me preguntó:

—¿Qué pinta tengo?
—Estás perfecto.

La abuela no estuvo de acuerdo. Fuimos puntuales, pero como ella había llegado antes de la hora, decidió que nosotros llegábamos tarde.

—De todas formas, tú llegas tarde sistemáticamente, Saul. Aunque esta vez, como Markie venía contigo, he supuesto que habíais pillado algún atasco.

—Lo siento, mamá.

—Y además, fíjate cómo vas. Por lo menos podías haberte puesto una camisa y una chaqueta que pegasen entre sí.

—Markie me dijo que iba bien.

—Es verdad —dije.

La abuela se encogió de hombros.

—Pues si Markie lo dice, será que vas bien. El famoso es él. De todos modos, Saul, deberías cuidarte un poco más. Con lo elegante que ibas siempre antes.

—Eso era antes.

—Por cierto, acabo de hablar por teléfono con los Montclair. A Nathan le gustaría que fuésemos a su casa este verano. Te vendría bien cambiar de aires. Dice que él se encarga de los billetes de avión.

—No, mamá. No me apetece. Ya te lo he dicho.

—Siempre dices que no a todo. Menudo cabezota. Nathan es manso, como yo, pero tú siempre has querido hacer lo que te venía en gana. ¡Igual que tu padre! Por eso siempre os costó tanto llevaros bien.

—No tiene nada que ver —protestó Tío Saul.

—Pues claro que tiene. Si los dos no hubieseis sido tan cerriles, las cosas habrían sido muy distintas.

Tuvieron una breve discusión. Acto seguido pedimos y cenamos casi en silencio. Cuando estábamos a punto de acabar, la abuela se levantó so pretexto de que tenía que ir «al excusado» y fue a pagar la cuenta sin poner en un apuro a su hijo. Al despedirnos, mientras le daba un beso a Tío Saul, le deslizó discretamente en el bolsillo un billete de cincuenta dólares. Se metió en un taxi, el aparcacoches nos trajo mi Range Rover y nos volvimos a casa.

Esa noche, como solía hacer regularmente, Tío Saul me pidió que diéramos un rodeo con el coche, solo por gusto. Nunca me daba indicaciones concretas, pero yo sabía lo que esperaba de mí. Subía por Collins Avenue y pasaba por delante de los edificios de la costa. A veces seguía hasta West Hollywood y Fort Lauderdale. Otras, bifurcaba hacia Aventura y Country Club Drive y volvía a pasar delante de los edificios de la época dorada de los Baltimore. Hasta que Tío Saul decía:

—Vámonos a casa, Markie.

Nunca supe si esos paseos en coche eran momentos de nostalgia o intentos de evasión. Pensaba que algún día me pediría que girase para tomar la autopista I-95, la que sube hasta Baltimore, para volver a Oak Park.

Mientras conducíamos sin rumbo por Miami, le pregunté a Tío Saul:

—¿Qué pasó entre el abuelo y tú para que estuvierais más de doce años sin hablaros?

31.

La mesilla de noche de mi abuela la preside de toda la vida una foto. La hicieron en Nueva Jersey a mediados de los años sesenta. En ella aparecen los tres hombres de su vida. En primer plano, mi padre y Tío Saul de adolescentes. Detrás de ellos, mi abuelo, Max Goldman, orgulloso, apuesto, con una imagen muy distinta a la del hombre pálido, encorvado por la edad y apegado a su vida tranquila de jubilado en Florida que yo le había conocido siempre. En segundo plano, la preciosa casa blanca de Graham Avenue 1603, en Secaucus, donde vivían entonces.

En su barrio no había ninguna familia tan respetada como la suya. Eran los Goldman-de-Nueva-Jersey. Estaban viviendo su mejor época.

Encabezaba la familia Max Goldman, con planta de actor de cine y trajes hechos a medida. Siempre con un cigarrillo en la comisura de los labios. Un hombre leal, honrado, duro en los negocios, cuya palabra valía tanto como cualquier contrato. Amante esposo, padre atento y patrono que cuenta con el cariño de sus empleados. Un hombre al que todos respetan. Afable y carismático, capaz de venderle cualquier cosa a cualquiera. A los vendedores ambulantes y testigos de Jehová que llamaban a su puerta, el Gran Goldman les enseñaba el arte de vender. Los acomodaba en la cocina y les brindaba unos cuantos consejos teóricos antes de acompañarlos en su ronda para hacer ejercicios prácticos.

Partiendo de cero, primero vende aspiradoras y luego coches, antes de especializarse en el material médico y de establecerse por su cuenta. Unos años más tarde ya dirige Goldman & Cía., que tiene unos cincuenta empleados y es uno de los principales proveedores de material médico de la zona, lo que le garantiza un nivel de vida acomodado. Su mujer, Ruth Goldman, es una madre de familia a la que todos respetan y aprecian. Gestiona en la sombra toda la contabilidad de la empresa. Es una mujer dulce, decidida y con mucho carácter. Si alguien necesita su ayuda, encuentra siempre la puerta abierta.

Desde hace unos años, durante las vacaciones escolares, Max Goldman se lleva a sus dos hijos a Goldman & Cía. para que lo ayuden. No tanto porque lo necesite como por despertar su interés, ya que cuenta con que algún día cojan las riendas de la empresa y la hagan prosperar aún más. Los dos chicos son su mayor orgullo. Son corteses, inteligentes, deportistas y cultos; aún no han cumplido los diecisiete, pero él nota que ya son unos hombres. Se reúne con ellos en su despacho, les expone sus ideas y su estrategia, y luego les pide su opinión. A mi padre le interesan los detalles de la maquinaria, cree que hay que desarrollar las tecnologías, crear aleaciones más ligeras. Quiere ser ingeniero. Mi tío Saul es más propenso a la reflexión: le gusta imaginarse cómo desarrollar estratégicamente la empresa.

Max Goldman no puede pedir más: sus hijos se completan mutuamente. No rivalizan, sino todo lo contrario: cada uno tiene su propio sentido de los negocios. En las noches de verano, le gusta pasear con ellos por el barrio. Nunca le dicen que no. Andan, charlan y por el camino se sientan en algún banco. Si no hay nadie mirando, Max Goldman les ofrece a sus hijos un cigarrillo. Los trata como si fueran hombres. «No le digáis nada a vuestra madre.» Pueden llegar a quedarse en el banco más de una hora: están arreglando el mundo y se olvidan del paso del tiempo. Max Goldman habla del futuro y ve a sus dos hijos conquistando el país. Les pasa los brazos por los hombros y les dice:

—Vamos a abrir una sucursal en la otra costa, y los camiones con los colores de los Goldman cruzarán el país.

Lo que Max Goldman no sabe es que sus dos hijos, cuando hablan de lo mismo a solas, tienen sueños aún más ambiciosos: ¿que su padre quiere abrir dos fábricas? Ellos se imaginan diez. Piensan a lo grande. Se ven viviendo en el mismo barrio, en sendas casas próximas, y paseando juntos en las noches de verano. Comprando juntos una casa de veraneo a la orilla de un lago y pasando allí las vacaciones con sus respectivas familias. En el barrio los llaman los hermanos Goldman. Solo se llevan un año y se les ve el mismo gusto por la excelencia. No es habitual ver a uno sin el otro. Lo comparten todo y, los sábados por la noche, salen juntos. Van a Nueva York y rondan por la calle 1. Siempre se les encuentra en Schmulka Bernstein, el primer restaurante chino *casher* de Nueva York. Subidos de pie en las sillas, tocados con un sombrero chino, allí escriben las páginas más hermosas de su juventud y viven sus mejores hazañas.

*

Han pasado varias décadas. Todo ha cambiado.

Ya no se ven los edificios de la empresa familiar. O al menos, tal y como estaban antes. Los han derribado en parte y los que quedan, abandonados, están en ruinas desde que una asociación de vecinos paralizó el proyecto inmobiliario que iba a sustituirlos. La empresa Goldman & Cía. la compró en 1985 la compañía tecnológica Hayendras.

Tampoco queda rastro de los lugares de su juventud. Schmulka Bernstein ya no existe. En su lugar, en la calle 1, hay ahora un restaurante moderno y para progres con posibles que sirve unos sándwiches de queso a la parrilla buenísimos. Lo único que queda del pasado es una foto antigua del local como era antes colgada cerca de la entrada del restaurante. En ella aparecen dos adolescentes de rasgos muy parecidos, subidos a unas sillas y tocados con sombreros chinos.

Si la abuela Ruth no me lo hubiera contado, yo nunca me habría podido imaginar que mi padre y Tío Saul tenían tanta complicidad. Las escenas que yo había vivido, en Baltimore el día de Acción de Gracias o durante las vacaciones de invierno en Florida, me parecían a años luz de los relatos de su infancia. Por lo que yo había visto, lo único que había entre ellos eran desavenencias.

Me acuerdo muy bien de cuando salíamos en familia en Miami. Mi padre y Tío Saul acordaban con antelación el restaurante donde íbamos a cenar y solían elegir entre una lista de locales similares y que nos gustaban a todos. Al final de la comida, a pesar de las protestas de mi abuelo, la cuenta la pagaban a medias mi padre y Tío Saul, en aras de una fraternidad absolutamente simétrica. Pero a veces, al menos una por temporada, Tío Saul nos llevaba a un restaurante de más categoría. Anunciaba con antelación «os invito» para que la asamblea de Goldman, un poco impresionada, supiera que se trataba de un restaurante que se salía del presupuesto de mis padres. En general, todo el mundo estaba encantado: a Hillel, a Woody y a mí nos alegraba descubrir un sitio nuevo. Los abuelos, por su parte, se extasiaban con todo, desde la variedad del menú hasta el diseño del salero, pasando por la calidad de la vajilla, la tela de las servilletas, el jabón del lavabo o la pulcritud de los urinarios automáticos. Los únicos que se quejaban eran mis padres. Antes de salir camino del restaurante, oía a mi madre decir:

—No tengo nada que ponerme, no pensé que fuera a necesitar ropa de vestir. ¡Que estamos de vacaciones, no en el circo! Por lo menos podrías decir algo, Nathan.

Después de la cena, cuando salíamos del restaurante, mis padres se quedaban a la zaga de la procesión de los Goldman y mi madre se iba lamentando que la calidad de la comida no valía lo que costaba y que el servicio se pasaba de obsequioso.

Yo no entendía por qué trataba así a Tío Saul en lugar de reconocer su generosidad. Una vez, llegué a oír a mi madre referirse a él con términos particularmente virulentos. Por aquel entonces corría el rumor de que iban a despedir gente en la empresa de mi padre. Yo no estaba enterado de nada, pero mis padres estuvieron a punto de renunciar a las vacaciones en Florida para tener un colchón en caso de que vinieran mal dadas, aunque al final decidieron hacer el viaje a pesar de todo. En momentos así, yo le guardaba rencor a Tío Saul porque empequeñecía a mis padres. Les echaba la maldición del dinero que los iba encogiendo hasta que solo eran ya unos gusarapos quejicas que tenían que disfrazarse para salir y aceptar que los invitaran a una comida que no podían permitirse. También veía la mirada rebosante de orgullo de mis abuelos. Al día siguiente de esas salidas, oía al abuelo Goldman contarle a quien quisiera oírle cómo su hijo, el Gran Saul, el rey de la tribu de los Baltimore, había triunfado en la vida.

—¡Qué restaurante! —decía—, ¡deberían haberlo visto! Un vino francés como no lo han bebido en su vida, una carne que se deshacía en la boca. Y el personal, ¡pendiente de todos los detalles! Antes de que diera tiempo a rechistar, ya estaba el vaso lleno otra vez.

En Acción de Gracias, Tío Saul les regalaba a los abuelos billetes de avión en primera clase para ir a Baltimore. Se hacían lenguas de lo cómodos que eran los asientos, de lo excelente que era la atención a bordo, de la comida servida en vajilla y de la posibilidad de embarcar antes que nadie.

—¡Embarque prioritario! —exclamaba el abuelo, triunfante, contándonos sus hazañas viajeras—. ¡Y no porque seamos viejos e inválidos, sino porque gracias a Saul somos clientes importantes!

Toda mi vida vi a mis abuelos llevar a hombros a mi tío. Lo que él elegía era perfecto y lo que decía, la verdad. Vi cómo querían a Tía Anita como si fuera su hija, los vi venerar a los Baltimore. ¿Cómo iba a imaginarme que el abuelo y Tío Saul habían estado doce años sin hablarse?

También me vuelven a la memoria las vacaciones familiares en Florida, antes de La Buenavista, en la época en que nos juntábamos todos en el piso de los abuelos. A menudo, el avión de mis tíos y el nuestro aterrizaban casi al mismo tiempo, y llegábamos juntos al piso. Cuando abrían la puerta, los abuelos siempre le daban el primer beso a Tío Saul. Luego nos decían:

—Id a dejar las maletas, queridos míos. Niños, vosotros vais a dormir en el salón; Nathan y Deborah, en el cuarto de la tele. Saul y Anita, vosotros estáis en el cuarto de invitados.

Todos los años anunciaban el reparto de habitaciones como si fuera el resultado de un sorteo, pero en realidad todos los años era el mismo: a Tío Saul y Tía Anita les tocaba el cuarto de invitados repleto de comodidades, con cama grande y cuarto de baño contiguo, y mis padres se tenían que conformar con la habitación canija donde los abuelos veían la televisión. Para mí, aquel cuarto suponía una doble deshonra. Primero, porque la Banda de los Goldman lo había bautizado en secreto como «la apestosería» por culpa de su permanente olor a rancio (los abuelos nunca encendían allí el aire acondicionado). Todos los años, al llegar, Hillel y Woody, que creían que las habitaciones se asignaban realmente al azar, se echaban a temblar ante la perspectiva de tener que dormir allí. Cuando el abuelo anunciaba los premios del sorteo, yo veía cómo se cogían de la mano y le rogaban al cielo:

—¡Por compasión, la «apestosería» no! ¡Por compasión, la «apestosería» no!

Pero lo que no supieron jamás es que la «apestosería» era el suplicio de mis padres: siempre los condenaban a ellos a dormir allí.

La segunda deshonra no tenía que ver con el cuarto en sí sino con el hecho de que cayera muy lejos del cuarto de baño. Lo que suponía que si mis padres tenían alguna emergencia nocturna, no les quedaba más remedio que cruzar por el salón donde dormíamos los de la Banda de los Goldman. Mi madre, que era presumida y elegante, nunca se había presentado delante de mí sin arreglar. Me acuerdo de que los domingos, mi padre y yo nos pasábamos mucho rato esperándola para desayunar, ya sentados a la mesa. Yo preguntaba dónde estaba mamá y mi padre contestaba invariablemente: «Arreglándose». En Florida, la intuía cruzando el salón para ir al baño en plena noche, con un camisón feo y arrugado, y los pelos revueltos. Me parecía una escena humillante. Una vez, al pasar delante de nosotros, se le levantó un poco el camisón y le vimos las nalgas. Los tres nos estábamos haciendo los dormidos y sé que Hillel y Woody la vieron porque cuando se encerró en el baño, tras cerciorarse de que yo dormía —mentira—, soltaron la risa contenida y se burlaron de ella. La estuve odiando mucho tiempo por haber dejado que la vieran desnuda y por traer el oprobio, una vez más, a los Montclair, huéspedes de la «apestosería» y exhibicionistas nocturnos, mientras que cuando salían de su dormitorio con cuarto de baño, Tío Saul y Tía Anita siempre estaban vestidos y aseados.

En Florida, también fui testigo oculto de las constantes tensiones entre mis padres y Tío Saul. Un día en que no se percató de que yo estaba con ellos en la habitación, mi padre le reprochó a Tío Saul:

—No me habías dicho que los billetes de papá y mamá eran de primera clase. Ese tipo de decisiones deberíamos tomarlas juntos. ¿Cuánto te debo? Voy a darte un cheque.

—Nada, no te preocupes.

—No, quiero pagar mi parte.
—De verdad, déjalo. Entra dentro de lo normal.

«Entra dentro de lo normal.» No comprendí hasta años después que mis abuelos no habrían podido vivir con la exigua renta que cobraba mi abuelo desde que quebró Goldman & Cía., y que si se podían permitir vivir en Florida era únicamente gracias a la generosidad de Tío Saul.

Cada vez que volvíamos a casa después de Acción de Gracias, oía a mi madre enumerar las quejas contra Tío Saul:

—Se creerá muy listo comprándoles billetes de primera clase a tus padres. Debería tener en cuenta que nosotros no podemos permitírnoslo.

—No me quiso coger el cheque, lo ha pagado todo él —le defendía mi padre.

—¡Es que es lo mínimo! ¡Pues solo faltaba!

No me gustaban aquellos viajes de vuelta a Montclair. No me gustaba oír a mi madre despotricar contra los Baltimore. No me gustaba que los denigrara, ni que se metiera con su casa increíble, su estilo de vida y sus coches siempre nuevos, ni que odiara todo cuanto a mí me fascinaba. Durante mucho tiempo estuve convencido de que le tenía envidia a su propia familia. Eso era antes de comprender qué significaba lo que un día le espetó a mi padre, y cuyo eco no me llegaría hasta años después. Nunca olvidaré aquel regreso de Baltimore en que mi madre le dijo a mi padre:

—Pero bueno, ¿es que no te das cuenta de que todo lo que tiene, en el fondo, te lo debe a ti?

32.

Un día de abril de 2012, mientras estaba ordenando en casa de mi tío, me tiré encima el café que me estaba tomando. Para minimizar los daños, me quité la camiseta y enjuagué la mancha con agua. Luego, con el torso desnudo, la puse a secar en la terraza. Esta escena me recordó a Tío Saul tendiendo la colada en la cuerda que había detrás de la casa. Lo estoy viendo sacar la ropa limpia de la lavadora y meterla en un barreño de plástico para llevarla fuera. Desprendía un agradable olor a suavizante. Cuando la ropa estaba seca, se la planchaba él con poca maña.

Cuando se mudó a Coconut Grove, todavía contaba con bastantes medios económicos. Contrató a una asistenta, Fernanda, que acudía tres días por semana para limpiar la casa y alegrarla con flores frescas y popurrís, preparar la comida y hacer la colada.

Tuvo que prescindir de ella unos años después, cuando por fin lo perdió todo. Yo insistí en pagarle el sueldo para que pudiera seguir con ella, pero Tío Saul se negó. Para forzar la situación, le pagué a Fernanda seis meses por adelantado, pero cuando se presentó en casa de mi tío, este se negó a abrirle la puerta y la dejó de plantón en la calle.

—No tengo dinero para contratarla —le dijo a través de la puerta.

—Pero me envía el señorito Marcus. Ya me ha pagado. Si no me deja trabajar, es como si le estuviera robando a su sobrino. Usted no querrá que le robe a su sobrino, ¿verdad?

—Los apaños que hagan entre los dos son cosa suya. Yo me las arreglo muy bien solo.

Fernanda me llamó por teléfono llorando desde la terraza de la casa. Le dije que se quedara con los seis meses de sueldo para que le diera tiempo a encontrar un nuevo empleo.

Cuando se fue la asistenta, cogí la costumbre de llevar semanalmente mi ropa sucia a la tintorería. Intenté convencer a Tío Saul de que me dejase llevar también la suya, pero era demasiado orgulloso para aceptar nada de nada. También hacía las tareas domésticas sin ayuda. Cuando yo estaba en su casa, esperaba a que me fuera para hacerlas. Al volver de algún recado, me lo encontraba fregando el suelo y sudando la gota gorda.

—Qué agradable es tener la casa limpia —comentaba con una sonrisa.

Un día, mientras Tío Saul limpiaba los cristales con un trapo, le dije:

—Me molesta que no me dejes ayudarte.

—¿Qué es lo que te molesta: no ayudarme o que yo haga las tareas domésticas? —replicó, interrumpiendo la tarea—. ¿Crees que no son dignas de mí? ¿Que soy demasiado bueno para limpiar mi propio váter?

Había dado en el blanco. Y comprendí que tenía razón. Admiraba tanto al tío Saul millonario como al tío Saul que llenaba las bolsas del supermercado: no era cuestión de riqueza, era cuestión de dignidad. La fuerza y la hermosura de mi tío residían en su extraordinaria dignidad, que lo hacía superior a todos los demás. Y esa dignidad, nadie podía arrebatársela sino que, por el contrario, se fortalecía con el tiempo. Sin embargo, cuando lo veía fregando el suelo, no podía evitar acordarme de la época de los Goldman-de-Baltimore: todos los días, por su casa de Oak Park desfilaba un ejército de empleados encargados de cuidarla. Estaban Maria, la asistenta a tiempo completo que trabajaba en casa de los Baltimore desde que mis primos y yo éramos niños; Skunk, el jardinero; los que limpiaban la piscina; los que podaban los árboles (demasiado altos para Skunk); los que mantenían el tejado en condiciones, y una señora filipina muy amable y sus hermanas, que se encargaban de servir la mesa en Acción de Gracias o en las cenas importantes.

De todos esos personajes invisibles que hacían resplandecer el palacio de los Baltimore, quien más me gustaba era Maria. Me trataba de maravilla y siempre me regalaba una caja de bombones por mi cumpleaños. Yo decía que era una maga. Cuando me quedaba en Baltimore, hacía desaparecer la ropa sucia que yo dejaba tirada por la habitación y esa misma noche la volvía a dejar, limpia y planchada, encima de la cama. Me admiraba profundamente tanta eficacia. En Montclair, la que se encargaba de la colada y de la plancha era mi madre. Lo hacía los sábados o los domingos (cuando no trabajaba), de modo que yo tenía que esperar una semana para volver a tener toda la ropa limpia. Tenía, pues, que elegir minuciosamente lo que me ponía en función de lo que fuera a pasar durante la semana en curso, para evitar imprevistos si el día que quería ponerme determinado jersey para impresionar a las chicas, este no había vuelto aún al armario.

Incluso en mis años de universitario, cuando iba a Baltimore en Acción de Gracias, Maria se las apañaba para recoger mi ropa sucia y dejarla limpia de nuevo encima de la cama. Después del Drama que aconteció en 2004 la víspera de Acción de Gracias, Tío Saul no volvió más a Oak Park. Pero ella siguió acudiendo con una fidelidad inquebrantable.

*

Florida
Primavera de 2011

Precisamente, al día siguiente de la cena con la abuela, cuando volví de correr, me encontré a Tío Saul pasando la aspiradora.

El día antes, en el coche, apenas había tocado el tema de sus recuerdos de juventud y aprovechó que estábamos llegando a casa para dejarlos a medias.

—Ayer no acabaste de contarme lo que os pasó al abuelo y a ti.

—No hay mucho más que contar. De todas formas, el pasado pasado está.

Desenchufó la aspiradora, recogió el cable y lo metió en una alacena, como si el asunto careciera de importancia. Al cabo, se volvió hacia mí y me dijo algo que me dejó estupefacto:

—¿Sabes, Marcus? El hijo favorito de tus abuelos siempre fue tu padre.

—¿Qué? Pero bueno, ¿qué me estás contando? Si siempre los he visto impresionadísimos contigo.

—Impresionados, puede. Pero eso no significa que no prefirieran a tu padre.

—¿Cómo puedes pensar semejante cosa?

—Porque es la verdad. Tu padre y yo estuvimos muy unidos hasta que empezamos la universidad. La relación se complicó cuando el abuelo se negó a que yo estudiara Medicina.

—¿Querías ser médico?

—Sí. Y el abuelo no quería. Decía que no resultaba útil para la empresa familiar. En cambio, tu padre quería ser ingeniero, que sí encajaba en los planes del abuelo. A mí me mandó a una universidad de segunda, con unas tasas académicas bajas, para invertirlo todo en tu padre y que pudiera estudiar en una universidad prestigiosa. Hizo la carrera al más alto nivel. El abuelo lo nombró director de la compañía. Y yo, a pesar de ser el primogénito, me quedé de segundón. Lo único que pude hacer luego fue intentar impresionar a tus abuelos para olvidarme de que siempre me consideraron inferior a tu padre.

—Pero ¿qué fue lo que pasó?

Se encogió de hombros, cogió un trapo y el detergente, y se fue a limpiar las ventanas de la cocina.

Como Tío Saul no parecía muy dispuesto a contar nada, decidí ir a hablar con la abuela. Su versión difería ligeramente de la de mi tío.

—Tu abuelo quería que Saul y tu padre dirigieran la empresa juntos —me explicó—. Opinaba que tu padre afrontaría mejor los retos técnicos mientras que tu tío tenía más capacidad de liderazgo. Pero eso fue antes de pelearse con Saul.

—Tío Saul me ha dicho que quería estudiar Medicina pero que el abuelo se opuso.

—El abuelo opinaba que estudiar Medicina era una pérdida de tiempo y de dinero.

La abuela me propuso ir al balcón para poder fumar. Nos sentamos en sendas sillas de plástico y observé cómo jugueteaba con el cigarrillo entre los dedos torcidos, se lo llevaba a los labios, lo encendía y le daba una calada lenta antes de continuar:

—Entiéndelo, Markie. Para tu abuelo, Goldman & Cía. era la niña de sus ojos. Había peleado muy duro para llegar donde estaba y tenía muy clara la línea que quería seguir. Era un hombre de mente abierta, pero también inflexible para algunos temas.

A finales de los años sesenta, cuando Tío Saul quiso estudiar para hacerse médico, se dio de narices con la incomprensión de su padre.

—¿Tantos años estudiando para qué? Tu papel en la empresa es encaminarla hacia nuevos retos. Lo que tienes que aprender es estrategia, comercio, contabilidad. Ese tipo de cosas. Pero ¿medicina? ¡Pfff, qué idea tan estrafalaria!

A Tío Saul no le quedó más remedio que obedecer y empezó a estudiar gestión empresarial en una modesta universidad de Maryland. Todo cambió cuando descubrió que sus padres enviaban a su hermano a estudiar a la Universidad de Stanford. Lo interpretó como favoritismo hacia un hermano en detrimento del otro y se sintió profundamente herido. En las reuniones familiares, claro está, a todo el mundo lo impresionaba mucho más mi padre, flamante alumno de una universidad prestigiosa, que mi tío y sus estudios de segunda. Tío Saul quiso demostrar de lo que era capaz. Había entablado muy buena relación con uno de sus profesores, que le ayudó a trazar un plan de desarrollo para Goldman & Cía. Un día, Saul llegó a casa con un informe impresionante y quiso hacerle una presentación detallada a su padre.

—Tengo ideas para desarrollar más la empresa —le explicó Tío Saul al abuelo, que lo miró con desconfianza.

—¿Qué necesidad hay de desarrollar pudiendo perpetuar? Los de esta generación que no ha vivido la guerra os creéis que las cosas vienen dadas.

—El profesor Hendricks dice que...

—¿Quién es ese profesor Hendricks?

—Mi profesor de Gestión en la universidad. Dice que los empresarios solo pueden tener dos enfoques: ¿quiero comer o que me coman?

—Ya, pues tu profesor se equivoca. Cuando pretendes ampliarlo todo es precisamente cuando te hundes.

—Pero si te pasas de prudente, entonces no creces y te acaba aplastando alguien más fuerte.

—¿Tu profesor tiene alguna empresa propia? —preguntó el abuelo.

—Que yo sepa, no —contestó Tío Saul agachando la cabeza.

—¡Bueno, pues yo sí! Y mi empresa va muy bien. ¿Tu profesor sabe algo de material médico?

—No, pero...

—Así son los universitarios, siempre teorizando. Resulta que tu profesor, que nunca ha tenido una empresa y que no sabe nada de material médico, pretende enseñarme a dirigir Goldman & Cía.

—No, en absoluto —dijo Tío Saul para quitar hierro—, solo hemos tenido algunas ideas.

—¿Ideas? ¿Qué clase de ideas?

—Para vender nuestros aparatos fuera de la región de Nueva Jersey.

—Ya tenemos la capacidad necesaria para servir la mercancía donde haga falta.

—Pero ¿tenemos los clientes?

—En realidad, no. Pero llevamos mucho tiempo hablando de la posibilidad de establecernos en la Costa Oeste.

—A eso voy: llevas diciendo eso desde que éramos niños, pero no hemos avanzado nada.

—¡Roma no se hizo en un día, Saul!

—Según el profesor Hendricks, la única forma de expandirse es abrir sucursales en otros estados. En cada caso, tiene que haber una sucursal y un almacén de material, que podrían establecer vínculos de confianza con los clientes y atender rápidamente sus necesidades.

El abuelo torció el gesto.

—¿Y con qué dinero piensas abrir las sucursales?

—Hay que abrir el capital a otros inversores. Podríamos tener una oficina en Nueva York con alguien que...

—¡Pchs, una oficina en Nueva York! ¿Qué pasa? ¿Que Secaucus, Nueva Jersey, no es lo bastante finolis para ti?

—No es eso, sino...

—¡Ya basta, Saul! ¡No quiero volver a oír ni una sola de esas tontunas! Al fin y al cabo, en mi empresa el que manda soy yo, ¿o no?

Pasaron dos años sin que Tío Saul le volviera a mencionar a su padre sus ideas para desarrollar Goldman & Cía. Pero sí que habló de derechos civiles. El profesor Hendricks era un hombre de izquierdas comprometido activamente con los derechos civiles. Tío Saul se sumó a algunas de sus acciones. Por la misma época, empezó a salir con su hija, Anita Hendricks. Ahora, cuando volvía a Secaucus, hablaba de «defender causas» y de «acciones de lucha». Empezó a viajar por el país para acompañar a Hendricks y a Anita en las manifestaciones de protesta. Al abuelo le disgustó muchísimo esta militancia reciente. Y así se abonó el terreno para la discusión que los iba a llevar a pasar doce años sin hablarse.

Aconteció una noche de abril de 1973, durante las vacaciones de primavera que Tío Saul estaba pasando en casa de sus padres, en Secaucus. Era casi medianoche y el abuelo esperaba a Tío Saul mientras paseaba por el salón arriba y abajo. No paraba de coger y de volver a dejar encima de la mesa un ejemplar de *The Time Magazine*.

La abuela estaba en el dormitorio, en el piso de arriba. Había llamado al abuelo varias veces para que subiera a acostarse, pero él no le hacía ni caso. Quería pedirle explicaciones a su hijo. Finalmente, la abuela se durmió hasta que la despertaron los gritos. Oyó la voz sorda del abuelo a través del suelo.

—¡Saul, Saul, maldita sea! ¿Eres consciente de lo que estás haciendo?

—No es lo que tú te crees, papá.

—¡Me creo lo que veo, y te estoy viendo a ti haciendo tonterías!

—¿Tonterías? Y tú, papá, ¿eres consciente de lo que no estás haciendo negándote a protestar?

Lo que había enfadado tanto al abuelo era la foto de portada de *The Time:* una manifestación que se había celebrado en Washington una semana antes. En ella se reconocía perfectamente a Tío

Saul, a Tía Anita y a su padre en primera fila, con el puño en alto. El abuelo tenía miedo de que todo eso acabara mal.

—¡Mira, Saul! ¡Mírate! —gritó tirándole la revista a la cara—. ¿Sabes lo que veo en esa foto? ¡Veo problemas! ¡Un montón de problemas! Pero en realidad, ¿qué es lo que quieres? ¿Tener al FBI respirándote en la nuca? ¿Y has pensado en la empresa? ¿Sabes lo que va a hacer el FBI si decide que eres peligroso? Te arruinarán la vida a ti y a nosotros. ¡Harán que la empresa se hunda! ¿Es eso lo que quieres?

—¿No te parece que estás exagerando, papá? Nos manifestamos a favor de un mundo más justo, no sé qué tiene de malo.

—¡Vuestras manifestaciones no sirven de nada, Saul! ¡Entérate de una vez, caramba! Lo único que vas a conseguir es que esto acabe mal. ¿Es que quieres que te maten?

—¿Que me mate quién? ¿La policía? ¿El Gobierno? ¡Pues viva el Estado de derecho!

—Saul, desde que te relacionas con ese profesor Hendricks, y sobre todo con su hija, estás obsesionado por el asunto ese de los derechos civiles...

—Su hija tiene nombre, se llama Anita.

—Pues muy bien, Anita. Lo que quiero es que dejes de verla.

—Pero bueno, papá, ¿y eso por qué?

—¡Porque es una mala influencia! ¡Desde que te relacionas con ella te metes en unas situaciones descabelladas! No paras de recorrer la costa para manifestarte. Menudo papelón como suspendas los exámenes por haberte dedicado a escribir panfletos y pancartas en lugar de estudiar. ¡Preocúpate un poquito más por tu futuro, por Dios! Tu futuro que está aquí, en la empresa.

—Mi futuro está con Anita.

—No digas bobadas. ¡Has dejado que su padre te lavara el cerebro! ¿Cómo explicas si no que de repente te haya dado por defender a toda costa los derechos civiles? ¿Qué es lo que ha pasado?

—¡Su padre no tiene nada que ver con esto!

La abuela oía cómo iba subiendo el tono, pero no se atrevía a bajar. Pensaba que una discusión con las cartas sobre la mesa les vendría bien a los dos. Pero la pelea degeneró.

—No entiendo por qué no eres capaz de confiar en mí, papá. Por qué tienes esa necesidad de controlarlo todo.

—¡Eso es una locura, Saul! ¿No puedes concebir que lo único que hago es preocuparme por ti?

—¿Preocuparte? ¿En serio? ¿Qué es lo que te preocupa? ¿Quién va a ser tu sucesor en la fábrica?

—¡Lo que me preocupa es que si te sigues metiendo en todos esos líos de los derechos civiles, cualquier día desaparezcas!

—¿Que desaparezca? Eso es precisamente lo que pienso hacer. ¡Me tienes hasta la coronilla con tanta gilipollez! ¡Quieres dirigirlo todo! ¡Mandar en todo!

—¡Saul, a mí no me hables en ese tono!

—De todas formas, lo único que te importa es Nathan. Es al único al que tienes en cuenta.

—¡Por lo menos Nathan no tiene ideas absurdas que acaben llevándonos a la ruina!

—¿Absurdas? ¡Lo único que pretendo es esforzarme por el bien de la empresa, pero tú nunca quieres escucharme! ¡Siempre serás un mero vendedor de aspiradoras!

—¿Qué has dicho? —gritó el abuelo.

—¡Lo has oído perfectamente! ¡No quiero tener nada que ver con tu ridícula empresa! ¡Estaré mucho mejor lejos de ti! ¡Me largo!

—¡Saul, te estás pasando de la raya! Te lo advierto: si sales por esa puerta, ¡no te molestes en volver!

—¡Estate tranquilo, me voy y no volveré a pisar la puñetera Nueva Jersey!

La abuela salió precipitadamente de su cuarto y se abalanzó escaleras abajo, pero era demasiado tarde: Tío Saul se había ido dando un portazo y ya estaba dentro del coche. Salió a la calle descalza, le pidió por favor que no se fuera, pero él arrancó. La abuela corrió detrás del coche varios metros, pero comprendió que no se pararía. Se había marchado de verdad.

Tío Saul mantuvo su promesa. En vida del abuelo, no volvió nunca a Nueva Jersey. No volvió a pisar ese estado hasta que este murió, en mayo de 2001. La abuela, entre calada y calada, con las bandadas de gaviotas sobrevolando el océano como telón de fondo, me contó que el día que llamó por teléfono a Tío Saul para anunciarle que el abuelo había muerto, su primera reacción no fue bajar hasta Florida, sino salir corriendo a su Nueva Jersey natal, de donde él mismo se había desterrado durante todos esos años.

33.

A Leo, que me veía salir de Boca Ratón todas las mañanas, le acabó entrando curiosidad por saber lo que hacía y decidió acompañarme a Coconut Grove. No me ayudó lo más mínimo. Lo único que le interesaba era mi compañía. Se acomodaba en la terraza, debajo del mango, y me decía una y otra vez: «¡Ay, Marcus, pero qué bien se está aquí!». A mí me gustaba tenerlo allí.

La casa se iba vaciando poco a poco.

A veces volvía a casa con una caja llena de cosas que quería conservar. Leo las cotilleaba y me decía:

—Pero Marcus, ¿qué va a hacer con esas antiguallas? Tiene una casa preciosa y la va a convertir en una chamarilería.

—Solo son recuerdos, Leo.

—Los recuerdos se guardan en la cabeza. Lo demás no son más que trastos.

Solo dejé de ordenar metódicamente las cosas de mi tío para ir unos días a Nueva York. Casi había terminado en Coconut Grove cuando mi agente me llamó por teléfono: había conseguido que me invitaran a un programa de televisión que estaba muy de moda y se grababa esa misma semana.

—No tengo tiempo —le dije—. Además, si me lo ofrecen a pocos días del rodaje, es porque les ha fallado alguien y necesitan rellenar el hueco.

—O que tienes un agente excepcional que se las ha apañado para que sea así.

—¿Qué quieres decir?

—Graban dos programas seguidos. Tú eres el invitado del primero y Alexandra Neville, del segundo. Vais a estar en camerinos contiguos.

—Huy —dije—. ¿Lo sabe ella?

—No creo. ¿Entonces es que sí?
—¿Va a estar sola?
—Mira, Marcus, soy tu agente, no su madre. ¿Es que sí?
—Sí —dije.

Dos días después cogí un vuelo a Nueva York. En el momento en que salía de casa, Leo me montó un número:

—¡Nunca he visto a nadie tan vago! Se supone que lleva tres meses escribiendo un libro, pero al final siempre está con el *mañana, mañana, mañana**.

—Solo estaré fuera unos días.

—Pero ¿cuándo se va a poner en serio con ese dichoso libro?

—Muy pronto, Leo. Se lo prometo.

—Marcus, me da la sensación de que me está tomando el pelo. ¿No será que se siente angustiado o tiene una crisis de la página en blanco?

—No.

—¿Me lo diría?

—Claro.

—¿Me lo promete?

—Se lo prometo.

Llegué a Nueva York la víspera de la grabación del programa. Estaba muy nervioso. Me pasé toda la velada dando vueltas por mi piso.

Al día siguiente, después de haberme probado una cantidad incalculable de atuendos, llegué relativamente temprano a los estudios de televisión, que estaban en Broadway. Me llevaron a mi camerino y, al pasar por delante de las puertas, vi su nombre en la que estaba junto a la mía.

—¿Ha llegado ya Alexandra? —le pregunté como quien no quiere la cosa al guardia de seguridad que me acompañaba.

Me dijo que no.

Me encerré en el camerino. Estaba nerviosísimo. ¿Qué pasaría cuando llegara Alexandra? ¿Debería llamar a su puerta? Y luego,

---

* En castellano en el original. *(N. de las T.)*

¿qué? ¿Y si venía con Kevin? ¿Qué pinta iba a tener yo entonces? Me sentía muy tonto. Me entraron ganas de salir corriendo. Pero era demasiado tarde. Me tumbé en el sofá y escuché atentamente los sonidos que llegaban del pasillo. De repente, oí su voz. Se me disparó el corazón. Sonó una puerta que se abría y se volvía a cerrar, y luego, nada. De repente, mi móvil se puso a vibrar. Alexandra me había enviado un mensaje.

«¿¿¿Estás en el camerino de al lado???»

Le contesté simplemente:

«Sí.»

Volví a oír la puerta abrirse y cerrarse y, después, un golpe sordo en la mía. Fui a abrir. Era ella.

—¿Markie?

—¡Sorpresa!

—¿Sabías que íbamos a grabar el mismo día?

—Qué va —le mentí.

Retrocedí un paso: ella entró en mi camerino y cerró la puerta. Después, se me echó en los brazos en un gesto espontáneo y me estrechó con fuerza. Nos dimos un largo abrazo. Tenía ganas de besarla pero no quería arriesgarme a echarlo todo a perder. Me conformé con cogerle la cara entre las manos y contemplarle los ojos, que brillaban intensamente.

—¿Qué vas a hacer esta noche? —me preguntó espontáneamente.

—No tenía nada previsto... Podríamos...

—Sí —me dijo.

Nos sonreímos.

Necesitábamos un sitio donde quedar. Su hotel estaba infestado de periodistas y los lugares públicos quedaban descartados. Le sugerí que viniera a mi casa. Había un aparcamiento en el sótano desde el que se entraba directamente en el edificio. No la vería nadie. Me dijo que sí.

Nunca me hubiera imaginado que Alexandra pudiera venir algún día a mi casa. Y eso que la compré pensando en ella con el dinero de mi primera novela. Quería un piso en el West Village, para ella. Y cuando el agente inmobiliario me lo enseñó, tuve un flechazo porque sabía que a ella le iba a gustar. Y en efecto, le encantó. En cuanto las puertas del ascensor se abrieron directamente en el vestíbulo, no pudo contener un grito de entusiasmo:

—¡Dios mío, Markie, es justo la clase de piso que me gusta!

Me sentí muy ufano. Y, luego, más aún cuando nos acomodamos en la inmensa terraza llena de flores.

—¿Te encargas tú de las plantas? —me preguntó.

—Pues claro, no te olvides de que soy jardinero de formación.

Se rio y estuvo admirando un rato las flores enormes de una hortensia blanca, antes de acurrucarse en un sofá de exterior muy ancho. Abrí una botella de vino. Estábamos muy a gusto.

—¿Qué tal está Duke?

—Está bien, pero no tenemos por qué hablar de mi perro, ¿sabes, Marcus?

—Ya lo sé. Entonces, ¿qué tal estás tú?

—Bien. Me gusta estar en Nueva York. Aquí, siempre estoy bien.

—¿Y por qué te has ido a vivir a California?

—Porque era lo que más me convenía, Markie. No quería correr el riesgo de toparme contigo en cada esquina. Pero llevo un rato pensando que debería comprarme un piso aquí.

—En este, siempre serás bienvenida.

Me arrepentí en el acto de lo que había dicho.

—No creo que a Kevin le apetezca demasiado compartir el alquiler contigo —dijo con una sonrisa triste.

—Entonces, ¿sigues con Kevin?

—Pues claro, Marcus. Llevamos juntos cuatro años.

—Si fuera el definitivo, ya os habríais casado...

—Para, Marcus, no me montes un numerito. Igual vale más que me marche.

Me daba mucha rabia haber dicho semejantes tonterías.

—Discúlpame, Alex... ¿Podríamos empezar otra vez la velada desde el principio?

—De acuerdo.

Según lo decía, se levantó y se fue de la terraza. No entendí lo que estaba haciendo y la seguí. Se dirigió a la entrada, abrió la puerta y se fue. Me quedé perplejo un instante, hasta que sonó el timbre. Abrí la puerta corriendo.

—Hola, Markie —me dijo Alexandra—. Siento llegar tarde.

—No te preocupes, no pasa nada. Acabo de abrir una botella de vino en la terraza. Hasta te he servido una copa.

—Gracias. ¡Menudo piso, es increíble! ¿Así que vives aquí?

—Pues sí.

Dimos unos pasos hacia la terraza. Le puse la mano en el hombro desnudo. Se volvió hacia mí y nos miramos a los ojos sin decir nada. Allí estaba esa atracción sublime que sentíamos ambos. Acerqué los labios a los suyos; no retrocedió, sino todo lo contrario: me cogió la cabeza entre las manos y me besó.

34.

Florida
Primavera de 2011

La actitud de mi tío conmigo cambió de forma bastante repentina. Empezó a mostrarse distante. A partir del mes de marzo de 2011, comenzó a quedar regularmente con Faith, la encargada del Whole Foods.

Antes de saber la verdad, creía que tenían una relación sentimental. Faith venía a recogerlo a casa cada cierto tiempo y se iban juntos. Pasaban fuera mucho tiempo. A veces, todo el día. Tío Saul no me contaba adónde iban y yo tampoco quería hacer preguntas. Cuando volvía de aquellas escapadas, solía estar de mal humor y yo me preguntaba qué se traerían entre manos.

Pronto tuve la desagradable sensación de que algo había cambiado. Por motivos que yo ignoraba, Coconut Grove ya no era aquel remanso de paz que yo conocía. En casa, me fijé en que Tío Saul a menudo perdía la paciencia, que era algo que no le pegaba nada.

En el supermercado las cosas tampoco eran ya como antes. Sycomorus, que no había conseguido participar en *¡Canta!*, estaba deprimido desde que recibió la carta de la productora para comunicarle que lo habían rechazado. Un día, tratando de levantarle el ánimo, le dije:

—Solo es el principio. Tienes que pelear para que se cumplan tus sueños, Syc.

—Es demasiado duro. Los Ángeles está a reventar de actores y cantantes que quieren abrirse camino. Tengo la sensación de que no lo conseguiré nunca.

—Busca lo que te hace distinto de los demás.

Se encogió de hombros.

—En el fondo, lo único que quiero es ser famoso.
—¿Quieres ser cantante o quieres ser famoso? —le pregunté.
—Quiero ser un cantante famoso.
—Pero ¿si tuvieras que elegir solo una de las dos cosas?
—Entonces, elegiría ser famoso.
—¿Por qué?
—Es agradable ser famoso, ¿no?
—La fama solo es un traje, Sycomorus. Un traje que al final te queda pequeño o está gastado o acaban robándotelo. Lo que cuenta por encima de todo es lo que eres cuando estás desnudo.

Reinaba un ambiente melancólico. Cuando acompañaba a Tío Saul durante su descanso en el banco que había delante de la tienda, estaba callado y taciturno. No tardé en ir al Whole Foods solo uno de cada dos días y luego uno de cada tres. En realidad, Faith era la única que le devolvía la sonrisa a Tío Saul. Tenía con ella detallitos, tales como regalarle flores, llevarle mangos de su terraza e, incluso, un día la invitó a cenar a su casa. Para recibirla, se puso corbata, cosa que yo no le había visto hacer desde años atrás. Recuerdo que en Baltimore tenía una colección de corbatas impresionante, que desapareció cuando se mudó a Coconut Grove.

La presencia de Faith en la pareja que formábamos mi tío y yo me tenía un poco descolocado. Llegué incluso a plantearme si estaría celoso de ella, cuando en realidad debería alegrarme de que mi tío hubiera encontrado a alguien para que lo distrajera de la vida monótona que llevaba. Y hasta dudé de los motivos que me llevaban a Florida. ¿Iba allí porque quería a mi tío o porque quería demostrarle que su sobrino de Montclair lo había sobrepasado?

Un domingo en que él estaba leyendo en el salón y yo a punto de ir a dar una vuelta por Miami para dejarlo a solas con sus amoríos, le pregunté:
—¿Hoy no has quedado con Faith?
—No.
No dije nada más.
—Markie —me dijo entonces—, no es lo que tú te crees.
—Yo no me creo nada.

La primera vez que levantó una barrera entre él y yo pensé que era porque estaba harto de que le hiciera tantas preguntas. Sucedió una noche en la que, como otras muchas veces, estábamos paseando tranquilamente después de cenar por las apacibles calles de Coconut Grove. Le dije:

—La abuela me ha contado lo de la discusión que tuviste con el abuelo. ¿Por eso te fuiste a Baltimore?

—Mi universidad estaba afiliada a la de Baltimore. Me matriculé en la facultad de Derecho. Pensé que sería una buena carrera. Luego me colegié en Maryland y empecé a trabajar en Baltimore. No tardó en irme bien como abogado.

—¿Y no volviste a ver al abuelo después?

—No hasta pasados doce años. Pero la abuela venía muchas veces a vernos.

Tío Saul me contó cómo, durante esos años, la abuela Ruth viajaba en secreto de Nueva Jersey a Baltimore una vez al mes para comer con él.

En 1974, se cumplió un año desde que Tío Saul y el abuelo dejaron de hablarse.

—¿Cómo estás, cariño? —preguntó la abuela.

—Estoy bien. La carrera de Derecho me va bastante bien.

—Entonces, ¿vas a hacerte abogado?

—Supongo que sí.

—Eso podría serle útil a la empresa...

—Mamá, no sigas por ahí, por favor.

—¿Qué tal está Anita?

—Está bien. Le gustaría haber venido conmigo, pero mañana tiene un examen y necesitaba estudiar.

—La quiero mucho, ¿sabes?

—Ya lo sé, mamá.

—Y tu padre también.

—Para. Por favor, no quiero hablar de él.

En 1977, se cumplieron cuatro años desde que Tío Saul y el abuelo dejaron de hablarse. Tío Saul estaba terminando la especialidad y se estaba preparando para colegiarse. Se había instalado con Tía Anita en un pisito a las afueras de Baltimore.

—¿Sois felices aquí? —preguntó la abuela.

—Sí.

—Y tú, Anita, ¿qué tal estás?

—Estoy bien, señora Goldman, gracias. Estoy acabando el internado de Medicina.

—El hospital Johns Hopkins ya le ha hecho una oferta —dijo muy orgulloso Tío Saul—. Dicen que la quieren a ella a toda costa.

—¡Ay, Anita, eso es estupendo! Qué orgullosa estoy de ti.

—¿Y qué tal por Secaucus? —preguntó Anita.

—Mi marido echa mucho de menos a Saul.

—¿Que me echa de menos? —dijo Tío Saul irritado—. Si fue él quien me puso de patitas en la calle.

—¿Te puso de patitas en la calle o te marchaste tú? Habla con él, Saul. Vuelve a tomar contacto, por favor.

Tío Saul se encogió de hombros y cambió de tema.

—¿Qué tal va la empresa?

—Todo va bien. Tu hermano cada vez asume más responsabilidades.

En 1978, se cumplieron cinco años desde que Tío Saul y el abuelo dejaron de hablarse. Tío Saul acababa de dejar el bufete de abogados en el que trabajaba para abrir el suyo propio. Anita y él se mudaron a un chalé muy pequeño en un barrio residencial de clase media.

—Tu hermano es ahora el director de Goldman & Cía. —le dijo la abuela.

—Me alegro por él. De todas formas, eso es lo que papá había querido siempre. Nathan siempre fue su favorito.

—Saul, no digas bobadas, ¿quieres? Siempre estás a tiempo de volver... A tu padre le...

Tío Saul la interrumpió:

—Ya basta, mamá. Vamos a hablar de otra cosa, por favor.

—Tu hermano se va a casar.

—Ya lo sé. Me lo ha dicho.

—Por lo menos, estáis en contacto. Iréis a la boda, ¿verdad?
—No, mamá.

En 1979, se cumplieron seis años desde que Tío Saul y el abuelo dejaron de hablarse.
—Tu hermano y su mujer van a tener un hijo.
Saul sonrió y se volvió hacia Anita, que estaba sentada a su lado.
—Mamá, Anita está embarazada.
—¡Ay, Saul, cariño mío!

En 1980, se cumplieron siete años desde que Tío Saul y el abuelo dejaron de hablarse. Hillel y yo nacimos con unos meses de diferencia.
—Mira, este es tu sobrino Marcus —dijo la abuela sacando una fotografía del bolso.
—Nathan y Deborah van a venir aquí la semana que viene, así que por fin vamos a conocer a ese pequeñajo. Estoy muy contento.
—Vas a conocer a tu primo Marcus —le dijo Anita a Hillel, que dormía en su cochecito—. Saul, ahora tienes un hijo, así que ya va siendo hora de que arregles las cosas con tu padre.

En 1984, se cumplieron más de diez años desde que Tío Saul y el abuelo dejaron de hablarse.
—¿Qué estás comiendo, Hillel?
—Patatas fritas, abuela.
—No conozco a ningún niño tan rico como tú.
—¿Cómo está papá? —preguntó Saul.
—No muy bien. La empresa va fatal. Tu padre está desesperado, dice que se están hundiendo.

En 1985, se cumplieron doce años desde que Tío Saul y el abuelo dejaron de hablarse. Goldman & Cía. estaba al borde de la quiebra. Mi padre había preparado un plan de rescate que implicaba vender la empresa. Necesitaba ayuda para concretar el plan y fue hasta Baltimore para buscar a su hermano, que ahora era un abogado especializado, sobre todo, en fusiones y adquisiciones.

Veinticinco años después, mientras recorríamos Coconut Grove, Tío Saul me contó cómo, una noche de mayo de 1985, acabaron los tres en el edificio de ladrillo rojo de Goldman & Cía., en el estado de Nueva York. La fábrica estaba desierta y sumida en la oscuridad; la única luz era la del despacho del abuelo, que estaba repasando los libros de cuentas. Mi padre empujó la puerta y dijo con voz queda:

—Papá, he traído a alguien para que nos ayude.

Cuando el abuelo vio a Tío Saul en el vano de la puerta rompió a llorar, corrió hacia él y lo estrechó bruscamente entre sus brazos. Se pasaron los días siguientes en las oficinas de la compañía Goldman puliendo un plan de compra. Durante aquella estancia, Tío Saul no salió del estado de Nueva York, iba y venía del hotel a la empresa, sin cruzar nunca la frontera con Nueva Jersey ni volver a la casa donde había pasado la infancia.

Una vez que Tío Saul hubo terminado el relato, volvimos a casa en silencio. Tío Saul sacó dos botellas de agua de la nevera y nos las bebimos en la barra de la cocina.

—Marcus —me dijo—, me gustaría que me dejaras solo.

De entrada, no lo entendí.

—¿Quieres decir ahora?

—Quiero que vuelvas a Nueva York. No me malinterpretes, me encanta tenerte aquí. Pero ahora necesito estar solo algún tiempo.

—¿Estás enfadado conmigo?

—No, en absoluto. Solo quiero estar solo una temporada.

—Me iré mañana.

—Gracias.

A la mañana siguiente temprano, metí el equipaje en el maletero del coche, le di un beso a mi tío y me volví a Nueva York.

*

Estaba muy desconcertado por la forma en que Tío Saul me había echado de su casa. Aproveché que volvía a Nueva York para pasar a ver a mis padres y, un día de junio de 2011 en que fui con mi madre a comer a un restaurante de Montclair del que era cliente habitual, tuvimos una conversación sobre los Baltimore. Estábamos sentados en la terraza, hacía un tiempo espléndido y mi madre soltó de pronto:

—Markie, el próximo día de Acción de Gracias...

—Faltan cinco meses para Acción de Gracias, mamá. ¿No es un poco prematuro hablar del tema?

—Ya lo sé, pero es que a tu padre y a mí nos gustaría reunirnos todos para Acción de Gracias. Hace mucho tiempo que no celebramos Acción de Gracias todos juntos.

—Yo ya no celebro Acción de Gracias, mamá...

—¡Ay, Markie, no sabes la pena que me da oírte decir esas cosas! Tendrías que vivir más en el presente y no tanto en el pasado.

—Echo de menos a los Goldman-de-Baltimore, mamá.

Me sonrió.

—Hacía mucho tiempo que no oía la expresión «Goldman-de-Baltimore». Yo también los echo de menos.

—Mamá, no te tomes a mal la pregunta que voy a hacerte, pero ¿tú les tenías envidia?

—Yo te tuve a ti, cariño. ¿Qué más podía pedir?

—Me he estado acordando de las vacaciones que pasábamos en Miami, en casa de los abuelos Goldman, cuando Tío Saul se quedaba con el dormitorio y vosotros teníais que dormir en el sofá cama.

Se echó a reír.

—Pero si a tu padre y a mí nunca nos importó dormir en el cuarto de la tele. Ya sabes que el piso de los abuelos lo había pagado tu tío, así que nos parecía normal que él durmiera en el cuarto más cómodo. Todos los años, antes de ir, tu padre llamaba al abuelo para pedirle que nos asignara a nosotros el cuarto de la tele y les dejara el cuarto de invitados a Saul y Anita. Y todos los años el abuelo le decía que Saul ya le había llamado para decirle que no volviera a meter a su hermano en el cuarto de la tele y que le asignara a él la habitación menos cómoda. Tu padre y tu tío terminaban echándolo a suertes. Me acuerdo de que una vez los Baltimore llegaron a Florida antes que nosotros, y Saul y Anita ya habían tomado posesión del cuarto de la tele. Al contrario de lo que piensas, tu padre y yo no siempre dormíamos allí, ni mucho menos.

—¿Sabes? Me he preguntado muchas veces si nosotros también podríamos haber sido unos Baltimore...

—Somos unos Montclair. Y así será siempre. ¿Por qué habría que cambiarlo? Todo el mundo es diferente, Markie, y puede que ese sea el secreto de la felicidad: estar en paz con lo que eres.

—Qué razón tienes, mamá.

Pensé que el tema estaba zanjado. Nos pusimos a hablar de otra cosa y, cuando acabamos de comer, acerqué a mi madre a casa. Cuando estábamos a punto de llegar, me dijo:

—Markie, para un momento ahí, por favor.

Obedecí.

—¿Estás bien, mamá?

Me miró como no me había mirado nunca.

—Podríamos haber sido unos Baltimore, Markie.

—¿A qué te refieres?

—Marcus, hay una cosa que no sabes. Cuando eras muy pequeño, hubo que vender la empresa de tu abuelo, que no iba bien...

—Sí, eso ya lo sabía.

—Pero lo que ignoras es que en ese momento tu padre cometió un error de criterio que se ha estado reprochando mucho tiempo...

—No sé si entiendo lo que me quieres decir, mamá...

—Markie, en 1985, cuando se vendió la empresa, tu padre no siguió los consejos que le dio Saul. Perdió la ocasión de ganar muchísimo dinero.

Durante mucho tiempo estuve convencido de que la barrera que separaba a los Montclair de los Baltimore se había ido construyendo con el paso de los años. Pero, en realidad, se levantó en una sola noche, o casi.

35.

Siguiendo la estrategia que habían elaborado mi padre y Tío Saul, Goldman & Cía. se vendió en octubre de 1985 a Hayendras Inc., una importante empresa del estado de Nueva York.

La víspera de la venta, mi padre, Tío Saul y los abuelos se reunieron en Suffern, donde estaba la sede de Hayendras. Mi padre y mis abuelos fueron juntos en coche desde Nueva York, mientras que Tío Saul cogió un avión hasta LaGuardia y luego alquiló un coche.

Reservaron tres habitaciones en un Holiday Inn y se pasaron todo el día en una sala de juntas que pusieron a su disposición, releyendo atentamente los contratos para asegurarse de que todo encajaba con lo que habían acordado. Cuando terminaron ya era noche cerrada y, por iniciativa del abuelo, fueron a cenar a un restaurante del barrio. Una vez sentados a la mesa, el abuelo miró a sus dos hijos y los cogió de la mano.

—¿Os acordáis —dijo— de todas las horas que pasamos en aquel banco de la calle, imaginando que dirigíamos la empresa los tres juntos?

—Hasta nos dejabas fumar —bromeó mi padre.

—Pues bien, ya hemos llegado a eso, hijos. Llevo mucho tiempo esperando este momento. Por primera vez, vamos a asumir juntos el destino de Goldman & Cía.

—Por primera y por última vez —corrigió Tío Saul.

—Es posible, pero el caso es que por fin ha llegado. Así que, nada de estar tristes esta noche: ¡a brindar! ¡Por ese momento que por fin hemos alcanzado!

Alzaron las copas de vino y las chocaron. A continuación, el abuelo preguntó:

—¿Estás seguro de que es una buena idea, Saul?

—¿Venderle a Hayendras? Sí, es la mejor opción. El precio de compra no es muy elevado, pero es eso o la quiebra. Además, Hayendras va a crecer, tiene un potencial innegable y sabrá expandir la empresa. Todos los antiguos empleados se van a volver a colocar en Hayendras, que era otra de las cosas que querías, ¿no?

—Sí, desde luego, Saul. No quiero a nadie en el paro.

—He calculado que os quedarán dos millones de dólares después de impuestos —añadió Tío Saul.

—Lo sé —dijo el abuelo—. En ese sentido, tu madre, tu hermano y yo hemos estado hablando y queremos decirte que la empresa es de los cuatro. Yo la fundé con la esperanza de que algún día mis dos hijos cogieran las riendas, y es lo que está pasando esta noche. Habéis realizado mi deseo y os lo agradeceré eternamente. El importe de la venta se dividirá en tres partes iguales. Un tercio para vuestra madre y para mí, y un tercio para cada uno de vosotros.

Se hizo un silencio.

—Yo no puedo aceptar —dijo finalmente Tío Saul, emocionado por volver a ocupar un puesto entre los suyos—. No quiero ninguna parte, no me la merezco.

—¿Cómo puedes decir algo así? —preguntó el abuelo.

—Papá, por culpa de lo que pasó, yo...

—¿Por qué no nos olvidamos de todo eso?

—Déjalo estar, Saul —insistió mi padre—. Gracias a ti, los empleados, incluido yo, no se irán al paro hoy; y papá podrá financiarse la jubilación.

—Es cierto, Saul. Gracias a tu ayuda, tu madre y yo podremos vivir al sol, en Florida quizá. Como siempre hemos soñado.

—Yo me voy a mudar a Montclair para estar más cerca de las nuevas oficinas —prosiguió mi padre—. Hemos encontrado una casa preciosa y podré financiar un préstamo con mi parte de la venta. Una buena casa en un buen barrio, exactamente lo que quería.

El abuelo le cogió la mano a la abuela, les sonrió a sus dos hijos y sacó del maletín unos documentos notariales.

—He mandado redactar unas actas de declaración de conformidad de nuestra participación a partes iguales como propietarios de la empresa —dijo—. El producto de la venta se dividirá en tres partes iguales de 666.666,66 dólares cada una.

—Más de medio millón de dólares —sonrió mi padre.

A la mañana siguiente, a los abuelos y a mi padre los despertó al amanecer una llamada de Tío Saul pidiéndoles que se reunieran con él lo antes posible en el comedor del desayuno. Tenía que contarles algo muy urgente.

—Anoche hablé con un amigo mío —les explicó Tío Saul, muy nervioso, entre trago y trago de café—. Es corredor en Wall Street. Me dijo que Hayendras es aún un negocio poco conocido pero que va a crecer más de lo que yo había previsto. Dice que, según ciertos rumores, podría entrar en Bolsa este año. ¿Entendéis lo que significa?

—No estoy muy segura de entenderlo —contestó la abuela, pragmática.

—Pues significa que si Hayendras entra en Bolsa, el valor de la empresa se va a disparar. ¡No queda otra! Cuando una empresa entra en Bolsa, se revaloriza. Así que lo he estado pensando mucho y creo que deberíamos negociar la venta de Goldman & Cía. pidiendo una participación como accionistas en lugar de dinero en efectivo.

—¿Y cuál es la diferencia?

—La diferencia es que cuando Hayendras entre en Bolsa, el valor de las acciones crecerá y nuestra participación aumentará. Los seiscientos mil dólares podrían valer mucho más. Fijaos, tengo una propuesta de modificación del contrato, ¿qué os parece?

Le entregó a cada uno una copia del borrador del contrato, pero el abuelo hizo una mueca.

—Saul, ¿me estás diciendo que no me den dinero a cambio de Goldman & Cía. sino un trozo de papel donde ponga que poseo unas cuantas acciones de una empresa que ni siquiera conozco?

—Exactamente. Te voy a poner un ejemplo. Imagínate que hoy Hayendras valiera mil dólares. Digamos que tú posees un uno por ciento, es decir, que tu participación vale diez dólares. Pero si Hayendras entra en Bolsa y todo el mundo quiere invertir dinero en la empresa, su valor va a subir como la espuma. Imagínate que Hayendras alcanza de repente los diez mil dólares. ¡Tu participación valdrá inmediatamente cien dólares! ¡Nuestro dinero puede revalorizarse muchísimo!

—Ya sabemos cómo funciona la Bolsa —dijo la abuela—. Creo que lo que quiere saber tu padre es cómo vamos a pagar la compra y la luz. El dinero teórico no paga las facturas. Y además, si Hayendras no entra en Bolsa o si no le interesa a nadie, las acciones caerán en picado y nuestro dinero se devaluará.

—En efecto, es un riesgo...

—No, no —zanjó la abuela—. Queremos dinero contante y sonante, tu padre y yo no podemos arriesgarnos a perderlo todo. Nos estamos jugando la jubilación.

—Pero este amigo mío dice que es la inversión del siglo —insistió Saul.

—La respuesta es no —dijo el abuelo.

—¿Y tú? —le preguntó Tío Saul a mi padre.

—Yo también prefiero el dinero al contado. No confío mucho en la magia de la Bolsa, es muy arriesgado. Además, si quiero comprar la casa de Montclair...

El abuelo notó la decepción que se le traslucía en la mirada a Tío Saul.

—Escucha, Saul —le dijo—, si tú de verdad crees en esos jueguecitos bursátiles, nada te impide pedir tu parte en acciones.

Fue lo que hizo Tío Saul. Al cabo de un año, Hayendras tuvo una entrada en Bolsa espectacular. Según me explicó mi madre, en un solo día, el valor de las acciones se multiplicó por quince. En cuestión de horas, los 666.666,66 dólares de Tío Saul se habían convertido en 9.999.999,99. Tío Saul acababa de ganar diez millones de dólares que cobró unos meses más tarde al vender su participación. Fue el año en que compró la casa de Oak Park.

Mi padre, tras visitar la mansión de su hermano, se convenció de las bondades de la Bolsa. Convencimiento que se reafirmó a principios de 1988, cuando Dominic Pernell, el director general de Hayendras, envió a sus empleados un comunicado interno para hacerles partícipes de la fortaleza económica de la empresa y animarlos a comprar acciones; eso acabó de convencerlo. Juntó todo el dinero que le quedaba de su parte de la venta de Goldman & Cía. y convenció al abuelo para que hiciera otro tanto.

—¡Deberíamos comprar acciones de Hayendras nosotros también! —insistió mi padre por teléfono.

—¿Tú crees?

—Papá, fíjate lo que ha ganado Saul con ellas: ¡millones! ¡Millones de dólares!

—Deberíamos haberle hecho caso a tu hermano cuando vendimos la empresa.

—¡Aún no es demasiado tarde, papá!

Mi padre reunió setecientos mil dólares, todos sus ahorros y los del abuelo. Todo su botín de guerra. Convirtió el dinero en acciones de Hayendras, que, según sus cálculos, deberían convertirlos rápidamente en millonarios también a ellos. Una semana después, recibió una llamada de Tío Saul, muy preocupado:

—Acabo de hablar con papá y me ha dicho que habéis invertido todo el dinero.

—¡Bah, relájate, Saul! He hecho una inversión igual que la tuya. Para él y para mí. ¿Qué problema hay?

—¿Qué acciones has comprado?

—De Hayendras, evidentemente.

—¿Qué? ¿Cuántas?

—No es asunto tuyo.

—¿Cuántas? ¡Necesito saber cuántas!

—Setecientos mil dólares.

—¿Cómo? Pero ¿es que te has vuelto loco? ¡Es prácticamente todo el dinero que tenéis!

—¿Y qué?

—¿Cómo que «y qué»? ¡Pues que es arriesgadísimo, hombre!

—Vamos a ver, Saul, cuando vendimos la empresa, bien que nos recomendaste pedir acciones en lugar de dinero. Pues es lo que estamos haciendo ahora. No veo qué diferencia hay.

—Pues que entonces era distinto. ¡Si sale mal, papá se queda sin jubilación! ¿De qué quieres que viva?

—Saul, tranquilízate. Por una vez, deja que yo me encargue.

Al día siguiente de mantener esta conversación, para gran sorpresa de mi padre, Tío Saul se plantó en el despacho que ocupaba en la sede de Hayendras.

—Saul, ¿qué haces aquí?

—Tengo que hablar contigo.

—¿Por qué no me has llamado?

—No podía contártelo por teléfono, es algo muy arriesgado.
—Pero ¿contarme qué?
—Ven, vamos a dar una vuelta.
Salieron al parque contiguo al edificio para estar solos.
—La empresa va mal —le dijo Tío Saul a mi padre.
—¿Cómo puedes decir eso? Estoy al tanto de la situación económica de Hayendras: es muy buena, para que te enteres. El director general, Dominic Pernell, mandó un comunicado, nos dijo que compráramos acciones. Y además, la cotización acaba de subir.
—Pues claro que ha subido la cotización, como que todos los empleados se han abalanzado sobre las acciones.
—¿Qué intentas decirme, Saul?
—Vende tus acciones.
—¿Qué? Ni hablar.
—Escúchame atentamente: sé de lo que te hablo. Hayendras está muy mal. Las cuentas son desastrosas. Pernell no debería haberos dicho que comprarais. Tienes que deshacerte de esas acciones enseguida.
—Pero bueno, Saul, ¿qué me estás contando? No me creo ni una palabra.
—¿Tú te crees que habría venido desde Baltimore si no fuera algo tan serio?
—Estás fastidiado porque tú vendiste tus acciones y ahora no consigues volver a comprarlas. ¿Es eso? ¿Quieres que yo venda para comprar tú?
—No, quiero que vendas para que te libres de ellas.
—¿Por qué no me das un poco de tregua, Saul? Tú salvaste la empresa de papá, tú le garantizaste la jubilación, tú les diste otra colocación a sus empleados: ¡te adora, eres el hijo pródigo! De todas formas, siempre has sido el favorito de papá. Y por si fuera poco, te toca el premio gordo, por las buenas.
—¡Oye, que en su momento os dije que pidierais las acciones!
—¿Es que no tienes bastante con tu carrera de abogado, tu casaza, tus coches? ¿Todavía quieres más? ¡El director general en persona nos ha dicho que compremos y todo el mundo ha comprado! ¡Todos los empleados han comprado! ¿Qué problema tienes? ¿No soportas que yo también pueda ganar dinero?

—¿Qué? Pero bueno, ¿por qué no me quieres escuchar?

—Siempre has tenido la necesidad de machacarme, sobre todo delante de papá. Cuando éramos críos, en el banco, donde solo hablaba contigo. ¡Saul esto, Saul lo otro...!

—No sabes lo que dices.

—Hizo falta que te fueras para que me tomara un poco en cuenta. Y, aun así, mientras estuvisteis peleados, cuántas veces me insinuó que la empresa habría estado mejor dirigida si tú hubieras llevado las riendas...

—Nathan, estás delirando. Si he venido hasta aquí es para decirte que Hayendras está mal, las cuentas están fatal y, cuando la gente se entere, la cotización de sus acciones se va a hundir.

Mi padre se quedó cortado por un momento.

—¿Cómo sabes todo eso? —preguntó.

—Lo sé. Por favor, créeme. Lo sé de buena tinta. No puedo decirte más. Vende y sobre todo no se lo cuentes a nadie. A nadie, ¿me oyes? Estoy cometiendo un delito grave al informarte. Si alguien se entera de que te he avisado, tendré problemas muy graves; y papá y tú también los tendréis. Bastante difícil va a ser ya vender semejante cantidad de golpe sin levantar sospechas. Tendrás que hacerlo en varias veces. ¡Date prisa!

Mi padre se negó a atender a razones. Creo que lo tenía ofuscado la vida que llevaba su hermano en Baltimore y que estaba exigiendo lo que le correspondía. Sé que Tío Saul hizo cuanto estuvo en su mano, que incluso fue a Florida para ver al abuelo y pedirle que convenciera a su hijo de que vendiese las acciones.

El abuelo hasta llegó a llamar a mi padre:

—Nathan, tu hermano ha venido a verme. Dice que tenemos que vender las acciones a toda costa. Quizá deberíamos hacerle caso...

—No, papá, ¡por una vez, confía en mí, por favor!

—Dice que nos ayudará a colocar mejor el dinero, a invertir en otras empresas. Acciones rentables. Te confieso que estoy un poco preocupado...

—¡Ese que se meta en sus asuntos! ¿Por qué no te fías de mí? Yo también puedo hacer las cosas correctamente, ¿sabes?

Creo que a mi padre le iba en esto su orgullo. Había tomado una decisión y quería que la respetaran. Se mantuvo en sus trece. ¿Lo hizo por convicción o por plantarle cara a su hermano? El abuelo no quiso llevarle la contraria, seguramente para no disgustarlo.

Mientras mi madre, en el coche, seguía con su relato, me vino a la memoria un recuerdo de infancia. Yo iba corriendo a la cocina desde el salón gritando:
—¡Mamá, mamá! ¡Tío Saul sale en la tele!
Era su primer caso mediático, el principio de la gloria. En las imágenes, junto a él, también aparecía su cliente, Dominic Pernell. Recuerdo que durante varias semanas conté muy orgulloso a quien quisiera escucharme que en los periódicos salían Tío Saul y el jefe de papá. Lo que yo no sabía era que a Dominic Pernell lo había detenido la SEC[*] por falsificar las cuentas de Hayendras para ofrecerles a sus empleados la ilusión de un balance brillante y aprovechar el entusiasmo para venderles sus propias acciones por valor de varios millones de dólares. Un juzgado de Nueva York lo condenó a cuarenta y tres años de cárcel. En los días posteriores a la detención, la cotización de Hayendras se desplomó completamente y perdió quince veces su valor. La empresa la compró de saldo una importante compañía alemana que todavía existe. Los setecientos mil dólares de mi padre y del abuelo se quedaron en 46.666,66 dólares.

Baltimore se convirtió en la penitencia de mi padre. La casa, los coches, los Hamptons, las vacaciones en Whistler, los fastos de Acción de Gracias, el apartamento en La Buenavista, la patrulla de vigilancia privada de Oak Park que nos trataba como a intrusos: todo estaba presente para recordarle que lo que para su hermano había sido un triunfo, para él había sido un fracaso.

*

---

[*] Securities and Exchange Commission: institución estadounidense encargada de vigilar los mercados financieros.

Ese mismo día de junio de 2011, después de hablar con mi madre, llamé por teléfono a Tío Saul. Parecía alegrarse de oír mi voz.

—Hoy he comido con mi madre —le dije—. Me ha estado hablando de cuando vendisteis la empresa a Hayendras y de cómo papá perdió todos sus ahorros y los del abuelo.

—En cuanto supe que había comprado esas acciones, hice todo cuanto pude para convencer a tu padre de que las vendiera. Cuando pasó todo, tu padre me reprochó que no le explicara la situación más claramente. Pero entiéndelo: en ese momento, a Dominic Pernell ya lo estaba investigando la SEC y se había puesto en contacto conmigo para que lo defendiera; yo sabía que había engañado a los empleados y que les había vendido sus acciones. No podía revelárselo a tu padre: con ese sentido de la justicia que tiene, habría avisado a los demás empleados. Eran miles de personas que, como él, habían invertido mucho dinero en acciones de su propia empresa. Pero si esa información salía a la luz, si la SEC se enteraba de que yo se la había dado a tu padre, habríamos acabado en la cárcel con total seguridad, el abuelo, tu padre y yo. Lo único que podía hacer era suplicarle que vendiese, pero no quiso escucharme.

—¿El abuelo le guardó rencor a papá?

—No tengo ni idea. Él siempre dijo que no. Después de aquello, hubo una oleada de despidos en Hayendras, pero por suerte tu padre conservó su puesto. En cambio, el abuelo perdió el capital para la jubilación. Y yo le ayudé desde entonces.

—¿Lo ayudaste por lo de la pelea? ¿Para que te perdonara?

—No, lo ayudé porque era mi padre. Porque no tenía ni un mal dólar. Porque yo había conseguido mi dinero gracias a él. No sé lo que te habrá contado la abuela sobre la pelea, pero la verdad es que fue un toma y daca espantoso, y que yo fui demasiado tonto y demasiado orgulloso como para resolverlo. Ese es un rasgo que tengo en común con tu padre: las ocasiones en que no queremos entrar en razón y luego lo estamos lamentando toda la vida.

—La abuela me dijo que fue por tu militancia a favor de los derechos civiles.

—Nunca milité realmente por los derechos civiles.

—Pero ¿y la foto en la portada de la revista?

—Fui a una sola manifestación, para contentar al padre de Anita, que era un activista comprometido. Tu tía y yo acabamos con él en la primera fila y tuvimos la mala suerte de que nos hicieran la foto. Eso es todo.

—¿Qué me dices? No lo entiendo, la abuela me dijo que siempre estabas de viaje.

—No sabe todo lo que pasó.

—Pues entonces ¿qué es lo que hacías? ¿Y por qué la abuela está convencida de que estabas comprometidísimo con la defensa de los derechos civiles? ¡Que estuvisteis doce años sin hablaros, caramba!

Tío Saul estaba a punto de contármelo cuando nos interrumpió el timbre de su casa. Soltó el auricular un momento para ir a abrir: oí una voz de mujer.

—Markie —me dijo al volver al teléfono—, te tengo que dejar, hijo.

—¿Es Faith?

—Sí.

—¿Estáis saliendo?

—No.

—Si fuera así, puedes contármelo. Tienes todo el derecho del mundo a salir con alguien.

—No tenemos una aventura, Markie. No la tengo ni con ella ni con nadie. Sencillamente porque no me apetece. Yo solo he querido a tu tía y siempre la querré.

36.

Cuando volví a Boca Ratón, era un hombre distinto después de pasar dos días en Nueva York. Estábamos a principios de mayo de 2012.

—Pero hombre, ¿qué le ha pasado? —me preguntó Leo al verme—. Parece otro.

—Alexandra y yo nos hemos besado. En mi casa, en Nueva York.

Puso cara de decepción:

—Supongo que eso le ayudará a progresar en su novela.

—No se alegre tanto, hombre.

Me sonrió:

—Me alegro por usted, Marcus. Me cae muy bien. Es un buen hombre. Si tuviera una hija, haría lo que fuera para que se casara con usted. Se merece ser feliz.

Había transcurrido una semana desde la velada que pasé con Alexandra en Nueva York y seguía sin saber nada de ella. Intenté llamarla dos veces, pero fue en vano.

Ya que ella no me daba señales de vida, las busqué en internet. En la cuenta de Facebook oficial de Kevin, me enteré de que estaban en Cabo San Lucas. Vi fotos de Alexandra junto a una piscina, con una flor en el pelo. El muy indecente exhibía su vida privada delante de todo el mundo. Esas fotos se habían publicado luego en los tabloides, donde leí: «Kevin Legendre acalla los rumores de crisis publicando fotos de sus vacaciones en México con Alexandra Neville».

Me sentí herido en lo más hondo. ¿Por qué me besaba si luego pensaba irse de viaje con él? Al final, fue mi agente quien me contó el rumor:

—Marcus, ¿te has enterado? Parece ser que se anuncian tormentas entre Kevin y Alexandra.

—Pues he visto unas fotos suyas en Cabo San Lucas donde parecían muy felices.

—Has visto unas fotos suyas en Cabo San Lucas. Parece ser que Kevin quería estar a solas con Alexandra y le sugirió hacer ese viaje. Las cosas no les van muy bien desde hace algún tiempo, o al menos eso dicen por ahí. Según cuentan, a ella no le ha hecho ninguna gracia que divulgue fotos de los dos por las redes sociales y ha vuelto a Los Ángeles en el acto.

No tenía forma de comprobar si lo que decía mi agente era cierto. Pasaron varios días y Alexandra seguía sin darme señales de vida. Terminé de vaciar la casa de mi tío. Una empresa de mudanzas se llevó los últimos muebles. Resultaba muy raro ver la casa totalmente vacía.

—Y ahora, ¿qué va a hacer con esta casa? —me preguntó Leo mientras husmeaba por las habitaciones.

—Creo que voy a venderla.

—¿En serio?

—Sí. Tal y como usted dijo, los recuerdos están en la cabeza. Creo que tiene usted razón.

Cuarta parte

EL LIBRO DEL DRAMA
(2002-2004)

37.

Baltimore
18 de febrero de 2002

Enterramos a Tía Anita cuatro días después del accidente, en el cementerio de Forrest Lane. Acudió muchísima gente. En su mayoría, caras que no me sonaban de nada.

En primera fila estaban Tío Saul, con expresión mortecina, y Hillel, lívido y conmocionado. Se portaba como un fantasma, con los ojos apagados y el nudo de la corbata mal hecho. Yo le decía cosas, pero era como si no me oyese. Lo tocaba, pero era como si no lo notara. Como si estuviera anestesiado.

Al ver cómo se hundía el féretro en la tierra, no me podía creer lo que estaba pasando. Me daba la sensación de que todo era irreal. De que no era mi tía Anita, mi tía del alma, quien estaba dentro de ese ataúd sobre el que echábamos puñados de tierra. Estaba esperando a verla aparecer para reunirse con nosotros. Quería que me abrazase como lo hacía cuando, de niño, me recogía en el andén de la estación de Baltimore y me decía: «Eres mi sobrino favorito» y yo entonces me arrebolaba de felicidad.

Tía Anita murió en el acto. La camioneta que la atropelló no se detuvo. Nadie vio nada. Al menos, no lo suficiente para ayudar a la policía, que no tenía ni una pista. Después del impacto, Woody corrió hacia ella: intentó reanimarla, pero ya se había ido. Cuando comprendió que estaba muerta, la abrazó, dando alaridos. Patrick se había quedado en la acera, descompuesto.

Entre las personas que rodeaban la tumba no estaban ni Patrick ni Alexandra. Patrick, por lo que acababa de pasar delante de su casa; y Alexandra, para evitar el escándalo que causaría la presencia de un Neville en el entierro.

Por su parte, Woody nos observaba desde lejos, escondido detrás de un árbol. Al principio, pensé que no había venido. Me había pasado la mañana intentando hablar con él, sin conseguirlo: tenía el móvil apagado. Me fijé en su silueta cuando ya estaba acabando la ceremonia. Lo habría reconocido incluso de lejos. Todos los invitados se dirigían al aparcamiento para volverse a reunir luego, en el ágape que estaba previsto en la casa de Oak Park. Yo me desvié discretamente hacia el fondo del cementerio. Al ver que me acercaba, Woody se escapó. Corrí tras él. Aceleró y yo salí al galope como un poseso entre las tumbas, con los zapatos resbalando en el barro. Lo alcancé e intenté agarrarle el brazo, pero perdí el equilibrio y lo arrastré conmigo. Nos caímos los dos y rodamos por la hierba terrosa y húmeda.

Woody se revolvió. Aunque era infinitamente más fuerte que yo, acabé sentado encima de él, agarrándolo por las solapas de la chaqueta.

—¡Joder, Woody! —le grité—. ¡Deja de hacer gilipolleces! ¿Dónde te habías metido? Llevo tres días sin saber de ti. ¡No contestas al teléfono! ¡Pensé que te habías muerto!

—Ojalá estuviera muerto, Marcus.

—¿Por qué dices gilipolleces?

—¡Porque la maté yo!

—¡Tú no la mataste! ¡Fue un accidente!

—¡Déjame, Marcus, por favor!

—Woody, ¿qué pasó esa noche? ¿Para qué habías ido a casa de Patrick?

—Tenía que hablar con alguien. Y él era el único con quien podía contar. Cuando llegué a su casa, me di cuenta de que tenía una cita de San Valentín. Había flores y champán. Me insistió para que me quedase un rato. Comprendí que su invitada se había escondido en un dormitorio para esperar a que me fuera. Al principio, me pareció casi divertido. Pero luego vi la chaqueta, en un sillón del salón. La invitada era Anita.

No podía creérmelo. De modo que los rumores que corrían por Oak Park eran ciertos. Tía Anita había dejado a Tío Saul para irse con Patrick.

—Pero ¿qué había pasado para que te plantaras en casa de Patrick a las once de la noche? Me parece que no me lo estás contando todo.

—Me había peleado con Hillel. Estuvimos a punto de llegar a las manos.

No lograba imaginarme a Woody y a Hillel discutiendo, y mucho menos a punto de pelearse.

—¿Por qué habíais discutido? —seguí preguntando.

—Por nada, Marcus. Y ahora déjame en paz. Quiero estar solo.

—No, no pienso dejarte solo. ¿Por qué no me llamaste? ¿Por qué dices que solo podías hablar con Patrick? Sabes que siempre estoy para lo que necesites.

—¿Que estás para lo que necesite? ¿De verdad? Eso cambió hace mucho tiempo, Marcus. En los Hamptons hicimos una promesa. ¿Te acuerdas? Ninguno intentaría nada con Alexandra. Al romper esa promesa, nos traicionaste a todos. Antepusiste a una chica a la Banda. Supongo que esa noche estarías follando con ella. Cada vez que te la follas, cada vez que la tocas, nos estás traicionando, Marcus.

Hice un esfuerzo para fingir que no había oído nada.

—No voy a dejarte, Woody.

Decidió librarse de mí. Con un movimiento rápido, me apretó la glotis con los dedos y me cortó la respiración. Me tambaleé: se libró de mi llave y se levantó, dejándome tirado en el suelo, tosiendo.

—Olvídame, Marcus. Yo ya no existo.

Se fue corriendo, intenté perseguirlo pero solo me dio tiempo a ver cómo se subía en un coche con matrícula de Connecticut que desapareció rápidamente. Lo conducía Colleen.

Llegué a casa de los Baltimore y aparqué donde pude. La calle estaba atestada de coches. No me apetecía entrar: primero, porque estaba impresentable, sudoroso y con el traje lleno de barro. Pero sobre todo, porque no me apetecía nada ver a Tío Saul ni a Hillel tan desesperadamente solos, aguantando la condescendencia y las frases hechas («Os va a llevar tiempo...», «La echaremos de menos...», «Qué tragedia...») que la gente suelta con la boca llena aún de canapés, para abalanzarse acto seguido sobre el bufé de pastelitos antes de que se acaben.

Me quedé un rato en el coche observando la calle tranquila, entregado a mis recuerdos, y en estas llegó un Ferrari negro con matrícula del estado de Nueva York: Patrick Neville había tenido la desfachatez de venir. Aparcó en paralelo a la acera de enfrente y se quedó un momento escondido dentro del coche, sin verme. Yo acabé por salir del mío y me fui hacia él, furioso. Al verme llegar, salió él también. Tenía una cara espantosa.

—Marcus —me dijo—, me alegro de ver a alguien que...

No le dejé terminar la frase.

—¡Lárguese! —le ordené.

—Marcus, espera...

—¡Que se vaya!

—Marcus, tú no sabes lo que pasó. Déjame que te explique...

—¡Que se vaya! —grité—. ¡Váyase, aquí no pinta nada!

Varios invitados, al oír el ruido, salieron de casa de los Baltimore. Vi a mi madre y a Tío Saul apretar el paso hacia nosotros. No tardó en formarse un nutrido grupito de curiosos que salían corriendo de la casa, con la copa en la mano, y se nos puso delante para no perderse la escena del sobrino enfrentándose al amante de la tía. Al cruzárseme la vista con la mirada de desaprobación de mi madre y los ojos impotentes de mi tío, me sentí tremendamente avergonzado. Patrick intentó explicarse delante de todos.

—¡No es lo que piensan! —repetía.

Pero solo recibió miradas de desprecio. Se subió al coche y se fue.

Todo el mundo se volvió a meter en la casa y yo hice lo mismo. Desde la escalera de la entrada donde había presenciado la escena, Hillel el fantasma me miró de frente y me dijo:

—Tendrías que haberle partido la jeta.

Me quedé en la cocina, sentado a la barra. A mi lado, Maria lloraba mientras volvía a llenar las bandejas de aperitivos y las hermanas filipinas iban y venían con copas y platos limpios. La casa nunca me había parecido tan vacía.

*

Mis padres se quedaron en Baltimore dos días después del entierro y luego tuvieron que volverse a Montclair. Como yo no tenía ánimos para regresar a la universidad, me quedé en Baltimore unos días más.

Hablaba todas las noches con Alexandra. Por miedo a que me pillara Hillel, le cogía prestado el coche a Tío Saul y salía so pretexto de hacer un recado. Me compraba un café en el mostrador para coches de un Dunkin Donuts cercano pero a la vez lo bastante alejado para que nadie me viera. Me quedaba en el aparcamiento, echaba el respaldo hacia atrás y la llamaba por teléfono.

Bastaba su voz para calmarme las heridas. Me sentía más fuerte, más poderoso cuando hablaba con ella.

—Markie, cómo me gustaría estar a tu lado.

—Ya lo sé.

—¿Qué tal están Hillel y tu tío?

—No muy allá. ¿Has visto a tu padre? ¿Te ha contado lo del incidente?

—Lo entiende de sobra, no te preocupes, Markie. En este momento, todos tenemos los nervios a flor de piel.

—¿No podía tirarse a alguien que no fuera mi tía?

—Markie, él dice que solo eran amigos.

—Woody me dijo que había una mesa puesta para San Valentín.

—Anita quería contarle algo muy serio. Tenía que ver con tu tío... ¿Hasta cuándo te quedas en Baltimore? Te echo de menos...

—No lo sé. En cualquier caso, toda la semana. Yo también te echo de menos.

La casa estaba extrañamente tranquila. El fantasma de Tía Anita vagaba entre nosotros. La situación era aún más irreal que triste. Maria se afanaba sin necesidad, la oía regañarse a sí misma («La señora Goldman te dijo que mandaras limpiar las cortinas», «La señora Goldman estaría muy decepcionada contigo»). Hillel estaba completamente callado. Se pasaba casi todo el tiempo en su cuarto, pegado a la ventana. Hasta que lo obligué a venirse conmigo y dar una vueltecita hasta el Dairy Shack. Pedimos un batido que nos tomamos allí mismo. Luego volvimos a casa de los Baltimore. Al pasar por Willowick Road, me dijo:

—Todo esto, en parte es culpa mía.

—¿Qué es todo esto? —pregunté.

—La muerte de mamá.

—No digas esas cosas... Fue un accidente. Un maldito accidente.

—Todo esto es culpa de la Banda de los Goldman —prosiguió.

No entendí lo que quería decir.

—¿Sabes?, creo que deberíamos intentar apoyarnos unos a otros. Woody tampoco está nada bien.

—Pues mejor.

—Lo vi en el cementerio el otro día. Me dijo que esa misma tarde habíais discutido...

Hillel se paró en seco y me miró a los ojos.

—¿Te parece que es el mejor momento para hablar de eso?

Me entraron ganas de decirle que sí, pero ni siquiera conseguía sostenerle la mirada. Seguimos andando en absoluto silencio.

Esa noche, Tío Saul, Hillel y yo cenamos un pollo asado que había hecho Maria. No pronunciamos palabra en toda la cena. Al final, Hillel dijo:

—Me voy mañana. Vuelvo a Madison.

Tío Saul asintió con la cabeza. Comprendí que los Goldman-de-Baltimore estaban en proceso de desintegración. Dos meses antes, Hillel y Woody eran la honra y el orgullo de la universidad de Madison, y Tío Saul y Tía Anita eran una pareja feliz y brillante de triunfadores. Ahora, Tía Anita estaba muerta; Woody, perdido; Hillel, encerrado en su mutismo; mi tío, por su parte, empezó una nueva vida en Oak Park. Decidió asumir el papel del viudo perfecto: valiente, resignado y fuerte.

Me quedé toda la semana en Baltimore y asistí al espectáculo diario de los vecinos que iban a llevarle comida y buenos deseos. Los veía desfilar por la casa de los Baltimore. Le pegaban a Tío Saul unos abrazos tremendos, cruzaban miradas conmovidas y le daban largos apretones de manos. Y, luego, yo los pillaba hablando en el supermercado, en la tintorería, en el Dairy Shack: los cotilleos progresaban a buen ritmo. Era el cornudo, el humillado. Aquel cuya mujer se había matado al huir la noche de San Valentín de casa de su amante donde la había sorprendido su hijo casi adoptivo. Todo el mundo parecía saber los detalles más nimios sobre la muerte de Tía Anita. Todo era cosa sabida. Oí comentarios apenas disimulados:

«Por otra parte, se lo tenía merecido.»

«Por el humo se sabe dónde está el fuego.»

«Lo vimos con esa mujer en el restaurante.»

Comprendí que había otra mujer implicada. Una tal Selina, del club de tenis de Oak Park.

Fui al club de tenis de Oak Park. No tuve que buscar mucho: en recepción había un tablón con la foto y el nombre de los profesores de tenis, entre ellos una tal Selina Davis, muy atractiva. Solo tuve que hacerme el tonto, un tonto encantador, con una de las secretarias para sonsacarle que, por una increíble casualidad, le había dado clases particulares de tenis a mi tío y que, por otra increíble casualidad, ese día estaba enferma. Conseguí su dirección y decidí ir a verla a su casa.

Selina, como yo sospechaba, no estaba enferma. Cuando se dio cuenta de que yo era el sobrino de Saul Goldman, me cerró la puerta en las narices. Como yo seguía llamando para que me abriera otra vez, me gritó a través de la hoja de la puerta:

—¿Qué quieres de mí?

—Solo quiero intentar comprender lo que le ha pasado a mi familia.

—Si Saul quiere decírtelo, ya te lo dirá.

—¿Es usted su amante?

—No. Fuimos a cenar juntos una vez. Pero no pasó nada. Y ahora que su mujer se ha muerto, yo he quedado como la puta de turno.

Cada vez entendía menos lo que había pasado. De lo que sí estaba seguro era de que Saul se callaba algo. No sabía lo que había pasado entre Woody y Hillel ni tampoco sabía lo que había pasado entre Tío Saul y Tía Anita. Finalmente me fui de Baltimore una semana después del entierro de Tía Anita, sin haber encontrado respuesta a ninguna pregunta. La mañana en que me fui, Tío Saul me acompañó hasta el coche.

—¿Estarás bien? —le pregunté dándole un abrazo.

—Estaré bien.

Aflojé el abrazo, pero él me sujetó luego por los hombros y me dijo:

—Markie, he hecho algo muy malo. Por eso se marchó tu tía.

Cuando me fui de Oak Park, dejando tras de mí a Tío Saul y a Maria como únicos habitantes de la casa de los mejores sueños de mi infancia, pasé por el cementerio de Forrest Lane, donde me quedé mucho rato. No sé si había ido a buscar la presencia de Tía Anita o con la esperanza de encontrarme allí a Woody.

Luego me metí por la carretera de Montclair. Al llegar a mi calle, me sentí bien. El castillo de los Baltimore se había derrumbado, mientras que la casa de los Montclair, pequeña pero sólida, se erguía orgullosamente.

Llamé por teléfono a Alexandra para decirle que ya había llegado. Al cabo de una hora, llegó ella a casa de mis padres. Llamó a la puerta y le abrí. Me sentí tan aliviado al verla que dejé escapar todas las emociones que llevaba días conteniendo y rompí a llorar.

—Markie... —me dijo Alexandra tomándome entre sus brazos—. No sabes cuánto lo siento, Markie.

38.

Nueva York
Verano de 2011

Los acontecimientos relacionados con la muerte de Tía Anita volvieron a aflorar nueve años después de los hechos, en el mes de agosto de 2011, cuando Tío Saul me llamó por teléfono para pedirme que asistiera a la retirada de su nombre del estadio de la universidad de Madison.

Después de que me echara de su casa en junio, había vuelto a Nueva York. Hacía cinco años que se había mudado a Coconut Grove y ese iba a ser el primer verano que yo no iba a verlo a Florida. Fue entonces cuando empecé a gestar la idea de comprarme una casa allí: si me gustaba estar en Florida, necesitaba un lugar que fuera mío. Podría dar con una casa para escribir tranquilo, lejos del barullo de Nueva York y cerca de casa de mi tío. Hasta entonces, yo partía del principio de que disfrutaba con mis visitas, pero luego pensé que quizá necesitara espacio para poder también él vivir su vida, sin sobrinos por medio. Era muy comprensible.

Lo que sí que resultaba extraño era que me tuviese sin saber de él. No le pegaba. Siempre habíamos tenido una relación muy estrecha y la muerte de Tía Anita y el Drama nos unieron aún más. Yo llevaba cinco años bajando regularmente a la Costa Este para ir a sacarlo de su soledad. ¿Por qué había cortado los lazos tan de repente? No pasaba un día sin que me preguntara si habría hecho algo mal. ¿Tendría algo que ver con Faith, la encargada del supermercado, con quien yo sospechaba que tenía una relación sentimental? ¿Le daría apuro? ¿Se consideraba infiel? Su mujer llevaba muerta nueve años, tenía derecho a salir con alguien.

Siguió con ese mutismo hasta que, al cabo de dos meses, me envió al estadio de Madison. Al día siguiente de la retirada del nombre, hablé con él largo y tendido por teléfono, tras comprender que Madison estaba en el meollo de la maquinaria que había destruido a los Baltimore. Madison era el veneno.

—Tío Saul —le pregunté por teléfono—, ¿qué sucedió durante esos años en Madison? ¿Por qué costeaste diez años el mantenimiento del estadio?

—Porque quería que llevara mi nombre.

—Pero ¿por qué? No te pega nada.

—¿Por qué me haces tantas preguntas? ¿Es que por fin vas a escribir un libro sobre mí?

—Puede...

Se echó a reír.

—En realidad, cuando Hillel y Woody se fueron a Madison, fue el principio del fin. Empezando por el final de mi matrimonio. Si supieras cuánto nos quisimos tu tía y yo...

Me contó a grandes rasgos cómo, cuando era un Goldman-de-Nueva-Jersey, había conocido a Tía Anita, a cuyo lado se convirtió en un Goldman-de-Baltimore. Se remontó al origen de su encuentro, cuando se fue a estudiar a la universidad de Maryland, a finales de los años sesenta. Allí, el padre de Tía Anita, el profesor Hendricks, daba clase de economía y Tío Saul era alumno suyo.

Ambos se llevaban especialmente bien y cuando Tío Saul le pidió ayuda para un plan de expansión, el profesor Hendricks accedió encantado.

El nombre de Saul se mencionaba tantas veces en casa de los Hendricks que, una noche, la señora Hendricks, la madre de Anita, acabó preguntando:

—Pero a ver, ¿quién es ese tal Saul que monopoliza todas nuestras conversaciones? Me voy a poner celosa...

—Saul Goldman, uno de mis alumnos, cariño. Un judío de Nueva Jersey cuyo padre es propietario de una empresa de material médico. Un chico que me cae muy bien, llegará lejos.

La señora Hendricks quiso que su marido invitara a Saul a cenar a casa, lo que sucedió a la semana siguiente. Anita se prendó de inmediato de aquel joven afable y elegante.

Saul correspondía a los sentimientos de Anita. Él, al que pocas cosas solían intimidar, se quedaba desarmado cuando la veía.

Al final, la invitó a salir, una vez, y luego otra. También a él lo volvieron a invitar a casa de los Hendricks. A Anita le llamaba la atención lo impresionado que estaba su padre con Saul. Lo veía mirarlo con esa atención suya tan particular que reservaba a las personas a las que respetaba profundamente. Saul empezó a ir a su casa algunos fines de semana para trabajar en su plan de expansión, cuya meta, según acabó explicando, era expandir la empresa de su padre.

La primera vez que se besaron fue un día de lluvia. Saul llevaba a Anita de vuelta a casa, en coche, cuando se puso a diluviar. Aparcó cerca de casa de los Hendricks. Una lluvia torrencial ametrallaba la carrocería y Saul sugirió que esperaran a cubierto.

—No creo que dure mucho —opinó con tono de enterado.

Al cabo de unos minutos, la lluvia redobló. El agua que chorreaba por el parabrisas y las ventanillas los volvía invisibles. Saul le rozó la mano, Anita se la cogió y se besaron.

Desde ese día, se besaron al menos una vez al día todos los días durante treinta y cinco años.

Además de estudiar Medicina, Anita trabajaba como dependienta en Delfino, una tienda de corbatas muy conocida en Washington. Tenía un jefe que era muy mala persona. Tío Saul iba a veces a decirle hola: eran visitas relámpago, para no ser inoportuno, y siempre cuando no había clientes. Aun así, el jefe de Anita no podía evitar los comentarios despectivos y le decía:

—No le pago para que coquetee, Anita.

De modo que, solo para fastidiarlo, Tío Saul empezó a comprar corbatas para legitimar su presencia. Entraba fingiendo que no la conocía, la saludaba: «Buenos días, señorita», y decía que quería probarse varios modelos. A veces elegía enseguida y compraba una corbata. Pero normalmente tardaba mucho en decidirse. Se probaba las corbatas, volvía a probárselas, se hacía el nudo tres veces y le pedía disculpas a Anita por ser tan lento mientras ella se mordía los labios para no soltar la carcajada. Al jefe ese número lo ponía de los nervios, pero no se atrevía a decir nada por miedo a perder una venta.

Anita le pedía por favor a Saul que no fuera más: tenía poco dinero y se lo gastaba todo en corbatas inútiles. Él decía que, por el contrario, nunca había invertido mejor su dinero. Aquellas corbatas las conservó toda la vida. Y años más tarde, en la mansión de Baltimore, cuando Tía Anita le insinuaba que se deshiciera de las corbatas viejas, se indignaba y defendía que cada una de ellas era un recuerdo especial.

Cuando a Saul le pareció que el plan de reactivación de Goldman & Cía. ya estaba bastante ultimado, decidió presentárselo a su padre. El día antes de ir a Nueva Jersey ensayó delante de Anita la presentación para estar seguro de que sería perfecta. Pero al día siguiente, Max Goldman no quiso ni oír hablar de expandir la empresa. Desestimó la propuesta de Saul, que se quedó tremendamente afectado. Cuando volvió a Maryland, ni siquiera se atrevió a contarle al padre de Anita que lo habían mandado a freír espárragos.

El profesor Hendricks estaba muy comprometido en la lucha por los derechos civiles. Saul, sin ser un activista, simpatizaba con la causa. Ocasionalmente lo acompañó a alguna reunión o alguna manifestación, sobre todo porque era una forma de agradecerle lo mucho que le había ayudado con el plan de expansión. Pero muy pronto descubrió otros aspectos muy diferentes.

En aquella época, soplaba por todo el país un viento de protesta: había manifestaciones por doquier, contra la guerra, contra la segregación, contra el Gobierno... Estudiantes de todas las universidades organizaban desplazamientos en autobús de un estado a otro para sumarse a las protestas y Saul, que no tenía ni un dólar con que sufragar las ideas para expandir Goldman & Cía. que su padre se negaba a respaldar, vio en esas manifestaciones la ocasión para viajar gratis y hacer estudios de mercado en nombre de la empresa familiar.

Su radio de acción dependía de los movimientos de protesta. Revueltas en Kent State, huelgas de universitarios contra Nixon. Preparaba los viajes minuciosamente, organizaba reuniones con los responsables de los hospitales, los mayoristas y los transportistas de las ciudades donde se iban a celebrar las manifestaciones. Una vez allí, aprovechaba el barullo de las aglomeraciones para escabullirse. Se abrochaba la camisa, se arreglaba el traje y le quitaba las chapas de «No a la guerra», se ponía la corbata y acudía a sus citas. Se presentaba como el director de expansión de Goldman & Cía., una pequeña empresa de material médico de Nueva Jersey. Intentaba entender cuáles eran las necesidades en cada región, qué expectativas y quejas tenían los hospitales y los médicos, qué resquicio podía aprovechar Goldman & Cía. para introducirse. ¿Los plazos de entrega? ¿La calidad del material? ¿El servicio de mantenimiento? ¿Había que tener un almacén en cada ciudad? ¿En cada estado? Se informaba sobre los alquileres, los sueldos, los convenios de los trabajadores. Cuando volvía a su cuartito del campus de la universidad de Maryland, archivaba las páginas de apuntes en una gruesa carpeta y anotaba toda clase de indicaciones en un mapa del país que tenía en la pared. Solo le importaba una cosa: preparar, punto por punto, un plan de expansión de la empresa de su padre del que este solo pudiera sentirse orgulloso. Sería su momento de gloria: superaría a su hermano, el ingeniero respetable. Él sería quien garantizara la perpetuidad de los Goldman.

A veces, Anita lo acompañaba en sus viajes. Sobre todo si su padre participaba en la manifestación. Se quedaba con él durante todo el recorrido y lo entretenía, haciéndole creer que Saul estaba unas filas más atrás o en la cabecera, con los organizadores. Se volvían a encontrar en el autobús, al final de la jornada, y el profesor Hendricks le decía:

—Pero Saul, ¿dónde se mete, que no le he visto en todo el día?
—Qué de gente, profesor, qué de gente...

El año 1972 fue el punto culminante de su activismo. Hicieron suyas todas las causas: el Watergate, la igualdad de las mujeres, el Proyecto Honeywell contra las minas antipersona... Cualquier cosa con tal de que Tío Saul tuviera una buena coartada para seguir con sus estudios de mercado. Un fin de semana se iban a una manifestación en Atlanta, el siguiente acudían a una reunión del comité de derechos de los negros y una semana después, participaban en una marcha a Washington. Saul estaba consiguiendo establecer relaciones de colaboración firmes con los hospitales universitarios más importantes.

Los padres de Saul sabían que su hijo estaba todo el día de aquí para allá y se creían a pies juntillas la versión oficial según la cual era un activista comprometido a favor de los derechos civiles. ¿Cómo iban a imaginarse lo que hacía en realidad?

En primavera de 1973, Tío Saul estaba a punto de revelarle a su padre el trabajo extraordinario que había llevado a cabo para la empresa: tenía contratos de asociación listos para firmar, colaboradores potenciales de confianza, listas de almacenes en alquiler. Y entonces, se celebró aquella manifestación de más en Atlanta. El profesor Hendricks era uno de los organizadores y por eso Saul y Anita hicieron todo el recorrido a su lado, en primera fila. Lo cual no habría tenido mayores consecuencias si *The Time Magazine* no hubiera publicado una foto suya en primera plana. Por culpa de esa foto, Max Goldman tuvo aquella discusión terrible con su hijo, tras la cual estuvieron sin hablarse durante doce años. Podría haberlo evitado explicándoselo todo a su padre, pero Saul no fue capaz de tragarse su orgullo.

Interrumpí el relato telefónico de Tío Saul para preguntarle:
—Entonces, ¿nunca fuiste un activista?
—Nunca jamás, Marcus. Solo intentaba expandir Goldman & Cía. para impresionar a mi padre. Era lo único que quería: que se sintiera orgulloso de mí. Su rechazo me hirió profundamente. Él quería dirigirlo todo a su manera. Y fíjate cómo acabó la cosa.

Después de la pelea, Tío Saul decidió darle un nuevo rumbo a su vida. Mientras Anita empezaba a estudiar Medicina, él optó por el Derecho.

Cuando, al cabo, se casaron, Max Goldman no fue a la boda.

Saul se colegió como abogado en Maryland. Como a Anita le habían ofrecido una plaza de internista en el hospital Johns Hopkins, se fueron a vivir a Baltimore. Saul había estudiado Derecho Mercantil y muy pronto se convirtió en un abogado próspero. Simultáneamente, hizo varias inversiones que resultaron ser rentabilísimas.

Qué felices fueron juntos... Todas las semanas iban al cine y se pasaban el domingo holgazaneando. Cuando Anita tenía el día libre, aparecía por sorpresa en el bufete para ir a comer juntos. Si cuando llegaba veía a través de la luna del despacho que Saul estaba muy liado o enfrascado en un caso o un expediente, se iba al Stella, un restaurante italiano que estaba muy cerca, pedía pasta y tiramisú para llevar y se lo dejaba a la secretaria con una nota: «Ha pasado un ángel».

Con el tiempo, el Stella pasó a ser su restaurante de Baltimore favorito. Entablaron amistad con el dueño, Nicola, a quien Tío Saul daba consejos jurídicos de vez en cuando. Woody, Hillel y yo también acabamos conociendo muy bien el Stella, donde Tío Saul y Tía Anita nos llevaban a menudo.

Lo único que impidió que la felicidad de sus primeros años en Baltimore fuera completa fue que no conseguían tener hijos. No había ninguna explicación: según los médicos a los que consultaron, estaban los dos perfectamente sanos. Por fin, Anita se quedó embarazada después de siete años de matrimonio y así fue como Hillel entró en nuestras vidas. ¿Fue aquella demora un capricho de la naturaleza o más bien un guiño del destino, que se las apañó para que Hillel y yo naciéramos con pocos meses de diferencia?

Le pregunté a mi tío por teléfono:

—¿Qué relación hay entre lo que me estás contando y Madison?

—Los hijos, Marcus, los hijos.

*

Febrero-mayo de 2002

Tres meses después de que muriera Tía Anita, Hillel y yo terminamos la carrera.

Woody, por su parte, había renunciado a seguir estudiando. Abrumado por la culpabilidad, buscó refugio en Colleen, quien lo cuidó en Madison, con mucha paciencia. Por el día la ayudaba en la gasolinera y por la noche era friegaplatos en un restaurante chino para ganar algo de dinero. Exceptuando las incursiones al supermercado, no se movía de esos dos sitios. No quería cruzarse con Hillel. Ya no se dirigían la palabra.

Yo, ahora que tenía mi título, decidí dedicarme a escribir mi primera novela. Fue el inicio de una etapa trágica a la par que maravillosa, que fue a desembocar en el año 2006: el año de publicación de *Con G de Goldstein,* mi primera novela; el año de mi consagración en el que el niño de Montclair, el veraneante de los Hamptons, se convirtió en la nueva estrella de las letras estadounidenses.

Si algún día vais a ver a mis padres a Montclair, mi madre seguramente os enseñará «la habitación». La mantiene intacta desde hace años. Y eso que le he pedido reiteradamente que le dé otro uso más provechoso, pero no quiere saber nada del asunto. La llama «el museo de Markie». Si vais a casa de mis padres, os la enseñará sin remedio. Abrirá la puerta y dirá:

—Miren, aquí es donde escribía Marcus.

A mí no se me habría ocurrido necesariamente volver a casa de mis padres para escribir si mi madre no me hubiera preparado la sorpresa de acondicionar el cuarto de invitados.

—Cierra los ojos y sígueme, Markie —me dijo el día que volví de la universidad.

La obedecí y dejé que me guiara hasta el umbral de la habitación. Mi padre estaba tan nervioso como ella.

—No los abras todavía —me ordenó al verme parpadear.

Me reí. Por fin me dijo:

—¡Venga, ya puedes mirar!

Me quedé mudo. El cuarto de invitados, al que yo llamaba en secreto «el cuarto desastrado» porque en él se habían ido acumulando a lo largo de los años todos los objetos que no sabíamos si conservar o tirar, había sufrido una metamorfosis. Mis padres lo habían vaciado y cambiado el mobiliario: cortinas nuevas, moqueta nueva y una amplia estantería que ocupaba toda una pared. Enfrente de la ventana, el escritorio que utilizaba el abuelo cuando dirigía la empresa y que estaba guardado en un trastero.

—Bienvenido a tu estudio —dijo mi madre dándome un beso—. Aquí podrás escribir muy a gusto.

En ese estudio escribí la novela sobre mis primos, *Con G de Goldstein,* el libro del porvenir que perdieron, que en realidad empecé a redactar después del Drama. Durante mucho tiempo dejé que todo el mundo creyera que había tardado cuatro años en escribir mi primera novela. Pero si alguien se fija en la cronología, se dará cuenta de que hay un hueco de dos años, lo que me permitía no tener que explicar lo que estuve haciendo desde el verano de 2002 hasta el día del Drama, el 24 de noviembre de 2004.

39.

Otoño de 2002

Cuando murió Anita, fue Alexandra quien me salvó.
Fue mi equilibrio, mi balanza, mi punto de anclaje en la vida. Cuando yo acabé la universidad, ella llevaba ya dos años estancada con su productor. Me preguntó qué debía hacer y le expliqué que, a mi entender, solo había dos ciudades aptas para lanzar una carrera musical: Nueva York y Nashville, en Tennessee.

—Pero si en Nashville no conozco a nadie —me dijo.
—Ni yo tampoco.
—¡Pues vámonos allí!

Y nos fuimos juntos a Nashville.

Vino a buscarme una mañana a casa de mis padres, en Montclair. Llamó y mi madre le abrió la puerta, radiante.

—¡Alexandra!
—Hola, señora Goldman.
—¿Preparada para el gran viaje?
—Sí, señora Goldman. ¡Y qué contenta estoy de que Markie venga conmigo!

Creo que mis padres estaban encantados de que cambiara de aires. De toda la vida, los Baltimore habían tenido mucho peso en mi existencia; ya iba siendo hora de que me alejara de ellos.

Mi madre estaba convencida de que era una locura de juventud y de que volveríamos al cabo de dos meses, cansados de la experiencia. No podía ni imaginarse lo que iba a pasar en Tennessee.

En el coche, según salíamos de Nueva Jersey, Alexandra me preguntó:

—¿No te da pena no haber podido disfrutar más de tu estudio nuevo, Markie?

—Bah, tarde o temprano llegará un momento en que me ponga con la novela. Y no voy a ser un Montclair toda la vida.
Sonrió.
—¿Y qué vas a ser? ¿Un Baltimore?
—Creo que me conformo con llegar a ser Marcus Goldman.

Empezó para mí una vida mágica que duró dos años y llevó a Alexandra a la cumbre. También empezó una vida en pareja sin parangón: Alexandra recibía una pequeña suma mensual gracias a un fondo familiar que había creado su padre. Y yo contaba con el dinero que me había dejado el abuelo. Alquilamos un pisito que fue nuestra primera casa propia, donde ella componía canciones y yo escribía los primeros esbozos de una novela en la mesa de la cocina.

No nos planteamos ninguna pregunta: ¿era demasiado pronto para vivir en pareja? ¿Estábamos preparados para enfrentarnos juntos a los avatares de una carrera artística incipiente? Era una apuesta arriesgada en la que todo podría haber fallado. Pero la complicidad que teníamos lo superó todo. Fue como si nada pudiera alcanzarnos.

Bien es verdad que el piso se nos quedaba un poco pequeño, pero soñábamos juntos con instalarnos algún día en un pisazo de West Village, con una terraza enorme y llena de flores. Cuando ella fuera una música famosa y yo, un escritor de éxito.

Yo la animaba a que hiciera *tabula rasa* de los dos años que había pasado con el productor neoyorquino: tenía que hacer lo que le gustaba. Todo lo demás no importaba nada.

Escribió una serie de canciones nuevas: me parecieron buenas. Volvían a ser de su estilo. A instancias mías, revisó algunas composiciones antiguas. Al mismo tiempo, observaba cómo reaccionaba el público actuando todo lo que podía en los bares de Nashville con escenario de libre acceso. De uno en concreto, el Nightingale, se decía que acudían a él, camuflados entre el público, productores en busca de nuevos talentos. Alexandra cantaba allí todas las semanas con la esperanza de que se fijaran en ella.

Teníamos unas jornadas muy largas. Por la noche, después de haber tocado en los cafés, acabábamos exhaustos, desplomados en un asiento corrido en un *diner* que nos gustaba y que abría día y noche. Estábamos agotados y hambrientos, pero felices. Pedíamos unas hamburguesas enormes y cuando ya habíamos comido suficiente, nos quedábamos allí un rato. Estábamos a gusto. Alexandra me decía:

—Cuéntamelo, Markie, cuéntame cómo seremos algún día...

Y yo le contaba lo que iba a ser de nosotros.

Le contaba el éxito que iba a tener su música, los conciertos con todo el aforo vendido, los estadios llenos, los millares de personas que irían a oírla, a ella. La describía hasta que podía verla en el escenario, hasta que podía oír los vítores del público.

Y luego le hablaba de nosotros. De Nueva York, donde íbamos a vivir, y de Florida, donde tendríamos una casa de vacaciones.

—¿Por qué Florida? —preguntaba ella.

—Porque estará muy bien —respondía yo.

Normalmente, era tan tarde que apenas había clientes en el restaurante. Alexandra cogía la guitarra, se apoyaba contra mí y se ponía a cantar. Yo cerraba los ojos. Me sentía bien.

Durante el otoño, encontramos un estudio que nos hizo un buen precio y Alexandra grabó una maqueta.

Lo siguiente era darla a conocer.

Hicimos la ronda de todas las discográficas de la ciudad. Se presentaba tímidamente en la recepción llevando en la mano un sobre con un CD donde ella misma había grabado sus mejores temas. La recepcionista la miraba con cara de pocos amigos y ella acababa por decir:

—Hola, me llamo Alexandra Neville, estoy buscando una discográfica y...

—¿Trae una maqueta? —preguntaba la recepcionista entre rumia y rumia y dejando asomar el chicle.

—Esto... sí, aquí tiene.

Le alargaba el preciado sobre a la empleada, que lo dejaba en una bandeja de plástico que tenía detrás, rebosante ya de otras maquetas.

—¿Ya está? —preguntaba Alexandra.

—Ya está —contestaba la recepcionista con un tono muy desagradable.

—¿Me llamarán ustedes?

—Si la maqueta es buena, sí, seguro.

—Pero ¿cómo puedo estar segura de que la van a escuchar?

—¿Sabe, jovencita? En la vida no se puede estar seguro de nada.

Salía del edificio desanimada y se subía al coche, donde yo la estaba esperando.

—Dicen que si les gusta ya llamarán —me contaba.

En varios meses, no llamó nadie.

Aparte de mis padres, nadie supo exactamente a qué me dedicaba. Oficialmente, estaba en mi estudio de Montclair escribiendo mi primera novela.

No había nadie para comprobarlo.

La otra persona que sabía la verdad era Patrick Neville, a través de Alexandra. Yo no había conseguido reconciliarme con él. Era el hombre que me había arrebatado a mi tía.

Eso era lo único que empañaba la relación con Alexandra. No quería verlo por si me daba por saltarle a la yugular. Era mejor que me mantuviera alejado de él. A veces, Alexandra me decía:

—Oye, quería decirte que mi padre...

—No quiero hablar de eso. Tiene que pasar más tiempo.

Y ella no insistía.

En el fondo, a la única persona a quien quería ocultarle la verdad sobre Alexandra era a Hillel. Me había enredado en una mentira de la que ya no podía salir.

Teníamos contacto muy esporádicamente, ya no era como antes. Era como si al morir Tía Anita, nuestra relación se hubiese roto. Pero no era solo eso, había algo más, ajeno a la desaparición de su madre, que yo no supe captar de inmediato.

Hillel se había vuelto formal. Iba a clase a la facultad de Derecho y con eso se conformaba. Había perdido la magia. Y había perdido a su *alter ego*. Había cortado todos los vínculos con Woody.

Woody había rehecho su vida en Madison. Yo lo llamaba de vez en cuando: ya no tenía nada que contarme. Comprendí cuál era el mal que los aquejaba cuando un día me dijo por teléfono:

—No hay ninguna novedad. La estación de servicio, el curro en el restaurante... La rutina de siempre, vamos.

Habían dejado de soñar: habían dejado que se los tragase una especie de renuncia a la vida. Se habían convertido en gente del montón.

Ellos, que habían defendido a los oprimidos, creado su empresa de jardinería y soñado con el fútbol y la amistad eterna. Ese era el aglutinante de la Banda de los Goldman: que éramos unos soñadores de primera categoría. Por eso éramos únicos. Pero ahora yo era el último en seguir persiguiendo un sueño. El sueño primigenio. ¿Por qué quería convertirme en un escritor famoso y no en escritor a secas? Por culpa de los Baltimore. Habían sido mi modelo y se habían convertido en mis rivales. Solo aspiraba a superarlos.

Ese mismo año de 2002, mis padres y yo fuimos a Oak Park a celebrar Acción de Gracias. Solo estaban Hillel y Tío Saul para tomarse desganadamente la comida que había preparado Maria.

Ya no era como antes.

Esa noche, no podía dormirme. Hacia las dos de la madrugada, bajé a la cocina a por una botella de agua. Vi luz en el despacho de Tío Saul. Fui a ver y me lo encontré sentado en un sillón, contemplando una foto suya con Tía Anita.

Se percató de mi presencia y yo le hice una seña tímida, apurado por haber interrumpido sus reflexiones.

—¿No duermes, Marcus?

—No. No consigo coger el sueño, Tío Saul.

—¿Estás preocupado por algo?

—¿Qué pasó con Tía Anita? ¿Por qué te dejó?

—No tiene importancia.

Se negaba a tratar el tema. Por primera vez, entre los Baltimore y yo se había levantado un muro infranqueable: los secretos.

*

Nueva York
Agosto de 2011

¿Quién era ese Tío Saul al que yo no conocía? ¿Por qué me había echado de su casa?

Por teléfono, le noté dureza en la voz.

Florida me gustaba porque me había devuelto a mi tío Saul. Entre la muerte de Tía Anita, en 2002, y el Drama, en 2004, había tenido motivos de sobra para sumirse en una depresión profunda. Pero al mudarse a Coconut Grove en 2006, se transfiguró. El tío Saul de Florida volvió a ser mi tío del alma. Y durante cinco años viví con la alegría de haberlo recuperado.

Pero ahora, una vez más, sentía que nuestra relación volvía a peligrar. Volvía a ser el tío Saul que me ocultaba algo. Tenía un secreto, pero ¿cuál? ¿Tenía que ver con el estadio de Madison? Como yo insistía por teléfono, me dijo:

—¿Quieres saber por qué me hice cargo del mantenimiento del estadio de Madison?

—Me gustaría.

—Por culpa de Patrick Neville.

—¿De Patrick Neville? ¿Qué pintaba él en todo esto?

Cuando Woody y Hillel se fueron a la universidad, en la vida de Tío Saul y Tía Anita se produjeron cambios que yo nunca había sospechado. Durante años, los niños habían sido el núcleo existencial de la vida de los Baltimore. Todo giraba en torno a ellos: los gastos académicos, las vacaciones, las clases extraescolares... La rutina diaria estaba organizada en función de la suya. Los entrenamientos de fútbol, las excursiones, los problemas en el colegio... Durante años, Tío Saul y Tía Anita habían vivido para ellos y a través de ellos.

Pero la rueda de la vida sigue girando: a los treinta años, Tío Saul y Tía Anita tenían la vida por delante. Nació Hillel y compraron una casa enorme. Y de repente, ya habían pasado veinte años. En un abrir y cerrar de ojos, Hillel, el hijo que tanto se había hecho esperar, ya tenía edad para ser estudiante universitario.

Un día de 1998, en Oak Park, al volante del coche que les acababa de regalar Tío Saul, Hillel y Woody se fueron a la universidad. Y tras veinte años de plenitud, la casa se quedó súbitamente vacía.

Se acabaron el colegio, los deberes, las clases de fútbol, las etapas por cumplir. Solo quedó una casa tan desierta que las voces retumbaban. Sin ruido y sin alma.

Tía Anita se esfuerza en cocinar para su marido. A pesar de los horarios inflexibles del hospital, se las apaña para preparar platos elaborados y complejos. Pero cuando se sientan a la mesa, comen en silencio. Antes, las conversaciones surgían solas: Hillel, Woody, el colegio, los deberes, el fútbol... Ahora, un silencio de plomo.

Invitan a los amigos, van a veladas benéficas: la presencia de terceras personas les evita el aburrimiento. Les resulta más fácil entablar conversación. Pero a la vuelta, en el coche, ni una palabra. Hablan de Fulano o de Mengano. Pero nunca de sí mismos. Han estado tan ocupados con los niños que no se han dado cuenta de que ya no tenían nada que decirse.

Se parapetan en el silencio. Y en cuanto vuelven a ver a Woody y a Hillel, se animan. Ir a verlos a la universidad los mantiene ocupados. Tenerlos de vuelta en casa unos días los llena otra vez de alegría. Se reanuda la actividad, la casa cobra vida, hay que hacer compra para cuatro. Y, cuando se marchan de nuevo, vuelve a reinar el silencio.

Paulatinamente, no solo la casa de Baltimore se fue apagando al quedarse vacía de Hillel y Woody, sino también todo el ciclo vital de Tía Anita y Tío Saul. Todo era distinto. Se esforzaron por hacer lo que hacían siempre: los Hamptons, La Buenavista, Whistler... Pero sin Hillel y Woody, aquellos lugares dichosos se convirtieron en lugares aburridos.

Para acabar de estropearlo todo, la universidad fue absorbiendo poco a poco a Hillel y a Woody. Tío Saul y Tía Anita tuvieron la sensación de que los estaban perdiendo. Tenían el fútbol, el periódico universitario, las clases. Cada vez tenían menos tiempo para sus padres. Cuando por fin volvían a reunirse, hablaban demasiado a menudo de Patrick Neville.

Para mi tío fue un golpe terrible.

Empezó a sentirse menos importante, menos indispensable. Él, que era el cabeza de familia, el consejero, el guía, el sabio, el omnipotente..., estaba perdiendo terreno. Sobre Hillel y Woody planeaba la sombra de Patrick Neville. En el desierto de Oak Park, Tío Saul sentía que Woody y Hillel lo estaban relegando poco a poco en favor de Patrick.

Cuando Hillel y Woody volvían a Baltimore, contaban lo maravilloso que era Patrick, y cuando eran Tío Saul y Tía Anita los que iban a Madison para ver los partidos de los Titanes, veían con sus propios ojos que había algo fuera de lo común entre Patrick y sus dos hijos. Mis primos habían encontrado un nuevo modelo en el que fijarse, más guapo, más poderoso y más rico.

Siempre que Patrick surgía en la conversación, Tío Saul rezongaba:

—¿Por qué les parece tan maravilloso el Neville ese?

En Madison, Patrick estaba en territorio propio. Si Woody y Hillel necesitaban ayuda, a quien recurrían ahora era a Patrick. Y cuando surgían dudas sobre las distintas alternativas que ofrecía la carrera futbolística, también le preguntaban a Patrick.

—¿Por qué siempre tienen que llamar a Patrick? —se irritaba Tío Saul—. ¿Es que ya no nos tienen en cuenta? ¿No valemos lo suficiente? ¿Qué tiene ese maldito Neville-de-Nueva-York que no tenga yo?

Pasa un año, y luego otro. Tío Saul cae en picado. La existencia que lleva en Baltimore ya no lo llena. Quiere que vuelvan a admirarlo. Ya no piensa en Tía Anita, solo piensa en sí mismo. Pasan unos días juntos en La Buenavista para volver a encontrarse. Pero ya no es lo mismo. Le falta el amor de sus hijos, le falta el deslumbramiento de su sobrino Marcus ante el lujo del piso.

Tía Anita le dice que la hace feliz que estén solo los dos, que por fin tengan tiempo para sí mismos. Pero a Tío Saul no lo interesa esa tranquilidad. Su mujer acaba por decirle:

—Saul, echo de menos tu compañía. Vuelve a decirme que me quieres. Dime lo que me decías hace treinta años.

—Cariño, si quieres compañía, vamos a comprar un perro.

No se da cuenta de que su mujer está cada vez más preocupada: ve claramente en los espejos que ha envejecido. Se hace mil preguntas: ¿Saul la tiene descuidada porque está obsesionado con Patrick Neville o porque ya no la encuentra atractiva? En Madison se fija en esas veinteañeras de cuerpo prieto y pecho firme, y se da cuenta de que él las desea. Incluso consulta a un cirujano plástico, le pide que, por favor, la ayude. Que le levante los pechos, que le borre las arrugas, que le ponga más firmes las nalgas.

Es desgraciada. Su marido se siente desatendido y, de rebote, la desatiende a ella. Le gustaría suplicarle que no aparte la vista solo porque hayan envejecido. Le gustaría que le dijera que no se han perdido mutuamente. Le gustaría que se acostara con ella como antes, una última vez nada más. Le gustaría que la deseara. Le gustaría que la poseyera, como hacía antes. Como lo hizo en el cuartito de la universidad de Maryland, como lo hizo en La Buenavista, como lo hizo en los Hamptons, como lo hizo en su noche de bodas. Como lo hizo para concebir a Hillel; como lo hizo en un camino rural, en el asiento de atrás del viejo Oldsmobile; como lo hizo innumerables veces, en las noches calurosas, en la terraza de Baltimore.

Pero Saul ya no tiene tiempo para ella. No quiere arreglar su matrimonio, no quiere rememorar el pasado. Quiere volver a nacer. En cuanto puede, se va a correr por el barrio.

—Pero si tú nunca has corrido —le dice Tía Anita.

—Pues ahora corro.

A la hora de comer, ya no quiere los platos que le lleva del Stella. Ya no quiere pasta ni pizza, sino ensaladas sin aliñar y fruta. Coloca unas pesas en el cuarto de invitados y un espejo de cuerpo entero. Empieza a hacer ejercicio cada dos por tres. Adelgaza, se arregla, cambia de fragancia, se compra ropa nueva. Los clientes lo entretienen hasta tarde. Ella lo espera.

«Disculpa, tenía una cena.» «Lo siento, pero tengo un viaje de negocios acá y un viaje de negocios acullá.» «Las navieras nunca me habían necesitado tanto.» De repente, está de un humor excelente.

Ella quiere gustarle y hace cuanto está en su mano. Se pone un vestido, le prepara la cena y enciende unas velas: en cuanto entre por la puerta, se le echará al cuello para besarlo. Espera mucho rato. Suficiente como para darse cuenta de que no va a volver esa noche. Él acaba llamando por teléfono para farfullar que lo han entretenido.

Quiere gustarle y hace cuanto está en su mano. Va al gimnasio, renueva el armario. Se compra picardías de encaje y le ofrece jugar como antes, desnudarse poco a poco para él, que le contesta:

—Esta noche no, pero gracias.

Y ahí la deja, abandonada y desnuda.

¿Quién es ella? Una mujer que ha envejecido.

Quiere gustarle y hace cuanto está en su mano. Pero él ya no la mira.

Vuelve a ser el Saul de hace treinta años: baila, canturrea y es divertido.

Vuelve a ser el Saul al que tanto quería. Pero él ya no la quiere a ella.

Él a quien quiere es a una tal Selina que da clases de tenis en Oak Park. Es guapa y es el doble de joven que ellos. Pero lo que le gusta a Tío Saul es que, cuando habla, a Selina le brillan los ojos. Lo mira como hacían antes Hillel y Woody. A ella puede impresionarla: le cuenta la operación bursátil magistral que hizo en su momento, el caso de Dominic Pernell y sus hazañas judiciales.

Tía Anita encuentra mensajes de Selina; la ha visto ir al despacho de Tío Saul con tarrinas de ensalada y de verdura ecológica. Una noche, Tío Saul sale de casa para «ir a cenar con unos clientes». Cuando por fin vuelve, Tía Anita lo está esperando y le nota el olor de la otra en la piel. Le dice:

—Quiero dejarte, Saul.

—¿Dejarme? ¿Por qué?

—Porque me estás engañando.

—No te estoy engañando.

—¿Y qué pasa con Selina?

—Cuando estoy con Selina no te estoy engañando a ti. Estoy engañando a mi propia tristeza.

Durante los años en que Woody y Hillel estuvieron en Madison, nadie sospechó nunca lo mucho que sufrió Tío Saul por culpa del apego que le tenían a Patrick Neville.

Cuando Tío Saul y Tía Anita iban a Madison a ver un partido de los Titanes, se sentían como unos forasteros. Cuando llegaban al estadio, Hillel ya estaba sentado al lado de Patrick en una fila donde no quedaban sitios libres. Ellos se sentaban justo detrás. Después de las victorias, iban a ver a Woody a la salida de los vestuarios: Tío Saul rebosaba de orgullo y alegría, pero sus enhorabuenas no tenían tanto peso como las de Patrick Neville. Su opinión no era tan válida como la suya. Cuando Tío Saul le daba algún consejo para jugar, Woody contestaba:

—Igual tienes razón. Se lo comentaré a Patrick a ver qué le parece.

Después de los partidos, Tío Saul y Tía Anita les proponían a Woody y a Hillel ir a cenar juntos. La mayoría de las veces mis primos declinaban la invitación so pretexto de que iban a tomar algo con todo el equipo.

—¡Pues claro, que os lo paséis bien! —les decía Tío Saul.

Un día, después del partido, Tío Saul fue a cenar con Tía Anita a un restaurante de Madison. Al entrar en el local, se paró en seco y dio media vuelta.

—¿Qué pasa? —preguntó Tía Anita.

—Nada —contestó Tío Saul—, que no tengo hambre.

Se puso delante de su mujer e intentó convencerla para que no entrara. Ella comprendió que pasaba algo y, al mirar por la luna del restaurante, vio a Woody, a Hillel y a Patrick sentados a una mesa.

Un día, Woody y Hillel llegan a Baltimore montados en un Ferrari negro. Tío Saul, despechado, les dice:

—¿Qué pasa, que el coche que os compré yo no es lo bastante bueno?

Tiene la sensación de que Patrick Neville lo ha superado. Ya no es una cuestión de carrera profesional, de éxito, de pisazo en Nueva York ni de sueldo exorbitante. Sus dos chicos pasan los fines de semana con él en Nueva York. Patrick Neville se ha convertido en su mejor amigo.

Y cuantos más partidos de los Titanes van a ver, cuanto más gana Woody, más ninguneado se siente Tío Saul. Woody habla de las oportunidades y los planes de su carrera deportiva con Patrick. Va a cenar después de los partidos con Patrick.

—Pues si sigue jugando al fútbol, nos lo debe a nosotros —se queja Tío Saul, apesadumbrado, a solas con su mujer en el coche.

Al final, acaban yéndose a cenar con ellos después de los partidos. Cuando Patrick Neville se las apaña para pagar la cuenta discretamente, a Saul le sienta fatal:

—¿Qué se cree? ¿Que no estoy en situación de invitar yo? ¿Quién se ha creído que es?

Mi tío Saul estaba derrotado.

¿Que él volaba en primera clase? Patrick Neville volaba en *jet* privado.

Patrick tenía un coche que costaba lo mismo que ganaba Saul en un año. Los cuartos de baño de Patrick eran tan grandes como sus dormitorios; los dormitorios, como su salón; y el salón, como su casa.

Escucho a Tío Saul por teléfono y al final le digo:

—Estás equivocado, Tío Saul. Siempre te quisieron y te admiraron muchísimo. Woody te estaba muy agradecido por cómo lo ayudaste. Decía que sin ti, habría acabado en la calle. Fue él quien pidió que en su camiseta figurase el apellido Goldman.

—No es cuestión de estar equivocado o no, Marcus. Es lo que uno siente. Nadie puede controlarlo ni razonarlo. Lo que uno siente. Yo estaba celoso, no me sentía a la altura. Patrick era un Neville-de-Nueva-York y nosotros solo éramos unos Goldman-de-Baltimore.

—Y entonces pagaste seis millones de dólares para que pusieran tu nombre en el estadio de Madison.

—Sí. Para que mi nombre estuviera escrito en letras enormes a la entrada del campus. Para que todo el mundo me viera. Y para reunir ese dinero, hice una tremenda tontería. ¿Y si todo lo que ha pasado fuera culpa mía? ¿Y si mi trabajo en el supermercado no fuera en realidad más que una penitencia por mis pecados?

40.

2003-2004

A principios del año 2003, una noche en que Alexandra actuaba en el Nightingale, conoció a alguien que le iba a cambiar la vida. Al acabar, se reunió conmigo en la sala. Yo la aplaudí, le di un beso y cuando estaba a punto de ir a buscarle una copa, se nos acercó un hombre.

—¡Me ha encantado! —le dijo a Alexandra—. ¡Tienes un talento increíble!

—Gracias.

—¿Quién ha compuesto las canciones?

—Son mías.

Le alargó la mano.

—Me llamo Eric Tanner. Soy productor y estoy buscando a un artista para lanzar mi sello. Tú eres la persona que llevo tiempo buscando.

Eric tenía una forma de hablar amable y sincera que nada tenía que ver con los embaucadores que yo había conocido hasta ahora. Pero solo había oído a Alexandra veinte minutos y ya rebosaba de ideas. Pensé que se trataba o de un estafador o de un loco.

Nos dio su tarjeta de visita y cuando comprobamos sus datos, tuvimos aún más motivos para desconfiar. Tenía, en efecto, una empresa registrada a su nombre, pero la dirección era la de su casa particular, en las afueras de Nashville, y aún no había producido ningún disco. Alexandra decidió no llamarlo por teléfono. Fue él quien nos localizó. Estuvo yendo todas las noches al Nightingale hasta que volvimos a coincidir. Insistió en invitarnos a una copa y nos sentamos en una mesa tranquila.

Se embarcó en un soliloquio de unos veinte minutos para explicarnos por qué le había gustado Alexandra y por qué sabía que iba a ser una grandísima estrella.

Nos contó que había sido productor en una de las mayores discográficas y que acababa de dimitir. El sueño de su vida era crear su propio sello, pero necesitaba un artista a la altura de su ambición y Alexandra era la revelación que llevaba esperando desde hacía mucho tiempo. La fuerza de sus argumentos, su carisma y su entusiasmo convencieron a Alexandra. Cuando terminó, ella le dijo que quería hablar a solas conmigo y me llevó aparte. Le vi brillar en los ojos una alegría intensa.

—Es él, Markie. Es este. Lo siento en lo más hondo. Es él. ¿A ti qué te parece?

—Haz caso a tu instinto. Si tienes fe en él, adelante.

Sonrió. Volvió a sentarse a la mesa y le dijo a Eric:

—De acuerdo. Quiero hacer ese disco con usted.

Firmaron un compromiso de acuerdo en un trozo de papel.

Fue el principio de una aventura extraordinaria. Eric nos tomó bajo su protección. Estaba casado y tenía dos hijos, y nos quedamos a cenar en su casa innumerables veces mientras preparábamos el primer álbum de Alexandra.

Montamos un grupo, haciendo audiciones a todos los músicos de la zona en un estudio que Eric había pedido prestado.

Luego vino el largo proceso de grabación, que duró varios meses. Alexandra y Eric eligieron los doce temas que incluiría el álbum e hicieron los arreglos, tras lo cual se pusieron a trabajar en el estudio.

En octubre de 2003, año y medio después de que nos instaláramos en Nashville, el primer disco de Alexandra estaba por fin listo.

Ahora tocaba encontrar la forma de darlo a conocer. En vista de nuestra situación, solo había una alternativa: coger el coche y hacer la ronda de todas las emisoras de radio del país.

Y eso fue lo que hicimos Alexandra y yo.

Nos cruzamos el país de punta a punta, de norte a sur y de este a oeste, yendo de ciudad en ciudad para distribuir el disco por las emisoras de radio y, sobre todo, convencer a los presentadores de los programas de que emitieran las canciones.

Todos los días volvíamos a empezar. Una ciudad nueva y personas nuevas a las que convencer. Dormíamos en moteles baratos, donde Alexandra se las apañaba para ganarse a los empleados y utilizar la cocina para prepararles unas galletas o una tarta a los responsables de las emisoras. También escribía a mano cartas muy largas para agradecerles la atención prestada. No paraba nunca. Así se pasaba parte de la tarde y a veces toda la noche. Yo dormitaba a su lado, en la encimera de la cocina o en una esquina de la mesa. Durante el día, yo conducía y ella dormía en el asiento del copiloto. Cuando llegábamos a la emisora de turno, se dedicaba a repartir discos, cartas y galletas. Llenaba los estudios de radio con su presencia fresca y estimulante.

En la carretera, escuchábamos atentamente las emisoras. Esperábamos con el corazón palpitante que el siguiente tema fuera suyo. Pero nada.

Hasta que un día de abril, al subirnos al coche, encendí la radio y, de repente, lo oímos. Una emisora estaba emitiendo su canción. Subí el volumen al máximo y ella rompió a llorar. Con lágrimas de alegría corriéndole por las mejillas, se abrazó a mí y me dio un beso muy largo. Me dijo que todo aquello me lo debía a mí.

Hacía casi seis años que estábamos juntos, seis años que éramos felices. Yo pensaba que nada podría separarnos. Excepto la Banda de los Goldman.

*

Fue Alexandra quien reunió de nuevo a la Banda de los Goldman.

Seguía teniendo contacto regularmente con Woody y Hillel. Un día de primavera de 2004, me dijo:

—Tienes que hablar con Hillel, hay que contarle lo nuestro. Es amigo tuyo y mío también. A los amigos no se los engaña así.

Tenía razón e hice lo que me pedía.

A principios del mes de mayo fui a Baltimore. Se lo conté todo. Cuando acabé de hablar, me sonrió y se me echó en los brazos:

—Cuánto me alegro por ti, Markie.
Me sorprendió que reaccionara así.
—¿En serio? —le pregunté—. ¿No estás enfadado?
—En absoluto.
—Pero habíamos hecho un pacto, en los Hamptons...
—Siempre te he admirado —me dijo.
—¿Qué me estás contando?
—La verdad. Siempre me has parecido más guapo, más inteligente, más capaz. Esa forma en que te miran las chicas, esa forma en que mi madre hablaba de ti cada vez que pasabas una temporada en casa. Me decía: «Toma ejemplo de Markie». Siempre te he admirado, Markie. Y además, tus padres son geniales. Fíjate, tu madre te ha montado un estudio para que seas escritor. A mí mi padre me lleva dando la vara toda la vida para que sea abogado, como él. Y es lo que estoy haciendo. Para agradar a mi padre. Como siempre he hecho. Tú eres un tío excepcional, Marcus. La mejor prueba es que ni siquiera te das cuenta.

Sonreí. Estaba conmovido.

—Me gustaría que quedásemos con Woody —le dije—. Me gustaría volver a juntar a la Banda.
—A mí también.

La Banda se volvió a reunir en el Dairy Shack de Oak Park y esa reunión sirvió para que me diera cuenta de lo unidos que estábamos mis primos y yo. Un año había bastado para atenuar el sufrimiento y los reproches y dar paso a esa amistad fraterna, poderosa e inalterable que nos unía a los tres. Nadie podía acabar con ella.

Nos volvimos a reunir en torno a la misma mesa, sorbiendo batidos, como hacíamos de niños. Estábamos Hillel, Woody y Colleen, Alexandra y yo.

Comprendí que en el fondo Woody era feliz en Madison con Colleen, que lo había sosegado, le había curado las heridas y lo había reconstruido. Había logrado superar la muerte de Tía Anita.

Como si quisiéramos plantarle cara a la fatalidad, al salir del Dairy Shack fuimos al cementerio de Forrest Lane. Alexandra y Colleen se quedaron aparte. Woody, Hillel y yo nos sentamos delante de la lápida.

Nos habíamos hecho hombres.

La imagen de los tres no era tal y como me la había imaginado diez años antes.

Ellos no se habían convertido en los seres superlativos con los que yo había soñado. No se habían convertido en un gran jugador de fútbol y en un abogado famoso. No habían llegado a ser tan extraordinarios como me hubiera gustado. Pero eran mis primos y los quería más que a nada.

En Oak Park, en la mansión de Willowick Road, mi tío Saul ya no era el hombre que yo conocí. Estaba más solo y más triste. Pero, al menos, también a él lo había recuperado.

Todo lo cual hizo que me preguntara si habría sido yo, de niño, quien había soñado, y no ellos. Si, en el fondo, la percepción que yo había tenido de ellos se correspondía con lo que eran en realidad. ¿Fueron de verdad esos seres excepcionales a los que tanto admiraba? ¿Y si resultaba que todo había sido producto de mi mente? ¿Que, desde siempre, yo había sido mi propio Baltimore?

Pasamos la velada y la noche todos juntos en casa de los Baltimore, que era grande de sobra para acogernos. Tío Saul estaba en la gloria viéndonos reunidos bajo su techo.

Debía de ser medianoche y estábamos en la terraza, junto a la piscina. Hacía mucho calor. Estábamos mirando las estrellas. Tío Saul vino a sentarse con nosotros.

—Chicos —nos dijo—, estaba pensando que podríamos juntarnos todos aquí para Acción de Gracias.

¡Qué alegría oírle decir eso! Me estremecí de felicidad al oírle decir «chicos». Cerré los ojos y volví a vernos a los tres, doce años antes.

La sugerencia recibió la aprobación general. Estábamos emocionados solo de imaginarnos la mesa de Acción de Gracias. Ojalá los meses pasaran pronto.

Pero ese año no hubo Acción de Gracias.

Dos meses después, a principios del mes de julio de 2004, Luke, el marido de Colleen, salió de la cárcel.

Había cumplido la condena.

41.

Madison, Connecticut
Julio de 2004

El rumor recorrió la ciudad en cuanto puso el pie en Madison. Luke había vuelto.

Aterrizó allí una mañana con expresión triunfal, dejándose ver por las terrazas y los bares de toda la ciudad.

—He sentado la cabeza —le contaba, risueño, a quien quisiera oírlo—. Ya no pego a nadie.

Y soltaba una risa bobalicona.

Se instaló en casa de su hermano, que respondía por él ante el oficial de libertad vigilada. Gracias a la red de contactos que tenía en Madison, encontró trabajo inmediatamente como encargado de logística de un almacén de utillaje. Por lo demás, pronto se le vio dando vueltas por la ciudad todo el día. Decía que había añorado mucho Madison.

Colleen estaba aterrorizada desde que supo que Luke estaba en libertad. Ya no podía andar por la ciudad sin arriesgarse a encontrárselo. Woody también tenía miedo, pero no quería decírselo y se esforzó por tranquilizarla.

—Mira, Colleen, sabíamos que lo soltarían tarde o temprano. De todas formas, tiene prohibido acercarse a ti si no quiere volver a chirona. No dejes que te afecte, porque eso es justo lo que busca.

Se esforzaron por comportarse como si no pasara nada. Pero la omnipresencia de Luke pronto los condujo a evitar los lugares públicos. Iban a hacer la compra a una ciudad vecina.

El infierno no había hecho más que empezar.

Luke empezó por recuperar la casa.

La sentencia de divorcio entre Colleen y él se había dictado mientras él estaba en la cárcel y recurrió el reparto de bienes. Como la casa la había comprado él con sus ahorros, decidió impugnar la decisión del tribunal, que se la había concedido a su exmujer.

Contrató a un abogado que consiguió que se paralizara el procedimiento. La concesión de bienes quedó suspendida hasta una sentencia posterior y, mientras tanto, la casa volvía a manos del propietario inicial: Luke.

Woody y Colleen tuvieron que irse. Tío Saul les dio el nombre de un abogado de New Canaan que los asesoró. Dijo que solo era cuestión de tiempo y que antes de que acabara el verano habrían recuperado la casa.

Mientras tanto, alquilaron una casita bastante incómoda a la entrada de Madison.

—Es solo temporal —le prometió Woody a Colleen—. Pronto nos habremos librado de él.

Pero Colleen no estaba tranquila.

Luke había recuperado la ranchera, que se había quedado en casa de su hermano. Cada vez que lo veía pasar, se le hacía un nudo en el estómago.

—¿Qué debemos hacer? —le preguntaba a Woody.

—Nada. No vamos a dejar que nos asuste.

A Colleen le parecía ver la ranchera en todas partes. Delante de su casa. En el aparcamiento del supermercado al que iban ahora. Una mañana, la vio aparcada delante de la estación de servicio. Llamó a la policía. Pero cuando el hermano de Luke llegó en el coche patrulla, la ranchera había desaparecido.

Tenía los nervios a flor de piel. Woody trabajaba todas las noches de friegaplatos y ella se quedaba en casa, sola y preocupada. No paraba de mirar por la ventana para observar atentamente la calle y no cambiaba de habitación sin llevar un cuchillo de cocina.

Una noche quiso ir a comprar helados. Al principio ni siquiera se planteó salir. Luego pensó que era una estupidez. No podía dejar que la amedrentara de ese modo.

Podría haber comprado los helados en cualquier esquina, pero para no correr el riesgo de cruzarse con Luke, fue al supermercado de la ciudad vecina. En la carretera, a la vuelta, se le pinchó una rueda. Menuda suerte la suya. Estaba en una carretera desierta: tendría que cambiar la rueda ella sola.

Colocó el gato debajo del coche y lo levantó. Pero cuando quiso soltar la rueda con la llave en cruz, fue incapaz. Los tornillos estaban demasiado apretados.

Esperó a que pasara algún coche. No tardó en ver unos faros que horadaban la oscuridad. Hizo una señal con la mano y el coche se paró. Colleen se acercó y, de pronto, reconoció el coche de Luke. Se echó hacia atrás instintivamente.

—Bueno, ¿qué? —le preguntó él por la ventanilla bajada—. ¿No quieres que te ayude?

—No, gracias.

—Muy bien. No voy a obligarte. Pero voy a esperar un rato, por si acaso no pasa nadie.

Se quedó aparcado en la cuneta. Transcurrieron diez minutos. No aparecía nadie.

—Está bien —dijo por fin Colleen—. Ayúdame, por favor.

Luke se bajó del coche sonriendo.

—Me alegra poder ayudarte. He pagado mi deuda, ¿sabes? He cumplido mi pena. Soy otro hombre.

—No te creo, Luke.

Le cambió la rueda a Colleen.

—Gracias, Luke.

—De nada.

—Luke, todavía quedan cosas mías en casa. Las necesito. Me gustaría recuperarlas, si te parece bien.

Luke, con un leve rictus, fingió que se lo pensaba.

—¿Sabes, Colleen? Creo que me voy a quedar con esas cosas tuyas. Me gusta olfatear tu ropa de vez en cuando. Me recuerda los buenos tiempos. ¿Te acuerdas de cuando te dejaba tirada en un descampado y tenías que volver andando?

—No te tengo miedo, Luke.

—¡Pues deberías, Colleen, deberías!

Se irguió delante de ella, amenazador. Colleen se metió corriendo en el coche y salió huyendo.

Fue al restaurante donde trabajaba Woody.

—Ya sabes que no tienes que salir de casa de noche.

—Ya lo sé. Solo quería ir a comprar algo.

Al día siguiente, Woody fue a una armería y se hizo con un revólver.

*

Nosotros estábamos muy lejos de Madison y de la amenaza de Luke.

En Baltimore, Hillel y Tío Saul vivían su apacible existencia.

Poco a poco, las canciones de Alexandra empezaron a emitirse por todo el país. Se hablaba de ella y le ofrecieron ser telonera de varios grupos importantes durante sus giras estadounidenses. Enlazaba unos conciertos con otros, interpretando sus temas en versión acústica.

La acompañé a varios conciertos. Hasta que llegó el momento de irme a Montclair. Mi estudio me estaba esperando y ahora que la carrera de Alexandra estaba bien encarrilada, me tocaba el turno de ocuparme de mi primera novela, cuyo tema aún no había decidido.

*

En los días que siguieron, a Colleen le pareció ver la ranchera de Luke siguiéndola de nuevo.

Recibía llamadas extrañas al teléfono de la gasolinera. Sentía que la espiaban.

Un día, ni siquiera abrió la estación de servicio y se quedó encerrada en el almacén. No podía seguir viviendo así. Woody tuvo que ir a buscarla. Llevaba la pistola metida en el cinturón. Tenían que huir lejos de allí antes de que la situación degenerase.

—Mañana nos vamos —le dijo a Colleen—. A Baltimore. Hillel y Saul nos ayudarán.

—Mañana no. Quiero recuperar mis cosas. Están en la casa.

—Iremos mañana por la noche. Luego nos marcharemos directamente. Nos marcharemos para siempre.

Woody sabía que todas las noches Luke se iba a pasar el rato a un bar de la calle principal.

Al día siguiente, tal y como le dijo a Colleen, aparcaron en la calle, lo bastante lejos como para que no los viese, y esperaron a que se fuera.

Hacia las nueve de la noche, vieron a Luke salir de casa, subirse a la ranchera y marcharse. Cuando desapareció al final de la calle, Woody salió del coche.

—¡Date prisa! —le ordenó a Colleen.

Ella intentó abrir la puerta con su llave, pero no lo consiguió: había cambiado la cerradura.

Woody la cogió de la mano y la llevó a la parte trasera de la casa. Encontró una ventana abierta, se coló en la casa y le abrió a Colleen la puerta de atrás.

—¿Dónde están tus cosas?

—En el sótano.

—Ve corriendo —le ordenó Woody—. ¿Tienes algo más en otro sitio?

—Mira en el armario empotrado del dormitorio.

Woody fue rápidamente y cogió algunos vestidos.

El hermano de Luke pasó por la calle y redujo la velocidad delante de la casa. Por la ventana del dormitorio, que daba a la calle, divisó a Woody. Aceleró inmediatamente para ir al bar.

Woody metió los vestidos en una bolsa y llamó a Colleen.

—¿Has terminado?

Como no le contestaba, bajó al sótano. Colleen había sacado todas sus cosas.

—No te lo puedes llevar todo —le dijo Woody—. Coge solo lo mínimo.

Colleen asintió. Se puso a doblar ropa.

—¡Mételo como sea en una bolsa! —le ordenó Woody—. No podemos entretenernos más aquí.

El hermano de Luke entró en el bar y se lo encontró en la barra. Le susurró al oído:

—El capullo de Woodrow Finn está ahora mismo en tu casa. Supongo que está cogiendo las cosas de Colleen. Se me ha ocurrido que te gustaría encargarte de él personalmente.

A Luke se le dibujó de pronto una mirada rabiosa. Le puso la mano en el hombro a su hermano para darle las gracias y salió del bar al instante.

—¡Venga, ahora sí que nos vamos! —le advirtió Woody a Colleen, que estaba terminando de llenar la segunda bolsa de ropa.

Ella se enderezó y cogió las bolsas. Una se rasgó y el contenido se cayó al suelo.

—¡Qué se le va a hacer! —dijo Woody.

Subieron las escaleras del sótano corriendo. En ese preciso instante, Luke llegó a toda velocidad, frenó en seco delante de la casa y se abalanzó dentro. Se dio de narices con Woody y Colleen, que estaban a punto de salir por la puerta de atrás.

—¡Corre! —le dijo Woody a Colleen antes de echársele encima a Luke.

Luke le pegó un puñetazo y un codazo en la cara y Woody se desplomó en el suelo. Luke empezó a darle patadas en el estómago con saña. Colleen se volvió. Estaba en el umbral de la puerta: no podía abandonar a Woody. Cogió un cuchillo de la encimera de la cocina y amenazó a Luke:

—¡Para ya, Luke!

—Y si no, ¿qué? —se burló Luke—. ¿Vas a matarme?

Dio un paso hacia ella, pero Colleen no se movió. Con un segundo ademán, muy rápido, Luke le cogió el brazo y se lo retorció. Ella soltó el cuchillo y gritó de dolor. Luke la agarró por el pelo y le golpeó la cabeza contra la pared.

Cuando Woody intentó levantarse, Luke cogió una lámpara, arrancando el cable eléctrico, y se la tiró a la cara. Y luego volvió a golpearlo con una mesita auxiliar.

Se volvió hacia Colleen, la agarró por la camisa y se puso a pegarla.

—¡Te voy a quitar las ganas de hacer tonterías conmigo! —le gritaba.

Mientras la golpeaba, seguía vigilando a Woody. Pero este, haciendo acopio de sus últimas fuerzas, consiguió levantarse rápidamente, se lanzó sobre Luke y le asestó un puñetazo por sorpresa. Luke agarró a Woody y quiso empujarlo contra una mesita baja, pero Woody se aferró a él y cayeron los dos al suelo. Lucharon como fieras hasta que Luke consiguió coger a Woody por la garganta y se la apretó todo lo que pudo.

Woody se quedó sin respiración. Vio a Colleen detrás de Luke, tirada en el suelo y sangrando. No tenía elección. Logró alzar la espalda y coger el revólver que llevaba metido en la goma de los pantalones. Clavó el cañón en el vientre de Luke y apretó el gatillo.

Se oyó una detonación.

42.

Julio de 2004

La noche en que murió Luke, la ciudad de Madison no pudo dormir.

Los vecinos se apiñaban a lo largo de las cintas de la policía tratando de espigar unas cuantas briznas del espectáculo. Los haces de las luces de los coches patrulla barrían la calle. Varios agentes de la división criminal de la policía del estado de Connecticut llegaron desde New Canaan para hacerse cargo de la investigación.

A Woody lo detuvieron y lo trasladaron a la comisaría central del estado, en New Canaan. Tenía derecho a hacer una llamada telefónica, que fue para Tío Saul.

Este último llamó a un abogado amigo suyo de New Canaan y se puso en camino inmediatamente hacia allí con Hillel. Llegaron a la una de la madrugada y pudieron hablar con Woody. Tenía heridas superficiales que los sanitarios de la ambulancia le habían curado en la comisaría central. A Colleen la habían tenido que llevar al hospital. Había recibido una buena paliza.

Woody, conmocionado, contó detalladamente lo que había pasado en casa de Luke.

—No tuve elección —explicó—. Iba a matarnos a los dos.

—No te preocupes —lo tranquilizó Tío Saul—. Estabas en situación de legítima defensa. Te vamos a sacar de aquí.

Tío Saul y Hillel se quedaron a pasar la noche en un hotel de New Canaan. Woody iba a comparecer ante el juez al día siguiente. Dadas las circunstancias, quedó en libertad bajo fianza de cien mil dólares, que pagó Saul. La fecha del juicio se fijó el 15 de octubre.

Hillel me avisó de lo que había pasado y me fui inmediatamente a Connecticut. Woody tenía prohibido salir del estado pero tampoco se podía quedar en Madison después de lo que había ocurrido.

Hillel y yo le encontramos una casa de alquiler modesta y tranquila en una ciudad cercana, donde Colleen se reunió con él al salir del hospital.

*

Los dos meses y medio que faltaban hasta el juicio de Woody pasaron bastante rápido.

Hillel y yo nos turnábamos para hacerle compañía. Era mejor no dejarlo solo. Por suerte, estaba Colleen, que era tan dulce con él. Se anticipaba a sus necesidades. Velaba por él. Era su salvavidas.

Pero la única persona capaz de hacerlo reaccionar de verdad era Alexandra. Lo vi cuando acudió a su vez a la casa de Connecticut.

Con nosotros, Woody solía quedarse callado. Respondía educadamente a las preguntas que le hacíamos y se esforzaba por poner buena cara. Cuando quería estar solo, se iba a correr. Cuando Alexandra estaba con él, sí que hablaba. Era distinto.

Comprendí que la quería. Igual que yo, desde siempre, desde que la conocimos en 1994, la quería. Apasionadamente. Tenía sobre él el mismo efecto que sobre mí. Tenían las mismas charlas interminables. En varias ocasiones, se pasaron charlando varias horas en la terracita de madera que había delante de la casa.

Yo daba la vuelta por detrás y me sentaba en el suelo, en la hierba, en una esquina donde no podían verme. Los escuchaba. Woody se lo contaba todo. Le abría el corazón como nunca había hecho con nosotros.

—No es como con Anita —le explicaba—. Por Luke no siento nada. No estoy triste, no tengo remordimientos.

—Fue en legítima defensa, Woody —dijo Alexandra.

Él no parecía muy convencido.

—En realidad, siempre he sido violento. Desde pequeño, lo único que sé hacer es pegar a la gente. Así fue como conocí a los Baltimore, porque me peleaba. Y así es como los dejaré.

—¿Dejarlos? ¿Por qué? ¿Por qué dices eso?

—Creo que me van a condenar. Creo que este es el final.
—No digas esas cosas, Woody.

Alexandra le cogía la cara entre las manos, clavaba los ojos en los suyos y le decía:

—Woodrow Finn, te prohíbo que digas esas cosas.

Yo sentía celos de esos momentos de intimidad que espiaba. Alexandra le hablaba a él como me hablaba a mí. También a mí, cuando quería echarme alguna bronca cariñosa, me llamaba por el nombre y el apellido. Me decía: «Marcus Goldman, deja de hacer el tonto». Era su forma de hacerse la enfadada.

Algunas veces, se enfadaba de verdad. Tenía unos ataques de ira soberbios. Infrecuentes pero magníficos. Se puso furiosa conmigo al descubrir que yo espiaba los ratos que pasaba con Woody y que, de propina, me ponía celoso.

Cuando me sorprendió, para no montar una escena en casa, le dijo a Woody y a Colleen:

—Marcus y yo nos vamos al súper.

Nos subimos al coche de alquiler, condujo hasta que perdimos de vista la casa, se paró y empezó a chillar:

—Marcus, ¿te has vuelto completamente loco? ¿Estás celoso de Woody?

Tuve la mala ocurrencia de protestar. De decirle que estaba demasiado pendiente de él y que lo llamaba por el nombre y el apellido.

—Marcus, Woody ha matado a un hombre. ¿Entiendes lo que significa? Lo van a juzgar. Yo creo que necesita a sus amigos. ¡Y acumular resentimientos estúpidos contra tus primos no es portarse como un amigo!

Tenía razón.

Woody era el único que pensaba que iba a ir a la cárcel. Tío Saul, que fue varias veces a Connecticut para preparar la defensa, estaba convencido de lo contrario.

Hasta que tuvo acceso al expediente de la acusación no se dio cuenta de que la situación era más grave de lo que pensaba.

La oficina del fiscal no había aplicado la presunción de legítima defensa. Por el contrario, consideraba que Woody había allanado la vivienda de Luke, con el agravante de ir armado. Se podía considerar que era Luke quien había actuado en legítima defensa al intentar reducir a Woody. Así pues, la fiscalía acusaba a Woody de asesinato. En cuanto a Colleen, cabía la posibilidad de que la considerasen cómplice. Se iba a abrir una investigación penal al respecto.

En la casa de Connecticut, que hasta entonces había estado al margen de la agitación del caso, empezó a cundir el pánico. Colleen decía que no soportaría ir a la cárcel.

—No te preocupes —le repetía Woody—. No tienes nada que temer. Yo te protegeré, como me protegiste tú cuando murió Anita.

No comprendimos qué quería decir exactamente hasta que se inició el juicio. Woody, sin haber informado a Tío Saul ni a su abogado, se acusó de haber incitado a Colleen a acompañarlo a casa de Luke. Aseguró que ella había intentado disuadirlo y como, a pesar de todo, él había entrado en la casa, había ido tras él para obligarlo a salir. Y en ese momento llegó Luke y se les echó encima.

Durante el receso, el abogado de Woody intentó hacerlo entrar en razón.

—¡Estás loco, Woody! ¿Cómo se te ocurre acusarte así? ¿De qué sirve que yo te defienda si te saboteas a ti mismo?

—¡No quiero que Colleen vaya a la cárcel!

—Déjame a mí y nadie irá a la cárcel.

Basándose en el testimonio de varios vecinos de Madison, el abogado de Woody pudo establecer el calvario al que Luke tenía sometida a Colleen. Pero el fiscal volvió a la carga con más ímpetu: no era Colleen quien había matado a Luke y el hecho de que este la hubiera maltratado durante su matrimonio no era pertinente para determinar si Woody había actuado en legítima defensa. Para la acusación, Woody no había disparado para impedir un ataque, tal y como indicaba el principio de la legítima defensa. Había entrado en casa de Luke con un arma. Tenía intención de acabar con él desde el principio.

El juicio se estaba convirtiendo en una pesadilla. Después de dos días de debates, ya no cabía ninguna duda de que a Woody lo iban a condenar. Para evitar una pena excesiva, Tío Saul sugirió llegar a un acuerdo con la acusación: Woody se declararía culpable de asesinato a cambio de una condena reducida. Durante la reunión a puerta cerrada para establecer el acuerdo, el fiscal se mostró inflexible:

—No voy a pedir menos de cinco años de cárcel —dijo—. Woodrow estuvo esperando a Luke en su casa y luego lo mató.

—Usted sabe que eso no es cierto —vociferó el abogado de Woody.

—Cinco años de cárcel —repitió el fiscal—. Y usted sabe que le estoy haciendo un favor. Le podrían caer fácilmente diez o quince años.

Tío Saul, Woody y el abogado estuvieron luego hablando mucho rato. A Woody se le veía el pánico en los ojos: no quería ir a la cárcel.

—Saul —le dijo a mi tío—, ¿te das cuenta de que si digo que sí me van a esposar inmediatamente y a encerrarme durante cinco años?

—Pero si lo rechazas, te arriesgas a que te encierren buena parte de tu vida. Dentro de cinco años, aún no habrás cumplido los treinta y tendrás tiempo de volver a empezar.

Woody estaba hundido: era consciente desde el principio de a qué se exponía, pero ahora estaba pasando de verdad.

—Saul, pídeles que no me detengan en el acto —le suplicó Woody—. Pídeles que me dejen unos días de libertad. Quiero presentarme en la cárcel como un hombre libre. No quiero que me encadenen como a un perro en el próximo cuarto de hora y que me arrojen al fondo de un furgón policial.

El abogado le presentó la solicitud al fiscal, que aceptó el acuerdo. Así fue como condenaron a Woody a cinco años de cárcel con ingreso diferido; la fecha fijada para el encarcelamiento era una semana más tarde, el 25 de octubre, en el penal estatal de Cheshire, en Connecticut.

43.

Baltimore, Maryland
24 de octubre de 2004

Mañana ingresa en la cárcel Woody. Va a pasar allí los próximos cinco años de su vida.

Por la carretera que lleva del aeropuerto de Baltimore a Oak Park, el barrio de su infancia, adonde voy para acompañarlo en su último día de libertad, me lo imagino ya presentándose ante las verjas del impresionante penal de Cheshire, en Connecticut. Me lo imagino cruzando las puertas, dejando que lo desnuden y lo cacheen. Me lo imagino poniéndose el uniforme de recluso y yendo hacia su celda. Oigo las puertas cerrándose tras él. Avanza, con un guardia a cada lado, llevando en los brazos una manta y sábanas. Pasa entre los reclusos, que lo miran fijamente a la cara.

Mañana ingresa en la cárcel Woody.

Alexandra ha venido conmigo. Va en el asiento del copiloto y me mira intensamente. Se da perfecta cuenta de que estoy sumido en mis pensamientos. Me pasa la mano por la nuca y me acaricia el pelo cariñosamente.

Al llegar a Oak Park, aminoro la velocidad. Recorro el barrio donde fuimos tan felices, Woody, Hillel y yo. Nos cruzamos con la patrulla de Oak Park y le hago la seña secreta. Me adentro luego en Willowick Road y llego a casa de los Baltimore. Woody y Hillel, mis dos primos, mis dos hermanos, están sentados en la escalera de acceso. Hillel sujeta una foto con ambas manos y la están contemplando. Es la foto de los cuatro que nos hicimos el día que se fue Alexandra, hace nueve años. Hillel nos ve llegar y guarda la foto entre las páginas de un libro que tiene junto a él, para ponerla a buen recaudo. Se levantan y se acercan a recibirnos. Nos damos los cuatro un prolongado abrazo.

Falta un mes para el Drama, pero aún no lo sabemos.

Woody no podía estar en Baltimore. Mientras esperaba el ingreso en prisión, la justicia le había impuesto que se quedara en Connecticut. Pero él opinaba que si no podía pasar su último día de libertad donde le diese la gana, sería como estar ya en la cárcel.

Para evitar los controles, prefirió no ir en avión. Hillel había ido a buscarlo en coche a Connecticut y volverían a marcharse por la noche. Pasarían juntos una última noche sin dormir, verían el amanecer, se tomarían un abundante desayuno de tortitas con jarabe de arce, huevos revueltos y patatas, y a lo largo de la mañana Hillel lo llevaría a la cárcel.

Aquel día no había hecho más que empezar. Hacía un tiempo magnífico. El otoño había teñido Oak Park de rojo y amarillo.

Nos pasamos la mañana en las escaleras de entrada de la casa, disfrutando del buen tiempo. Tío Saul nos trajo café y dónuts. A mediodía, fue a buscar hamburguesas a uno de los restaurantes favoritos de Hillel. Comimos los cinco al aire libre.

Woody parecía sereno. Hablamos de todo menos de la cárcel. Alexandra dijo que la gira por las radios del país seguía dando frutos: cada vez emitían más sus canciones y su disco empezaba a venderse. Ya había dado salida a varias decenas de miles de ejemplares. Todas las semanas subía un punto en las clasificaciones.

—¡Y pensar que eres la misma que estaba aquí, hace diez años! —sonrió Hillel—. Nos dabas conciertos en tu habitación. Y hoy, estás a las puertas del éxito.

Cogió el libro y sacó la foto de los cuatro. Nos reímos recordando nuestros años de juventud.

Después de comer, Hillel, Woody y yo fuimos a dar una vuelta por Oak Park. Alexandra alegó que quería ayudar a Tío Saul con los envoltorios de las hamburguesas para dejarnos solos.

Anduvimos sin rumbo por las calles tranquilas. Una cuadrilla de jardineros estaba quitando las hojas secas de las veredas y nos acordamos de los tiempos de Skunk.

—Estaba bien, la Banda de los Goldman —dijo Woody.

—Y lo sigue estando —contesté yo—. No ha cambiado nada. La Banda es eterna.

—La cárcel lo cambia todo.

—No digas eso. Iremos a verte a todas horas. Tío Saul dice que seguramente te reducirán la pena. Saldrás muy pronto y nosotros estaremos aquí.

Hillel asintió.

Dimos la vuelta al barrio y pronto estuvimos de regreso en casa de los Baltimore. De nuevo nos sentamos en las escaleras. Woody me confesó de repente que había dejado a Colleen. No quería que se tuviera que pasar cinco años yendo al locutorio. En mi fuero interno, estaba convencido de que si lo hacía, era porque no la quería de verdad. Con ella se sentía menos solo, pero nunca la había querido como quería a Alexandra. Me sentí obligado a hablar de ella.

—Siento haberos traicionado al salir con Alexandra —les dije a mis primos.

—No has traicionado nada —me consoló Hillel.

—La Banda de los Goldman es eterna —añadió Woody.

—Wood, cuando salgas, haremos un viaje los tres juntos. Un viaje muy largo los tres. Podríamos incluso alquilar una casa en los Hamptons para pasar allí todo el verano. Podríamos alquilar una casa juntos todos los veranos.

Woody me sonrió con tristeza.

—Marcus, te tengo que contar una cosa.

Nos interrumpió Tío Saul al abrir la puerta.

—¡Ah, estáis aquí! —dijo—. Estaba pensando en hacer unos filetes a la parrilla para esta noche, ¿os parece bien? Voy ahora mismo a hacer la compra.

Le ofrecimos acompañarlo y Woody me susurró al oído que ya hablaríamos luego, con tranquilidad.

Fuimos todos al supermercado de Oak Park. Fue un rato muy alegre que nos recordó los tiempos en que íbamos a hacer la compra con Tía Anita y nos dejaba llenar el carro con todo lo que nos gustaba.

Más tarde, en la terraza de los Baltimore, ayudé a Tío Saul a preparar la barbacoa para dejarles un poco de intimidad a Woody y a Alexandra. Sabía que para él era importante. Creo que Woody tenía ganas de ir a ver la cancha de baloncesto de Oak Park. Hillel se unió a ellos. Pensé que, en realidad, ellos eran la Banda de los Madison. La Banda de los Goldman éramos nosotros tres.

Era la una de la madrugada cuando nos separamos.

Habíamos pasado una velada casi demasiado normal. Como si lo que iba a pasar al cabo de unas horas no fuera verdad.

Hillel dio la señal de salida. Tenían cuatro horas de carretera por delante. Nos abrazamos. Estreché muy fuerte a Woody. Creo que fue en ese momento cuando tomamos conciencia de lo que estaba ocurriendo. Nos despedimos de Tío Saul a la vez y lo dejamos en la escalera de entrada de su casa, en esos peldaños donde habíamos pasado todo el día. Estaba llorando.

Alexandra y yo nos subimos al coche de alquiler y seguimos al de Hillel hasta el límite de Oak Park. Ellos giraron a la derecha, hacia la autopista I-95, y nosotros a la izquierda, hacia el centro urbano, donde habíamos reservado habitación en un hotel. Por supuesto, Tío Saul nos había ofrecido pasar la noche en su casa, pero yo no quería dormir en Oak Park. Esa noche, no. Esa noche no podía ser como las demás. Era la noche en la que perdía a Woody para cinco largos años.

En el coche, intenté imaginarnos a Alexandra y a mí dentro de cinco años. Me preguntaba qué sería de nosotros de aquí al 25 de octubre de 2009.

*

A la mañana siguiente, muy temprano, Alexandra y yo cogimos un vuelo para Nashville, Tennessee. Teníamos una reunión importante ese mismo día con su representante, Eric Tanner.

Yo quería hablar una última vez con Woody antes de que entrara en el penal de Cheshire. Pero no conseguía localizarlo. Tenía el teléfono desconectado y Hillel también. Me pasé el día intentándolo, en vano. Tuve un mal presentimiento. Llamé a casa de los Baltimore, pero no contestó nadie. Acabé llamando a Tío Saul al móvil, pero estaba con unos clientes y no podía hablar. Le pedí que me llamara en cuanto pudiera y no lo hizo hasta el día siguiente por la tarde.

—¿Marcus? Soy Tío Saul.
—Hola, Tío Saul, ¿cómo es...?

No me dejó hablar.

—Atiende, Marcus: necesito que vengas ahora mismo a Baltimore. Sin hacer preguntas. Ha pasado algo grave.

Colgó. Primero pensé que se había cortado la comunicación y volví a llamar acto seguido: no lo cogió. Insistí y acabó por descolgar y me dijo de un tirón:

—Ven a Baltimore.

Y volvió a colgar.

44.

26 de octubre de 2004

Woody no se había presentado en el penal.

Tío Saul me lo explicó cuando llegué a su casa, a primera hora de la noche, después de haber cogido el primer vuelo a Baltimore.

Tío Saul estaba aterrado, nervioso. Nunca lo había visto así.

—¿Cómo que no se ha presentado?

—Se ha fugado, Marcus. Woody es un fugitivo.

—¿Y Hillel?

—Está con él. También ha desaparecido. Se fue antes de ayer por la tarde al mismo tiempo que vosotros y no ha vuelto.

Tío Saul me contó que había empezado a sospechar que pasaba algo la víspera, cuando comprobó, al igual que yo, que Hillel y Woody estaban ilocalizables. Un agente del U. S. Marshals Service, encargado de reforzar a la policía estatal en la búsqueda de fugitivos, había acudido esa mañana a Oak Park y estuvo hablando largo y tendido con Tío Saul.

—¿Sabe dónde podría estar Woodrow? —preguntó el agente.

—No. ¿Por qué iba a saberlo?

—Porque estaba aquí el día antes de su ingreso en prisión. Lo vieron varios vecinos. Han sido categóricos. Woodrow no tenía autorización para salir de Connecticut. Es usted abogado, debería saberlo.

Tío Saul comprendió que el Marshal le llevaba un largo de ventaja.

—Mire, voy a ser franco con usted. Sí, Woody estuvo aquí la víspera de ingresar en la cárcel. Creció en esta casa y tenía ganas de pasar aquí su último día antes de ir a pudrirse en la cárcel durante cinco años. Fue algo bastante inocente. Pero no sé dónde está ahora.

—¿Quién estuvo con él? —le interrogó el agente.

—Unos amigos. No me acuerdo muy bien. No quise entrometerme mucho.

—Estaba su hijo, Hillel. Los vecinos lo han identificado también. ¿Dónde está su hijo, señor Goldman?

—En la universidad, supongo.

—¿No vive aquí?

—Oficialmente, sí. Pero en la práctica nunca está aquí. Siempre anda metido en casa de alguna amiga. Además, yo trabajo mucho, me voy por la mañana y vuelvo bastante tarde. De hecho, estaba a punto de irme al bufete.

—Señor Goldman, si supiera algo, ¿me lo diría?

—Por supuesto.

—Porque vamos a acabar encontrando a Woodrow. No se nos suele escapar nadie. Y si me entero de que lo ha ayudado usted de una forma u otra, se convertiría en cómplice. Aquí tiene mi tarjeta. Dígale a Hillel que me llame cuando lo vea.

Tío Saul no había sabido nada de Hillel en todo el día.

—¿Crees que está con Woody? —le pregunté.

—Así parece. No podía contarte esto por teléfono. Puede que tenga la línea pinchada. No le cuentes esto a nadie, Marcus. Y, sobre todo, no hables conmigo por teléfono. Creo que Hillel ha ido a ayudar a Woody a esconderse en algún sitio y que va a volver. Tenemos que intentar ganar tiempo con los investigadores. Si Hillel vuelve esta noche, solo tendrá que decir que ha pasado todo el día en la universidad. Puede que te interrogue la policía. Diles la verdad, no te metas en un lío. Pero procura no mencionar a Hillel en la medida de lo posible.

—¿Qué puedo hacer, Tío Saul?

—Nada. Pero, sobre todo, mantente al margen de todo esto. Vuelve a casa. No se lo cuentes a nadie.

—¿Y si Woody se pone en contacto conmigo?

—No lo hará. No va a arriesgarse a meterte en un lío.

A miles de millas de Baltimore, Woody y Hillel dejaron atrás la ciudad de Des Moines, en Iowa.

En la última velada que pasamos juntos, ya sabían que no iban a ir a la cárcel de Cheshire. Woody no podía soportar la perspectiva de la cárcel.

Habían dormido en moteles cercanos a la autopista, pagando en efectivo.

Su plan de viaje era cruzar el país hasta Canadá, pasando por Wyoming y Montana. Luego cruzarían Alberta y toda la Columbia Británica hasta el Yukón. Se establecerían allí, encontrarían una casita. Reharían su vida. Nadie iría a buscarlos allí. En una bolsa, que solía custodiar Woody, llevaban doscientos mil dólares en efectivo.

Cuando volví a Nashville al día siguiente, le conté a Alexandra lo que había pasado. Le di las mismas instrucciones que me había dado a mí Tío Saul. No contárselo a nadie; y, entre nosotros, de ninguna manera por teléfono.

Me pregunté si debería ir en su búsqueda. Alexandra me disuadió.

—Woody no se ha perdido, Markie. Se ha fugado. Lo que quiere es precisamente que no lo encuentren.

*

29 de octubre de 2004

Hillel seguía sin aparecer.

El Marshal volvió para interrogar a Tío Saul.

—¿Dónde está su hijo, señor Goldman?

—No lo sé.

—En la universidad ya llevan varios días sin verlo.

—Es mayor de edad, hace lo que quiere.

—Vació su cuenta bancaria hace una semana. Por cierto, ¿cómo es que tenía tanto dinero?

—Su madre murió hace dos años. Es su parte de la herencia.

—De modo que su hijo ha desaparecido con un montón de dinero al mismo tiempo que su amigo fugitivo. Creo que usted ya sabe adónde quiero llegar.

—En absoluto, inspector. Mi hijo hace lo que quiere con su tiempo y su dinero. Estamos en un país libre, ¿no?

Hillel y Woody estaban a unas veinte millas de Cody, en Wyoming. Habían dado con un motelito donde se pagaba cada noche en efectivo y el dueño no hacía preguntas. No sabían cómo cruzar la frontera con Canadá sin que los pillasen. Por lo menos, en el motel estaban a salvo.

La habitación contaba con una cocina americana. Podían prepararse comida sin tener que salir. Habían hecho acopio de pasta y arroz, de productos fáciles de almacenar y no perecederos.

Pensaban en el Yukón. Eso es lo que los ayudaba a aguantar. Se imaginaban una casa de troncos a orillas de un lago. Y a su alrededor, la naturaleza en estado salvaje. Se ganarían la vida yendo a Whitehorse de tanto en tanto para hacerle pequeñas tareas a la gente, como hicieran en la época de Jardinería Goldman.

Yo no dejaba de pensar en ellos. Me preguntaba dónde estarían. Miraba el cielo y me decía que seguramente estarían mirando el mismo cielo. Pero ¿desde dónde? ¿Y por qué no me habían contado nada de lo que pensaban hacer?

*

16 de noviembre de 2004

Hacía tres semanas que se habían fugado.

A Hillel lo habían acusado de prestar ayuda a un fugitivo y el Marshals Service también lo estaba buscando. Contaban con una ventaja: la investigación no estaba muy avanzada. La policía federal tenía que perseguir a otros criminales mucho más peligrosos y los medios que les dedicaban a ellos eran limitados. En esos casos, al fugitivo siempre lo pillaban en un control o se quedaba sin dinero y acababa cometiendo algún error. No era el caso de Hillel y Woody. No se movían de su habitación y llevaban mucho dinero encima.

—Mientras nadie nos vea, todo irá bien —le decía Hillel a Woody.

Pero no iban a aguantar mucho más encerrados. Era como estar en la cárcel. Tenían que intentar cruzar la frontera o, al menos, cambiar de motel para que les diera el aire.

Dos días después se fueron rumbo a Montana.
Los paisajes eran impresionantes. Un anticipo del Yukón.
En Bozeman, en Montana, conocieron a un hombre en un bar de moteros que les aseguró que podía conseguirles documentación falsa por veinte mil dólares. Era mucho dinero, pero aceptaron. Una documentación falsa de calidad era su garantía para ser invisibles y, por ende, sobrevivir.

El hombre les propuso llevarlos a una nave industrial cercana para hacerles las fotos de identidad. Lo siguieron; él iba en moto y ellos, en coche. Pero la cita resultó ser una emboscada: cuando bajaron del vehículo, los rodeó un grupo de moteros armados. Los registraron mientras los tenían encañonados y les robaron la bolsa de dinero.

*

19 de noviembre de 2004

Se habían quedado con mil dólares nada más, que Hillel había escondido en el bolsillo interior de la chaqueta. Pasaron una primera noche en el coche, en un área de descanso.

Al día siguiente, viajaron hacia el norte. Su plan se había ido al garete. Sin dinero no podían ir a ninguna parte. Lo poco que les quedaba se les iba en gasolina. Woody decía que estaba dispuesto a cometer un atraco. Hillel lo disuadió. Tenían que encontrar un trabajo. Donde fuera. Pero, sobre todo, no llamar la atención.

Pasaron la noche del 20 al 21 de noviembre en un aparcamiento de Montana. Hacia las tres de la madrugada, los despertaron unos golpes en la ventanilla y una luz cegadora. Era un policía.

Hillel le ordenó a Woody que no perdiera la calma. Bajó la ventanilla.

—No pueden pasar la noche en el aparcamiento.

—Lo siento, agente —contestó Hillel—, nos vamos ahora mismo.

—De momento, quédense en el vehículo. Quiero ver su carné de conducir y el documento de identidad de la persona que lo acompaña.

Hillel vio que a Woody se le ponían ojos de pánico. Le susurró que obedeciera. Le entregó los documentos al policía, que volvió a su coche para comprobarlos.

—¿Qué vamos a hacer? —preguntó Woody.

—Arranco y nos largamos.

—Y dentro de cinco minutos tendremos detrás a toda la policía estatal, no podremos escapar.

—Entonces ¿qué sugieres?

Woody, sin contestar, abrió la puerta del coche y salió.

Hillel oyó al policía gritar:

—¡Vuelva inmediatamente al vehículo! ¡Vuelva inmediatamente al vehículo!

De repente, Woody desenfundó un revólver y disparó. Primero una vez y luego otra. Las balas dieron en el parabrisas. El policía se tiró detrás de su coche para protegerse y sacó el arma, pero Woody ya estaba a su altura y disparó contra él. La primera bala le alcanzó en el tórax.

Woody le disparó otras cuatro veces. Luego corrió hacia el coche. Hillel estaba arrodillado, con las manos en los oídos.

—¡Arranca! —gritó Woody—. ¡Arranca!

Hillel obedeció y el coche se esfumó haciendo chirriar los neumáticos.

Circularon un rato sin cruzarse con nadie. Luego giraron para tomar un camino y no se pararon hasta tener la seguridad de que los árboles los ocultaban por completo.

Hillel salió del coche.

—¡Estás como una cabra! —vociferó—. Pero ¿qué has hecho, por Dios, qué has hecho?

—¡Era él o nosotros, Hill! ¡Él o nosotros!

—Hemos matado a un hombre, Woody. ¡Hemos matado a un hombre!

—En mi caso, ya es el segundo —contestó Woody con un tono casi cínico—. ¡Qué te pensabas, Hillel! ¿Que íbamos a ser libres y a darnos la buena vida? Soy un puto fugitivo.
—Ni siquiera sabía que tenías una pipa.
—Si te lo hubiera dicho, me la habrías quitado.
—Efectivamente. Ahora, dámela.
—Ni hablar. Imagínate que te pillan con ella...
—¡Que me la des! Me voy a deshacer de ella. ¡Dámela, Woody, o hasta aquí hemos llegado juntos!

Después de pensárselo mucho, Woody le dio el arma. Hillel desapareció entre los árboles. Había un desnivel por el que pasaba un río y Woody oyó que Hillel tiraba el arma al agua. Volvió al coche, lívido.

—¿Qué pasa? —preguntó Woody.
—La documentación... la tenía el poli.

Woody hundió la cara en las manos. Con el arrebato, se le había olvidado por completo recuperarla.

—Vamos a tener que dejar el coche aquí —dijo Hillel—. El policía tenía la documentación del coche. Nos vamos a pie.

*

21 de noviembre de 2004

Fueron las primeras noticias.
Esta vez, el Marshal fue a ver a Tío Saul al bufete.
—Esta noche, Woodrow Finn ha matado a un policía en un aparcamiento de Montana durante un control rutinario. La cámara del coche patrulla lo ha grabado todo. Iba en un coche matriculado a su nombre.

Le enseñó una imagen sacada de la grabación de vídeo.
—Es el coche que utiliza Hillel —dijo Tío Saul.
—Es de usted —le corrigió el Marshal.
—¿Cómo quiere usted que estuviera en Montana anoche?
—No estoy insinuando que estuviera usted con Woody, señor Goldman. El que conducía el coche era su hijo, Hillel. Hemos encontrado allí mismo su permiso de conducir. Desde aho-

ra, es cómplice del asesinato de un miembro de las fuerzas del orden.

Tío Saul se puso pálido y se tapó la cara con las manos.

—¿Qué espera que haga yo, inspector?

—Que colabore al cien por cien. Si le dan la mínima señal de vida, avíseme. Si no, no me quedará más remedio que detenerlo por prestar ayuda a unos asesinos fugitivos. Las pruebas están aquí, ya las ha visto.

*

22 de noviembre de 2004

Después de abandonar el coche, anduvieron hasta llegar a un motel. Pagaron en efectivo y con un suplemento para que el encargado no les pidiese un documento de identidad. Se ducharon y descansaron. Un hombre los llevó en coche hasta la estación de autobuses de Bozeman a cambio de cincuenta dólares. Sacaron billetes desde Greyhound a Casper, en Wyoming.

—¿Y luego qué vamos a hacer? —le preguntó Woody a Hillel.

—Iremos a Denver y buscaremos un autobús que vaya a Baltimore.

—¿Qué pintamos en Baltimore?

—Vamos a pedirle a mi padre que nos ayude. Podemos escondernos unos días en Oak Park.

—Nos verán los vecinos.

—Tendremos que quedarnos dentro de casa. Nadie se imaginará que estamos allí. Luego, mi padre podrá llevarnos a algún sitio. A Canadá o a México. Encontrará una forma de hacerlo. Me dará dinero. Es el único que puede ayudarnos.

—Tengo miedo de que nos cojan, Hillel. Tengo miedo de lo que me va a pasar. ¿Van a ejecutarme?

—No te preocupes. Mantén la calma. No va a pasarnos nada.

Después de dos días de viaje, llegaron a la estación de autobuses de Baltimore el 24 de noviembre. Era la víspera del día de Acción de Gracias. Era el día del Drama.

24 de noviembre de 2004
Día del Drama

Desde la estación de autobuses de Baltimore, a la que llegaron a última hora de la mañana, fueron a Oak Park en transporte público.

Se habían comprado unas gorras que llevaban encasquetadas. Pero era una precaución inútil. A esa hora, las calles estaban desiertas, con los niños en el colegio y los adultos trabajando.

Apretaron el paso rumbo a Willowick Road. No tardaron en vislumbrar la casa. Se les aceleró el ritmo cardíaco. Ya casi estaban. Una vez dentro, estarían a salvo.

Por fin llegaron a la casa. Hillel tenía la llave. Abrió la puerta y ambos se apresuraron a entrar. La alarma estaba activada y Hillel tecleó la clave en la pantalla. Tío Saul estaba fuera. Había ido al bufete, como todos los días.

En la calle, haciendo guardia en el coche, el Marshal, que acababa de ver a Woody y a Hillel entrar en la casa, echó mano de la radio y pidió refuerzos.

Estaban hambrientos. Fueron directamente a la cocina.

Se hicieron unos sándwiches de pavo frío con queso y mayonesa, y los comieron con avidez. Se sentían más tranquilos por haber vuelto a casa. Los dos días en autobús los habían dejado agotados. Tenían ganas de darse una ducha y descansar.

Cuando acabaron de comer, subieron al piso de arriba. Se pararon delante del cuarto de Hillel. Miraron las imágenes antiguas que había en la pared. Encima del escritorio infantil había una foto de los dos, en la caseta de apoyo a Clinton durante las elecciones de 1992.

Sonrieron. Woody salió del cuarto, recorrió el pasillo y entró en la habitación de Tío Saul y Tía Anita. Hillel echó un vistazo por la ventana. El corazón se le paró de golpe: varios policías con pasamontañas y chaleco antibalas tomaban posiciones en el jardín. Los habían localizado. Los habían pillado como a ratas.

Woody seguía en el umbral del cuarto de sus padres. Le estaba dando la espalda y no se percató de nada. Hillel se acercó a él despacito.

—No te des la vuelta, Woody.

Woody obedeció y se quedó quieto.

—Están ahí, ¿verdad?

—Sí. Hay policías por todas partes.

—No quiero que me cojan, Hill. Quiero quedarme aquí para siempre.

—Ya lo sé, Wood. Yo también me quiero quedar aquí para siempre.

—¿Te acuerdas del colegio de Oak Tree?

—Claro que sí, Wood.

—¿Qué habría sido de mí sin ti, Hillel? Gracias, le has dado sentido a mi vida.

Hillel estaba llorando.

—Gracias a ti, Woody. Te pido perdón por todo lo que te he hecho.

—Hace mucho tiempo que te perdoné, Hillel. Te quiero para siempre.

—Te quiero para siempre, Woody.

Hillel se sacó del bolsillo el revólver de Woody, del que no se había deshecho. Lo que había tirado al río era una piedra.

Apoyó el cañón en la parte trasera de la cabeza de Woody.

Cerró los ojos.

En la planta baja se oyó un gran estruendo. La unidad de intervención de la policía acababa de echar abajo la puerta principal.

Hillel disparó el primer tiro. Woody se desplomó en el suelo.

Se oyeron gritos en la planta baja. Los policías se replegaron, creyendo que les disparaban a ellos.

Hillel se acostó en la cama de sus padres. Hundió el rostro en los cojines, se metió entre las sábanas, recuperó todos los olores de la infancia. Volvió a ver a sus padres en esa cama, una mañana de domingo. Woody y él entraban estrepitosamente, llevando en los brazos las bandejas del desayuno para darles una sorpresa. Se acomodaban en la cama con ellos y compartían las tortitas que tanto les había costado hacer. A través de la ventana abierta, el sol los bañaba con su cálida luz. Tenían el mundo en sus manos.

Apoyó el arma contra su sien.

Todo termina, igual que todo empieza.

Apretó el gatillo.

Y se acabó todo.

Quinta parte

EL LIBRO DE LA REPARACIÓN
(2004-2012)

45.

En el mes de junio de 2012 en Florida hizo calor y bochorno.
Mi ocupación principal consistió en encontrarle comprador a la casa de Tío Saul. Tenía que desprenderme de ella. Pero no quería vendérsela a cualquiera.
No había sabido nada de Alexandra y eso me tenía alterado. Nos habíamos dado un beso en mi casa de Nueva York y luego se había ido a Cabo San Lucas para darle una oportunidad a Kevin. Por los rumores que me habían llegado, la estancia en México se había agriado enseguida, pero yo quería oírselo a ella.
Por fin me llamó para decirme que se iba a pasar el verano a Londres. Era un viaje que tenía ya previsto desde hacía mucho. Estaba preparando un nuevo álbum, parte del cual había que grabar en un prestigioso estudio de la capital británica.
Yo había albergado esperanzas de que me propusiera que nos viéramos antes de irse, pero no le daba tiempo.
—¿Por qué me llamas si es para decirme que te marchas? —le pregunté.
—No te digo que me voy. Te digo dónde me voy.
Le contesté, como si fuera bobo:
—¿Y eso por qué?
—Porque es lo que hacen los amigos. Se tienen al tanto de lo que hacen.
—Bueno, pues si quieres saber lo que estoy haciendo yo, estoy vendiendo la casa de mi tío.
Me contestó con una voz amable que me irritó:
—Creo que es una buena idea —me dijo.

En los días siguientes, un agente inmobiliario me presentó a unos compradores que me agradaron. Una pareja joven y encantadora que se comprometía a cuidar mucho la casa y llenarla de niños y de vida. Firmamos el contrato con el notario en la propia casa; tenía yo empeño en que fuera así. Les di las llaves y les deseé que les fuera bien. Ya me lo había quitado todo de encima. De los Goldman-de-Baltimore no me quedaba nada.

Me subí al coche y me fui a Boca Ratón. Al llegar a casa, me encontré delante de la puerta el cuaderno de Leo, el famoso *Cuaderno n.º 1*. Lo hojeé. Estaba en blanco. Me lo llevé y fui a sentarme a mi escritorio.

Agarré un bolígrafo y lo dejé correr por el papel del cuaderno abierto ante mí. Así arrancó este *Libro de los Baltimore*.

46.

Baltimore, Maryland
Diciembre de 2004

Quince días después del Drama, nos devolvieron los cuerpos de Woody y Hillel y pudimos enterrarlos.

La inhumación fue ese mismo día, juntos, en el cementerio de Forrest Lane. Brillaba el sol de invierno, como si la naturaleza hubiera acudido a saludarlos. La ceremonia transcurrió en la más estricta intimidad: pronuncié un discurso en presencia de Artie Crawford, mis padres, Alexandra y Tío Saul, que llevaba una rosa blanca en cada mano. Tras los cristales ahumados de las gafas, veía cómo le corría un reguero inagotable de lágrimas.

Después del entierro, almorzamos en el restaurante del Marriott, donde nos alojábamos todos. Resultaba extraño no estar en Oak Park, pero Tío Saul no pensaba volver a su casa. Su habitación y la mía estaban pared por medio y, después de comer, nos informó de que iba a subir a echarse una siesta. Se levantó de la mesa y lo vi rebuscar en el bolsillo para tener la seguridad de que llevaba la llave magnética. Lo seguí con la mirada y les pasé revista a la camisa rota, a la barba incipiente, que iba a dejarse crecer de forma ya definitiva, y a los andares cansados.

Nos había dicho: «Me voy a descansar a mi habitación». Pero, al ver cerrarse la puerta del ascensor, me entraron ganas de vocearle que a su habitación no se iba por allí, que su habitación estaba diez millas al norte, en el barrio de Oak Park, y daba a Willowick Road, en una casa espléndida de Baltimore, lujosa y confortable. Una casa repleta de los cantos de júbilo de tres niños a quienes unía la solemne promesa de la Banda de los Goldman y que se querían como hermanos. Nos había dicho: «Me voy a descansar a mi habitación», pero su habitación estaba trescientas millas al norte, en una casa maravillosa de los Hamptons donde habíamos vivido tiempos felices. Nos había dicho: «Me voy a descansar a mi habitación», pero su habitación estaba mil millas al sur, en el piso 26 de La Buenavista, donde la mesa del desayuno estaba puesta, en la terraza, para cinco: ellos cuatro y yo.

No tenía derecho a decir que aquella habitación de moqueta polvorienta y cama excesivamente blanda del séptimo piso del Marriott de Baltimore era su habitación. Yo no podía consentirlo, no podía aceptar que un Goldman-de-Baltimore durmiera en el mismo hotel que los Goldman-de-Montclair. Me levanté de la mesa, me disculpé y pedí permiso para coger el coche de alquiler y hacer un recado por el barrio. Alexandra se vino conmigo.

Fui a Oak Park. Me crucé con una patrulla y le hice la seña secreta de nuestra tribu. Luego me detuve ante la casa de los Baltimore. Me bajé del coche y me quedé un ratito en contemplación frente a la casa. Alejandra me abrazó. Le dije: «A partir de ahora solo te tengo a ti». Me estrechó con fuerza.

Estuvimos después un rato andando al azar por Oak Park. Pasé luego por las cercanías del colegio de Oak Tree y volví a ver la cancha de baloncesto, que estaba igual. Acto seguido regresamos al Marriott.

Alexandra no se encontraba bien. La agobiaba la pena, pero yo notaba que había algo más. Le pregunté qué sucedía y se limitó a contestarme que era el hecho de haber perdido a Hillel y a Woody. Yo me daba cuenta perfectamente de que no me lo decía todo.

Mis padres se quedaron dos días más y luego tuvieron que regresar a Montclair. No podían faltar más al trabajo. Invitaron a Tío Saul a que pasase una temporada en Montclair, pero Tío Saul no quiso. Yo, igual que había hecho después de morir Tía Anita, decidí quedarme unos días en Baltimore. En el aeropuerto, adonde acompañé a mis padres, mi madre me dio un beso y me dijo: «Haces bien en quedarte con tu tío. Estoy orgullosa de ti».

Alexandra regresó a Nashville una semana después del entierro. Decía que quería quedarse conmigo, pero a mí me parecía más útil y más importante que siguiera con la promoción de su álbum. La habían invitado a varios programas de televisión de cadenas locales importantes y además tenía que hacer de telonera en unos cuantos conciertos.

Me quedé en Baltimore hasta las vacaciones de invierno. Vi a mi tío Saul irse desintegrando poco a poco y me costó mucho soportarlo. Se quedaba encerrado en su habitación, postrado, echado en la cama, con la música de fondo de la televisión para llenar el silencio.

En cuanto a mí, me pasaba los días entre Oak Park y Forrest Lane, cazando los recuerdos con la red para mariposas de mi memoria.

Una tarde en que estaba en el centro, decidí pasarme sin avisar por el bufete de abogados. Se me ocurrió que a lo mejor podía recoger la correspondencia de Tío Saul, y que así él tendría algo que hacer y pensaría en otra cosa. Conocía bien a la recepcionista: al verme llegar puso una cara muy rara. Pensé, de entrada, que sería por el Drama. Le dije que quería ir al despacho de mi tío. Me dijo que esperase y se levantó de su sitio para ir a buscar a uno de los socios del bufete. Esa conducta me pareció lo suficientemente extraña para no hacerle caso: me fui derecho al despacho de Tío Saul, abrí la puerta, creyendo que estaría vacío, y cuál no sería mi sorpresa al encontrarme con que un hombre a quien no conocía lo ocupaba.

—¿Quién es usted? —pregunté.

—Richard Philipps, abogado —me contestó el hombre, muy seco—. Permítame preguntarle quién es usted.

—Está en el despacho de mi tío, Saul Goldman. Soy su sobrino.

—¿Saul Goldman? Pero si hace meses que ya no trabaja aquí.

—¿Qué está usted diciendo?

—Lo pusieron de patitas en la calle.

—¿Cómo? Es imposible. ¡Si este bufete lo fundó él!

—Los socios exigieron por mayoría que se fuera. Así va la vida; los elefantes viejos se mueren y los leones se comen su cadáver.

Le apunté con un dedo amenazador.

—Está usted en el despacho de mi tío. ¡Salga!

En ese momento entró a la carrera la recepcionista con Edwin Silverstein, el socio más antiguo del bufete y uno de los mejores amigos de Tío Saul.

—Edwin —dije—, ¿qué pasa aquí?

—Ven, Marcus, tenemos que hablar.

Philipps soltó una risa sarcástica. Yo exclamé, loco de ira:

—¿Este tío mierda se ha quedado con el puesto de mi tío?

Philipps dejó de reírse.

—No pierdas la educación, ¿vale? No me he quedado con el puesto de nadie. Ya te he dicho que los elefantes viejos se mueren y...

No le dio tiempo a acabar la frase, porque me abalancé sobre él y lo agarré por el cuello de la camisa, al tiempo que le decía:

—¡Cuando los leones se acercan a los elefantes viejos, los elefantes jóvenes van y se los cargan!

Edwin me instó a soltar a Philipps y obedecí:

—¡Este individuo está loco! —vociferó Philipps—. ¡Voy a poner una denuncia! ¡Voy a poner una denuncia! ¡Hay testigos!

Toda la planta había llegado corriendo para ver qué ocurría. Barrí el escritorio con el brazo y tiré al suelo todo lo que había encima, incluso el ordenador portátil; luego salí de la habitación con la expresión de quien está a punto de matar a alguien. Todo el mundo se apartó para dejarme pasar y llegué a los ascensores.

—¡Marcus! —exclamó Edwin, abriéndose paso con dificultad entre la hilera de curiosos para alcanzarme—. ¡Espérame!

Las puertas del ascensor se abrieron; me metí corriendo en la cabina y él conmigo.

—Marcus, lo siento mucho. Creía que Saul te había contado lo que ocurrió.

—No.

Me llevó a la cafetería del edificio y me invitó a un café. Nos acodamos en una mesa alta, sin sillas, y me contó en tono confidencial:

—Tu tío cometió un grave error. Manipuló algunas cuentas del bufete e hizo facturas falsas para desviar fondos.

—¿Y por qué haría algo así?

—No lo sé.

—¿Cuándo ocurrió?

—Descubrimos el engaño hace un año más o menos. Pero era un montaje muy hábil. Se pasó años desviando dinero. Necesitamos varios meses para identificar a tu tío. Estuvo de acuerdo en devolver parte de la suma y nosotros renunciamos a denunciarlo. Pero los demás socios del bufete exigieron la cabeza de tu tío y la consiguieron.

—Pero, vamos a ver, si este bufete lo había fundado él.

—Ya lo sé, Marcus. Hice de todo. Lo intenté todo. Tenía a todo el mundo en contra.

Me enfadé:

—¡No, Edwin, no hizo de todo! ¡Tendría que haberse ido con él dando un portazo y montar otro proyecto! ¡No debería haber consentido que eso ocurriera!

—Lo siento mucho, Marcus.

—Ya, es fácil sentirlo mucho mientras está uno arrellanado tranquilamente en su sillón de cuero, y cuando con el puesto de mi tío se ha quedado el caraculo ese de Philipps.

Me marché echando chispas. Volví al Marriott y di unos golpecitos en la puerta de la habitación de Tío Saul. Me abrió.

—¿Te despidieron de tu bufete? —exclamé.

Agachó la cabeza y fue a sentarse en la cama.

—¿Cómo lo sabes?

—He ido al bufete. Quería saber si tenías correo y me he enterado de que habían metido al tío mierda ese en tu despacho. A Edwin no le ha quedado más remedio que contármelo todo. ¿Cuándo pensabas decírmelo?

—Me dio vergüenza. Y me la sigue dando.

—Pero ¿qué pasó? ¿Por qué desviaste esos fondos?

—No te lo puedo contar. Me metí en un lío terrible.

Yo estaba a punto de echarme a llorar. Lo notó y me abrazó.

—¡Ay, Markie...!

No pude contener el llanto, quería irme de allí.

*

Para que pensara en otra cosa, en las fiestas de fin de año Alexandra dedicó las ganancias de su álbum a regalarme diez días de vacaciones en un hotel de ensueño en las Bahamas.

Algo de descanso, alejada de todo, también le sentaría bien a ella. Yo veía que los acontecimientos la habían afectado mucho. El primer día lo pasamos en la playa. Era la primera vez, desde hacía mucho, que estábamos juntos y en paz, pero notaba una tensión extraña entre nosotros. ¿Qué ocurría? Seguía pensando que me ocultaba algo.

Por la noche, antes de ir a cenar, nos tomamos un cóctel en el bar del hotel y la acorralé. Quería saberlo. Acabó por decirme:

—No te lo puedo contar.

Me irrité.

—Ya está bien de secretos. A ver si alguien de una vez se porta honradamente conmigo.

—Markie, yo...

—Alexandra, quiero saber eso que me estás ocultando.

De repente rompió en sollozos en pleno bar. Me sentí como un estúpido. Intenté dar marcha atrás y dije, con voz más suave:

—Alexandra, cariño, ¿qué pasa?

Le bajaban por las mejillas torrentes de lágrimas.

—¡No puedo seguir ocultándote la verdad, Marcus! ¡No puedo guardarme esto para mí sola!

Empezó a entrarme un mal presentimiento.

—¿Qué ocurre, Alex?

Intentó recobrar la calma y me miró de frente.

—Sabía lo que iban a hacer tus primos. Sabía que se iban a escapar. Woody nunca tuvo intención de presentarse en la cárcel.

—¿Cómo? ¿Que lo sabías? Pero ¿cuándo te lo dijeron?

—Esa noche. Tu tío y tú estabais ocupados con la barbacoa y yo me fui a dar una vuelta con ellos. Me lo contaron todo. Les prometí que no diría nada.

Repetí, estupefacto:

—¿Lo sabías desde el principio y no me dijiste nada?

—Markie, yo...

Me levanté de la silla.

—¿No me avisaste de lo que iban a hacer? ¿Dejaste que se fueran y no me dijiste nada? Pero, Alexandra, ¿quién eres?

Todos los clientes del bar nos estaban mirando.
—¡Tranquilízate, Markie! —me rogó.
—¿Que me tranquilice? Y ¿por qué me iba a tranquilizar? ¡Cuando pienso en la comedia que estuviste representando durante las tres semanas en que estuvieron huidos!
—Pero ¡es que estaba preocupada de verdad! ¿Qué te crees?
Yo estaba tembloroso; me dominaba la ira.
—Creo que hemos terminado, Alexandra.
—¿Qué? ¡Markie, no!
—Me has traicionado. No creo que pueda perdonártelo nunca.
—¡Marcus, no me hagas esto!
Le di la espalda y salí del bar. Todo el mundo nos miraba. Fue detrás de mí e intentó agarrarme del brazo; me solté y dije a voces:
—¡Déjame! ¡TE DIGO QUE ME DEJES!
Crucé el vestíbulo a paso de carga y salí del hotel.
—¡Marcus! —gritó, llorando desesperada—. ¡No me hagas esto!
Había un taxi esperando delante del hotel. Me metí a toda prisa y eché el seguro. Alexandra se abalanzó hacia la puerta, intentó abrirla, golpeó la ventanilla. Le dije al taxista que fuera al aeropuerto y me marché sin recoger nada.
Ella corrió detrás del coche, sin dejar de dar golpes en la ventanilla, chillando y llorando:
—¡No me hagas esto, Marcus! —suplicó—. ¡No me hagas esto!
El taxi aceleró y tuvo que rendirse. Tiré el teléfono por la ventanilla y grité, vociferando mi rabia, vociferando mi ira, vociferando mi asco por aquella vida injusta que me había quitado a quienes más me importaban.
En el aeropuerto de Nassau compré un billete para el primer vuelo que iba a Nueva York. Quería desaparecer para siempre. Y, sin embargo, ya la estaba echando de menos. ¡Y pensar que iba a estar siete largos años sin verla!

*

Recuerdo esa escena con frecuencia. Yo abandonando a Alexandra. En ese cálido mes de junio de 2012, a solas en mi despacho de Boca Ratón, recorriendo de nuevo los meandros de nuestra juventud, pensé en ella en Londres. Solo deseaba una cosa: ir a su encuentro. Pero me bastaba con volver a verla, hecha un mar de lágrimas y corriendo detrás de mi taxi, para que se me fuese de la cabeza hacer algo, lo que fuera. ¿Tenía derecho a presentarme en su vida después de siete años y de haberlo puesto todo patas arriba?

Alguien llamó a la puerta. Me sobresalté. Era Leo.

—Disculpe, Marcus. Me he permitido entrar en su casa; ya no lo veo nunca y estoy empezando a preocuparme. ¿Va todo bien?

Alcé el cuaderno en que estaba escribiendo y le sonreí amistosamente.

—Todo va bien, Leo. Gracias por el cuaderno.

—Le corresponde por derecho propio. El escritor es usted, Marcus. Un libro es algo mucho más trabajoso de lo que yo pensaba. Le debo una disculpa.

—No se preocupe.

—Parece un poco triste, Marcus.

—Echo de menos a Alexandra.

47.

Enero de 2005

Después de romper con Alexandra pasé varias semanas casi sin moverme de Baltimore. No tanto para ver a Tío Saul como para esconderme de ella. La había tachado de mi vida, había cambiado de número de teléfono. No quería que fuese a Montclair.

No dejaba de rememorar el momento en que nos fuimos de Oak Park, cuando el coche de Hillel y Woody giró para coger la autopista. Entraron en la clandestinidad. Si yo hubiera sabido que planeaban fugarse, podría haberlos disuadido. Habría hecho entrar en razón a Woody. ¿Qué eran cinco años? Eran mucho y, a la vez, nada. Al salir, aún no habría cumplido los treinta. Tendría la vida por delante. Y si mostraba buena conducta, podría incluso disfrutar de una reducción de pena. Podría haber aprovechado esos años para terminar los estudios por correspondencia. Yo le habría convencido de que teníamos la vida por delante.

Desde que murieron, parecía que todo se venía abajo. Empezando por la vida de Tío Saul. La mala racha que estaba pasando no había hecho más que empezar.

La expulsión del bufete estaba empezando a traer cola. Corría el rumor de que el verdadero motivo de su marcha había sido una desviación de fondos masiva. El comité de disciplina del Colegio de Abogados de Maryland acababa de abrir un procedimiento, al considerar que la conducta de Tío Saul, de ser cierta, atentaba contra la profesión.

Para su defensa, Tío Saul le pidió ayuda a Edwin Silverstein, con quien me cruzaba regularmente en el Marriott. Una noche me invitó a cenar a un restaurante vietnamita del barrio.

Le pregunté:

—¿Qué puedo hacer yo por mi tío?

Me contestó:

—La verdad, no mucho. ¿Sabes, Marcus? Tienes agallas. No es algo que se pueda decir de todo el mundo. Realmente, eres un buen chico. Qué suerte tiene tu tío de contar contigo...

—Me gustaría poder hacer más.

—Bastante haces ya. Saul me dijo que querías ser escritor.

—Sí.

—No creo que puedas concentrarte como es debido aquí. Deberías pensar en ti mismo y no quedarte demasiado tiempo en Baltimore. Deberías irte a escribir ese libro.

Edwin tenía razón. Ya iba siendo hora de que me metiera de lleno en el proyecto que tanto me importaba. En el mes de enero, al volver de una estancia en Baltimore, empecé mi primera novela. Había comprendido que para que mis primos volvieran, tenía que narrarlos.

La idea se me ocurrió en un área de descanso de la autopista I-95, en algún punto de Pensilvania. Estaba tomándome un café y repasando mis notas cuando los vi entrar. Era imposible. Y sin embargo, eran ellos. Iban bromeando, felices, y, cuando me vieron, se me echaron encima.

—¡Marcus! —me dijo Hillel abrazándome—, ¡sabía que ese coche era el tuyo!

Woody se sumó a nosotros, abarcándonos a ambos con esos brazos enormes que tenía.

—No sois reales —les dije—. ¡Estáis muertos! ¡Sois dos muertos capullos que me han dejado solo en este mundo de mierda!

—¡Venga, Markitín, no te pongas así! —me soltó Hillel, jovial, revolviéndome el pelo.

—¡Ven! —dijo Woody con sonrisa consoladora—. ¡Vente con nosotros!

—¿Adónde vais?

—Al Paraíso de los Justos.

—No puedo acompañaros.

—¿Por qué?

—Porque tengo que ir a Montclair.

—Entonces, nos vemos allí.

No estaba seguro de haber entendido bien. Me abrazaron y se fueron. Antes de que cruzaran la puerta, exclamé:

—¡Hillel, Wood! ¿Fue culpa mía?

—¡No, claro que no! —respondieron los dos como un solo hombre.

Mantuvieron su palabra. Allí estaban mis primos del alma, en Montclair, en el estudio que me había montado mi madre. Apenas me había sentado delante del escritorio y ya los tenía danzando a mi alrededor. Estaban como siempre los había conocido: ruidosos, estupendos, rebosantes de cariño.

—Me gusta tu estudio —me dijo Hillel, repantigado en el sillón.

—Me gusta la casa de tus padres —continuó Woody—. ¿Por qué no hemos venido nunca?

—No lo sé. Es cierto... Tendríais que haber venido.

Les enseñé el barrio, nos recorrimos Montclair de arriba abajo. Todo les gustaba. Me sentía inmensamente feliz de volver a formar un trío con ellos. Luego, regresábamos al estudio y yo retomaba el hilo de mi historia.

Todo se esfumaba cuando mi padre abría la puerta de la habitación.

—Marcus, son las dos de la madrugada... ¿Todavía estás escribiendo? —me preguntaba.

Woody y Hillel se escapaban por las rendijas de la tarima, como ratones asustados.

—Sí, enseguida me acuesto.

—No quería molestarte, pero he visto luz y... ¿Va todo bien?

—Muy bien.

—Me ha parecido oír voces...

—No, sería la música.

—Puede ser.

Se acercaba para darme un beso.

—Buenas noches, hijo. Estoy orgulloso de ti.

—Gracias, papá. Buenas noches a ti también.

Se iba y cerraba la puerta. Pero mis primos se habían marchado. Habían desaparecido. Eran los desaparecidos.

*

Entre enero y noviembre de 2005, estuve escribiendo sin tregua en el estudio de Montclair. Bajaba todos los fines de semana a Baltimore para estar con Tío Saul.

Yo fui el único Goldman que lo estuvo viendo con regularidad. La abuela decía que no podía con ello. Mis padres fueron y volvieron en el día alguna vez, pero creo que les costaba aceptar la situación. Además, había que ser capaz de aguantar a Tío Saul, que era un fantasma de sí mismo y se negaba a salir del perímetro del hotel Marriott de Baltimore, donde residía.

Para colmo de males, en febrero, el comité de disciplina del Colegio de Abogados de Maryland expulsó a Tío Saul. El Gran Saul Goldman no volvería a ser abogado nunca más.

Yo iba a verlo sin esperar nada a cambio. Ni siquiera lo avisaba de que iba a ir. Salía de Montclair en coche y conducía hasta el Marriott. Pasaba tanto tiempo en ese hotel que me sentía como en mi propia casa: los empleados me llamaban por mi nombre y me metía directamente en la cocina a encargar lo que quería comer. Cuando llegaba, subía al séptimo piso, llamaba a la puerta de su habitación y él me abría, con la cara descompuesta, la camisa arrugada y el sonido de fondo de la televisión. Me saludaba como si acabara de verme, pero no me sentaba mal. Al final, acababa abrazándome.

—¡Markie! —murmuraba—. ¡Markie, hijito! Cómo me alegro de verte.

—¿Qué tal, Tío Saul?

A menudo le hacía esa pregunta con la esperanza de que recobrara la expresión invencible, se riera de las preocupaciones como sabía hacer en los tiempos de nuestra juventud perdida y me dijera que todo iba bien, pero sacudía la cabeza y contestaba:

—Esto es una pesadilla, Marcus. Una pesadilla.

Se sentaba en la cama y cogía el teléfono para llamar a recepción.

—¿Cuánto tiempo te quedas? —me preguntaba.

—El que tú quieras.

Oía la voz del empleado por el auricular y a Tío Saul que le decía:

—Ha venido mi sobrino, voy a necesitar otra habitación, por favor.

Luego se volvía hacia mí y me decía:

—Solo el fin de semana. Tienes que avanzar con el libro, es importante.

Yo no entendía por qué no volvía a su casa.

Hasta que, a principios del verano, un día que fui a dar una vuelta por Oak Park buscando inspiración para el libro, descubrí con espanto un camión de mudanzas delante de casa de los Baltimore. Una familia nueva la estaba ocupando. Vi al marido dándoles indicaciones a dos mozos que llevaban un tablero.

—¿La han alquilado? —le pregunté.

—La hemos comprado —me contestó.

Volví enseguida al Marriott.

—¿Has vendido la casa de Oak Park?

Me miró con tristeza:

—No he vendido nada, Markie.

—Pues hay una familia mudándose que asegura que ha comprado la casa.

Tío Saul repitió:

—No he vendido nada. Me la embargó el banco.

Me quedé anonadado.

—¿Y los muebles?

—Mandé que se lo llevaran todo, Markie.

Ya puestos, me contó que estaba a punto de vender la casa de los Hamptons para tener liquidez y que también se iba a deshacer de La Buenavista y usar el capital para permitirse tener una vida nueva y una casa nueva en otro lugar.

—¿Te vas a ir de Baltimore? —pregunté, incrédulo.

—Ya no tengo nada que hacer aquí.

Pronto no quedaría nada de la grandeza de los Goldman-de-Baltimore ni de lo que habían llegado a ser. Lo único que tenía para replicarle a la vida era mi libro.

*Gracias a los libros,
todo quedaba borrado.
Todo quedaba olvidado.
Todo quedaba perdonado.
Todo quedaba reparado.*

En el estudio de Montclair, podía resucitar eternamente la felicidad de los Baltimore. Tanto era así que ya no quería salir de la habitación y, si no me quedaba más remedio que ir a alguna parte, me parecía más exaltante aún saber que estarían allí cuando volviera.

Y cuando iba al Marriott, en Baltimore, conseguía que Tío Saul dejase de ver la televisión hablándole del libro que estaba escribiendo. Le interesaba muchísimo, me hablaba de él constantemente y quería saber cómo progresaba y si podría leer pronto algún fragmento.

—¿De qué habla tu novela? —me preguntaba.
—Es la historia de tres primos.
—¿Los tres primos Goldman?
—Los tres primos Goldstein —matizaba yo.

En los libros, los que ya no están vuelven a reunirse y a abrazarse.

Dediqué diez meses a remendar las heridas de mis primos volviendo a escribir nuestra historia. Terminé la novela de los primos Goldstein la víspera del día de Acción de Gracias de 2005, es decir, un año justo después del Drama.

En la escena final de la novela de los Goldstein, Hillel y Woody bajan en coche desde Montreal a Baltimore. Se detienen en Nueva Jersey para recogerme y hacemos el resto del camino juntos. En Baltimore, en una casa espléndida, encendida de arriba abajo, la pareja a prueba de bomba, Tío Saul y Tía Anita, aguardan nuestro regreso.

48.

Aquel verano de 2012, gracias a la magia de la novela, los recuperé, como me había pasado ya seis años antes.

Una noche que no conseguía dormir, a eso de las dos de la madrugada, me acomodé en la terraza. Aunque fuese de noche, hacía un calor tropical, pero me sentía bien allí fuera, con el canto de los grillos arrullándome. Abrí el cuaderno y me puse a escribir su nombre. No hizo falta más para que se me apareciera.

—Tía Anita —murmuré.

Me sonrió y me puso las manos en la cara cariñosamente.

—Sigues igual de guapo.

Me puse de pie y la abracé.

—Cuánto tiempo ha pasado —le dije—. Te echo muchísimo de menos.

—Y yo a ti, ángel mío.

—Estoy escribiendo un libro sobre vosotros. Un libro sobre los Baltimore.

—Ya lo sé, Markie. He venido para decirte que dejes de atormentarte con el pasado. Primero el libro de tus primos y ahora el libro de los Baltimore. Ya es hora de que escribas el libro de tu vida. No eres responsable de nada y no hay nada que hubieras podido hacer. El culpable del caos de nuestras vidas, si es que hay alguno, tan solo somos nosotros, Marcus. Únicamente nosotros. Cada uno es responsable de su propia vida. Somos responsables de en qué nos hemos convertido. Marcus, sobrino mío querido, ¿me oyes?, nada de esto es culpa tuya. Y nada de esto es culpa de Alexandra. Deja ya que se vayan los fantasmas.

Se puso de pie.

—¿Adónde vas? —le pregunté.

—No puedo quedarme.

—¿Por qué?

—Tu tío me está esperando.
—¿Qué tal está?
Sonrió.
—Está muy bien. Dice que siempre supo que escribirías un libro sobre él.
Sonrió, se despidió con la mano y desapareció en la oscuridad.

49.

El fabuloso éxito que tuvo mi libro cuando se publicó en 2006 me devolvió a mis dos primos. Estaban por todas partes: en las librerías, en manos de los lectores, en los autobuses, en el metro, en los aviones... Me acompañaron fielmente por todo el país durante toda la gira promocional que siguió al lanzamiento.

Yo no había vuelto a tener contacto alguno con Alexandra. Pero había vuelto a verla incontables veces sin que ella lo supiera. Su carrera había despegado de forma espectacular. En 2005, su primer disco fue ganando puestos en las listas de ventas hasta que, en diciembre, alcanzó la cifra de un millón y medio de discos vendidos, y el tema principal llegó a encabezar los *charts* estadounidenses. Su notoriedad se había disparado. El año que se publicó mi libro coincidió con el lanzamiento de su segundo álbum. Alexandra había triunfado rotundamente. Se había ganado al público y a la crítica.

Yo no había dejado de quererla. Ni tampoco de admirarla. Acudía a sus conciertos regularmente. Agazapado en la oscuridad de la sala, como un espectador anónimo entre otros miles, movía los labios al mismo tiempo que ella para recitar la letra de las canciones que me sabía de memoria y que, en su mayoría, había escrito en nuestro pisito de Nashville. Me preguntaba si seguiría viviendo allí. Seguramente no. Lo más probable es que se hubiera mudado a una de esas zonas acomodadas de las afueras de Nashville cuyas casas íbamos a contemplar, preguntándonos en cuál de ellas viviríamos algún día.

¿Que si tenía remordimientos? Por supuesto que sí. Me moría de remordimientos. Cuando la veía en el escenario, cerraba los ojos para oír solo el sonido de su voz y retrocedía varios años mentalmente. Estábamos en el campus de la universidad de Madison y tiraba de mí llevándome de la mano. Yo le preguntaba:

—¿Seguro que no nos va a ver nadie?
—¡Que no! ¡Anda, ven!
—¿Y Woody y Hillel?
—Están en Nueva York, en casa de mi padre. Olvídate.

Abría la puerta de su habitación y me empujaba dentro. Ahí estaba el póster, en la pared. Igual que en Nueva York. Bendito Tupac, nuestro eterno alcahuete. Yo la tiraba encima de la cama y ella se reía. Nos ovillábamos, pegados uno a otro, y ella murmuraba, cogiéndome la cara entre las manos:

—Te quiero, Markitín Goldman.
—Te quiero, Alexandra Neville.

Ese mismo año de 2006, Tío Saul estaba recién mudado a la casa de Coconut Grove, que había comprado gracias a la venta de La Buenavista, y yo había empezado a ir a Miami con regularidad.

Tío Saul vivía con bastante holgura con el dinero que había obtenido por la venta de los Hamptons y que había invertido de forma muy rentable. Para entretenerse asistía a todas las conferencias de una librería del vecindario y cuidaba sus mangos y sus aguacates.

Pero aquello no iba a durar mucho. Como les sucedió a tantos otros, la estabilidad económica de mi tío finalizó repentinamente en octubre de 2008, cuando la economía mundial se tambaleó con la llamada crisis de las hipotecas *subprime*. Los mercados se hundieron. Las bancas de inversión y los fondos de especulación se desplomaron uno tras otro, perdiendo el dinero de todos sus clientes. De la noche a la mañana, personas que hasta ese momento eran ricas se quedaron sin nada. Eso fue lo que le pasó a Tío Saul. El 1 de octubre de 2008, tenía una cartera de inversiones valorada en seis millones de dólares, el precio de venta de la casa de los Hamptons. A finales de ese mismo mes, ya no valía más que sesenta mil dólares.

Me enteré cuando fui a verle a principios de noviembre, en la época de Acción de Gracias, que ambos habíamos dejado de celebrar. Me lo encontré en las últimas. Ya no tenía nada. Había vendido el coche y ahora conducía un Honda Civic viejo casi acabado. Contaba cada dólar. Intentó vender la casa de Coconut Grove pero ya no valía nada.

—Me costó setecientos mil dólares —le dijo al agente inmobiliario que había ido a tasarla.

—Hace un mes, la habría vendido usted con plusvalía —le contestó su interlocutor—. Pero hoy eso se acabó. El sector inmobiliario está por los suelos.

Le ofrecí a Tío Saul ayudarlo. Sabía que la abuela y mis padres habían hecho otro tanto. Pero él no tenía intención de quedarse mano sobre mano, deprimido, ni de que la vida lo desalentase. Comprendí que esa era la razón por la que lo admiraba: no por su posición económica o social, sino porque era un luchador excepcional. Necesitaba ganarse la vida y se puso a buscar cualquier tipo de trabajo.

Encontró un empleo precario como camarero en un restaurante a la última de South Beach. Era un trabajo duro que le exigía demasiado esfuerzo físico, pero estaba dispuesto a superarlo todo. Excepto las humillaciones de su jefe, que no paraba de gritarle: «¡Saul, eres muy lento!», «¡Date prisa, los clientes están esperando!». Alguna vez, por apresurarse, se le había roto un plato y se lo habían descontado del sueldo. Una noche en que lo llevó al límite, dimitió allí mismo, tiró el delantal al suelo y salió corriendo del restaurante. Estuvo deambulando por las calles peatonales de Lincoln Road Mall y acabó sentado en un banco, llorando. Nadie le prestó atención, excepto un negro gigantesco que iba paseando y cantando, y a quien conmovió tanto desamparo.

—Me llamo Sycomorus —le dijo el hombre—. No parece que le vaya muy bien...

Sycomorus, que ya trabajaba en el Whole Foods de Coral Gables, le habló a Faith de Tío Saul, y Faith le ofreció un trabajo en las cajas del supermercado.

50.

En el sosiego de Boca Ratón, mi nuevo libro iba progresando semana a semana.

¿Para qué había invitado mentalmente a los Baltimore aquel verano de 2012: para revivir nuestro pasado o para hablar de Alexandra?

Leo seguía pendiente de cómo avanzaba el trabajo. Le dejaba leer las páginas a medida que las iba escribiendo. A principios del mes de agosto, me preguntó:

—¿A qué viene este libro, Marcus? ¿Su primera novela no trataba también de sus primos?

—Esta es distinta —le expliqué—. Es el libro de los Baltimore.

—Puede que el libro sea distinto, pero en el fondo, para usted no ha cambiado nada —me dijo Leo.

—¿A qué se refiere?

—A Alexandra.

—¡Tenga piedad! ¿También va a meter las narices en eso?

—¿Quiere que le dé mi opinión?

—No.

—Pues se la voy a dar de todas formas. Si los Baltimore aún estuvieran en este mundo, Marcus, le dirían que ya es hora de que sea feliz. Que no es demasiado tarde. Vaya a buscarla, pídale perdón. Vuelvan a vivir juntos. ¡No va a pasarse toda la vida esperando! ¡No va a pasarse toda la vida yendo a sus conciertos y preguntándose qué habría sido de los dos! Llámela. Hable con ella. En su fuero interno, sabe que ella lo está deseando.

—Es demasiado tarde —dije.

—¡No es demasiado tarde, Marcus! —recalcó Leo—. ¡Nunca es demasiado tarde!

—Sigo pensando que si Alexandra me hubiese contado lo que iban a hacer mis primos, aún estarían aquí hoy. Se lo habría impedido. Estarían vivos. No sé si podré perdonárselo alguna vez.

—Si no hubieran muerto —me dijo Leo muy serio—, usted nunca habría sido escritor. Tenían que irse para que usted se pudiera realizar.

Salió de la habitación, dejándome meditabundo. Cerré el cuaderno. Ante mí tenía esa foto de los cuatro, de la que ya nunca me separaba.

Cogí el teléfono y la llamé.

En Londres el día se estaba acabando. Según la oí contestar al teléfono, supe que la alegraba que la llamase.

—Anda que no te ha costado coger el teléfono —me dijo.

Oí ruidos de fondo.

—¿Te pillo en mal momento? —pregunté—. Si prefieres, te llamo más tarde.

—No, qué va. Estoy en Hyde Park. Vengo aquí todas las tardes después de pasarme el día en el estudio. Está ese cafecito a la orilla del estanque, que es un sitio muy relajante.

—¿Qué tal va el disco?

—Está saliendo bien. Me gusta el resultado. ¿Qué tal va el libro?

—Bien. Es un libro sobre nosotros. Sobre lo que pasó.

—¿Y cómo termina ese libro?

—No lo sé. Aún no lo he terminado.

Hubo un silencio, al cabo del cual dijo:

—No pasó lo que tú crees, Marcus. Yo no te traicioné. Lo que quería era protegerte.

Y así me contó lo que había pasado el 24 de octubre de 2004, en la última noche de libertad de Woody.

Ese día, Alexandra salió a pasear por Oak Park con Hillel y Woody mientras Tío Saul y yo preparábamos la barbacoa.

—Alex —le dijo Woody—, tienes que saber una cosa. Mañana no voy a ir a la cárcel. Me voy a escapar.

—¿Qué? ¡Woody, estás loco!

—Todo lo contrario, está todo previsto. Me espera una nueva vida en el Yukón.

—¿En el Yukón? ¿En Canadá?

—Sí. Esta es seguramente la última vez que nos vemos, Alex.
Alexandra se echó a llorar.
—¡No hagas eso, por favor te lo pido!
—No tengo elección —dijo Woody.
—¡Pues claro que sí! Puedes cumplir la pena. Cinco años se pasan rápido. ¡Saldrás antes de cumplir los treinta!
—No tengo valor para enfrentarme a la cárcel. Puede que no sea un individuo tan duro como siempre ha creído todo el mundo.
Alexandra se volvió hacia Hillel.
—Convéncelo de que no lo haga, Hillel.
Hillel bajó la mirada.
—Yo también me voy, Alexandra. Me voy con Woody.
Se quedó aterrada.
—Pero ¿es que estáis mal de la cabeza los dos?
—He cometido un crimen mucho más grave que el de Woody —dijo Hillel—. He destruido mi familia.
—¿Que has destruido tu familia? —repitió Alexandra, que ya no entendía nada.
—Si Woody está en esta situación, si mi madre está muerta, es únicamente por mi culpa. Ya es hora de que pague. Me llevo a Woody a Canadá. Es la forma que tengo de pedirle perdón.
—Pero ¿perdón por qué? No me entero de nada de lo que estáis intentando decirme.
—Lo que estamos intentando decirte, Alex, es, sencillamente, adiós. Intentamos decirte que te queremos. Te queremos como tú nunca podrás querernos a nosotros. Puede que ese también sea el motivo por el que nos vamos.
Alexandra lloraba.
—¡No hagáis eso, os lo pido de rodillas!
—Ya lo hemos decidido —dijo Hillel—. La suerte está echada.
Alexandra se secó los ojos.
—Me tenéis que prometer que os lo vais a pensar esta noche. ¡Woody, ni siquiera pasarías los cinco años en la cárcel! No lo fastidies todo...
—Está más que pensado —contestó Woody.
Parecían los dos muy resueltos.
—¿Lo sabe Marcus? —acabó preguntando Alexandra.

—No —dijo Woody—. Intenté decírselo antes, pero Saul nos interrumpió. Se lo contaré dentro de un rato.

—No, por favor, no le digas nada. ¡Os lo ruego a los dos, no se lo contéis!

—¡Pero es Marcus, no podemos ocultárselo!

—Solo os pido un último favor. En nombre de nuestra amistad. No le digáis nada a vuestro primo.

El relato de Alexandra me dejó trastornado. Siempre había creído que Woody y Hillel se habían sincerado solo con ella y que me habían ocultado su plan deliberadamente. Siempre había creído que al compartir su último secreto con ella, me habían marginado de la Banda de los Goldman. Pero resulta que sí que tenían intención de contármelo y que Alexandra se lo había impedido.

—¿Por qué? —le pregunté—. ¿Por qué los convenciste de que no me dijeran nada? ¡Les habría impedido que se fueran, los habría salvado!

—No habrías podido impedírselo, Markie. Ni nada ni nadie habría podido convencerlos de echarse atrás. Se lo leí en la mirada y ese es el motivo de que les suplicase que no te lo dijeran. Te habrías ido con ellos, Marcus. Lo sé. No habrías abandonado a la Banda de los Goldman. Los habrías acompañado, habrías sido un fugitivo como ellos y te habrían acabado matando. Igual que a ellos. Al pedirles que no te dijeran nada, en realidad les estaba pidiendo que no te condenaran. Sabía que te irías con ellos, Markie. Y yo no quería perderte. No podía soportarlo. Lo que pretendía era salvarte. Y aun así, te perdí de todos modos.

Después de un silencio, murmuré:

—¿Qué sería eso tan grave que hizo Hillel como para querer irse con Woody? ¿Para pensar que le debía semejante reparación?

—No lo sé. Pero ese es el tipo de preguntas que deberías hacerle a mi padre.

—¿A tu padre?

—No es el hombre que tú crees. Y me da la sensación de que sabe mucho del tema, aunque nunca me lo haya querido contar.

—Tu padre se inmiscuyó en mi familia. Humilló a mi tío intentando impresionar a Woody y a Hillel a toda costa.

—Al contrario de lo que crees, mi padre no tenía ninguna necesidad de impresionar a Woody y a Hillel para existir.

—¿Y el Ferrari? ¿Y los viajes? ¿Y los fines de semana en Nueva York? —repliqué yo.

—Fui yo quien le pedí que hiciera todo eso —respondió Alexandra—. A mi padre le caían muy bien Woody y Hillel, es cierto. ¿Y a quién no? Pero si hizo tantas cosas por ellos fue para protegernos a ti y a mí. Para que tuviéramos libertad para vivir nuestra relación en paz. Sabía que si les prestaba el coche, se irían a pasárselo bien y se olvidarían de nosotros dos. Y lo mismo cuando se los llevaba a ver los partidos de los Giants o cuando los invitaba a su casa. A ti te importaba muchísimo que tus primos no se enteraran de lo nuestro. Mi padre, Marcus, hizo cuanto estaba en su mano para proteger tu secreto. Nunca quiso competir con Saul. Esa competencia que sentía tu tío en realidad era contra sí mismo. Lo único que hizo mi padre fue mantener a tus primos lejos de nosotros. Cumpliendo tus deseos.

Me quedé anonadado.

—Hace dos semanas que he dejado a Kevin, Marcus —prosiguió—. Por tu culpa. Vino aquí sin avisar; quería darme una sorpresa. Cuando llamó a mi puerta en el hotel, al principio me creí que eras tú. No sé por qué. Me llevé tal chasco cuando lo vi a él por la mirilla, que comprendí que tenía que ser sincera y dejarlo. Se merece encontrar a alguien que lo quiera de verdad. Y en cuanto a ti, Marcus, no puedo seguir esperándote. Eres una persona genial. Contigo he pasado los mejores años de mi vida y gracias a ti me he convertido en lo que soy. Pero de tanto darle vueltas al pasado, no eres capaz de ver lo que para mí siempre fue una evidencia.

—¿El qué?

—Que los mejores, en realidad, eran los Goldman-de-Montclair.

Al día siguiente de hablar con Alexandra, cogí el primer vuelo a Nueva York. No me quedaba más remedio que hablar con Patrick Neville.

Llegué a su edificio entrada la mañana. Ya se había ido a trabajar. El portero me permitió esperarlo y no me moví del sofá del portal en todo el día más que para ir a comer algo o al servicio. Cuando por fin llegó eran las seis de la tarde. Me puse de pie. Se me quedó mirando fijamente y luego sonrió, todo bondad, y me dijo:

—Hay que ver el tiempo que llevaba esperándote.

Me invitó a subir a su casa y me preparó un café. Nos acomodamos en la cocina. Se me hacía raro estar allí: era la primera vez que volvía desde que murió Tía Anita.

—Quiero pedirle perdón, Patrick.

—¿Por qué?

—Por el numerito que le monté después del entierro de mi tía.

—Bah, está olvidado desde hace tiempo. Marcus, antes que nada tienes que saber que no tuve ninguna aventura con tu tía.

—Entonces, ¿qué pasó la noche que vino a su casa? ¿Y por qué vino a su casa?

—Quería dejar a tu tío.

—Eso ya lo sabía.

—Lo que no sabes es por qué. Esa noche vino a casa para pedirme ayuda. Quería que ayudara a Woody y a Saul.

—¿A Woody y a Saul?

—Unos meses antes, a Woody lo habían expulsado del equipo de fútbol de Madison.

—Sí, me acuerdo.

—La versión oficial fue una rotura de ligamentos que le impedía jugar. Tus tíos fueron a Madison inmediatamente. Woody no quería decirles nada, pero yo les conté la verdad. Les dije que Woody había dado positivo por Talacen. Tu tía vino a verme a Nueva York el 14 de febrero de 2002 porque acababa de descubrir dos cosas que la habían dejado conmocionada.

Así fue como, diez años después de los hechos, Patrick por fin me desveló lo que había sucedido aquel día de San Valentín.

Tía Anita se había tomado el día libre en el hospital para prepararle una velada romántica a su marido. A primera hora de la tarde fue a hacer unas compras al supermercado de Oak Park. Aprovechó para pasar por la farmacia.

El encargado, al que conocía muy bien, después de despacharle, le pidió la receta que llevaba meses esperando.

—¿Qué receta? —preguntó Tía Anita.

—La receta del Talacen —contestó el farmacéutico—. Su hijo compró varias cajas este otoño. Dijo que usted traería la receta.

—¿Mi hijo? ¿Hillel?

—Sí, Hillel. Como la conozco a usted bien, no le puse pegas. Para hacerle el favor. Normalmente, nunca hago eso. Necesito esa receta, doctora Goldman.

Tía Anita sintió que le fallaban las fuerzas. Prometió volver con la receta ese mismo día y regresó a casa. Le entraron ganas de vomitar, le parecía una pesadilla. ¿Hillel había comprado Talacen porque se lo había pedido Woody? ¿O se lo había administrado sin que lo supiera?

Sonó el teléfono. Llamaban del banco. Con relación al pago de la hipoteca de la casa de Oak Park. Anita dijo que se trataba de un error: la hipoteca llevaba pagada mucho tiempo. Pero su interlocutor insistió:

—Señora Goldman, contrataron ustedes otra hipoteca en agosto. Su marido me trajo los documentos con la firma de usted. La casa está hipotecada por seis millones de dólares.

Tío Saul había financiado el estadio pidiendo un préstamo de seis millones de dólares. Había sacrificado la casa de Oak Park para reparar su ego herido.

Tía Anita cedió al pánico. Registró el despacho de su marido y todas sus cosas personales. En la bolsa de deporte que usaba para ir a jugar al tenis encontró un registro de contabilidad que no había visto nunca.

Llamó de inmediato a Tío Saul. Tuvieron una buena bronca por teléfono. Ella le dijo que no podía aguantarlo más, que se iba de casa. Se metió en el coche llevando consigo el registro de contabilidad y condujo sin rumbo. Finalmente, telefoneó a Patrick Neville para pedirle ayuda. Se sentía completamente desamparada y él le propuso que fuese a verle a Nueva York.

Esa noche, Patrick había planeado una cena íntima con una joven que trabajaba con él y que le gustaba. Anuló la cita. Cuando

Tía Anita vio el champán encima de la mesa, le dio mucho apuro molestar a Patrick la noche de San Valentín. Pero él insistió para que se quedara.

—Tú no vas a ninguna parte. Nunca te había visto tan afectada. Vas a contarme lo que ha pasado.

Se lo contó todo: lo del Talacen y lo de la hipoteca. Si Hillel había dopado a Woody sin que este lo supiera, Patrick tenía que mediar con la universidad para que rehabilitaran a Woody. Tenía esperanzas de que aún pudiera salvar su carrera. También quería que Patrick buscase un medio de resolver el contrato que vinculaba a Saul con la universidad para poder recuperar el dinero que fuera posible y salvar su casa.

A continuación le enseñó los registros que había llevado consigo. Patrick los estudió atentamente: tenía toda la pinta de ser una doble contabilidad.

—Parece que Saul está desviando dinero del bufete a una de sus cuentas. Luego lo camufla cambiando los totales de las facturas de los clientes.

—Pero ¿por qué iba a hacer algo así?

—Para hacer frente a un préstamo demasiado elevado, que probablemente le está costando devolver.

Patrick acabó ofreciéndole a Anita que se quedara a cenar. Le dijo que podía quedarse en su casa todo el tiempo que quisiera. Y de repente, sonó el teléfono: era el portero. Woody estaba en el portal y quería subir. Patrick le pidió a Anita que se escondiera en algún dormitorio. Woody llegó al piso.

Lo que pasó luego, ya lo sabemos.

Cuando Patrick terminó de hablar, me quedé un buen rato sin saber qué decir, completamente atontado. Y eso que aún no lo sabía todo. Porque Patrick me contó después que le había preguntado a Hillel por el Talacen. Fue a verlo a Madison y lo obligó a contárselo todo.

Hillel le explicó que la noche del 14 de febrero Woody y él habían tenido una bronca terrible. Woody había descubierto el Talacen sobrante escondido en el fondo de un armario porque Hillel no se había molestado en deshacerse de él.

—¿Dopaste a Woody sin que él lo supiera? —se escandalizó Patrick.

—Quería que lo expulsaran del equipo de fútbol. Me informé sobre las sustancias prohibidas y el Talacen era la más fácil de conseguir. Lo único que tuve que hacer fue mezclar los comprimidos con las proteínas y los complementos alimenticios que tomaba Woody.

—Pero ¿por qué hiciste una cosa así?

—Porque me moría de celos.

—¿Estabas celoso de Woody?

—Él era el favorito de mis padres. Saltaba a la vista. Acaparaba toda su atención. Me di cuenta cuando nos separamos y tuve que ir al «colegio especial». Mis padres me alejaron de Baltimore. Pero Woody se quedó con ellos. Papá le enseñó a conducir, le animó a jugar al fútbol, lo llevó a ver los partidos de los Redskins. Y, mientras tanto, ¿dónde estaba yo? ¡A una hora en coche, atrapado en esa mierda de colegio! Primero me quitó a mis padres y luego me quitó mi apellido. En la universidad decidió que lo llamaran Goldman. Y, con la bendición de mis padres, se lo puso en la camiseta. Desde entonces fue el Gran Goldman, el campeón de fútbol. Nos lo debía todo, lo habíamos sacado de la calle. De toda la vida, cuando le preguntaban quién era, decía: soy el amigo de Hillel Goldman. Yo era su referencia. Pero resulta que en la universidad, cuando la gente se enteraba de mi apellido, decía: «¿Goldman? ¿Como Woody, el del equipo de fútbol?». No quería seguir viendo cómo jugaba, no quería seguir oyendo su apellido de Goldman de pega. Decidí tomar cartas en el asunto al final del verano, después de que muriera mi abuelo. Cuando estábamos ordenando sus cosas, encontré el testamento. Mi padre nos había dicho que entre las últimas voluntades del abuelo figuraba que Woody, Marcus y yo nos repartiéramos sesenta mil dólares. Pero era mentira. En las últimas voluntades del abuelo, Woody no figuraba. Aun así mi padre, para no apenarlo, decidió incluirlo por su cuenta. Woody abultaba demasiado y yo tenía que hacer algo.

Fue un golpe terrible.

Hillel había sido quien había destrozado la carrera de Woody. Por su culpa, después de la discusión del 14 de febrero, Woody había ido a casa de Patrick Neville y se había dado de narices con Tía Anita, y ella había muerto.

En lo que se refiere a mi tío Saul, después del Drama no se había quedado tanto tiempo en el Marriott de Baltimore porque no quisiera volver a la casa de Oak Park, sino porque ya no era suya. En ese momento, sin trabajo desde hacía meses y sin dinero en la cuenta, le resultaba imposible seguir pagando la hipoteca. Por eso el banco acabó embargándole la casa.

Entonces, le pregunté a Patrick:

—¿Por qué no dijo usted nada?

—Para no agobiar aún más a tu tío. Woody y Hillel sabían la verdad sobre el Talacen. ¿De qué servía meter también a tu tío en eso? ¿Y era necesario contarle a Hillel que su padre había desviado dinero e hipotecado la casa para financiar el estadio de Madison? A tu tío ya solo le quedaba su dignidad. Y quise protegerla. Siempre me ha gustado mucho tu familia, Marcus. Siempre os he deseado lo mejor.

51.

Coconut Grove, Florida
Septiembre de 2011

Unas tres semanas después de pedirme que asistiera a la retirada de su nombre del estadio, Tío Saul me volvió a llamar. Tenía un hilo de voz. Solo me dijo:

—Marcus, no me siento bien. Necesito que vengas.

Me di cuenta de que era una emergencia y reservé billete para el siguiente vuelo a Miami.

Llegué a Coconut Grove a última hora de la tarde. En Miami hacía un bochorno sofocante. Delante de la casa de mi tío me encontré a Faith, sentada en las escaleras que llevaban al porche. Creo que me estaba esperando. Por la forma en que me abrazó para saludarme, comprendí que pasaba algo serio. Entré en la casa. Lo encontré en su cuarto, hundido en la cama. Al verme, se le iluminó el rostro. Aun así, parecía muy débil y había adelgazado mucho.

—Marcus —me dijo—, cuánto me alegro de verte.

—Tío Saul, ¿qué te pasa?

El tío Saul malhumorado de los últimos meses, el tío Saul que me había echado de su casa era un tío Saul enfermo. A principios de primavera le habían diagnosticado un cáncer de páncreas del que ya sabían que no se iba a reponer.

—He intentado cuidarme, Markie. Faith me ha ayudado mucho. Cuando venía a buscarme a casa y desaparecíamos los dos, era para ir a las sesiones de quimio.

—Pero ¿por qué no me dijiste nada?

Supo encontrar fuerzas para reírse.

—Porque te conozco, Markie. Me habrías dado la tabarra para ir a todos los médicos posibles, lo habrías sacrificado todo para estar conmigo y yo no quería eso. No puedes echar a perder tu vida por mí. Tienes que vivir.

Me senté al borde de la cama y me cogió la mano.

—Este es el fin, Markie. No voy a curarme. Estoy viviendo mis últimos meses. Y quiero vivirlos contigo.

Lo estreché contra mí. Lo abracé muy fuerte. Y lloramos los dos.

Nunca se me olvidarán los tres meses que pasamos juntos, de septiembre a noviembre de 2011.

Una vez por semana, lo acompañaba a la consulta de su oncólogo en el hospital Mount Sinai de Miami. Nunca hablábamos de su enfermedad. No quería mencionarla. Yo le preguntaba a menudo:

—¿Qué tal estás?

Y él me contestaba, haciendo gala de su legendario aplomo:

—Podría estar mejor.

En alguna ocasión conseguí hablar con su médico:

—Doctor, ¿cuánto tiempo le queda?

—Es difícil decirlo. De ánimo está bastante bien. Le sienta de maravilla que usted esté aquí. Los tratamientos no pueden curarlo, pero pueden darle un poco más de tiempo.

—¿A qué se refiere con «un poco»? ¿A días, semanas, meses, años?

—Comprendo lo desvalido que se siente, señor Goldman, pero no puedo concretar mucho más. Puede que algunos meses.

Vi cómo se iba debilitando poco a poco.

A finales de octubre, saltaron varias alarmas: un día que vomitó sangre lo llevé con la mayor urgencia al Mount Sinai, donde estuvo ingresado varios días. Salió muy debilitado. Le alquilé una silla de ruedas en la que lo llevaba a dar paseos por Coconut Grove. No podía evitar acordarme de Scott metido en la carretilla. Se lo conté y le hizo muchísima gracia. Me gustaba que se riera.

A principios de noviembre, le costaba mucho salir de la cama. Casi no se levantaba. Tenía el cutis terroso y los rasgos muy marcados. Una enfermera venía a casa tres veces al día. Yo ya no dormía en el cuarto de invitados. Él nunca lo supo, pero me pasaba la noche en el pasillo, junto a la puerta abierta de su habitación, velándolo.

El debilitamiento físico no le impedía hablar. Recuerdo la conversación que tuvimos el día antes de que se fuera: la víspera de Acción de Gracias.

—¿Cuánto tiempo hace que no celebras Acción de Gracias? —me preguntó Tío Saul.

—Desde el Drama.

—¿A qué te refieres con «el Drama»?

La pregunta me sorprendió.

—Me refiero a la muerte de Woody y Hillel —contesté.

—Déjate del Drama, Marcus. No existe ningún Drama sino varios dramas. El drama de tu tía, el de tus primos. El drama de la vida. Dramas ha habido siempre y los seguirá habiendo, y aun así, la vida sigue. Los dramas son inevitables. En el fondo, tampoco tienen mucha importancia. Lo que cuenta es cómo conseguimos superarlos. No vas a superar tu drama negándote a celebrar Acción de Gracias. Al contrario, te hundes más en él. Tienes que dejar de hacer eso, Marcus. Tienes una familia, tienes amigos. Quiero que vuelvas a celebrar Acción de Gracias. Prométemelo.

—Te lo prometo, Tío Saul.

Tosió, bebió un poco de agua y prosiguió:

—Ya sé que estabas obsesionado con esas historias de los Goldman-de-Baltimore y los Goldman-de-Montclair. Pero al final de la historia, solo hay un Goldman, y ese eres tú. Eres un Justo, Marcus. Somos muchos los que buscamos darle algún sentido a la vida, pero la vida solo tiene sentido si somos capaces de cumplir estos tres propósitos: dar amor, recibirlo y saber perdonar. Todo lo demás es una pérdida de tiempo. Por encima de todo, sigue escribiendo. Porque estabas en lo cierto: todo admite reparación. Sobrino mío, prométeme que nos repararás. Repara a los Goldman-de-Baltimore.

—¿Cómo?

—Reúnenos de nuevo. Solo tú puedes hacerlo.

—¿Cómo? —pregunté.

—Ya se te ocurrirá.

Sin entender muy bien lo que quería decirme, se lo prometí:

—Así lo haré, Tío Saul. Puedes contar conmigo.

Sonrió. Me incliné sobre él y me puso la mano en el pelo. Con un hilo de voz me dio su bendición.

Al día siguiente, el día de Acción de Gracias por la mañana, cuando entré en su cuarto, no se despertó. Me senté a su lado y apoyé mi cabeza en su pecho, con el rostro anegado en lágrimas.

El último Baltimore se había ido.

52.

Estábamos a mediados de agosto de 2012, dos días después de la conversación que tuve con Patrick Neville. Alexandra me llamó por teléfono. Estaba en Hyde Park, en la terraza del Serpentine Bar, a orillas del estanque. Se estaba tomando un café mientras Duke dormitaba a sus pies.

—Me alegro de que al final hablaras con mi padre —me dijo.

Le conté las cosas de las que me había enterado. Y luego le dije:

—En el fondo, a pesar de todo lo que pasó entre ellos, lo único que contaba para Hillel y Woody era la felicidad de estar juntos. No aguantaban estar reñidos o separados. Su amistad lo perdonó todo. Eso es lo que tengo que recordar.

Noté que estaba emocionada.

—¿Has vuelto a Florida, Markie?

—No.

—¿Sigues en Nueva York?

—No.

Silbé.

Duke enderezó las orejas y se puso de pie de un brinco. Me vio y echó a correr hacia mí como un poseso, ahuyentando al pasar a una bandada de gaviotas y patos. Se me echó encima y me tiró de espaldas.

Alexandra se levantó de la silla.

—¿Markie? —exclamó—. ¡Markie, has venido!

Se lanzó hacia mí. Yo me levanté y la tomé en los brazos. Antes de acurrucarse contra mí, susurró:

—Cuánto te he echado de menos, Markie.

La abracé muy fuerte.

Danzando por los aires, me pareció ver a mis dos primos, riéndose.

Epílogo

Jueves 22 de noviembre de 2012
DÍA DE ACCIÓN DE GRACIAS

Así concluye y se cierra este libro, el día de Acción de Gracias de 2012, en Montclair, delante de casa de mis padres. Aparqué el coche en la entrada del garaje. Alexandra y yo nos bajamos y fuimos andando hacia la casa. Era la primera vez que celebraba Acción de Gracias desde que murieran mis primos.

Hice un alto delante de la puerta principal. Antes de llamar, me saqué del bolsillo la fotografía de Hillel, Woody, Alexandra y yo en Oak Park, en 1995, y la contemplé.

Alexandra llamó al timbre. Mi madre abrió. Al verme, se le iluminó la cara.

—¡Ay, Markie! ¡Me preguntaba si de verdad vendrías!

Se tapó la boca con las manos como si no se creyera lo que estaba viendo.

—Hola, señora Goldman. ¡Feliz día de Acción de Gracias! —le dijo Alexandra.

—¡Feliz día de Acción de Gracias, hijos míos! Qué bien se está todos juntos.

Mi madre nos abrazó a los dos y nos tuvo así mucho rato. Noté cómo me mojaban sus lágrimas.

Entramos en casa.

Patrick Neville ya había llegado. Lo saludé efusivamente y deposité encima de la mesa del salón el taco de hojas encuadernadas que me había llevado.

—¿Qué es eso? —preguntó mi madre.

—*El Libro de los Baltimore.*

Un año después de que muriera, había cumplido la promesa que le hice a mi tío. Reunir a los Baltimore narrando su historia.

Le había puesto el punto final a la novela la noche antes.

¿Por qué escribo? Porque los libros son más fuertes que la vida. Son su mejor revancha. Son testigos de la muralla inexpugnable de nuestra mente, de la impenetrable fortaleza de nuestra memoria. Y cuando no escribo, una vez al año, vuelvo a recorrer el trayecto hasta Baltimore, me detengo un rato en el barrio de Oak Park y luego conduzco hasta el cementerio de Forrest Lane para ir a verlos. Coloco unas piedrecitas encima de sus tumbas, para seguir construyendo su memoria, y me recojo. Rememoro quién soy, adónde voy, de dónde vengo. Me arrodillo junto a ellos, coloco las manos encima de sus nombres grabados y los beso. Luego cierro los ojos y noto que están vivos dentro de mí.

Mi tío Saul, bendita sea tu memoria. *Todo queda borrado.*
Mi tía Anita, bendita sea tu memoria. *Todo queda olvidado.*
Mi primo Hillel, bendita sea tu memoria. *Todo queda perdonado.*
Mi primo Woody, bendita sea tu memoria. *Todo queda reparado.*

Aunque se han ido, sé que están aquí. Ahora sé que habitan para siempre en ese lugar que se llama Baltimore, en el Paraíso de los Justos, o puede que solamente en mi memoria. Sé que me están esperando en alguna parte.

Ya está, Tío Saul, mi tío del alma. Este libro que te había prometido, lo deposito ante ti.

Todo queda reparado.

En memoria de los Goldman-de-Baltimore

SAUL GOLDMAN
(1950-2011)

ANITA HENDRICKS-GOLDMAN
(1952-2002)

HILLEL GOLDMAN
(1980-2004)

WOODROW GOLDMAN
(1980-2004)

Índice

Prólogo
Domingo 24 de octubre de 2004
UN MES ANTES DEL DRAMA 9

Primera parte
EL LIBRO DE LA JUVENTUD PERDIDA (1989-1997) 13

Segunda parte
EL LIBRO DE LA FRATERNIDAD PERDIDA (1998-2001) 249

Tercera parte
EL LIBRO DE LOS GOLDMAN (1960-1989) 307

Cuarta parte
EL LIBRO DEL DRAMA (2002-2004) 363

Quinta parte
EL LIBRO DE LA REPARACIÓN (2004-2012) 433

Epílogo
Jueves 22 de noviembre de 2012
DÍA DE ACCIÓN DE GRACIAS 473